PERDUS DANS LES QUARTIERS ESPAGNOLS

Heddi Goodrich est une autrice américaine. Elle est diplômée de l'université des langues orientales de Naples où elle s'est installée une dizaine d'années. Elle vit désormais en Nouvelle-Zélande. *Perdus dans les Quartiers espagnols* est son premier roman.

HEDDI GOODRICH

Perdus dans les Quartiers espagnols

TRADUIT DE L'ITALIEN PAR FRANÇOISE BOUILLOT

MARABOUT

Titre original :

PERDUTI NEI QUARTIERI SPAGNOLI
Publié en Italie par Giunti Editore S.p.A «Scrittori Giunti».

www.giunti.it

ISBN : 978-2-253-10371-4 – 1re publication LGF

À mon père, in memoriam

De : tectonic@tin.it
À : heddi@yahoo.com
Envoyé le : 22 novembre

Je sais que tu préfères me croire mort. C'est à peine si je suis vivant. Je n'attends pas de réponse et je ne t'écrirai plus. Cela fait bientôt quatre ans que j'essaie de t'envoyer un mot, alors qu'il faudrait une lettre d'au moins quatre cents pages pour tenter de m'expliquer. Je n'y arriverai jamais. Donc, cette fois non plus, je ne te donnerai pas d'explication.

Je suis un incapable qui a toujours suivi son instinct, un instinct mauvais, traître, stupide. Voici quelques années, il m'a poussé à commettre la plus grande erreur de ma vie. J'ai cru, à une époque (et cela m'arrive encore parfois), avoir fait la chose juste que ma tête et mon instinct me commandaient. C'était peut-être juste, mais cela a ruiné ma vie. Voilà ce que je voulais te dire. Parce que tu mérites de savoir que ma vie ne vaut pas un clou. De savoir que chaque fois que je m'assieds à table, je dois lutter contre la tentation de me crever un œil avec mon couteau.

J'espère de toutes mes forces que cela peut te tirer un petit sourire de satisfaction, et aussi que le temps que nous avons passé ensemble n'est pour toi qu'un mauvais souvenir et non une croix que tu devrais traîner. Quant à moi, je souhaite seulement que ma vie soit brève, pour pouvoir me réincarner en quelqu'un de meilleur et peut-être te croiser un jour dans un aéroport, à Stockholm ou à Buenos Aires.

Ne me pardonne pas, ne me réponds pas, ne sois pas triste. Sois heureuse, fais des enfants, écris des livres, enregistre des cassettes, prends des milliers de photos... C'est ainsi que j'aime me souvenir de toi. Et, de temps en temps, si tu le peux, si tu le veux, souviens-toi de moi.

p.

1

— Heddi.

Quelqu'un venait de prononcer mon nom – comme je ne l'avais pas entendu depuis des années : celui d'une espèce exotique. Sur un ton interrogatif mais étudié, comme si on se l'était répété assez souvent, avec sa douce aspiration et ses voyelles brèves, pour qu'il roule facilement sur la langue. Aucun autre son dans tout le Quartier espagnol, ni le hurlement d'une femme trahie, ni la rafale de balles d'une vengeance meurtrière, n'aurait pu m'arracher au chaud murmure de la cheminée par une nuit aussi glaciale.

Devant moi se tenait un garçon, un homme plutôt, les lèvres pincées comme s'il m'avait dit mon fait et attendait ma réponse. Il portait une chemise proprement rentrée dans son jean, aux manches roulées jusqu'au coude et à la poche de poitrine gonflée par un paquet de cigarettes. Il tranchait sur les autres invités, dont les piercings, les dreadlocks et la pâleur dissimulaient en réalité une enfance sereine peuplée de gnocchis et de balades à la mer. Leur douce odeur de patchouli, de haschisch et de boutique de fripes planait encore dans la cuisine, mêlée à celle de la bière éventée et du riz au safran. Non, celui-là n'appartenait pas à notre tribu de linguistes de l'Institut des langues orientales ; et pourtant il était planté là, plus immobile que l'eau d'un lac.

— Tiens, je l'ai faite pour toi, dit-il en extrayant quelque chose de la poche de son pantalon.

Il avait un accent du Sud, mais pas précisément napolitain. Sa main frémit un peu – une onde légère à la surface de l'eau – en me tendant une cassette dans un étui décoré à la main. *Pour Heddi*, était-il écrit, avec le H réglementaire et même le point sur le *i* dont j'avais presque oublié l'existence.

Je me sentis troublée. C'était précisément l'orthographe de mon nom qui en faisait dérailler la prononciation, parce qu'on était toujours tenté d'allonger le *e* et de redoubler le *d* à la façon des Italiens du Sud. On pouvait pardonner l'élision du H : à Naples, l'aspiration n'existe que pour le rire. « Comme Eddie Murphy ? » me demandait-on, et je me bornais à hocher la tête : Heddi était pour hier, Eddie pour aujourd'hui.

— De la musique ? demandai-je.

Il hocha la tête d'un air gêné, la main crispée sur sa bouteille de bière vide.

Je sentais dans mon dos la chaleur des flammes, j'entendais les rires insouciants de ceux que j'appelais affectueusement « les garçons ». Appartenir à ce clan, pouvoir m'y réfugier à tout instant me donnait une sensation de sécurité, un privilège dont je perçus brusquement l'injustice.

Au rez-de-chaussée, la porte d'entrée se referma avec un bruit sourd : sans doute le dernier invité qui s'en allait en titubant. Mon porteur de cadeau tressaillit en s'apercevant que la fête, qui un instant plus tôt tourbillonnait autour de lui, s'était évanouie. Avant qu'il ait pu le dissimuler, je perçus son embarras avec un petit pincement au cœur où se mêlait le regret d'avoir été une fois encore la seule à rester sobre.

— Il doit être tard, dit-il.

— Je crois, oui, mais il n'y a qu'une seule pendule dans toute la maison.

Il déplaça brusquement son poids d'une jambe sur l'autre, et je respectai d'instinct cette asymétrie en inclinant la tête de côté. Au moins, je voyais mieux son visage, que sa crinière sombre dissimulait chaque fois qu'il cherchait du réconfort dans ses chaussures. J'étais sûre de ne l'avoir jamais vu : si nos yeux s'étaient déjà croisés, je n'aurais pas pu oublier ce regard à la fois résolu et patient.

— Bon, j'y vais.

Comme s'il avait peur de la casser, il reposa sa canette de bière dans le chaos de bouteilles renversées, de poêles enduites de graisse et de tasses tachées de vin.

— Excuse-moi, j'ai oublié ton nom.

— Pietro.

Un nom traditionnel et dur. Il haussa les sourcils comme en signe d'excuse.

— Merci pour la cassette… dis-je – mais son nom mourut dans ma gorge. Alors, tu nous quittes ?

— Eh oui. Je dois me lever tôt. Je rentre chez moi pour une quinzaine de jours. Je veux dire, dans la ferme de mes parents, dans la province d'Avellino. J'y vais chaque année à Pâques. Enfin, pas seulement à Pâques, mais tu sais comment c'est…

Je ne savais pas, non, mais je hochai la tête quand même, reconnaissante de cette soudaine rafale d'informations. Je ne le reverrais sans doute jamais, mais j'espérais que ces dernières secondes avant son départ me donneraient la clé de cette double énigme : sa façon de prononcer mon nom et son désir de m'offrir un cadeau.

— Alors salut.

— Salut, amuse-toi bien dans ton ferme séjour. Je veux dire, pendant ton séjour à la ferme.

Cette fois, je voulais qu'il s'en aille, lui, le témoin de cette faute manifeste. C'était exaspérant de voir à quel point l'italien, mon travestissement favori, avait tendance à lâcher aux coutures quand on me prenait par surprise.

Un dernier salut à la ronde et il disparut. Je repris ma place devant la cheminée, glissant la cassette dans la poche de ma minijupe vintage en daim. Les flammes étaient hautes, léchant sans pudeur ce qui avait été le pied d'une chaise respectable et, en quelques secondes, la chaleur justifia la rougeur qui avait envahi mon visage.

— C'est qui, ce type ? demanda Luca en jetant son mégot dans le feu et en laissant échapper de sa bouche un long ruban de fumée.

— Pietro, je crois, dis-je en savourant enfin la dureté rocheuse de ce nom.

— Ah, je vois. C'est un ami de Davide.

— Davide qui ?

— Le petit avec les cheveux bouclés, intervint Sonia, l'autre fille de notre comité restreint.

Ah oui, Davide. Luca parfois jouait dans son groupe. Davide, Pietro, quelle différence ? En réalité, nous ne voulions personne d'autre dans notre clan. Nous étions bien ainsi.

Moi, j'étais bien.

Hypnotisés par les flammes, nous laissâmes la nuit s'évanouir dans des limbes sans heures et sans lune. Nous parlâmes de l'hindouisme, de l'alphabet phénicien, de *Mani pulite*, l'opération Mains propres lancée contre les gros bonnets de la Mafia, qui faisait les gros titres. De temps à autre, un morceau de bois s'écroulait sur les braises, déclenchant un crépitement d'étincelles et quelques « oh » de saisissement. Quand le feu donna des signes de somnolence, Luca se mit à farfouiller dans le bois de récupération à côté duquel se trouvait une guitare acoustique. Tonino avança vers elle sa main velue.

— Eh, tu ne vas pas la jeter au feu ! dit Angelo.

— Tonino, par pitié ! le conjura Sonia.

— La fête est finie, les enfants, répondit-il avec un accent marqué des Pouilles, en posant la guitare sur son genou. Bordel, il faut vous chanter une berceuse pour vous faire aller au lit ?

C'était ce que j'aimais le plus chez Tonino, ces grossièretés qui attisaient notre intimité. Ses lunettes rondes étaient devenues deux anneaux d'or à la lumière du feu. Il se mit à jouer quelque chose ayant une vague ressemblance avec *Attenti al lupo* de Lucio Dalla, grattant les cordes de ses mains trapues et couvertes de poils noirs, celles d'un nain de jardin qui aurait pris vie. Tonino était velu de partout. Un jour, il m'avait demandé de le raser dans le dos pour donner le coup de grâce à ses morpions, seule preuve irréfutable qu'il avait réussi à mettre une fille dans son lit – une Espagnole, à l'en croire. Quand il avait été tondu comme un agneau de Pâques, j'avais découvert qu'il avait en réalité la peau fine et des membres délicats.

Il se mit à chanter d'une voix cassée :

Dans une p'tite maison blanche
Y avait une petite prof
Qui refusait un p'tit délai
À son p'tit génie d'étudiant...

— Putain, ça va faire un malheur, dit Angelo. Tu sais quoi ? Laisse tomber les études et lance un groupe punk.

— C'est ça. Et je pourrais demander à ma prof de sanskrit de tenir la batterie, pourquoi pas ? Ça lui donnerait l'occasion de taper sur autre chose que sur ma tête.

— Joue-nous plutôt une chanson napolitaine traditionnelle, intervint Luca.

Tonino lui tendit la guitare en disant :

— Ce n'est pas moi, ici, le Napolitain de merde – ce qui était en réalité un compliment.

— Napolitain, je ne le suis qu'à moitié.

— La moitié inférieure, naturellement, dit Angelo.

Ses longs cheveux lui masquant la figure, Luca berça l'instrument avec un sourire en coin, mais en gardant les yeux rivés sur moi. Luca était aussi avare de ses sourires qu'il l'était de ses mots, comme s'il avait passé sa dernière incarnation à percevoir toute l'ironie du monde et avait atteint le zen au cours de sa vie terrestre. Même s'il était techniquement l'un des garçons, il m'était toujours apparu différent des deux autres. Il était simplement Luca Falcone.

— Celle-ci est pour toi.

Il ne me fallut que quelques notes pour comprendre qu'il avait choisi le vieux classique de Carosone, *Tu vuo' fa' l'Americano*. Je me sentis démasquée, moi l'Américaine incognito, et je saisis l'ironie dans ses yeux.

Je ne voulais pas chanter, mais je m'y résignai à la deuxième mesure, quand je compris que les autres ne connaissaient pas les paroles et que c'était à moi de remplir les blancs. Je voulais peut-être aussi montrer à Luca que je pouvais imiter à la perfection l'accent napolitain, ce grommellement vulgaire venu des profondeurs du ventre, et ainsi lui arracher l'un de ses rares sourires. À son bénéfice, je me mis à gesticuler comme une poissarde, devenue soudain l'une de ces femmes debout sur le seuil de leur *vascio*, ce réduit en rez-de-chaussée que certains appellent un débarras, un entrepôt ou une boutique, mais que d'autres hélas appellent leur foyer. J'étais cette femme, cette sœur ou cette fiancée attendant sur le seuil, les yeux comme deux fentes, prête à l'insulte comme au rire. Et quand ce bon à rien qui se prenait pour Dieu sait qui se déciderait à rentrer, la langue pâteuse de whisky, les hanches roulant encore de *rochenroll*, je l'accueillerais à coups de gifles ou de caresses avant de lui mettre la honte devant tous les voisins : *Tu siinapulitan*, « Tu es un vrai Napolitain ! » Et s'il faisait seulement mine de s'excuser avec un pathétique « *aloviù* », alors là je péterais vraiment les plombs.

Les paroles étaient un mélange de dialecte et de pseudo-américain qu'en l'absence de musique je n'aurais pas même osé prononcer. Elles étaient vulgaires et crues, dans cet esprit de satire que les Napolitains savent si bien retourner contre eux depuis que leur ville est entrée en décadence. Mais ces paroles étaient venues me chercher, elles m'avaient assigné mon rôle, et le temps d'un instant je ne fus plus une Américaine, mais une *vasciaiola* qui la singeait.

Les autres marquaient le rythme du pied et reprenaient au refrain. Enfin Luca plaqua un dernier accord.

— J'ai oublié la fin.

Je m'écroulai sur ma chaise, en nage et un peu étourdie. Il y avait en moi un mime, un clown toujours prêt à bondir. Dès que le feu fit mine de s'assoupir, je sautai sur mes pieds.

— Il nous faut des bouts de bois plus gros. Je monte sur le toit.

— Je t'accompagne, dit Sonia. J'ai besoin de prendre l'air.

Les garçons passèrent sans transition à une chanson de Pearl Jam. L'anglais leur était bien plus familier que le napolitain, mais ils le massacraient quand même, mangeant les diphtongues et désagrégeant les groupes consonantiques. Nous grimpâmes l'escalier en colimaçon à côté de la cheminée, dont le plafond était si bas que Sonia devait se pencher ; ses longs cheveux noirs pendaient sur sa figure et ses santiags résonnaient sur les marches en métal.

— Bon sang, ce qu'il fait froid, dis-je, émettant à chaque mot de petits nuages de vapeur dans la nuit.

— Carrément glacial, dit Sonia en se frottant les bras.

Puis elle ajouta, avec son accent sarde aussi piquant que l'air de la nuit :

— Alors, comme ça, tu connais Pietro.

— Qui ? Le type de ce soir ?

— Oui, Pietro.

Elle avait prononcé ce nom avec une telle légèreté qu'il me vint un instant l'idée folle que nous parlions de deux personnes différentes.

— Comment tu le trouves ?

— Je ne le connais pas, en réalité, dis-je en me penchant pour attraper dans le bois de récupération une étagère démembrée calée contre la rambarde du toit. Pourquoi tu me poses cette question ?

— N'en parle pas aux garçons.

Je compris qu'elle cherchait autre chose qu'une bouffée d'air frais. Agenouillée devant la réserve de bois, elle paraissait nettement moins grande, et je me rappelai qu'elle était jeune, en deuxième année seulement. Bien que personne ne pût nous entendre, elle se mit à chuchoter.

— C'est à peine si on s'est dit trois mots. Mais je ne sais pas, il a quelque chose…

— Il a l'air plutôt sympa.

D'instinct, je touchai la poche où j'avais fourré la cassette, comme pour aplatir cette bosse compromettante.

— Il me plaît vraiment. La prochaine fois, j'irai lui parler.

— Tu devrais. Tu n'as rien à perdre.

Sonia se mordilla la lèvre, son tic quand elle était nerveuse, et prit une grande inspiration comme pour se préparer à un sprint.

— Allez, courage, Sonia. Tu es belle et intelligente. Ce Pietro serait vraiment idiot de ne pas te donner ta chance.

Sonia eut ce petit sourire de travers que j'adorais, mais je me sentis curieusement coupable de traiter d'idiot cet étranger nommé Pietro. Elle entreprit de m'aider et attrapa un bout de planche en frissonnant.

— Tu es gelée, dis-je. Emporte ça et je m'occupe du reste.

— D'accord.

Mais dès que je fus seule, j'abandonnai le bois à son sort et appuyai les coudes sur la rambarde qui nous préservait d'une chute de sept étages. « *Tonight, tonight…*[1] », chantonnai-je dans ma langue maternelle, mais je fus incapable de finir ma phrase.

Une brise froide m'apporta l'odeur du golfe, ce mélange singulier de poisson, de diesel et de sel. À mes pieds, la ville scintillait jusqu'à la mer, ses rangées de réverbères jaunes ponctuées çà et là par les points lumineux des cuisines encore allumées. Naples ne dort jamais. Même au cœur de la nuit, des néons jettent leur lumière dure et pauvre sur des familles encorc éveillées ponctuant de grands coups de poing sur la table Dieu sait quelles disputes, plaisanteries ou confessions. Comme une phalène, j'aurais voulu voler vers ces lueurs, me glisser par une fenêtre ouverte et rester là, invisible, sur le papier peint, pour tenter d'assembler ces fragments de phrases en un récit cohérent.

---

1. Allusion probable à *West Side Story*, « *tonight, tonight, the world is wide and bright…* ». (N.d.T.)

Une corne de brume mugit. On n'aurait su dire de quel bateau elle provenait : les porte-conteneurs étaient invisibles sous le collier scintillant suspendu dans l'obscurité de la baie. La nuit était claire, mais en l'absence de lune je ne voyais même pas le volcan. Seules les maisons sur ses flancs esquissaient sa silhouette aussi haut qu'elles l'osaient. Le Vésuve n'avait pas eu un hoquet en un demi-siècle, mais derrière le rideau de la nuit j'essayais de l'imaginer crachant du feu comme dans les tableaux du XVIIIe siècle. Je le fixais avec une telle intensité qu'il me parut que ce regard allait le ramener à la vie.

J'avais les mains glacées, mais je n'étais pas encore lasse d'absorber les odeurs de Naples, de la dévorer des yeux. En vain, d'ailleurs. La ville était comme du sable s'écoulant entre mes doigts, et mon amour pour elle m'emplissait d'une curieuse mélancolie, surtout la nuit. Je m'étais donnée à elle jusqu'à y perdre mon identité, mais, même après toutes ces années, elle gardait ses distances.

Vir' Napule e po' muor', voir Naples et mourir. C'est un tel cliché que je ne l'aurais jamais servi dans la conversation, mais je le murmurai à la nuit comme une vérité absolue. Puis je ramassai mon bois et redescendis à l'appartement.

De : heddi@yahoo.com
À : tectonic@tin.it
Envoyé le : 30 novembre

Pietro,

Je ne sais pas quoi te dire. Il s'est passé quatre longues années depuis que j'ai entendu parler de toi pour la dernière fois. Avec le temps, tout devient supportable, même l'attente. Peut-être ai-je simplement oublié ce que j'attendais.

Je ne sais toujours pas pourquoi tu as fait cela. La nuit, parfois, je regarde les étoiles dans l'espoir qu'elles m'offriront une explication. C'est fou, je le sais, de penser que les constellations pourraient donner à lire une histoire avec un début, un milieu, et peut-être une fin heureuse. Mais pour être honnête, elles ne m'apprennent rien. Je suis incapable de reconnaître même la plus simple des constellations ; le ciel m'apparaît brouillé, inversé, étranger. Et pourtant j'aime regarder les étoiles : chacune est après tout la trace d'un objet lumineux unique et disparu.

Je me suis forcée à tout oublier de toi – une sorte d'amnésie volontaire qui s'est révélée très efficace. Cela m'aide bien sûr de ne pas être entourée de gens, de lieux ou de choses qui me fassent penser à toi – à part la figurine romaine, qui n'était sans doute pas un homme après tout, seulement un petit dieu. Mais ce n'est pas une chose que je pourrais donner ni jeter. Le mieux serait peut-être de la rendre un jour à la terre…

Ma chatte est installée sur mes genoux, qu'elle laboure de ses griffes. Elle a un beau pelage gris. Je l'ai prise dans un refuge animalier, de sorte que je lui ai sauvé la vie. Mais il est sans doute plus juste de dire que c'est elle qui a sauvé la mienne.

Tout va bien pour moi. J'ai trouvé un endroit où je me sens bien, j'ai un bon boulot et de nouveaux amis qui ne connaissent de mon passé que ce que je veux bien leur en dire. C'est bon d'avoir de tes nouvelles. C'est bon de t'entendre dire que tu es désolé. Ou est-ce moi qui viens de mettre ces mots dans ta bouche ?

h.

2

Le lendemain, jour de gueule de bois, j'étais assise sur mon lit grinçant, le nez dans mon manuel, quand j'entendis Luca approcher dans le couloir. Je sus que c'était lui avant même d'entendre sa voix à travers les mélancoliques chansons bulgares et le clapotement de la pluie : l'odeur de son tabac l'avait trahi. Sa fumée s'insinua à travers ma porte ouverte et vint danser devant moi comme un génie me proposant trois vœux.

Luca Falcone roulait ses cigarettes et il en avait toujours une à la main. Il tirait sur l'une d'elles quand je l'avais vu pour la première fois, adossé au mur lépreux du café en face de l'université. Avec son verre d'alcool à la main et son pantalon en cuir passé de mode, il semblait inconscient de l'époque et du lieu où il avait atterri. Luca était déjà en quatrième année et il était buriné comme un voyageur qui aurait franchi tous les déserts pour aboutir à ce bar, à ce bourbon, à cette escale.

Ce moment avait marqué le véritable début de ma vie universitaire car, contre toute attente, Luca m'avait prise en sympathie et introduite dans son petit cercle : une bande de marginaux qui étudiaient l'urdu, le swahili ou le coréen au département des Études arabes islamiques et méditerranéennes ou au département des Études orientales, et que leur origine géographique (les Pouilles, la Basilicate, la Sicile, la Sardaigne) désignait eux aussi comme des outsiders.

— Le film va commencer, dit-il avec l'inflexion de sa Varèse natale.

— J'arrive. Laisse-moi juste finir ma page.

De près, Luca sentait le savon à la lavande. Il posa un gros baiser sur mon front, comme s'il me faisait ses adieux dans une gare. Puis il s'attarda sur le seuil et me fixa de ce regard hypnotique qui me donnait l'étrange certitude, au moins le temps qu'il durait, que notre amitié serait éternelle. C'était ridicule, je le savais, et je n'étais pas une exception : tout le monde voulait un peu de Luca Falcone.

De part et d'autre de l'encadrement de la porte, j'avais affiché certaines de mes photographies en noir et blanc, que j'avais tirées moi-même. Elles étaient belles, bien qu'un peu abstraites. Par la fenêtre brouillée de pluie, je voyais mon quartier ravagé par les éléments et le temps. On était dimanche : toutes les boutiques étaient fermées et les marchés remballés, et chacun était rentré chez soi pour un déjeuner en forme de marathon, suivi de la sieste obligatoire. Le dimanche à l'heure du déjeuner était le seul moment où les gens avaient de la peine pour moi. Pauvre petite chose perdue, si loin de sa maison.

La maison. Le mot lui-même me laissait perplexe. La maison, n'était-ce pas mon père occupé à faire griller des steaks ou ma psychothérapeute de belle-mère en train d'analyser mes rêves ? N'étaient-ce pas les massages shiatsu de ma mère, avec ses mains froides mais douces, ou mon frère grattant sa guitare basse ? Ou encore les chats ? Il faut croire que non, puisque pour les autres étudiants venus de loin, la maison était un lieu : Colle Alto dans la province de Benevento, Adelfia dans la province de Bari. *La maison* était un minuscule point rouge sur une carte qui semblait contenir toute chose. Ils en usaient comme un mot parmi d'autres pour désigner les émotions humaines fondamentales – le bonheur, la tristesse, la colère, la maison – mais leurs yeux s'illuminaient quand ils prononçaient son nom. *La casa.* Je m'efforçais de saisir ce concept planétaire, mais en réalité j'en étais incapable.

J'étais de partout et de nulle part. Washington D.C., le Maryland, Virginia Beach, la banlieue de Boston, Athens dans l'Ohio, sans compter quelques autres étapes aussi peu mémorables. Et cela jusqu'à l'âge de seize ans, quand un programme d'échanges internationaux m'avait enfin assigné un point sur la carte : Italie, province de Naples, Castellammare di Stabia, chez une divorcée avec deux grands enfants qui m'avait dit de l'appeler Mamma Rita. Ce fut elle qui me conseilla de rester à la fin de ma première année et qui comprit l'importance pour sa « fille américaine » de passer un baccalauréat de langues étrangères.

Dès lors, je fus convaincue que rien dans ce monde n'arrive par hasard, puisque c'était ce diplôme qui m'avait permis d'entrer aux Langues orientales. La dame des admissions avait plissé les yeux : je n'étais pas italienne, mais ce bout de papier était la preuve que je ne pouvais qu'être italienne. Elle finit par asséner quatre coups de tampon sur ma fiche d'admission, faisant de moi une étudiante parmi d'autres. Et, au milieu des amis de Luca, qui étaient à présent les miens, le camouflage était parfait.

Avec les garçons, nous avions un petit jeu qui commençait par la demande d'une bière glacée et finissait en général par une tasse de thé brûlant.

— Allez, ma belle, plaida Tonino, vautré en mode étoile de mer sur le lit de Luca. (À la lueur spasmodique de la télé, il avait l'air aussi misérable que le vieux papier peint derrière lui, recouvert en partie par la calligraphie arabe de Luca.) Si je ne m'injecte pas un peu plus d'alcool dans le sang, je ne me débarrasserai jamais de ce foutu mal de tête.

— C'est toi qui l'as voulu, dit Angelo.

— Comme toi tu as voulu tirer sur cette chicha…

— Écoutez, les garçons, dis-je en prenant mon ton le plus sévère, qui excluait bien sûr Luca, occupé à rouler une cigarette. Vous avez cours aux aurores. Soyez sérieux, enfin, c'est la dernière semaine avant les vacances, vous survivrez ! Du miel ou du sucre ?

Tonino jura à mi-voix en trois dialectes (napolitain, sicilien et le sien propre), mais ils rendirent les armes. J'allai à la cuisine en riant sous cape : ce que voulaient réellement ces deux-là n'était pas un verre, mais un peu de maternage. À travers la porte entrouverte de la chambre d'Angelo, j'aperçus la peau de vache noir et blanc sur laquelle nous nous installions à plat ventre pour boire du thé vert dans des tasses japonaises tout en déchiffrant nos codes respectifs, le kanji et le cyrillique. Je montai l'escalier, qui avait perdu sa rampe, en faisant un pas de côté au sommet pour éviter la fissure dans le sol, au cas où il y aurait eu une part de vérité dans les superstitions enfantines. Elle partait de la cheminée de la cuisine, à cinquante centimètres du mur, et courait tout le long du séjour jusqu'à la terrasse. Je me demandai pourquoi je ne l'avais pas remarquée quand j'avais emménagé avec les garçons. J'avais sans doute été trop absorbée par la beauté fanée de cet appartement autrefois luxueux, avec ses cheminées, ses fresques et ses bas-reliefs qui pourrissaient paisiblement dans l'ombre.

Je revins avec des mugs de thé et des gâteaux secs, et le lit ploya sous notre poids. J'avais manqué le début, mais c'était un film néo-zélandais que nous avions déjà vu des centaines de fois : des gangs de maoris tatoués réglaient leurs comptes la nuit sur des parkings et de vastes pelouses, en échangeant des insultes doublées dans un italien bien propre avec un accent du Nord.

— Ça a l'air génial, la Nouvelle-Zélande… dit Angelo rêveusement.

— Génial, mon cul, répliqua Tonino.

— Ça ne peut pas être si dangereux que ça. Regarde cette immensité, on peut faire tout ce qu'on veut là-bas. J'adorerais y aller un jour.

— C'est sûr, mon joli, mieux vaut une fessée par un gang de maoris qu'un genou fracassé par la Mafia.

Angelo se renfrogna en tirant à lui la couverture d'un air méfiant. Il avait un piercing dans le nez et un fier accent sicilien qui aurait dû lui donner l'air d'un dur. Mais Angelo était un être solaire qui se conduisait en toutes circonstances comme un gamin dans une confiserie, et Tonino le lui faisait payer cher.

Pour compléter le tableau, il ressemblait à un Suédois plutôt qu'à un gars de Catane, et cette pâleur ne s'arrêtait pas à son visage et à ses cheveux, comme je l'avais découvert un jour où il souffrait d'une terrible douleur à la nuque. Il s'était jeté à plat ventre sur son tapis et avait baissé son pantalon ; aussitôt, tant que j'en avais eu le courage, j'avais planté la seringue d'anti-inflammatoires dans sa fesse droite.

— En tout cas, un de ces quatre, j'irai là-bas, répéta-t-il, la bouche pleine.

— Tu es complètement cinglé, rétorqua Tonino.

— Tu devrais y aller. Le monde est un livre…

Cette phrase énigmatique émergea de la fumée de Luca. Je n'aurais pas cru qu'il nous écoutait. Sur l'écran, une autre scène de nuit plongea la pièce dans l'obscurité, mais son pendentif en os luisait dans l'ombre comme s'il reflétait la lumière d'une source inconnue.

— C'est trop loin, la Nouvelle-Zélande, dis-je, moi qui rêvais plutôt d'endroits comme la Sardaigne, l'Ombrie, les Pays-Bas, Kiev, Vienne ; ou, mieux encore, Capri, Procida, les champs Phlégréens et les rues de Naples. Qui veut venir avec moi à l'église Maria Santissima del Carmine pendant les vacances de Pâques ?

— Une église à Pâques ? dit Angelo. Laisse tomber. Je préfère rester à table à me gaver de *cassata*.

— On l'appelle aussi le cimetière delle Fontanelle, dit Luca. Ça vaut vraiment la visite.

Je sentis l'espoir monter en moi. Peut-être, pour une fois, Luca voudrait-il bien laisser tomber ses répétitions et sa thèse pour venir errer avec moi dans cette ville qui était sienne par droit du sang. Mais il n'ajouta rien et se rencogna dans l'ombre.

— De toute façon, je ne pourrais pas y aller pour toutes les chattes de la terre, dit Tonino. En mars, on taille les oliviers… Ah, c'est vrai, vous les intellos, vous n'aimez pas trop vous salir les mains, pas vrai ? Pourtant, ça vous ferait un bien fou. Regardez-moi ces muscles. Vous croyez peut-être que c'est de la gonflette ?

Les garçons éclatèrent de rire, mais je me redressai d'un bond. Pietro. Je n'avais pas jeté un regard à sa cassette depuis qu'il me l'avait donnée la veille au soir. C'était une de mes manies : laisser de côté les lettres et les colis de la maison, parfois pendant des jours, en savourant d'avance le moment de les ouvrir. Peut-être aussi avais-je voulu tout oublier après la confession de Sonia. À présent, j'étais poussée par un sentiment d'urgence : où avais-je bien pu la fourrer ?

— Eh, tu vas où comme ça ? lança Angelo derrière moi. C'est le moment où Nig est initié dans la bande !

Ma jupe en daim n'avait pas oublié la nuit précédente : elle empestait le feu de bois et le fragile petit paquet que je lui avais confié s'y trouvait toujours. Cette fois, je vis que la liste des chansons, calligraphiée avec soin, était ornée de petits dessins à l'encre de coccinelles et de poissons. Cette attention me toucha.

Je m'assis sur le lit et glissai la cassette dans le lecteur. La première chanson était la version d'Aretha Franklin de *Son of a Preacher Man*. Le grand amour, le fils du prêcheur… Je poussai un soupir. Ma vie amoureuse à ce jour se résumait à une succession de mélodrames et de malentendus.

À Castellammare j'avais rencontré Franco, qui débutait dans la Camorra. À l'époque, cela ressemblait beaucoup à de l'amour – ou plutôt à un film d'amour. Moi lui agrippant la taille à l'arrière d'une vespa serpentant dans les ruines de son quartier fantomatique, qui avait eu sa dose au cours des siècles de tremblements de terre et de glissements de terrain. Sa mère, dans leur *vascio* mal éclairé, en train de se plaindre de ses douleurs dans les jambes, qu'elle avait épaisses comme des troncs d'arbres. Lui me racontant comment son ami avait été tué par un gang rival. Et la scène finale où je tenais Franco dans mes bras tandis qu'il brisait tous les codes de l'honneur en se mettant à sangloter dans l'appartement inhabité d'un ami qui n'avait même pas l'électricité. J'avais seize ans et je voulais le sauver. Un jour, sans une explication, il avait rompu avec moi : une fin sans surprise, et même désirable. Après cela, les couchers de soleil adolescents sur la mer polluée devinrent encore plus beaux, comme des oranges sanguines écorchées.

Cesare était une erreur de jugement que j'ai payé cher. J'aurais dû deviner que son côté brillant et son excentricité étaient les premiers symptômes de la schizophrénie. Mais à l'époque, j'étais amoureuse de son amour, de son regard ardent, de ses dents de travers. Toujours échevelé, laid peut-être, mais plein d'assurance, il écrivait des poèmes en forme de haïku. Cesare montra bientôt des signes d'obsession ; je n'appris que plus tard qu'il m'avait fait le triste présent de sa virginité. Bien après qu'il eut quitté l'université pour être à nouveau hospitalisé dans sa ville natale de Catanzaro, il continua à m'envoyer, jusque chez mon père et Barbara à Washington, des colis contenant des poèmes d'amour publiés à compte d'auteur et des instructions secrètes pour fabriquer une bombe. Ces protestations d'amour éternel de plus en plus exaltées ne faisaient que nourrir mon herpès labial, et ma honte d'avoir joué le rôle de la fille sans préjugés pour qui le sexe était une expérience intellectuelle, mais dont l'instinct de préservation l'emportait largement sur la compassion.

Et puis, il y avait Luca. Ou plutôt, il n'y avait pas Luca. Un soir, tard, alors que nous regardions un film sur son lit, nous avions glissé dans le sommeil et il s'était enroulé autour de moi. Quand je me réveillai, le film était fini et la poitrine de Luca se soulevait à un rythme paisible. Ses cheveux s'étaient échappés de sa queue-de-cheval, il avait les lèvres entrouvertes mais, même abandonné au sommeil, Luca gardait un charme fascinant. Paralysée de plaisir et d'admiration, je laissai la nuit s'écouler au rythme du clignotement vert du réveil digital de Luca, tandis que son pendentif imprimait son écriture cryptique sur ma peau. Je voulais rester allongée près de lui aussi longtemps que l'univers m'accorderait ce miracle, tout absorber de lui – son savoir ésotérique, son air impassible, sa patience et sa foi en lui-même. Pendant cette longue nuit magique, je compris une chose : ce que j'éprouvais pour Luca n'était pas de l'amour, c'était bien plus que cela. Je ne voulais pas Luca Falcone, je voulais *être* lui.

Je retombai sur mon oreiller et j'écoutai ma cassette. La chanson d'Aretha Franklin dégageait une euphorie et une sensualité que je n'avais jamais remarquées jusque-là, alors que je la connaissais par cœur. Je me demandai si Pietro comprenait vraiment les paroles, et s'il avait conscience de m'avoir offert une chanson d'amour.

3

J'avais du mal à me représenter le visage de Pietro. Notre rencontre n'avait duré que quelques instants et je l'avais hâtée vers une conclusion prématurée. Plus je m'efforçais d'évoquer son image, plus elle devenait floue, un ensemble de traits indistincts se mêlant aux yeux et aux bouches des étudiants de mon cours de glossologie/sémiologie au cinéma Astra. Craignant de le perdre pour toujours dans la foule, je m'obligeai à me concentrer sur la leçon.

Le théâtre, avec ses sièges recouverts de velours rouge, était sombre et tiède comme un ventre ; la voix de mon professeur se réduisait à un murmure rauque. Même une horde de chevaux sauvages ne pourrait pas me sortir de là, songeai-je, avant de m'apercevoir que ce n'était pas une pensée, mais une phrase de *Wild Horses* des Rolling Stones, l'une des chansons de la cassette de Pietro.

Je replongeai dans mon cahier où je m'efforçais de transcrire chaque mot tombant de la scène. *Toutes les langues du monde varient en fonction de ce que nous appelons des taxons, ou des familles de langues*, notai-je en petites lettres bien nettes. *Les couleurs sont un type de taxinomie signifiante : on pourrait même dire qu'il existe un chromatisme ethnique...*

— Mettez-moi une balle, quelqu'un ! soupira la fille brune à côté de moi. (Elle se pencha vers moi en écarquillant ses yeux maquillés à outrance.) Tu ne trouves pas que Signorelli a une tête comme un œuf Kinder ?

— Il est vraiment bon, pourtant.

À mes yeux, c'était une véritable star.

— Peut-être, mais comme prof, il est nul. Il se contente de lire le manuel.

Ce n'était pas tout à fait faux, et je me sentis une fois encore envahie par la crainte familière de m'être inscrite dans une université qui tombait en morceaux.

— Je t'ai aperçue deux ou trois fois au cours de russe. Comment tu t'appelles ?

— Heddi, et toi ?

— Tu es étrangère ?

La fille s'approcha tout près, trop près, comme si j'étais couverte d'une poudre magique dont elle pourrait attraper quelques paillettes. Je reconnus cette faim, si répandue dans le département des Langues européennes, d'être transportée dans une galaxie extrêmement lointaine. Elle se mit à me bombarder de questions : « Tu viens d'où ? Tu es allemande ? Comment tu as fait pour atterrir à Naples ? »

— Je viens de... du Quartier espagnol.

I quartierispagnoli. Je savais élider les voyelles finales et palataliser le *sp* à la manière napolitaine, et j'avais appris à ne pas laisser paraître mon étonnement quand je circulais dans la ville, mais il n'y avait aucun moyen de dissimuler mes traits fort peu méridionaux. Ma voisine d'ailleurs ne s'y laissa pas prendre, et elle reporta son attention sur le professeur, qui la méritait certes beaucoup plus.

« … La distinction entre le blanc brillant et le blanc mat. En grec, *melas* indique un noir irradiant, un concept qui s'est totalement perdu dans les langues modernes, sans qu'on sache exactement pourquoi. Dans l'Antiquité, on s'intéressait à la luminosité… »

— Ça ira comme ça, je lirai le manuel à la maison, dit ma voisine en refermant son cahier avec une joie palpable. Je prends le train demain matin pour Sala Consilina.

— Sala Consilina…

— Dans la province de Salerne. Tu ne peux pas connaître, ce n'est qu'un petit patelin…

Je percevais sa gêne. J'aurais voulu lui dire de ne pas s'inquiéter : s'il y avait une provinciale dans ce cours, c'était bien moi, qui avais grandi dans une série de banlieues sans âme. Mais elle n'aurait pas compris. Le sentiment d'humiliation des gens issus de villages perdus est une réalité historique profondément ancrée, alors que ma propre honte était tout à fait moderne – mêlée confusément au malaise très américain de me savoir malgré tout privilégiée.

— Alors, bon voyage.

— Joyeuses Pâques.

Je fixai à nouveau mon regard sur la tête chauve de Signorelli. C'était vraiment une pointure, capable non seulement de nous transmettre des faits singuliers sur l'évolution du langage, mais aussi de susciter chez moi d'étonnantes intuitions sur la nature de l'homme en général. Ces fulgurances me venaient pendant le cours ou dans les endroits les plus improbables, des étincelles de savoir que je n'avais jamais le temps de saisir avant qu'elles disparaissent comme des lucioles.

Mais de temps à autre, il se passait quelque chose d'étonnant. Plusieurs de ces étincelles se rassemblaient pour me chuchoter des secrets dans une langue oubliée, un langage animal peut-être, qui formait comme un étrange bourdonnement. En quelques secondes, il devenait une singulière et excitante cacophonie, comme des instruments s'accordant avant un concert. Peu à peu, ces sons inintelligibles s'organisaient pour se concrétiser en une idée unique qui expliquait tout. Ce n'était plus une simple voix, mais un rugissement stupéfiant et jamais entendu qui m'assourdissait. *La vérité.*

Et si seulement je pouvais retenir mon souffle assez longtemps pour que ce crescendo de notes devienne un tout qui délivre enfin son mystérieux message, alors je *saurais*. Je comprendrais les désirs primordiaux de l'homme, les véritables raisons pour lesquelles les gens font ce qu'ils font et sont ce qu'ils sont, depuis l'aube des temps. L'art, la guerre, la religion… L'amour aussi.

Je me mis à chantonner *Wild Horses* à mi-voix. Soudain, je me sentais piégée dans ce fauteuil, dans cette salle dépourvue de fenêtres. Je voulais courir à la maison pour écouter cette cassette une fois encore – et surtout l'écouter entre les lignes.

Dehors, les étudiants déferlaient des cafés et des librairies d'occasion, forçant les voitures à ralentir, les pliant à leur volonté. Ici, la ville était à nous. De notre tribu, je reconnus Costantino, qui étudiait le japonais, et Rina, qui étudiait le français ; emportés par la foule, nous nous contentâmes d'un petit salut de la main.

J'allais à contre-courant des autres étudiants, qui semblaient fuir le centre en direction de la gare. Le lendemain soir, ils seraient de retour dans leur ville natale. Je fus frôlée, poussée, heurtée, mais je ne déviai pas de ma direction le long de Spaccanapoli, cette longue tranchée en plein cœur de Naples qui me ramènerait aux Quartiers espagnols.

Je profitai des vacances de Pâques pour aller visiter l'église del Carmine. Chose inhabituelle, je pris l'autobus, n'étant jamais allée auparavant dans le quartier de la Sanità. Il était calme jusqu'au malaise : quelque part dans le silence, un couteau frappait une planche à découper, et j'entendis au loin le grondement léthargique d'une motocyclette. Ce n'était pas l'endroit pour sortir le Minolta qui avait appartenu à mon père ; je me bornai donc à consulter mon vieux plan aux plis fatigués avant de prendre sur la gauche.

Les rues se resserrèrent autour de moi comme un étau. Je trébuchais à chaque pas sur ces pavés typiquement napolitains – des *basoli* volcaniques, larges et plats, gravés d'entailles, qui donnaient aux rues l'aspect d'un patchwork géant. Je marchais à une cadence presque musicale, et je finis par comprendre que j'avais en tête une autre chanson de Pietro qui dictait le rythme de mes pas : U2, *Where the Streets Have No Name*.

Enfin je fis halte devant des murailles de tuf volcanique jaune. C'était comme être au fond d'un canyon : tout était de la couleur du sable, mais le soleil n'y entrait jamais. Je vis, creusées dans des grottes naturelles, de pauvres masures dépourvues de fenêtres, comme clouées sur place par le poids de la roche. Une femme enceinte qui se tenait en pyjama sur le seuil de l'une d'elles ferma sa porte en me voyant arriver.

Je dus marcher jusqu'au bout du quartier pour trouver l'église. Elle aussi à moitié enterrée et aussi jaune que la falaise qui la surplombait, elle semblait exprimer une protestation indignée contre cette situation.

À l'intérieur, l'édifice ne présentait rien d'extraordinaire : le marbre teinté et le porte-encens habituels, quelques vieilles femmes assises dans les travées égrenant leur rosaire. L'une d'elles se leva et vint vers moi.

— Tu es là pour les morts, n'est-ce pas, ma belle ?

— C'est ça.

À quoi l'avait-elle compris ? À mon arrivée hors d'haleine, ou au fait que je m'étais dispensée de tremper les doigts dans le bénitier ?

— Viens, suis-moi.

Elle avait le débit typique des veuves napolitaines, étirant les syllabes comme pour porter le deuil de chacune d'elles, sans se départir pourtant d'un grand sourire généreux. Je lui emboîtai le pas en direction de l'autel, et elle ajouta en se retournant à demi :

— Tu n'es pas d'ici.

— Non.

Au fond du chœur, elle me fit descendre une volée de marches. Ça sentait l'humidité et il faisait si sombre que je les tâtai une à une d'un pied prudent, jusqu'à sentir enfin sous mes semelles le contact de la terre battue. Une fois accoutumée à la semi-obscurité, je vis un grand espace s'étendant devant moi. Un sentier courait entre ce qui m'apparut comme des tumulus instables de bâtons posés contre les murs sableux de la grotte. Au plafond, le jour filtrait d'une unique ouverture encombrée de mauvaises herbes. Dans cette lumière glauque, les tumulus prirent peu à peu leur véritable forme.

— À qui sont ces tombes ?

— Dieu seul le sait, dit la femme, sa voix éveillant des échos. Ce sont des morts sans nom. Ils ont péri dans des tremblements de terre ou ont été emportés par la peste. Les gens tombaient comme des mouches, autrefois.

Parmi ces fragments épars d'êtres humains, je parvins à distinguer des fémurs, des vertèbres et des os plus petits qui avaient peut-être été des doigts. Je n'avais regardé la mort dans les yeux qu'une seule fois, lors de l'enterrement de la mère de ma belle-mère, et elle m'avait rendu le regard dépourvu d'expression d'un mannequin. Elle ne m'effrayait pas ; je craignais seulement de dire ou de faire ce qu'il ne fallait pas.

— Nos femmes ici consacrent leurs prières à ces gens, ajouta la femme, dans l'espoir qu'elles les verront en rêve.

Je me penchai sur un os long et courbe. Comment ça, *les voir en rêve* ? Mais quand je me retournai pour le lui demander, la femme avait disparu.

Une fois seule, je m'avançai avec déférence dans la grotte. C'était donc là, en bas, qu'était la véritable église. Le sentier se fit plus étroit, les tas d'ossements plus hauts. Ce n'était pas effrayant : tranquille plutôt, une promenade à travers une forêt de pins abattus, le long d'un sentier parsemé de brindilles et d'aiguilles. Mais mon imagination courait : l'une des nombreuses épidémies de choléra de Naples avait peut-être tué une épouse, mère de deux ou trois enfants, que l'on avait ensuite jetée dans cette grotte au cœur de la nuit comme une poupée de chiffon. Ou peut-être le volcan s'était-il réveillé pendant le marché du dimanche, et un garçon qui vendait des kakis, ceux du début de saison qui vous râpent la langue, avait suffoqué dans les fumées toxiques. Peut-être un tremblement de terre avait-il fait effondrer un mur sur lui, faisant rebondir ses fruits comme des balles orange à travers les rues. Non, je rêvais : le Vésuve dormait depuis longtemps ; il n'était plus qu'un décor de l'autre côté de la baie.

L'humidité de la grotte s'infiltrait lentement dans mes os, une sensation familière après toutes ces années à vivre dans des chambres sans chauffage où la peinture se détache des murs en longues bandes, comme des pansements, et où le plâtre porte les stigmates persistants des tremblements de terre. Je m'arrêtai devant un cercueil en bois aussi misérable que les bouts de planches que les garçons récupéraient pour le feu. Je regardai à l'intérieur : le trouver vide m'emplit d'une gratitude mêlée d'une indicible déception. Juste derrière moi, j'en avisai un autre, de la taille d'un bébé, dans un état de pourrissement encore plus avancé.

Il était clair que je n'avais rien à faire ici ; je continuai pourtant, mes yeux étaient trop affamés. Mon regard s'arrêta sur une pile de crânes. Ils luisaient comme du bois verni, comme si on les avait caressés chaque jour depuis des années ; certains étaient abrités dans de grossières boîtes en bois gravées d'une croix. Je m'agenouillai devant l'un d'eux.

Le visage, le seul accès terrestre à l'âme : de grandes orbites noires me regardaient, stupéfaites de leur destin, et la bouche était ouverte sur un long cri muet. Je n'éprouvais plus aucune excitation, ni même de curiosité. Je voulais rester là avec ce mort et trouver le courage de passer ma main sur son crâne, comme on met un enfant au lit, pour le regarder dormir. Je voulais me prouver que je n'avais pas peur de la mort parce que le destin veillait sur moi.

— Tout va bien ?

La voix de la femme brisa le silence. Peut-être n'avais-je pas le droit d'être là toute seule.

— Chacun de ces crânes est sous la responsabilité d'une paroissienne, m'expliqua-t-elle avec une lenteur due en réalité, je le compris cette fois, à l'effort qu'elle faisait pour parler italien. Elles en prennent un ou deux sous leur aile, qui deviennent en quelque sorte des membres de la famille. Elles les nettoient, elles leur construisent un autel. Et elles prient chaque jour pour que ces âmes sortent du purgatoire.

Je l'écoutais sans un mot. Je m'étais toujours représenté le purgatoire comme une sorte de salle d'attente, et je n'avais jamais connu l'enfer au cours de ma vie… pas plus que le paradis, d'ailleurs.

— Tout le monde a besoin de quelqu'un pour s'occuper de lui, reprit la femme dans un italien mêlé d'un peu de napolitain. *Quaccheruno ca' te fa nu poco l'avvocatocu'o Signore*. Quelqu'un qui intercède pour lui auprès du Seigneur.

Certaines vérités ne peuvent s'énoncer qu'en dialecte. Si j'avais été catholique, j'aurais pu répondre *amen*. Mais elle ajouta aussitôt, dans un chuchotement rauque de fumeuse :

— Et toi, tu as un petit ami ?

— Moi ? Non.

C'était la seule réponse possible, mais je sentis à ce moment mon cœur faire un bond dans ma poitrine. Avec ce « non » qui avait jailli comme une protestation, l'image de Pietro m'était apparue avec une clarté dont je n'aurais pas cru ma mémoire capable. Son corps élancé, son regard sérieux, son nez distingué en bec d'aigle, sa bouche scellée sur un mystérieux plaisir.

— Une jolie petite chose comme toi, il doit bien y avoir quelqu'un, répondit-elle, retombant dans le dialecte comme on enfile un vieux vêtement et prenant ma main dans la sienne, qui était rugueuse et tiède. Toi, quelqu'un t'attend, je parierais ma dernière lire là-dessus.

Un homme qui m'attendait ? Je croisai le regard de la vieille femme. L'éclat chaleureux de ses yeux me donna envie de me confier à cette étrangère, de lui raconter au beau milieu d'une fosse commune qu'un garçon m'avait donné une cassette et que je n'arrivais plus à me le sortir de la tête. Un inconnu que je ne reverrais sans doute jamais mais qui avait dû percevoir quelque chose – en moi, en nous – que je ne parvenais simplement pas à saisir.

Au lieu de cela, je répondis :

— J'aime bien être seule.

— Ah, toute seule…

Elle me tapota la main, trop fort, comme une claque, puis la laissa retomber. Le moment était passé.

Pourtant, n'avait-elle pas lu dans mon âme, et peut-être dans mon avenir ?

Hors du cimetière, le soleil était insupportable et le quartier éclatant de vie malgré la sieste prématurée, les volets clos, les graffitis paresseux. Ces rues avaient-elles même un nom ? Un voile de larmes emplit mes yeux, brouillant les rues environnantes en un paysage irréel. Le monde se pliait-t-il à ma vision, ou étaient-ce mes propres atomes qui tournaient comme des derviches et se fondaient dans le monde autour de moi ? Pendant un instant d'une beauté suprême, toutes les limites furent abolies. Tout devint possible.

De : tectonic@tin.it
À : heddi@yahoo.com
Envoyé le : 3 janvier

Chère Heddi,

Cela fait un bon moment que j'aurais dû te répondre. J'essaie une fois encore, sans savoir si j'ai rassemblé assez de courage au cours des années pour te dire la vérité sur la vie que je mène.

Je déteste cette vie de simple ouvrier. Ces deux dernières années, j'ai travaillé sur une plateforme pétrolière au milieu de l'Adriatique. Je travaille 15 jours par mois et je suis libre les 15 autres jours (si l'on peut dire). Ce travail ne me donne aucune satisfaction. Je crains bien d'être resté le même jour après jour.

Je cherche encore du travail à l'étranger, mais, chaque fois que j'envoie mon CV, je passe des journées entières à rêver que je trouve un poste pas trop loin de chez toi pour venir ne serait-ce que bavarder un moment autour d'une tasse de café.

Je ne cesse de penser aux erreurs que j'ai commises, qui convergent toutes dans un vaste bassin d'échecs, pour ainsi dire. Tu dois te demander ce que je veux de toi et je ne le sais pas moi-même. Mais tu es la seule femme que j'aie jamais aimée. Je t'ai blessée, et même après toutes ces années je ne trouve aucune explication à ma conduite – seulement des excuses. J'ai bien conscience d'avoir jeté au vent mon unique chance d'une vie paisible et heureuse avec toi. Je comprends de mieux en mieux que j'ai férocement piétiné les sentiments, le respect et l'amour de la plus belle personne que je rencontrerai jamais. Je sais que j'ai jeté mes cartes au moment où j'aurais pu partir avec le jackpot.

Ce qui me ramène à cette question : qu'est-ce que je veux de toi ? Je veux que tu saches que mon estime de moi est réduite en cendres ; je veux que tu saches qu'il n'y aura jamais d'autre femme comme toi dans ma vie. J'ai eu quelques aventures dont je suis sorti plus conscient que jamais de la quantité de merde sous laquelle je me suis enseveli. Je veux que tu voies quelle existence sans but je mène ; je veux te montrer à quel point tu avais raison.

C'est bon de savoir que tu n'as pas complètement oublié mon nom, d'entendre parler de toi et de ton chat. C'est un cadeau que je ne mérite pas. J'espère que tu voudras bien m'en dire plus. J'essaie d'imaginer ce que tu fais, l'endroit où tu fais tes courses, ce que tu cuisines, comment tu passes tes week-ends. Je t'en prie, réponds-moi vite. Et en attendant, passe le bonjour pour moi à ces cow-boys mexicains, et si tu penses que ce n'est pas trop malvenu, à Barbara et à ton père.

p.

4

— Devine qui vient dîner ce soir, me dit Sonia pendant que nous mettions la table, qui avait été transportée sur la terrasse pour l'occasion. Angelo l'a invité, ajouta-t-elle à mi-voix, son beau visage méditerranéen illuminé d'un sourire, tandis que de tièdes rafales de vent agitaient ses cheveux comme des algues dans la mer.

Le sirocco avait commencé à souffler quelques jours plus tôt, s'avançant à pas de loup dans notre dos. Ce vent du Sahara arrivait toujours à cette époque de l'année, et pourtant il nous prenait toujours par surprise. Tel un glissement de terrain tropical, il s'écoulait le long des rues du Quartier espagnol, se pressant sans pudeur contre tout ce qui croisait sa route : les cuisses des femmes mariées, le pelage des chiens errants, les quartiers de chou. Puis il errait au hasard des rues transversales, d'est en ouest et du nord au sud, sans autre but que d'incruster du sable du désert dans les dentelles des slips mis à sécher et les moteurs des scooters garés depuis trop longtemps, recouvrant toute chose d'une couche chaude et granuleuse.

Pourtant il y avait un certain plaisir dans le sirocco, dans le bouleversement temporaire des lois, le sentiment d'impuissance et la chaleur qu'il amenait avec lui. Il faisait enfin assez bon pour pouvoir manger dehors. Le vent du désert était le signe que l'été arrivait, frayant lentement son chemin à travers l'Afrique ; et, plus encore que les années précédentes, il me faisait aspirer à cette saison si longtemps attendue. Un désir, disait Sonia, qui devenait une douleur sourde au fond du ventre. J'entendis comme un murmure à mon oreille : c'était le vent qui disait *dépêche-toi*.

— C'est décidé. Je vais lui parler ce soir.

— Super, Sonia. Tu as raison.

— Oh, la *pasta* !

— J'y vais.

Dans la cuisine au moins, il n'y avait personne, pas même le vent. Je tournai les *bucatini*, ces longues langues de pâte maladroites qui se mettaient de travers et refusaient de se laisser discipliner, ce soir moins que jamais, par ma longue cuillère en bois. Bientôt j'entendis des voix monter du rez-de-chaussée, suivies de pas dans l'escalier.

Angelo piaillait : « Ce truc, putain, c'est de la bombe ! » Puis une voix masculine vaguement familière. : « Ouais, mes grands-parents en font aussi. » Et enfin, une voix plus grave : « Elle n'est pas aussi bonne que celle de l'an dernier. J'espère qu'elle vous plaira quand même. »

Comment n'avais-je pas été émue, le soir de la fête, par la puissance de cette voix ? Pietro monta l'escalier le premier, tenant à la main une bouteille de vin sans étiquette. Je ne le regardai pas ; je gardai les yeux fixés sur le garçon bouclé derrière lui, en qui je reconnus Davide, suivi d'Angelo portant un paquet enveloppé dans du papier de boucherie.

— Regarde ce que Pietro nous a apporté de la ferme, gazouilla-t-il en ouvrant le papier brun. De la *soppressata* maison, qu'est-ce que tu dis de ça ?

— Génial, dis-je en jetant un coup d'œil à Pietro qui attendait dans la salle de séjour sous le médaillon en stuc du plafond, l'air embarrassé, lourdement appuyé sur une jambe comme s'il était boiteux.

Je posai ma cuillère fumante. « Par ici », dis-je dans un souffle, et, qu'il m'ait entendue ou non, il me suivit dehors.

— Bon sang, s'exclama-t-il en regardant le chéneau en stuc attaché au mur de la terrasse, on est où, ici, au palais royal ?

Autrefois, dans des temps plus prospères, de l'eau s'écoulait de la bouche de la gargouille dans le bassin. Tonino accueillit Pietro avec une tape virile sur l'épaule et lui prit la bouteille des mains.

— Celui qui a construit ça devait être un crétin quelconque qui se prenait pour Ferdinand IV, dit-il. Tu as vu les fresques ? Sacrément ringardes.

— L'appartement est en réalité un ajout illégal, dit Luca, construit au-dessus du bâtiment d'origine du XVIIe siècle. Il ne doit pas remonter plus loin que les années 1930.

— Eh bien, dit Pietro, les propriétaires quels qu'ils soient devaient rouler sur l'or.

— Oui, il y a des années peut-être, quand ce quartier était encore à peu près décent, dit Angelo. Mais les propriétaires actuels ne sont qu'une bande de *vasciaioli*. Ce sont de vrais ploucs, doublés d'authentiques escrocs. Et il faut entendre le bel italien qu'ils parlent quand ils viennent réclamer le loyer.

— Ils passent la journée dans le *vascio*, précisa Luca. Mais leur chambre se trouve à l'étage au-dessus.

— La belle différence…

— Comment tu fais pour être toujours au courant de toutes ces histoires à la con ? s'exclama Tonino.

— Je n'ai pas pu m'empêcher de remarquer votre voisin si raffiné, dit Davide.

En effet, personne ne pouvait manquer le travesti aux jambes en cerceau planté sur le seuil du rez-de-chaussée juste en face de chez nous. On ralentissait involontairement pour jeter un coup d'œil à l'intérieur de sa chambre qui, avec son divan couleur sang, son faux marbre et ses dorures, semblait vous aspirer comme un bordel chinois.

— Ce type vous ferait tourner pédé comme de rien, dit Tonino, notre macho de service.

Angelo secoua la tête.

— Pourquoi quelqu'un voudrait habiter en bas plutôt que dans un endroit magnifique comme celui-ci, ça me dépasse.

— Pour éviter ce foutu escalier, répondit Tonino. Un de ces quatre, ces six étages vont me filer une crise cardiaque.

— Ou pour être au cœur de l'action, ajouta Luca en tendant sa pochette de tabac à Pietro.

Pietro refusa poliment et sortit un paquet de Marlboro. Il parut plus détendu quand il eut avalé la première bouffée.

— Ce sont des Light, dit-il en se tournant vers moi d'un air d'excuse.

Sonia arriva en portant la marmite de *bucatini alla puttanesca*, le plat idéal pour notre bande bigarrée avec ses ingrédients de fond de placard et ses origines incertaines : Sicile ? Rome ? Ischia ? Nous prîmes place autour de la table, Pietro en face de moi. On servit son vin à la ronde. Je buvais très rarement – l'alcool me donnait la nausée –, mais cette nuit-là je laissai mon verre se remplir à moitié... bon, d'accord, aux trois quarts. Je pris une gorgée par politesse et je sentis aussitôt sa chaleur liquide se répandre dans mes veines, envahissante comme le sirocco qui passait à présent ses gros doigts tièdes dans mes cheveux. Je les relevai en un chignon approximatif.

«*Buon appetito !*»

Nous mangeâmes dans le silence qui accompagne toujours la bonne nourriture, dans le vent chaotique qui imposait lui aussi une concentration solitaire. C'était la meilleure occasion pour moi d'étudier Pietro en douce, de vérifier si mes souvenirs collaient à la réalité. Je me rappelais bien ses traits, mais cette fois je fus frappée par leur singularité. Pietro avait les grands yeux expressifs d'un cerf, mais son long nez osseux donnait à son profil une majesté babylonienne. Quant à sa bouche, mes yeux ne s'aventuraient pas sur elle.

En le regardant descendre le vin de Davide («il ne risque pas de remporter un prix, disait celui-ci, mais c'est meilleur que de l'eau»), je réalisai à quel point son charme sortait de l'ordinaire, avec cette beauté proche de la laideur. Pietro semblait jouer constamment sur la limite entre beauté inaccessible et vulgarité facile, sans jamais la franchir. Il était étrange et magnifique. Je l'étudiais avec tant d'attention qu'il me semblait sentir la chaleur de son haleine, entendre le battement de ses cils. Une fois encore, le vent me murmura *dépêche-toi*.

Je pris une grande gorgée de vin et remarquai que Sonia elle aussi étudiait Pietro, les yeux fixés sur ses lèvres légèrement rougies par la sauce tomate. Ces lèvres remuaient, et je vis que Pietro était en train de répondre à une question de Tonino.

— L'hydrogéologie, disait-il, sert à repérer les nappes phréatiques. Cela permet par exemple de savoir où creuser un puits.

— Parce que les gens creusent encore des puits ? demanda Sonia.

— Tu n'es pas censée venir de Sardaigne, toi ? dit Tonino.

— Ah, les jeunes urbains d'aujourd'hui… dit Angelo avec un soupir de feinte résignation.

Il aimait railler Sonia sur le fait qu'elle aussi était née aux confins de l'Italie.

— Vous ne pouvez pas vous servir de ces bâtons pour trouver de l'eau ? demanda Davide.

— C'est ce que font les vieux au village, répondit Pietro.

— Tu veux dire un de ces trucs pour battre sa femme ? s'esclaffa Tonino. Mon père en a un.

Ils se mirent à rire, et je me joignis à eux. Pietro rit aussi, puis masqua sa bouche de ses longs doigts osseux dans un geste pensif et posa les yeux sur moi. Je sentis le poids de son regard : c'était comme s'il avait attendu toute la soirée le moment propice pour le décharger sur moi. Toute légèreté m'abandonna aussitôt, et je cessai d'entendre le joyeux bavardage ; en réalité, je n'étais même plus assise à table avec mes amis, mais avec Pietro dans un monde profond et clair, un fond marin où le silence battait à nos oreilles au rythme lent et immémorial des vagues.

Nous étions seuls là-bas et Pietro n'était plus un étranger. Il me regardait, il regardait *en* moi, la lance de son regard perçant tout ce qui m'était cher, et il me disait en silence : *c'est pour toi que je suis venu ce soir.* La fourchette que j'avais à la main se changea en plomb, et je pâlis jusqu'à devenir un simple esprit errant. Le sirocco cette fois s'emparait de moi, je n'avais plus la force de le combattre, ni de soutenir le regard de Pietro un instant de plus.

Il y eut de nouveaux éclats de rire. Pietro détourna les yeux à son tour, brisant la certitude que nous venions d'échanger un dialogue sans paroles. Je délirais, sans doute, ou peut-être j'étais ivre.

— Tu as pris volcanologie ? était en train de lui demander Luca.

Pietro répondit, sans émotion et sans s'adresser à quiconque en particulier, qu'il n'avait pris cette option que pour deux semestres.

— Ce n'est pas mon domaine, mais je dois reconnaître que c'est passionnant.

Donc il étudiait la géologie. Cette poche de poitrine, ces chaussures : tout cela faisait sens à présent. Que pouvait-il y avoir d'intimidant dans un étudiant en géologie ?

— Et le Vésuve ? demandai-je, étonnée du son de ma propre voix. Tu l'as étudié ?

— Un peu. C'est un parfait exemple de stratovolcan.

— Ça veut dire quoi ? dit Sonia.

— Ce sont des volcans en forme de cône, expliqua-t-il, qui se sont constitués sur des centaines de milliers d'années à partir de coulées de lave ayant apporté à la surface essentiellement du basalte et des ryolithes.

— En clair, c'est un furoncle géant, dit Davide en mâchant sa *soppressata*.

Pietro sourit et couvrit à nouveau sa bouche de sa main en frottant sa mâchoire rasée de près.

— On peut le dire comme ça. En tout cas, c'est le type de volcan le plus dangereux sur terre.

— Oh, mon Dieu, est-ce qu'il y a lieu de s'inquiéter ? demanda Sonia.

— Peut-être. Près de la moitié des volcans du monde qui sont entrés en éruption récemment étaient des stratovolcans.

— Définis *récemment*, dit Tonino.

— Au cours de ces dix mille dernières années.

À l'autre bout de la table, Davide et Angelo riaient bruyamment d'une bêtise quelconque. Le bruit attira mon regard vers la terrasse et, par-delà la ville, jusqu'au volcan qui irradiait dans la lumière orange du sirocco.

— Mais ça ne veut pas dire, m'entendis-je demander, que le Vésuve va entrer en éruption maintenant ? Ça pourrait être dans des milliers d'années, n'est-ce pas ?

— On l'ignore, mais ça ne sert à rien de se prendre la tête. C'est la loi du chaos. On n'y peut rien.

Pietro avait parlé avec un fatalisme qui allait mal avec sa voix de baryton, grave et pourtant rassurante, comme celle d'un présentateur météo annonçant la tempête du siècle.

— Bon, dit Sonia avec un grand sourire, pas la peine de se faire des cheveux, alors.

La voir s'illuminer ainsi me fit l'effet d'une douche froide. C'était sa soirée. Peut-être même avait-elle avoué son secret à Angelo, qui conspirait à présent en sa faveur en invitant Pietro. Je songeai aussi qu'il n'avait peut-être pas compris un traître mot de sa cassette de chansons américaines, que celle-ci n'était à ses yeux qu'un partage de tubes avec une indigène du pays du rock'n'roll. J'étais persuadée à présent que ce que j'avais perçu comme un échange silencieux à travers la table n'était qu'un simple coup d'œil par hasard dans ma direction. Peut-être était-il venu ce soir pour Sonia – ou pour personne. Je me jurai d'arrêter de fantasmer et de ne plus boire une seule gorgée de son vin.

— En tout cas, reprit Pietro en tranchant un peu plus de *soppressata*, nous en aurions un avertissement sous la forme de tremblements de terre.

— C'est bien ce qu'a décrit Pline le Jeune, intervint Luca – et, comme toujours quand il se décidait à parler, chacun se tut. Les habitants de Pompéi ont ressenti des secousses dans les jours précédant l'éruption. Mais ils n'ont fait aucun lien avec le Vésuve.

— Et l'eau avait un goût de soufre avant que les puits s'assèchent soudainement, ajouta Pietro. Ils n'en ont tiré aucune conclusion. Les gens ne savaient même pas que c'était un volcan. Pour eux, c'était une simple montagne qui leur donnait de belles vignes et du bon vin…

Et, comme pour retenir un rire malvenu, il cacha à nouveau sa bouche.

Ses connaissances avaient dû impressionner Luca, car après cela il s'en rapporta à lui pour chaque détail géologique de son récit historique. La plus grande sagesse de Luca était peut-être de connaître les limites de son savoir, et Pietro précisait son récit ou le corrigeait avec la même humilité.

— Un jour, vers une heure de l'après-midi, poursuivit Luca, l'explosion survint, avec une colonne de fumée haute de trente kilomètres. Quand elle toucha le sommet du ciel, la colonne s'épanouit comme un pin parasol, nota le jeune Pline de dix-huit ans qui contemplait le désastre depuis Misène. Puis la terre reprit ce qui lui appartenait : les roches mêlées au cendres retombèrent et avec elles les ténèbres, comme un minuit soudain. Tout l'après-midi et toute la nuit, les roches martelèrent la ville, une pluie mauvaise qui fit ployer les toits et remplit de débris les maisons et les rues de Pompéi et de Stabiae, en épargnant Herculanum comme pour mieux la laisser à la merci des coulées de lave. Des nuages de cendres recouvrirent tous les survivants. Comme la mer s'était retirée de la côte, abandonnant sur le sable des poissons et des coquillages, de même les dieux désertaient les hommes.

Pendant que Luca parlait, le sirocco envoyait la fumée de sa cigarette dans toutes les directions, avant qu'elle aille se fondre dans la nuit jaune.

— À quoi il faut ajouter la chaleur intense des déferlantes pyroclastiques, ajouta Pietro.

Luca hocha gravement la tête avant de conclure :

— Ce jour-là, plus de dix mille personnes trouvèrent la mort.

J'écoutais, vissée à ma chaise. Pendant des années, quand j'habitais là-bas, dans l'ancienne Stabiae où Pline l'Ancien était mort suffoqué par les cendres, je n'avais accordé aucune pensée aux histoires enfouies sous mes pieds. À présent, cette vérité familière m'emplissait d'une peur électrisante proche de l'euphorie : elle tenait peut-être aux fils brillants dont Luca avait tissé son histoire, ou à quelque chose de tout à fait différent.

Je jetai un coup d'œil à Pietro, qui buvait son café les yeux fixés sur Luca, indifférent au vent saharien qui jouait dans sa queue-de-cheval. C'était le même regard que j'avais souvent pour Luca, plein d'une admiration que je ne parvenais pas à dissimuler, surtout quand sa langue se déliait sous l'effet du vent ou du vin. Pendant ce temps, les autres se démanchaient le cou pour apercevoir le volcan au-delà des lumières de la ville, comme s'ils venaient seulement de remarquer sa présence.

— Sans parler de l'éruption dévastatrice de 1631, reprit finalement Luca.

Personne ne se risqua à l'interroger sur 1631. Il y eut un cri en bas dans la rue, puis le grondement d'une motocyclette. Pietro porta la main à sa poche de poitrine que gonflait le rectangle parfait de son paquet de cigarettes. Ce faisant, sa chemise s'entrouvrit, dévoilant un médaillon en argent. Un soleil ?

Je me détournai rapidement. Ce n'était pas à moi de le découvrir. Et pourtant le vent jouait dans le col de ma veste élimée, il me soufflait dans le cou, il murmurait mon prénom. *Dépêche-toi, Eddie, dépêche-toi.*

Le vin était terminé, la *soppressata* aussi, mais la soirée était loin d'être finie. Les chaises dépareillées avaient été déplacées comme les pièces d'un échiquier loin de la table ; Davide, assis sur le rebord de la fontaine, discutait à voix basse avec Luca. La conversation prit un tour plus léger. Angelo prit une miette sur la table et se la colla sur sa lèvre.

— J'ai l'air de quoi avec une moustache ?

— Tu ressembles au signor Rossi, dit Tonino.

— Ah, le signor Rossi, ce petit bonhomme de dessin animé, dit Sonia. Je l'adorais quand j'étais petite.

— Tu veux dire qu'ils ont aussi la télévision en Sardaigne ? plaisanta Angelo.

Encore des rires. Je ne voulus pas savoir si Pietro riait aussi. Comme tous les autres, il connaissait sûrement le signor Rossi depuis l'enfance. Je me levai pour débarrasser la table.

— Laisse-moi te donner un coup de main, dit-il en commençant sans attendre à empiler les assiettes sales.

Je le remerciai et lui fis signe de me suivre dans la cuisine.

— J'ai entendu dire que tu es une linguiste de talent, souffla-t-il dans mon dos.

— Qui est-ce qui t'a raconté ça ?

— C'est vrai que tu parles cinq langues ?

— Quatre, en fait. Mon russe est épouvantable, dis-je en posant mes assiettes à côté des siennes sur le comptoir de la cuisine.

Je n'avais jamais compté le napolitain, personne ne le faisait, même si, techniquement, c'était une tout autre langue : du latin vulgaire mêlé d'osque, de grec et même d'arabe.

— Le russe, tu m'impressionnes. En plus, c'est un alphabet complètement différent.

— En fait, il n'est pas si difficile que ça. Je pourrais t'apprendre le cyrillique en cinq minutes.

— Ça me plairait bien.

Avais-je été jusqu'à lui offrir un cours particulier ? Ce n'était pas mon intention. Mais j'avais accepté qu'il me suive à l'écart des autres, alors que j'aurais parfaitement pu me débrouiller seule. Je savais seulement qu'une fois à l'abri de ce vent fou il serait plus facile de parler. Tandis que je le guidais vers la cheminée barbouillée de suie, je sentis dans son eau de Cologne la fraîcheur soudaine d'une forêt de pins.

Je désignai les fleurs marron sur le carrelage.

— Qu'est-ce que tu penses de cette fissure ?

— Humm, dit-il. Elle va jusqu'où ?

— Jusqu'à la terrasse. (Je le regardai suivre la fissure avec précaution, comme s'il marchait au bord d'une crevasse.) Je crois qu'elle s'élargit, ajoutai-je, mais ça n'a pas trop l'air d'inquiéter les garçons, pas même Angelo : pourtant, il y en a une dans le plafond de sa chambre.

— Je n'en suis pas certain, mais ce n'est pas bon signe, qu'elle suive comme ça le mur extérieur, dit-il en s'accroupissant.

Je l'imitai. Je ne savais pas ce que je voulais de Pietro, qui n'était ni ingénieur, ni architecte, mais un simple étudiant en sciences de la terre. Je savais seulement que c'était bon d'être accroupis côte à côte, sans nous regarder, dans une posture aussi intime.

J'aperçus Sonia dehors, sur la terrasse. Malgré son accoutrement qui lui donnait l'air d'appartenir à la famille Addams, ses joues gardaient la rondeur de l'enfance que j'avais perdue abruptement, presque en une nuit, quelques années plus tôt, dévoilant des pommettes comme des rochers quand la mer s'est retirée, un vestige peut-être du sang cherokee qui courait dans mes veines et pouvait à tout moment réveiller la nomade en moi.

Je pensai à sa confession sur le toit cette nuit-là, sans savoir qu'en faire exactement. Était-ce comme dans ce jeu de cartes où le premier à jouer gagne le droit implicite de remporter la main ? Selon ces règles-là, il importait peu que Pietro m'ait offert un cadeau, que la vieille femme dans l'église ait curieusement paru connaître son existence, ou que le souvenir de son visage ne me laisse plus en paix, ce visage qui me fixait à présent avec le plus grand sérieux. Était-il inquiet au sujet de la fissure dans le sol ou avait-il les mêmes pensées que moi ?

5

Je tombai sur Pietro deux jours plus tard, près de la fac. Il m'invita à prendre un café l'après-midi même dans la maison qu'il partageait avec son frère. Vers seize heures, avait-il proposé en griffonnant sur un bout de papier *33 via De Deo. Iannace*. Ils habitaient les Quartiers espagnols, à quelques pâtés de maisons de chez moi.

Pourtant, je me perdis en chemin : le plan en grille de ce quartier, militaire à l'origine, avait été conçu précisément pour cela. Les cafés presque identiques, les vendeurs de fruits et les étals de fortune proposant des œufs ou des cigarettes de contrebande à chaque carrefour renforçaient cet effet de labyrinthe ; une disposition idéale pour éloigner les intrus et garder les habitants à l'intérieur.

Pour surmonter ce problème, j'avais mémorisé des trajets à travers le quartier. Ainsi, de chez moi à l'Orientale, il fallait prendre à gauche, puis à gauche, puis à droite au niveau de la croix, et enfin tout droit en enjambant les flaques formées par les caisses d'encornets et de moules, jusqu'à ce qu'enfin je me trouve éjectée sur la via Roma. Guidée par la mémoire motrice, je progressais comme une équilibriste sur sa corde parmi les antennes et le linge suspendu, fendant le smog parmi le brouhaha et les hurlements des voisins. Si le Quartier espagnol ne se laissait pas conquérir, je le contrôlais suffisamment pour y naviguer les yeux fermés. Seulement, la via De Deo ne se trouvait sur aucun de mes itinéraires, et j'avançais en consultant régulièrement les plaques des rues.

— Eh, sac d'os !

Une gamine avait repéré en moi l'étrangère et me toisait, cherchant la bagarre. Elle pouvait avoir neuf ou dix ans, mais en années napolitaines cela lui en faisait une bonne dizaine de plus. Il était toujours difficile de savoir ce que les locaux pensaient de nous, les étudiants. On disait qu'ils s'efforçaient de nous protéger de leurs trafics. Ils semblaient parfois curieux, parfois offensés de notre présence, mais le plus souvent ils nous regardaient à peu près comme les chiens errants, avec un peu d'irritation mais non sans tendresse, se bornant à nous tenir à distance.

La gamine laissa tomber et s'en alla. Du coin de l'œil, je vis une forme noir et blanc grimper une ruelle et disparaître dans un *vascio*. Une chèvre, je l'aurais juré. Elle allait bien avec les autres bestioles du Quartier, y compris le lapin blanc qui habitait le tas de bois sous le four d'un pizzaiolo. La chèvre me parut de bon augure et je plongeai dans la ruelle à sa suite.

Il y avait bien une odeur de ferme, mais aucune trace de l'animal. Les gens me regardaient du pas de leur porte ; je gardais les yeux rivés sur les pavés volcaniques, mais je sentais déjà la panique planter dans mes pieds ses petites griffes désespérées.

Je m'enfournai dans la première ruelle à droite. Une charcuterie, Dieu merci. Je me réfugiai sous la viande suspendue et un coup d'œil à la plaque de rue m'apprit que, réelle ou non, la chèvre m'avait bien indiqué le chemin. Naples venait toujours à mon secours, finalement...

Je sentais dans mes cuisses la raideur de la pente, que les vespas peinaient elles aussi à gravir : les hommes conduisaient tête baissée, l'air concentré, de grosses veuves à l'arrière assises en amazone, comme leurs jupes et leur âge l'exigeaient. Des femmes traînaient le double fardeau de leurs courses et de leurs enfants. 23... 25... 27. Mon cœur battait la chamade, et j'en accusai cette venelle ridicule qui, si elle ne finissait pas bientôt, allait me mener jusqu'à San Martino, le monastère qui surplombe le Quartier espagnol comme les portes mêmes du paradis.

33. À travers les fentes du portail, je distinguai une cour plongée dans l'ombre mais parsemée de plantes en pot. J'escaladai du regard la façade de l'immeuble surmontée d'un rectangle bleu, signe d'une exaltante immensité.

Je m'obligeai à me rappeler qu'il s'agissait simplement de boire un café. Mais quand j'eus pressé le bouton et qu'une voix m'eut donné l'instruction de monter jusqu'au dernier étage, le déclic de la porte sonna comme la voix impérieuse du destin.

Pietro leva les yeux. L'odeur de café emplissait déjà la maison et une cigarette se consumait dans le cendrier au milieu de nombreux mégots. Il se leva avec un sourire qui ne découvrait pas ses dents, sa chemise bien rentrée dans son pantalon. Il parut tenté de me serrer la main, avant d'y renoncer ; mais ne m'embrassa pas non plus.

— C'est très… ensoleillé ici, dis-je, hors d'haleine.

— C'est notre Monte-Carlo à nous, dit-il avec un petit rire. Assieds-toi où tu veux. Le café est prêt. Tu le prends comment ? dit-il en rafale tout en passant dans la cuisine.

— Avec un nuage de lait, si tu en as. Sinon, ça ne fait rien.

Je m'assis à la table et regardai autour de moi le spacieux séjour. À part le fait d'être au dernier étage et sans doute tout aussi illégal, son appartement ne ressemblait en rien au nôtre. C'était comme s'il venait tout juste d'emménager : pas de photos ni de posters, juste un espace blanc brisé par un bureau métallique et une étagère à livres. Derrière un sofa en vinyle, un escalier moderne conduisait à un second niveau. Une enfilade de fenêtres laissait le soleil pénétrer dans le moindre recoin de la pièce, y compris sous l'escalier, baignant toute chose d'une doucc lumière.

— Du sucre ?

— Oui, s'il te plaît.

— Gabriele, le café est prêt ! C'est mon frère aîné, ajouta-t-il en posant une tasse devant moi d'une main qui tremblait légèrement : était-ce à cause d'un excès de cigarettes ou parce que nous étions seuls pour la première fois ?

— Je ne t'ai pas demandé, dis-je en tournant mon café avec un soin excessif, comment s'est passé ton séjour à la ferme ?

— Comme d'habitude.

— C'est-à-dire ?

— Un enfer, comme toujours !

La précision ne venait pas de Pietro, mais d'une voix aussi grave que la sienne. Un homme aux cheveux noirs clairsemés, avec un nez familier mais à la courbure moins marquée, s'avança vers moi et dit avant même de s'asseoir :

— Gabriele, ravi de faire ta connaissance. Je te préviens tout de suite, si jamais on t'invite à la ferme, tu dis non. Ça t'évitera beaucoup de soucis.

— Ne l'écoute pas. Ce n'est pas si atroce.

— Oh, non, ce n'est pas si atroce, reprit Gabriele d'un air théâtral. Comment faut-il le qualifier alors ? Bucolique ? Élégiaque ?

— Tu dois excuser Gabriele : il déteste l'air pur. Il préfère le smog.

— Mon petit frère est un peu aveugle, répliqua Gabriele en allumant une cigarette. Ce n'est pas sa faute, c'est lui le préféré. Et il le mérite.

Puis il regarda Pietro avec une sorte d'amour que je n'avais jamais vue auparavant, une furieuse adoration qui me fit baisser les yeux.

— Cela dit, j'aimerais te poser un milliard de questions, mais je suis sûr que mon petit frère tient à te les poser lui-même, et de toute façon j'ai un dessin à finir pour la fin de la semaine. Donc, je vous fiche la paix pour le moment, conclut-il en descendant son café d'un trait.

— Tu es un artiste ? demandai-je, soudain paniquée à l'idée qu'il s'en aille en nous laissant seuls.

— J'étudie l'architecture.

— Mon frère aussi est architecte.

— Il a de la chance. Je crains que, pour moi, ce ne soit qu'un rêve. Salut pour l'instant, Eddie, mais je suis sûr que nous nous reverrons bientôt.

Là-dessus, Gabriele disparut d'un pas lourd dans l'escalier. Bientôt ? Qu'entendait-il par là ? J'eus l'impression que Pietro lui avait parlé de moi, mais qu'y avait-il à dire ?

Les expressos, hélas, s'avalent en une seule gorgée. Après une pause embarrassée, Pietro me demanda si j'aimais les roches. La question était désespérément vague, mais je m'y accrochai de toutes mes forces. Je lui racontai que, quand j'étais petite, mon père m'emmenait à la plage pour chercher des fossiles, et je lui parlai de ses innombrables boîtes remplies de sables de tous les pays du monde. Lui aussi avait étudié la géologie avant de changer d'orientation, ce qui me donnait la sensation d'avoir une relation privilégiée, quasiment génétique, avec les roches.

— Mon père se servait de ce truc, comment ça s'appelle, une sorte de marteau…

— Un pic de prospection, s'exclama Pietro avec excitation. Oui, j'en ai un aussi.

— Vraiment ?

— Tous les étudiants en géologie ont le leur. C'est un outil indispensable, comme une épée pour un chevalier.

Il riait, mais gardait les yeux baissés sur le fond de sa tasse, comme s'il lisait son avenir dans le marc et les cristaux de sucre. Soudain, il me fixa droit dans les yeux.

— Tu veux le voir ? Il est là-haut.

Donc ce n'était pas un simple café : même si mon cœur battait follement, je trouvai un certain apaisement dans cette certitude. En le suivant au premier, je réprimai un sourire. Inviter une fille dans votre chambre pour voir un pic de prospection ou une collection de papillons, c'était tout à fait comme au collège. Il n'aurait pas pu trouver mieux ? Mais c'était bien le côté enfantin de cette fiction qui rendait l'invitation acceptable. Ce petit mensonge, dont nous étions les complices bienveillants, effaça tous les doutes : c'était notre troisième rencontre, et une fois là-haut nous échangerions un baiser.

La chambre de Pietro avait la taille d'un placard, ou au mieux d'une cabine de navire, avec le port encastré comme un joyau dans la fenêtre. Il y avait à peine la place pour un lit étroit, une bibliothèque improvisée et un poster de Jimi Hendrix. Pietro prit le pic de prospection comme si c'était un vase précieux et me montra son nom, gravé de sa propre main dans le manche. J'écoutais ses explications les yeux fixés sur sa bouche, en me demandant comment nous allions passer d'un pic de prospection à un baiser.

— Désolé, la chambre est toute petite, dit-il. Si tu veux t'asseoir, tu peux prendre le lit.

Ah, c'était donc là le passage. Je m'assis sans opposer de résistance à cette petite volte-face du destin, tout en me demandant comment j'avais atterri là, sur le lit d'un inconnu. La tête me tournait, tout mon corps pesait comme un sac de pierres. Mais à présent que j'étais là, il n'y avait plus qu'à aller jusqu'au bout. Je me voyais déjà de retour dans la sécurité de ma chambre à coucher, à goûter ce baiser qui n'existait pas encore – ou, me dis-je soudain, à chercher à effacer son souvenir.

Pietro vint s'asseoir à côté de moi en disant : « je vais m'étendre un moment ». Il posa son pic de prospection à terre et s'installa, les jambes pointées vers la mer.

Je m'allongeai aussi, ce qui apaisa un peu mon vertige. Nous restâmes ainsi, étendus sur le dos dans ce minuscule lit d'enfant, tous les prétextes imaginables montant vers le plafond, telle une vapeur. Nous le fixâmes longuement, ce plafond incliné, comme un miroir reflétant une série vertigineuse de possibilités.

— Tu aimes Jimi Hendrix ? demandai-je finalement.

— Pas tant que ça. C'est le poster qui m'a plu.

J'entendais sa voix profonde plus proche que jamais et j'aurais voulu qu'il ne cesse jamais de parler. Mais il voulut savoir quel genre de musique je préférais.

— Je ne sais pas, un peu de tout. J'ai bien aimé les chansons que tu m'as enregistrées.

Il laissa échapper un petit rire embarrassé.

— Je me suis vraiment appliqué pour faire cette cassette. J'y ai passé un temps fou.

— Mais tu ne me connaissais même pas.

— C'était comme un sixième sens, Heddi.

Il y eut un silence. Je ne pouvais pas me tourner vers lui, pas à présent que son souffle m'effleurait. Soudain le plafond s'obscurcit et ma bouche entra en collision avec du papier de verre. Je sursautai et reculai. Mon dieu, c'était vraiment comme au collège !

— Qu'est-ce qui ne va pas ?

— Tu m'as surprise, c'est tout.

— Pourquoi, tu ne savais pas que j'avais envie de t'embrasser ?

Et il se laissa retomber sur le lit. J'eus envie de tout envoyer paître et de m'en aller. Mais une voix au fond de moi me disait de surmonter l'embarras et la honte. Je devais *savoir*. Je me penchai vers lui et j'effleurai sa bouche de la mienne en signe d'apaisement. Pietro allongea le cou pour prendre mes lèvres et je reculai, piquée par le chaume de sa barbe. C'était donc ainsi que l'on embrassait dans la province d'Avellino ?

Je gardai les yeux fixés sur sa lèvre inférieure, pleine comme un fruit, et sans réfléchir je la mordis doucement. Il me laissa faire. Il était immobile désormais, les paupières baissées, haletant, inquiet peut-être.

Je pressai mes lèvres contre les siennes. Cette fois, ce fut comme ouvrir une figue fraîche et goûter sa pulpe sucrée. Elle était mûre à point et j'en voulais encore. Un autre baiser, et encore un autre, et nos bouches bientôt parurent vouloir se dévorer. Une bouchée en amenait une autre ; nous n'étions jamais rassasiés, les baisers tombant l'un derrière l'autre comme des cerises dans un panier. À la fin de ce concours, peut-être y aurait-il un vainqueur et un vaincu.

Je n'étais nullement transportée, presque trop consciente. Sa barbe me râpait les lèvres, je sentais le baume de sa langue, la porcelaine de ses dents, la boucle de sa ceinture qui me rentrait dans les côtes, les boutons de sa chemise, ses longs doigts dans mes cheveux. Je sentais son parfum, mêlé à sa sueur et au goût de café de sa bouche.

Je perdis la notion du temps : ce baiser durait-il depuis deux minutes ou deux heures ? Son commencement avait sombré dans l'oubli et sa fin n'était pas pensable. Soudain, je me sentis aveuglée, plongée dans la nuit la plus profonde. J'étais suspendue dans l'obscurité, mon corps privé de substance, et j'aurais voulu flotter ainsi éternellement. Était-ce pour cela que les toxicos de nos rues prenaient de l'héroïne ? Dans ce cas, nous nous étions tous les deux injecté la même drogue, avec la même seringue, parce que nous ouvrîmes soudain les yeux en même temps.

Nous nous regardâmes pendant une éternité, ou peut-être le temps d'un soupir. Un regard transparent et apaisé, d'où étaient bannies la gêne comme la curiosité. Nos bouches restaient attachées, mais c'étaient deux autres personnes qui s'embrassaient : nous n'étions pas concernés, nous n'étions que les observateurs de la merveille qu'était le monde.

Les yeux fermés, nous abandonnâmes toute contrainte. Les lèvres divaguèrent vers le menton et le cou. Je frottai ma joue contre le chaume de sa barbe, fort, pour avoir mal. Il roula sur moi en soupirant des mots sans suite, un souffle divin dans mes cheveux et contre mes oreilles. Seigneur, était-ce vraiment ainsi qu'on embrassait dans la province d'Avellino ? Je crus que les éléments allaient entrer en révolution, et dans ce magnifique chaos primordial je cherchais sa bouche et son souffle pour m'y accrocher. J'oubliai où j'étais, j'oubliai jusqu'à son nom et le fait qu'il n'était qu'un homme ordinaire sur des milliards. Il n'était plus que celui dont la bouche m'appartenait et dont le corps et le cœur étaient pressés contre le mien.

Quand le port fut baigné d'un coucher de soleil orange, nous nous regardâmes à nouveau dans les yeux. Cette fois, une séparation s'était restaurée, la conscience d'être deux individus autonomes. Nous nous mîmes à rire, sans raison, de pur soulagement. En m'appuyant contre sa poitrine, je retrouvai le pendentif que j'avais entrevu sur la terrasse : un soleil d'argent souriant. Je lui demandai ce qu'il signifiait.

— Rien. Je l'ai acheté sur un marché il y a deux mois en me disant que j'aimerais avoir quelqu'un à qui l'offrir. C'est pathétique, je sais.

— Pas du tout, dis-je en prenant le soleil entre mes doigts. Je le trouve émouvant.

— Tu es vraiment quelqu'un de bien, Heddi, dit-il sur un ton solennel.

— Et comment tu as fait pour savoir mon nom ?

— J'ai demandé ici et là, ça n'a pas été bien difficile. Tu es vraiment très belle, ajouta-t-il en passant la main dans mes cheveux. Mais on a dû te le dire un million de fois.

Certes, comme à toutes les autres : en ce qui concerne le corps féminin, au moins dans les taudis de Naples, un homme n'en est pas un s'il ne déverse pas en pleine rue ses sentiments les plus intimes. Mais c'était tout autre chose de l'entendre dire par Pietro.

— Je me demande vraiment ce que tu me trouves, poursuivit-il. Je viens d'un petit village, pas d'une grande ville, comme toi.

— Comment ça, une grande ville ?

Comme si les villes américaines étaient classées selon leur degré de verticalité, je cherchai à diminuer les mérites de Washington D.C. en lui révélant qu'elle n'avait pas de gratte-ciel. J'ajoutai que le quartier où habitaient mon père et ma belle-mère était rempli de Mexicains au chômage avec des chapeaux de cow-boy, déjà tellement ivres à midi qu'ils ne tenaient plus sur leurs pieds. Je ne lui dis rien des ambassades de Pologne et d'Ouganda à deux pas de là, peu soucieuse que la capitale me vole la vedette. Je ne mentionnai même pas l'autre moitié de ma vie, vécue en banlieue avec ma mère et mon beau-père.

Son propre petit point sur la carte s'appelait Monte San Rocco. Ses parents étaient paysans et pauvres, ou du moins ils se présentaient ainsi. Sa mère n'avait pas fini l'école primaire, et c'était Pietro qui avait appris à son père à signer de son nom.

— Avant, il signait avec une croix.

— Tu veux dire qu'il est analphabète ?

— Je ne crois pas que tu m'aurais accordé un regard si tu m'avais vu sur un tracteur, dit-il en détournant les yeux. Mais moi, j'ai eu envie d'être avec toi dès l'instant où je t'ai vue.

— Qui sait, dis-je en espérant qu'il n'entende pas mon cœur battre la chamade dans ma poitrine, un de ces jours je te verrai peut-être conduire – ou on dit manœuvrer – un tracteur ?

— On dit piloter un tracteur ! dit-il en riant. (Cela brisa la tension et je me mis à rire avec lui.) Et moi, j'aimerais bien me faire piloter un jour jusqu'à Washington.

— Je préfère vivre ici.

— Vraiment ?

— J'adore être à proximité de la mer.

J'abandonnai ma tête contre sa poitrine. Je connaissais à peine cet homme, mais son odeur m'était déjà familière : quelque chose d'exotique, une épice primaire comme le sel, un mélange dont je savais déjà que je ne pourrais plus me passer.

En bas, dans le Quartier, on entendait des klaxons et les furieuses préparations pour le dîner. Une lumière tardive et visqueuse comme du magma formait sur les toits environnants des ombres géométriques. Le sable insidieux du sirocco semblait parti pour de bon ; peut-être ne reviendrait-il que l'année suivante.

Je me redressai d'un bond.

— Il faut que je rentre à la maison.

— Maintenant ?

— Il est tard. Les garçons vont se demander où je suis passée.

Mais je ne pensais pas aux garçons. Je pensais à Sonia.

De : heddi@yahoo.com
À : tectonic@tin.it
Envoyé le : 14 janvier

Cher Pietro,

Comme c'est étrange de t'écrire après tout ce temps. Et même d'écrire tout court. Je n'échange des lettres qu'avec une poignée de gens, et je ne tiens pas de journal. Je pense parfois que je n'ai pas vraiment fait la paix avec les mots, que je suis plus à l'aise dans les bois à écouter le gazouillement des oiseaux. Tu me vois, moi, dans les bois ? J'aime m'immerger dans leur monde et écouter tous ces langages inintelligibles qui se croisent comme un canon. On se croirait à l'intérieur d'un cœur qui bat...

Le plus drôle, c'est que mon travail n'est fait que de mots. J'enseigne l'anglais aux étrangers, surtout à des immigrants chinois, coréens et russes. Apprendre est un jeu ; nous partons même en randonnée ensemble et devenons très proches. Puis ils s'en vont à l'université ou trouvent le boulot qu'ils cherchaient et je ne les revois plus jamais. Je suis heureuse du moins de les avoir aidés à réaliser leur rêve. Je me rappelle les tiens : où ont-ils disparu ?

C'est vrai, je me rappelle parfois mes propres rêves avortés et cela me fait souffrir. Mais tu ne dois pas te sentir coupable, Pietro. Ce n'est pas ta faute, c'est celle du destin. J'ai moi aussi une part de responsabilité dans ce qui s'est passé. En outre, ces dernières années, j'ai fini par comprendre ce point important : on peut vivre sans avoir de réponses. On survit, la vie continue. Le monde, avec ses marées et ses rythmes naturels, est beau quand même, d'une beauté stupéfiante, même si (ou peut-être précisément parce que) il ne se soucie pas de nos aventures et de nos cœurs brisés.

J'aimerais vraiment beaucoup te voir un jour débarquer ici pour bavarder, mais je pense que c'est peu probable. Je n'habite pas Washington, comme tu le crois peut-être, mais en Nouvelle-Zélande. Peut-être les constellations sont-elles réellement inversées ici, de l'autre côté du monde…

h.

6

Ce baiser, ce baiser… Le fruit défendu avait-il ce goût ? Une dernière seconde d'hésitation, et la récompense immédiate pour avoir jeté toute raison au vent : une explosion divine sur la langue, une irrépressible vague de plaisir, à ne plus distinguer le jus du fruit coulant sur mon menton de la salive de sa bouche – et d'ailleurs, quelle importance ?

Je n'avais jamais lu la Bible, mais un pareil baiser ne pouvait être qu'une offense à la loi, voire à la nature elle-même. Et à présent que je l'avais goûté, que je *savais*, il n'y avait plus moyen de revenir en arrière. Je ne pouvais pas défaire ce que j'avais fait, ignorer ce que je savais – et je n'en avais aucune envie. J'étais seulement sous le choc, presque en colère. Pourquoi m'avait-on dissimulé toute ma vie qu'un pareil bonheur existait ?

Ce baiser me revenait sans cesse à l'esprit. Au contraire d'une cassette, il ne pouvait pas se dégrader à l'usage ; je le reprenais à ma guise pour mieux savourer ce qui m'avait échappé sur le moment : le sel dans les plis de son cou, ses yeux couleur de branche fraîchement écorcée, sa main gracieuse et large enveloppant ma tête tandis qu'il m'attirait à lui. Un tel baiser exigeait d'être revécu : il m'avait manqué pendant vingt-trois ans et il ne m'avait été accordé que pendant une demi-heure.

Et puis, je n'étais pas sûre de pouvoir le goûter à nouveau : on ne peut mordre qu'une seule fois au fruit défendu. Je n'arrivais pas à m'enfoncer dans la tête que, pour qu'il se reproduise, il me suffisait d'être à nouveau seule avec Pietro. Ce baiser n'était pas lié à sa personne, il était bien plus grand que lui, que nous. Et nous ne pourrions pas le recréer, parce que c'était lui qui nous avait créés.

— Tu projettes un petit voyage à Guangzhou ? dit une voix à côté de moi.

— Pardon ?

Luca désigna de la tête l'immense carte de la Chine ancienne derrière sa vitrine, orgueil du département des Études orientales. Dieu sait depuis combien de temps j'étais assise dans cette bibliothèque, contemplant cette carte sans la voir au lieu d'étudier ma sémiologie.

— Non, je travaille.

— Je connais bien les Cancer. (Luca posa son sac à dos fatigué sur la table et tira bruyamment une chaise. Quelques étudiants levèrent le nez de leurs bouquins.) Roberta est comme ça, elle aussi.

— Comme quoi ?

— Une corne d'abondance qui ne s'épuise jamais.

Être comparée à Roberta était un immense compliment. Luca et Roberta étaient ensemble depuis des lustres, bien avant mon arrivée dans les Quartiers espagnols. Mais depuis un moment déjà, Roberta était partie traduire de la poésie grecque pour sa thèse dans un village du Péloponnèse. Je me demandais si elle lui manquait et s'il l'aimait encore, mais d'un commun accord, nous n'abordions pas ce genre de sujet.

— Tu as une minute ?

— Bien sûr.

Luca tira une cassette de son sac. Il voulait que je l'aide à déchiffrer les paroles d'une chanson anglaise que son groupe de *heavy metal* voulait interpréter. Tandis qu'il approchait sa chaise et déroulait le fil de ses oreillettes, je me sentis profondément flattée que Luca Falcone ait besoin de moi, même un court instant. Il était toujours absorbé par une passion quelconque – la calligraphie arabe, les cartes astrologiques, les runes, la restauration de sabres de samouraï – et il s'y livrait avec une concentration qui l'emmenait bien loin de moi, des garçons, de l'université et même de Naples.

Les oreillettes beuglaient des paroles à peu près inintelligibles. La chanson était atroce, mais puisqu'elle plaisait à Luca, elle devait avoir quelque chose de sublime qui m'échappait. Il m'avait montré un jour comment faire cuire le riz au safran. Ces petites branches de corail, dans leur capsule en verre, n'avaient même pas l'air comestibles. Il en émietta une et souffla dessus comme s'il envoyait un baiser. Par un effet de pure magie, le riz frémissant et la vapeur qui s'en dégageait explosèrent de jaune. Luca étant un alchimiste, cette chanson devait elle aussi contenir de l'or.

Je transcrivis les paroles du mieux que je pus. Luca suivait ma main des yeux, si proche de moi que je pouvais sentir son odeur de lavande et entendre crisser sa veste en cuir.

— Que ferais-je sans toi, Heddi ? finit-il par dire.

J'avais un nom nordique passé de mode, mais j'adorais l'entendre dans la bouche de Luca. C'était un excellent linguiste : il parlait couramment l'arabe, le français et l'anglais, et prononçait mon nom comme un profond soupir. J'éprouvai l'envie soudaine de lui parler de Pietro, mais je me retins, craignant de briser la magie de cet après-midi qui résonnait encore dans ma tête comme un secret chuchoté à mon oreille. Et si Sonia lui avait avoué ses sentiments pour Pietro ? Je ne voulais avoir aucune faille morale aux yeux de Luca.

La fenêtre d'opportunité se referma au moment où il boucla son sac.

— Continue à étudier. À cette allure, tu auras ton diplôme avant nous tous.

— À quoi bon un diplôme ? Ce n'est jamais qu'un bout de papier.

— C'est vrai, mais pour la plupart des gens, ce bout de papier est bien plus précieux qu'un ancien manuscrit arabe. Surtout pour mon père.

Luca avait déjà son sac en bandoulière, mais il restait assis à mon côté. Sur un ton confidentiel et un peu triste, il ajouta en soupirant :

— Et de toute façon, que cela me plaise ou non, il est temps de tourner la page.

— Quelle page ?

— Tu es déjà allée en Tunisie ? dit-il en me gratifiant d'un sourire de côté. C'est un endroit fascinant et j'aimerais vraiment y retourner. J'ai aussi des amis au

Japon qui n'arrêtent pas de m'inviter. Mais d'abord, le diplôme… et l'armée.

« L'armée » était un gros mot qu'on ne prononçait jamais dans notre cercle d'amis, et l'entendre dans sa bouche était comme une insulte. Mais il m'expliqua sur un ton de paisible résignation qu'il avait choisi de ne pas faire son année de service militaire obligatoire après le bac, contrairement à la plupart de ses condisciples. C'était peut-être une erreur, parce qu'à son âge, la vie de caserne lui serait franchement insupportable ; il avait donc opté finalement pour le service civil.

— De toute façon, une année, c'est trop long, Luca !

D'une longueur inimaginable, autant que l'idée qu'à la fin de cette année Luca puisse ne pas revenir à Naples.

— Dix-huit mois, en fait. Sinon, ce serait trop facile d'échapper au service armé.

— Il n'y a rien de facile là-dedans…

Je voulais qu'il sorte un autre de ses tours de magie pour trouver une échappatoire, mais il se borna à me regarder fixement, comme s'il tentait de communiquer avec moi sur un autre plan d'existence. J'abandonnai : à quoi bon faire toute une histoire d'une éventualité encore si lointaine ?

Il m'invita à rentrer avec lui à la maison. Sans une hésitation, je refermai mon livre et attrapai mon sac. C'était la conversation la plus personnelle que nous ayons jamais eue, et tandis que nous descendions Spaccanapoli bras dessus bras dessous dans un doux nuage de tabac, je me disais qu'aux yeux de quiconque nous croisait, Luca Falcone et la petite chose qui l'accompagnait étaient les meilleurs amis du monde.

— Luca, qu'est-ce que tu entends par « le monde est un livre » ?

— « Le monde est un livre et ceux qui ne voyagent pas n'en lisent qu'une seule page. »

— C'est de toi ?

— Tu me surestimes. C'est de saint Augustin. Mais pour moi, cela veut dire aussi que les choses qui méritent vraiment d'être apprises ne se trouvent pas dans les livres.

J'étais résolue à ce que ma discussion avec Sonia se passe le mieux possible, mais j'avais peut-être un peu exagéré en lui demandant de me retrouver au café Gambrinus. Perdue parmi les miroirs dorés qui reflétaient à l'infini les clients fortunés, je me rencognais dans ma chaise tapissée de velours, rassurante comme l'envers gris-vert des feuilles d'olivier. Ce jour-là, j'avais besoin du pathétique réconfort de mon refuge favori, où je pouvais commander un cappuccino après l'heure de midi sans voir une ombre de désapprobation sur le visage du garçon, et me livrer à mes fantasmes adolescents sur ce que l'Italie était censée être. Plaque tournante littéraire du XIXe siècle, le Gambrinus était l'un des derniers vestiges rappelant que Naples avait été autrefois une grande capitale européenne. Gabriele D'Annunzio l'avait fréquenté lors de son séjour à Naples, comme Degas et Goethe. Et le marquis de Sade lui-même n'y avait-il pas trouvé son paradis infernal ?

Sonia se glissa sur la chaise en face de moi. Je sentis quelques regards se poser sur ma veste élimée et son uniforme gothique.

— La vache, dit-elle, c'est drôlement chic, ici.

Je me rappelai Pietro disant quelque chose du même genre lors du dîner à notre appartement. On aurait bien vu Sonia et Pietro en couple : ils parlaient avec la même candeur, ils venaient du même monde et avaient regardé les mêmes dessins animés. En somme, je la privais de l'homme de sa vie, et je sentis soudain le remords de l'avoir abandonnée en rase campagne et livrée aux loups.

Nous dégustâmes nos cafés en parlant de nos lectrices respectives. La sienne était une fanatique de la grammaire portugaise, et la mienne une élégante Bulgare qui dès le premier cours avait interdit à toute la classe (si l'on peut dire, vu que nous n'étions que deux) de prononcer un mot en italien, avant de nous inviter à l'appeler par son prénom, Iskra, et à aller rendre visite à sa fille quand nous aurions obtenu une bourse d'étude en Bulgarie. De temps à autre, je jetais un regard à la piazza del Plebiscito, défigurée encore peu de temps auparavant par un énorme parking. La récente rénovation urbaine l'avait débarrassée des voitures, révélant, outre des graffitis grossiers et des affiches en lambeaux, un espace ouvert à tous les possibles.

Sonia reposa sa tasse vide sur sa soucoupe. C'était maintenant ou jamais. Je ne savais pas par où commencer, n'ayant encore parlé de Pietro à personne. J'avais le choix entre minimiser ce qui s'était passé ou lui avouer la choquante vérité : depuis ce baiser, je n'arrivais plus à lire une ligne et j'avais perdu le sommeil.

— Tu as l'air si sérieux ! Tu n'as pas d'ennuis, au moins ?

— Non, tout va bien… Tu te rappelles quand tu m'as parlé de Pietro, là-haut sur le toit ?

— Oh oui, il est si mignon ! (Sonia roula les yeux comme pour évoquer quelque chose de divin, avant d'ajouter :) Enfin, une beauté un peu inhabituelle, tu ne trouves pas ? Et puis, il a des mains magnifiques, des mains de gentleman…

Cette observation me ramena sur terre, et j'entamai une série de phrases sans en finir une seule. Je me sentais comme un clown fouillant dans une valise dont il extrait un objet après l'autre – une chaussure, un parapluie, une banane – sans trouver ce qu'il cherche.

— J'ai des sentiments pour lui, finis-je par dire.

Le sourire de Sonia s'effaça.

— Et j'imagine que lui a des sentiments pour toi…

— Je suis désolée, je…

Sonia m'arrêta au milieu de ma phrase, m'expliquant dans un sarde rapide combien elle était heureuse pour moi et m'enveloppant dans une étreinte à l'odeur de shampooing à la pastèque.

C'était comme si la dernière pièce d'un puzzle s'était mise en place. Dehors, le soleil de midi se reflétait dans les vitrines tandis que je me hâtais vers le Quartier espagnol, où m'accueillirent les cris des poissonniers, le ronronnement des vespas et l'immense ombrelle du linge mis à sécher. Mes jambes grimpèrent sans effort la montée de la via De Deo. Une odeur de steaks et de poivrons grillés tombait des balcons, me mettant l'eau à la bouche. Je me souvins que je n'avais rien mangé de la journée et mon estomac se réveilla. La faim me rendit encore plus légère tandis que je poussais le portail laissé entrouvert et grimpais les escaliers quatre à quatre. Je n'avais pas appelé, je n'avais même pas sonné. J'arrivais à l'heure du déjeuner, sans invitation, sans même l'offrande d'un morceau de pain. Et pourtant, je me hâtais comme si j'étais en retard.

7

Pietro se mit à la cuisine en mon honneur. Il découpait les oignons comme s'il craignait de leur faire mal, baissait le feu avec précaution sous la poêle. Il se déplaçait avec art dans cette cuisine minuscule, se débrouillant avec les ingrédients qu'il avait sous la main, comme s'il avait tous les jours des invités qui lui tombaient dessus à l'heure du déjeuner. Il avait refusé mon aide, simplement heureux de me voir de retour, et m'avait assise sur la marche de la terrasse, où le soleil me faisait un manteau, après m'avoir fourré un verre de vin dans la main. Je m'étais fait une montagne de cet entretien avec Sonia, et ce petit drame s'évanouissait à présent comme les oignons qui fondaient à côté de la pancetta.

— Tu as beaucoup de cordes à ton arc. Géologue, cuisinier…

— Je ne suis pas encore géologue. Et puis, attends d'avoir goûté cette *amatriciana* avant de dire que je sais cuisiner, ajouta-t-il avec un petit rire.

Le vin sur mon estomac vide me donna une audace inhabituelle.

— Cette fois, tu ne t'es pas couvert la bouche quand tu as ri.

— Tu as un œil de faucon.

— Tu as un joli sourire. Pourquoi le cacher ?

Il vida dans la poêle un bocal de tomates pelées qu'il se mit à tourner d'un air pensif.

— Tu ne vois pas pourquoi ? finit-il par dire. C'est à cause de mes dents.

Je lui fis signe de venir près de moi, et il s'inclina à contrecœur en faisant tinter son soleil argenté. Puis il entrouvrit les lèvres, et je sentis le vin que j'avais bu étendre de brûlantes tentacules de plaisir dans tout mon corps.

— Voyons un peu ça, dis-je en essayant de me concentrer sur ses dents. Elles étaient droites, presque trop uniformes, et en voyant cette rangée de perles si blanches, j'eus envie de passer ma langue dessus. Pietro sourit et j'aperçus sur l'une de ses incisives une légère ombre grise. « C'est quasiment invisible », dis-je. Nous échangeâmes un baiser – une intimité de vin partagé, de tabac et de faim qui me fit battre le cœur.

Pietro se releva et alla mettre l'eau sur le feu avant de me déclarer de but en blanc :

— Tu sais qu'avant j'habitais à Rome ?

Sans le vouloir, j'écarquillai les yeux.

— Et pourquoi donc es-tu venu à Naples ?

Question hypocrite que j'avais entendue des centaines de fois, comme si j'avais pu justifier à moi seule les raisons si diverses de notre présence. Car Naples n'est jamais un choix : c'est un don qu'on vous offre le dos au mur, une affaire de naissance ou de destin.

Pietro me raconta que c'était son frère qui avait voulu aller à Naples pour étudier l'architecture. Leurs parents avaient consenti sans une hésitation : les études, Gabriele n'était bon qu'à ça. Mais son frère ne s'était pas arrêté là : il avait déclaré qu'il ne partirait pas sans Pietro. Son petit frère avait lui aussi le droit de réaliser son rêve, celui d'étudier la géologie. Cette fois, les parents lui avaient opposé un non catégorique : ils ne voulaient pas perdre leur seul fils capable de transformer les olives en un précieux liquide vert, le blé en une poudre dorée. Mais Gabriele était une vraie tête de mule, et les parents avaient fini par capituler.

Pietro de son côté avait annoncé qu'il voulait étudier non pas à Naples, mais à Rome – l'endroit le plus éloigné où il pouvait imaginer aller. Pour les parents, peu importait une ville ou une autre : ils l'avaient perdu de toute façon. Eux-mêmes n'étaient jamais allés qu'à Schaffhausen, où Gabriele et lui étaient nés, mais les deux frères n'avaient connu de la Suisse qu'un couloir parsemé de jouets dans une maison de location. Plus qu'un couloir, c'était une baby-sitter : une fois les portes bien fermées, un endroit sûr où les deux petits attendaient leurs parents pendant le temps où leurs horaires se chevauchaient. Parfois, leur mère rapportait des glaces de la laiterie industrielle où ils travaillaient. Quand ils avaient été assez grands pour atteindre les poignées de porte, elle les avait ramenés en Italie et leur avait fait faire la rentrée dans la même classe, comme des jumeaux.

Pietro attendait de grandes choses de Rome, mais la réalité s'était révélée bien décevante. Le seul logement qu'il pouvait se permettre était un studio au bord de l'autoroute. Avec les transports en commun, il lui fallait plus d'une heure pour arriver à la Sapienza. Il acheta donc une vespa d'occasion, mais tout son argent du mois finissait dans le réservoir. Il ne voulut pas demander une rallonge à ses parents : ç'aurait été leur donner raison. Et de toute façon, il n'avait personne avec qui aller prendre un café ou une pizza : ses condisciples avaient toujours autre chose à faire, quand ils ne le snobaient pas ouvertement. Le seul ami qu'il parvint à se faire était Giuliano, inscrit lui aussi en géologie et originaire d'un village d'Irpinie, mais hélas il habitait à l'autre bout de la ville.

Pietro étudiait sans relâche. Il se distingua en physique de la terre, obtint une bonne note en minéralogie, mais quand il eut échoué deux fois à l'examen de mathématiques, il se sentit envahi par le doute. Que faisait-il là, dans la capitale ? Il croyait quoi, qu'il allait vraiment devenir géologue, avec ses origines ? Après coup, il comprit qu'il avait fait une dépression. Sans Giuliano, Dieu sait quelle folie il aurait commise…

Il appela son frère, qui lui proposa de venir étudier à Naples. La vie universitaire était un rêve, lui expliqua Gabriele. On habitaït dans le centre historique, on allait partout à pied en discutant de politique, de littérature et d'art. On buvait du vin au déjeuner, on étudiait la nuit et on dormait le jour. À Naples, on pouvait vivre comme un roi avec presque rien. Les étudiants avaient des rabais pour le théâtre et le cinéma, et des bons donnant droit à un repas complet pour seulement deux mille lires – sans parler des loyers ridicules du Quartier espagnol.

Quand Pietro eut terminé son récit, les penne étaient *al dente.*

— Le dernier repas du condamné, dit-il avec un petit rire quand nous passâmes à table. Dieu seul sait ce que demain nous réserve.

J'adorais sa façon de jouer avec les mots, et, comme je l'avais deviné, il était excellent cuisinier. Pourtant, au bout de deux bouchées, je me sentis rassasiée. J'avais peut-être trop bu, même si mon verre encore plein me disait le contraire. En fait, j'étais assez lucide pour voir que le vin penchait dans mon verre, à cause de la table qui s'inclinait au centre. En outre, le liquide vibrait : était-ce le son de la télé des voisins poussé au maximum, ou le frémissement que je sentais en moi ?

— Tu as lutté pour obtenir ce que tu voulais, Pietro, dis-je en posant ma fourchette. (C'était la première fois que je l'appelais par son nom, et cela m'emplit de confusion comme si je lui avais avoué mon amour.) Et à présent, tu es là.

— Je suis là avec toi. J'ai encore du mal à y croire, dit-il en posant à son tour ses couverts. Heureusement que j'ai quitté Rome. Ça a été la meilleure décision de ma vie.

Nos regards se croisèrent, et je compris qu'il avait lui aussi perdu l'appétit. Qui donc se souciait de manger, aujourd'hui comme demain et peut-être à jamais ?

Il me conduisit à l'étage, mais cette fois la gêne de collégiens avait disparu. Nous étions deux géants dans cette chambre minuscule. Il prit mon visage entre ses mains et m'embrassa avec un bonheur angoissé, comme une amante perdue. Puis il enlaça ma taille en m'attirant brutalement à lui.

D'une seule poussée, je le fis tomber sur le lit minuscule et il m'entraîna avec lui. La sensation de son corps contre le mien m'offrit un moment de trêve, jusqu'à ce que je sente son sexe se dresser et tous les atomes de mon corps se mettre à tournoyer.

Nous nous embrassâmes une fois encore, reprenant au point exact où nous nous étions arrêtés, un plongeon intrépide dans une obscurité profonde où il existait un *nous*, de toute éternité peut-être ; pourtant nos baisers étaient de ceux qui ne peuvent pas attendre, qui sont trop assoiffés après avoir traversé une lande déserte et boivent sans reprendre haleine.

Je fis courir mes lèvres sur son cou humide de sueur ; il tenta de défaire l'élastique de ma queue-de-cheval, mais il dut y renoncer parce que les baisers reprenaient le dessus et que rien ne pouvait plus nous arrêter, même si un glissement de terrain avait soudain précipité tout le quartier dans l'abîme. Lui et moi, rien d'autre ne comptait tandis que nous tentions de nous dévorer, agrippés l'un à l'autre, nous attrapant aux cheveux, et bientôt nous étions en train d'implorer, même Dieu en qui je ne croyais pas, et je compris qu'il était en effet possible de mourir de plaisir.

Nous enfreignîmes un nombre respectable de règles : les chaussures sur le lit, la fille par-dessus, la fenêtre grande ouverte, la lumière du jour. Mais c'était l'heure de la sieste, et le seul à nous voir fut le volcan.

Le soleil de l'après-midi tombait sur nos vêtements jetés à terre comme du linge sale. Nous nous mîmes à rire comme des fous, comme si nous venions seulement de comprendre le sens d'une bonne blague.

Dehors, les navires étaient à l'ancre, attendant sur le plateau d'argent du golfe. Il semblait bien que la chaleur promise arrivait finalement dans le sillage du sirocco.

— C'est bientôt l'été, dis-je. Je le sens dans l'air.

— Je veux en passer chaque jour avec toi, si tu le veux bien. (Je me glissai entre ses bras ouverts et je sentis ses lèvres sur mon front.) Viens plus près, me dit-il d'une voix râpeuse. Reste dormir avec moi.

Je n'avais aucune envie de dormir, mais le soleil qui s'attardait sur nous, le vin tiédi comme un bain oublié, le rythme régulier de sa respiration finirent par m'apaiser.

J'étais devant une villa solitaire où je vivais peut-être. C'était une maison sur la mer, du côté de Castellammare, entourée de buissons d'oliviers pelucheux et grisâtres. Mais en regardant mieux, je vis, surplombant l'oliveraie et la petite maison, une immense paroi rocheuse qui n'était pas de notre monde, mais semblait issue d'un univers de géants. Le Vésuve. Comment avais-je pu ne pas le voir plus tôt ? Il grandissait à vue d'œil, et je n'osais pas en détacher mes yeux tandis que je reculais vers la mer.

De nulle part surgirent des nuages gris et lourds qui s'accumulèrent jusqu'à ériger un mur immense. Le soleil disparut. Le ciel lui-même n'était plus qu'un énorme piège, et quand la terre se mit à trembler sous mes pieds je n'eus plus aucun doute sur ce qui se passait.

Tournant le dos au volcan, je titubai jusqu'à la mer. Sur la plage m'attendait une barque que je mis à l'eau d'une seule poussée. Je ramai vers le large dans une eau déconcertante, claire et placide malgré le désastre imminent. La mer et le ciel avaient pris la même couleur de cendres, une couleur de fin des temps qui n'appartenait ni au jour ni à la nuit. Soudain, dans un accès de fureur, de passion ou de folie, le Vésuve cracha des roches incandescentes qui s'écoulèrent sur ses flancs comme de la cire chaude le long d'une bougie. Je regardai la lave éclatante avancer vers les oliviers et la maison. Pourquoi n'y avait-il pas eu le moindre signe annonciateur ? Mais ce n'était plus l'heure des questions. C'était l'heure de fuir, de ramer, de s'échapper.

Soudain, j'entendis des cris : des gens sortaient de l'oliveraie, surtout des femmes et des enfants. D'où venaient-ils ? J'avais pris la seule barque, l'unique planche de salut. Il fallait absolument que je revienne sur la rive pour en sauver le plus possible. Mais à présent le volcan crachait des roches qui retombaient dans l'eau tout autour de moi. *Si tu retournes en arrière, tu mourras*, dit une voix dans ma tête. Je restai dans la barque, figée par la terreur, en comprenant ce que je m'apprêtais à faire.

Puis je ne vis plus que les quelques poils sur la poitrine de Pietro, qui se soulevaient à un rythme régulier. J'allongeai la main pour toucher son soleil d'argent au bord dentelé.

— Salut, dit-il, la voix lourde de sommeil.

— J'ai fait un mauvais rêve.

— Tu as eu peur ?

— Plus maintenant.

Il se tourna pour m'embrasser, un baiser qui nous entraîna avec la force d'un tourbillon jusqu'à nous faire perdre le souffle.

— Un jour, dit-il dans un chuchotement haletant, un jour je t'épouserai.

8

Les nuits qui suivirent, nous fûmes inséparables. J'essayais d'étudier pendant la journée, mais j'avais l'impression d'avoir la fièvre. J'étais distraite, j'avais chaud, je comptais les heures avant le moment où je pourrais étancher ma soif entre les bras de Pietro. Je ne savais pas très bien ce qui m'arrivait. Je réussis malgré tout à passer au rattrapage mon examen d'anthropologie culturelle, mais avec une note dont il n'y avait pas lieu de se vanter. Je tentai de me consoler en me disant que la sémiologie n'avait pas un gros coefficient.

— C'est toujours le double de ce que j'ai obtenu en sanskrit, me dit Tonino dans l'escalier qui menait à notre cuisine.

— Mais tu sais quand même que pour avoir ton examen, il faut au moins t'y présenter ? lui lança Angelo avant de me planter sur la joue un gros baiser baveux.

— Et même si je le passe, crétin, à quoi ça sert de toute façon ?

— C'est de la connaissance, Tonino, répondis-je. Ça n'a pas besoin de servir à quelque chose.

Dans toute cette confusion, je me demandai si les garçons s'étaient aperçus que j'avais Pietro à la remorque, et que son médaillon en argent était à présent suspendu à mon cou. Pietro, debout à l'endroit précis où il m'avait fait cadeau de sa cassette, fut accueilli sans aucune surprise, d'un simple hochement de tête. J'interprétai cette désinvolture comme une approbation, et le refus de constater l'évidence comme une preuve d'amour fraternel.

Je n'étais revenue que pour prendre quelques affaires. Pour une obscure raison, je fus soulagée de découvrir que Luca n'était pas à la maison. Mais les garçons, encore en pyjama, leurs livres de cours déjà parsemés de cendres de cigarette, ne semblaient pas pressés de nous voir partir, bien au contraire. Ils nous invitèrent à nous asseoir et sortirent une bouteille de whisky, comme s'ils avaient attendu toute la journée que quelqu'un vienne les sauver de la philosophie du langage ou de l'histoire de la calligraphie. Et quelle meilleure distraction qu'une discussion sur la géologie ? Les roches, le sable, la poussière – enfin des choses tangibles. Angelo voulut savoir comment on trouvait du pétrole.

— Eh bien, il faut d'abord étudier la sédimentation et la stratigraphie du site, répondit Pietro. Ensuite, s'il semble qu'il y ait un gisement d'hydrocarbures sous la surface, on entreprend des forages exploratoires.

— Alors, quand je retourne ma terre, dit Tonino, je pourrais trouver un de ces jours ma bêche décorée d'un peu d'or noir ?

— Quoi, dans les Pouilles ?

— Tu es communiste, de toute façon, intervint Angelo. Qu'est-ce que tu pourrais bien foutre de tout ce fric ?

Ils éclatèrent de rire et se reversèrent un coup de whisky. Pietro s'était fait sa place parmi les garçons. Ils entreprirent de le couvrir de noms d'oiseaux, ce qui était pour eux le comble de l'affection. Cela dépassait de loin mes espérances. Comme toujours quand il riait, Pietro se couvrait la bouche d'un geste où je voyais à présent un signe d'éducation et d'élégance. Je fus frappée par l'idée que j'avais trouvé en lui une perle, une inestimable pierre précieuse au milieu de tous les cailloux grisâtres sur ma route – et j'avais du mal à croire que cette perle m'appartenait.

Plus loquace que jamais, Pietro expliqua qu'il y avait de nombreuses possibilités dans le domaine du pétrole, si on était disposé à travailler au loin. Il s'entendait bien avec sa professeure de géologie du pétrole ; il voulait faire sa thèse avec elle, et comme elle avait un très bon réseau en Italie et à l'étranger, elle avait évoqué la possibilité de lui trouver un poste dans une compagnie pétrolière, en mentionnant des pays où l'on ne savait même pas qu'il y avait du pétrole.

— Le golfe du Mexique, par exemple, au large de la Louisiane, dit-il en me lançant un coup d'œil appuyé. De toute façon, je m'en fiche, je suis prêt à aller n'importe où.

— Tant que ça n'est pas dans cette ville de merde, dit Tonino.

Ils hochèrent tous la tête en signe d'approbation. J'avais éprouvé plus d'une fois l'envie brûlante de faire mes valises et de m'en aller à travers le monde, mais pour l'amour de Naples j'avais contenu mes pulsions bohémiennes. À présent, en les entendant s'accorder sur son caractère arriéré et invivable, mon amour pour elle m'apparut infantile et excessif.

— Mes parents n'y connaissent rien, poursuivit Pietro. Pour eux, un diplôme en géologie est comme une formation en produits phytosanitaires ou un truc de ce genre. Ils s'imaginent qu'après, je rentrerai au village pour m'occuper de leurs terres.

— Ah, et vous avez combien d'hectares ? demanda Tonino en tirant une cigarette de son paquet.

Pietro lui présenta son briquet avant d'allumer la sienne, et ils se lancèrent dans un concours de ronds de fumée, assorti de commentaires sur la forme et la taille de leurs créations. Angelo et moi échangeâmes un regard perplexe par-dessus la table avant de hausser les épaules.

— Mais c'est dur, la vie à la campagne, reprit Pietro. On se les gèle huit mois sur douze.

— Et puis, tu passes ton temps l'œil rivé à la météo, à te demander s'il va pleuvoir ou pas.

— Soyons honnêtes, c'est un boulot éreintant. Le paysage est magnifique, on est content d'aller y faire un tour de temps en temps. Mais s'y installer ? Pas question. Les années que j'y ai passées me suffisent largement.

Des pigeons roucoulaient bruyamment sur le rebord de la fenêtre. Sous la table, je sentis Pietro serrer doucement ma cuisse, donnant ainsi le signal du départ. Je me levai pour aller prendre des vêtements propres, et quand nous partîmes ensemble les garçons ne manifestèrent aucun étonnement : tout au plus un vague dépit de devoir se remettre à leurs très désinvoltes études.

Une nuit, au lieu de nous serrer dans le petit lit de Pietro, nous profitâmes du grand lit à deux places de Gabriele durant l'un de ses brefs séjours à Monte San Rocco. Malgré le confort de ce futon posé par terre sous le toit mansardé, le réveil fut brutal : on hurlait quelque part en dialecte – des insultes, à n'en pas douter, mais qui semblaient n'appartenir à aucun langage connu. C'était plutôt comme des chiens enragés en train de s'entredéchirer, ou les quintes de toux d'un tuberculeux en phase terminale. En tout cas, cela montait, amplifié par la cour étroite et noire, des étages inférieurs de notre immeuble. Un dernier éclat, et la tempête cessa.

— Tu es magnifique, *baby*, marmonna Pietro en ouvrant un œil. Ma grand-mère disait toujours que c'est le matin au réveil qu'on juge de la beauté d'une femme.

Je me mis à rire : le matin était fort avancé, puisque j'avais sauté une conférence sur l'histoire du théâtre pour me prélasser plus longtemps entre les draps du frère de mon amant. Derrière le lit, au-dessus de nos têtes, une petite fenêtre donnait sur la rue. Gabriele avait posé sur son rebord une plante aquatique qu'il faisait pousser dans une bouteille de vin. La plante, si délicate dans son abri translucide, me semblait dans une position bien fragile, à quelques centimètres d'une chute vertigineuse sur des toits brûlés de soleil, dans une cour dépourvue d'arbres comme une médina tunisienne : il aurait suffi d'ouvrir la fenêtre.

Je laissai errer mon regard sur la chambre encombrée de livres : une table à dessin dans un coin et des étagères chargées de petits objets – crayons bien taillés, boîtes incrustées de perles, billes, plumes, pommes de pin – que j'aurais eu la tentation de chiper si j'avais été seule.

Je m'assis en tirant le drap sur ma poitrine

— Tu es sûr qu'on peut rester là ?

— Je te l'ai dit, Gabriele ne rentre pas avant ce soir. Et puis, il ne se rendra même pas compte qu'on a dormi dans son lit, tellement il sera crevé du boulot que mes parents lui auront fait faire à la maison.

— Mais il doit faire quoi ? Labourer, planter?...

— Tu veux rire, ou quoi ? Gabriele en est incapable. Il ne saurait même pas voler un œuf à une poule. Non il travaille sur un projet pour ma mère. (Devant mon air perplexe, il ajouta :) Pose-lui la question un de ces jours. Je parie qu'il sera ravi et honoré de te parler de son magnifique concept avant-gardiste. Mais pour l'instant, une bonne douche ne serait pas du luxe. Laisse-moi voir si Madeleine est dans le coin.

Madeleine était sa colocataire, arrivée à Naples avec une bourse d'études Erasmus, mais nos chemins ne s'étaient pas encore croisés. Une fois au milieu de l'escalier, Pietro me dit à voix basse :

— Je te préviens, elle est vraiment schizo. Même si Gabriele préfère parler de « génie architectural ».

— Mais quel rapport avec la douche ?

— Attends, tu vas voir.

Il appela son nom une fois, puis deux, et il s'apprêtait à laisser tomber quand une porte s'ouvrit au pied de l'escalier.

Madeleine me fit l'impression d'une petite tornade parfaitement formée, avec ses cheveux ultracourts et son t-shirt tout aussi court exhibant son nombril. Elle dégageait un charme étrange qui tenait à sa façon de se frotter les yeux avec les poings en maudissant les voisins de l'avoir réveillée, à sa voix rauque au fort accent français, à ses tongs qu'elle portait à la japonaise avec des chaussettes blanches, à sa stature de crevette et à ses grands yeux exaspérés.

Son regard remonta l'escalier et vint se poser sur moi. Elle parut se réveiller d'un coup et nous contempla avec une étrange voracité, comme si elle avait flairé l'odeur du sexe. Pietro fit les présentations, pendant lesquelles je la fixai jusqu'à l'impolitesse. Elle avait une beauté féroce, et c'était la première étrangère que je rencontrais dans le cadre de l'université.

Elle s'adressa à Pietro avec une grimace comique.

— Tu veux un coup de main pour la douche, c'est ça ? Et tu me donnes quoi en échange ?

— Je ferai la même chose pour toi la prochaine fois.

— Et que dirais-tu d'un café maison ?

— D'accord. Dès que j'ai fini.

— Toi, tu sais parler aux dames, dit-elle d'une voix encore plus rauque, au point de faire rougir Pietro.

Madeleine ne me semblait pas folle du tout, me disais-je pendant que les rigoles d'eau chaude zigzaguaient sur la poitrine de Pietro, s'accrochant parfois au creux de son sternum. Je le contemplai comme une photo d'art : un corps élancé, de longues jambes d'athlète, des poils très noirs au niveau de l'aine. Il était presque trop beau pour être touché.

On entendit soudain un bruit sourd à l'étage au-dessus.

— C'est quoi, ça ?

Pietro se mit à rire.

— C'est à cause de la pression, qui est catastrophique ici, au septième étage. Quand la flamme du chauffe-bain s'éteint, il faut lui donner un coup pour qu'elle se rallume. Mais la Française tape dessus comme si elle s'entraînait pour un combat de boxe. Elle aurait besoin de se calmer un peu, celle-là.

— Il vous faut peut-être un plombier.

— Je n'ai besoin que de toi.

Nous échangeâmes un baiser. Tandis que l'eau tiède nous coulait dans la bouche, Madeleine se remit à frapper le chauffe-bain. Nous résistâmes à l'envie de faire l'amour debout sous l'eau chaude, expédiant au plus vite notre shampooing mutuel.

Gabriele revint du village chargé de gâteaux aux amandes, de bocaux de poivrons et de bouteilles de vin. Il en prit une avant de partir pour la fête d'anniversaire à laquelle nous étions tous invités.

La nuit bleue était une aquarelle par-dessus les immeubles, la chaleur de l'après-midi printanier restait emprisonnée dans les ruelles entre le linge suspendu, les vapeurs de friture des calamars et l'odeur douceâtre des ordures. Un bruit sourd dans notre dos nous fit sursauter. Leurs griffes grattant le pavé, d'énormes rats – des *zoccole*, disent les Napolitains, un nom désignant aussi les prostituées et autres mangeurs d'hommes – s'étaient jetés sur un sac d'immondices qui, tremblant encore de sa chute, déversait déjà ses secrets graisseux sur le pavé. Le flemmard qui venait de s'éviter les escaliers refermait déjà là-haut sa porte-fenêtre. Qu'importait, après tout ? À l'aube, le camion-poubelle aurait effacé toute trace.

— On peut s'arrêter une minute pour que j'achète des clopes ? demanda Gabriele.

— Il m'en faut à moi aussi, répondit Pietro.

Comme un phare, la lueur d'un néon nous attira vers elle. À cette heure tardive, toutes les boutiques étaient fermées, laissant la voie libre aux petits commerces qui prospéraient sur le seuil des *vascii*, à la frontière entre vie publique et privée. Celui-là était particulièrement sophistiqué, avec ses sacs de bonbons posés sur une petite table surmontée de grappes de paquets de chips.

À l'intérieur du *vascio*, un vieil homme occupé à manger une côtelette nous fixa d'un regard absent, comme si nous étions transparents. À quoi bon se déranger pour des clients ordinaires, quand la nuit était encore si jeune ? Sa femme se leva du lit qu'on entrevoyait derrière un rideau et enfila des pantoufles. J'étais fascinée par ce dessus-de-lit en léopard, ces draps défaits et encore tièdes, toute cette exhibition d'intimité. La femme pourtant semblait tranquille, indifférente : dans son peignoir rose, elle marchait sur la mince frontière entre commerce et plaisir, entre veille et sommeil, entre vie diurne et nocturne. Elle se glissa derrière son mari, qui n'avait pas cessé de mâcher, pour fourrager dans un tiroir d'où elle tira ses cigarettes de marché noir. L'argent disparut comme par magie dans la poche de son peignoir.

— Elles ont un goût dégueulasse, mais elles ne sont pas chères, dit Pietro en glissant les Marlboro Light dans sa poche de poitrine.

Nous reprîmes notre route, le bruit de nos pas se mêlant à celui des téléviseurs braillant dans les appartements. Soudain, Gabriele s'arrêta net.

— Oh bon sang, c'est quoi, ça ?

Devant nous se tenait un chien massif et noir, comme surgi des ténèbres. Éclairé par la faible lueur du réverbère, il était étendu sur un grand carton et nous regardait droit dans les yeux, ses pupilles reflétant des fragments de lumière. Des pigeons gros comme des poulets déambulaient autour de son corps criblé de cicatrices, résultat sans doute d'innombrables bagarres. Il respirait par les naseaux comme un cheval sauvage et roulait les yeux de droite et de gauche, suivant chacun de nos mouvements. J'agrippai le bras de Pietro.

— Tu parles d'un putain de monstre, dit-il.

Le chien semblait monter la garde. Derrière lui, des parpaings en ciment disposés comme de gros dominos graffités nous barraient la route, délimitant un espace où la circulation urbaine avait été stoppée. Les habitants y avaient installé des chaises-longues, ils y garaient leurs vespas, ils y faisaient sécher leurs sous-vêtements. Les échafaudages enfermaient le tout dans une vaste cage de métal. Le chien laissa échapper un grondement – ou peut-être était-ce une motocyclette, au loin.

— Tu es sûr que c'est la bonne direction ? s'enquit Pietro à voix basse.

— J'en ai bien l'impression, répondit Gabriele en sortant son invitation, un simple bout de papier froissé.

— Alors, il faut trouver un moyen de contourner l'obstacle.

— Mais même si le chien nous laisse passer, dis-je, comment allons-nous franchir ces blocs de ciment ? Je ne vois qu'une seule entrée, et il y a une vespa garée devant.

— En effet. Ce sont des immeubles en péril en cours de réhabilitation, dit Gabriele d'un ton pensif. *Ergo* la barricade.

Pietro mima le *ergo* en levant les sourcils d'un air moqueur ; je lui fis signe de se taire. Nous nous penchâmes pour regarder la ruelle à gauche, mais elle aussi était bloquée.

— Malheureusement, à en croire ce plan, il faut absolument traverser ce chantier pour arriver chez Anna. Mais je crois que pour ce soir, on va oublier la voie directe, conclut Gabriele après un dernier coup d'œil au chien.

Nous revînmes donc sur nos pas pour prendre une rue plus praticable – et nous nous perdîmes. Pietro gardait ses doigts mêlés aux miens tandis que nous errions en cherchant un peu de logique dans ce labyrinthe. Quand nous nous retrouvâmes pour la seconde fois face à un pantalon violet mis à sécher, nous comprîmes que nous avions tourné en rond. Mais au moment où Pietro proposait de laisser tomber, disant que de toute façon il ne connaissait personne dans cette fête, nous parvînmes soudain au pied de l'immeuble.

Nous suivîmes les rires et la musique jusqu'à un étage élevé. Dans l'entrée, Gabriele embrassa l'hôtesse, une étudiante en architecture qui se déclara enchantée de sa bouteille de vin maison avant de disparaître. Le carrelage disjoint craquait sous nos pieds tandis que nous tentions de nous frayer un chemin parmi les invités. L'appartement consistait en une série de pièces éclairées à la bougie, où flottait l'odeur douceâtre du shit. Des chats erraient silencieusement entre les pièces, se laissant attraper un instant avant de glisser souplement hors de nos mains. Je suivis l'un d'eux jusqu'à une pièce plus tranquille, perdant Pietro en cours de route. Devant moi s'alignait une longue rangée de chaises collées contre le mur. Touchée par leur solitude, je m'assis. Un instant plus tard, Gabriele m'avait rejointe et me tendait un gobelet de vin rouge.

— Tiens, bois un coup, tu te sentiras mieux.

— Mais je n'en ai pas besoin, dis-je en en prenant une gorgée. La vie suffit à m'enivrer.

— Je sais, et c'est contagieux, répondit-il en descendant son vin d'une seule gorgée. Ahhh ! Tous ces tours et détours m'avaient donné soif.

Même sans ce prétexte, j'aurais volontiers offert mon verre à Gabriele. Ses yeux s'illuminèrent pendant qu'il transvasait son contenu dans son gobelet, signe à la fois de son souci de l'hygiène et d'une intimité naissante entre nous. J'eus soudain envie de partager avec lui quelque chose de personnel, et j'entrepris de lui raconter mon excursion à l'église delle Fontanelle.

Pendant que je parlais, Gabriele se rapprochait peu à peu pour mieux m'entendre au milieu du brouhaha de la fête. Cette proximité ne me déplaisait pas. J'observai ses joues mal rasées, sa lèvre tachée de vin. Malgré sa scrupuleuse propreté, Gabriele se souciait fort peu de son apparence. Ses cheveux n'étaient jamais coiffés, il manquait des boutons à sa veste, et le bas de son pantalon traînait par terre. À présent, si proche de lui que je sentais l'odeur de son vin comme si je l'avais bu moi-même, j'avais envie de le recoiffer un peu et d'ajuster sa veste en velours.

— Le problème, dit-il, c'est que je n'ai pas beaucoup de temps pour les excursions, mais je sais que c'est loin d'être le seul endroit de la ville où l'on trouve ce genre de grotte. Parce que sous nos pieds, Naples est complètement évidée.

— Comment ça, *évidée* ?

Un éclair passa dans ses yeux, comme si toutes les bougies de la pièce s'étaient concentrées dans ses pupilles. Je compris qu'il s'amusait de ma confusion.

— Regarde autour de toi. Cet immeuble et tous ceux qui nous entourent sont en pierre. Il y en a à perte de vue, sans une ombre de végétation. Mais selon toi, d'où viennent tous ces matériaux de construction ?

— Je n'y ai jamais réfléchi.

Tenant son gobelet comme une flûte à champagne, Gabriele m'expliqua que les autres villes s'étaient bâties avec des matériaux apportés de la campagne, mais qu'à Naples il en allait autrement. Depuis l'époque des Grecs, on savait que le sol était en tuf jaune, une pierre tendre d'origine volcanique, très commode pour la construction. On l'avait donc simplement extraite des collines environnantes, et plus on creusait, plus la ville s'étendait. Le tuf jaune était si facile à extraire que cette pratique s'était poursuivie jusqu'à la fin du XIXe siècle. Les Quartiers espagnols étaient construits de la même façon, mais avec une maçonnerie moins solide que celle des bâtiments officiels. Sans doute pour limiter encore les coûts de construction, les murs étaient plus minces aux étages supérieurs.

— Comme chez vous, dis-je, et comme chez moi.

— N'oublie pas que les structures du Quartier n'avaient à l'origine que quatre ou cinq étages. Le reste, ce sont des étages surélevés.

— C'est-à-dire ?

— Des étages illégaux, ma chère, construits sans aucune autorisation. Imagine un peu : on a déjà une épaisseur minimale pour les structures portantes ; ajoute à cela le poids des étages supplémentaires, et on aboutit à une très grande fragilité structurelle. Le tuf jaune est particulièrement friable et tendre. Tu n'as jamais remarqué qu'aux endroits où le crépi est parti, il s'effrite sous les doigts ?

Tandis que Gabriele sortait une cigarette et cherchait son briquet, il me parut que je comprenais enfin le véritable sens du terme « illégal », si fréquent et si naturel à Naples : « illégal » n'y signifie pas « interdit », mais « précaire ».

— C'est tout cela qui rend Naples unique au monde, conclut Gabriele en tirant sa première bouffée. Elle est incomparable.

Il y eut une explosion de rires et d'applaudissements dans la pièce voisine, tandis que je réfléchissais à ce que je venais d'apprendre. Je songeai que je n'avais pas réellement compris Naples, qu'il me manquait sa carte secrète. N'était-elle pas tout entière comme le Quartier espagnol, facile à lire en apparence, mais dotée au fond d'une logique mystérieuse ? Cette ignorance était la preuve irréfutable que je n'y serais jamais aussi à mon aise que Luca. Malgré toutes ces années, malgré le *liceo linguistico* et toutes mes excursions, malgré toute ma passion et mon désir profond de m'abandonner à elle et de m'y perdre, quelque chose de Naples continuait à m'échapper. L'amour ne suffit pas.

Je levai les yeux vers Gabriele. De profil, il ressemblait plus encore à son frère – le long nez en bec d'aigle, la courbe de la mâchoire mal rasée –, et la lueur vacillante des bougies achevait d'effacer leurs différences. Je sentis un lien se nouer entre nous, qui me parut d'une importance extrême même si je me l'expliquais encore mal. Pourtant, je me méfiais de moi : même en l'absence de Pietro, je sentais ce soir ses paroles enflammer ma tête, ses caresses me brûler la peau, ses baisers enivrer ma bouche. Ce que nous faisions n'était pas l'amour, c'était s'abandonner à une maladie. Et son symptôme le plus visible, c'est qu'il irradiait de moi une sensualité qui englobait involontairement Gabriele, génétiquement si semblable à Pietro, en train d'envoyer des méandres de fumée argentée vers le plafond, perdu dans ses pensées.

— Mais ce n'est pas dangereux ? repris-je.

— Quoi donc ?

— Eh bien, tous ces immeubles bâtis sur des carrières.

— Au contraire, dit Gabriele en se penchant vers moi d'un air de conspirateur. Certains pensent même que cela a conféré à Naples un grand avantage en la rendant plus « élastique », ce qui l'a préservée des pires effets des tremblements de terre. Notre village, l'incomparable Monte San Rocco, a été quasiment rasé par le séisme de 1980, et comme tu le sais, toutes les villes de la côte au sud de Naples ont été gravement touchées. Donc, pourquoi Naples n'a-t-elle eu à déplorer que quelques immeubles effondrés ici et là ? Mon frère pourrait te fournir une explication plus technique, mais en gros, les carrières ont absorbé les ondes sismiques. Tiens, posons-lui la question, le voilà justement qui arrive.

C'était toujours la même chose quand je voyais Pietro. Je sentais d'abord un vertige – le monde en train de se créer à partir de rien ; puis venait la sensation d'une chute d'une hauteur infinie, et m'abandonner à cette chute me faisait éprouver le bonheur le plus intense et le plus inquiétant qui fût.

De : tectonic@tin.it
À : heddi@yahoo.com
Envoyé le : 23 février

Chère Heddi,

J'arrive tout juste de ma plateforme et j'ai trouvé ton mail qui m'attendait, venu de Nouvelle-Zélande ! Incroyable ! Pourquoi la Nouvelle-Zélande ? Ça fait longtemps que tu es là-bas ? En quelle saison êtes-vous en ce moment ? Tu as adopté un tatou ? Depuis combien de temps tu n'as pas vu tes parents ? J'aurais des milliers de questions de ce genre à te poser. J'adorerais voir tes photos de paysages ; tu dois être encore meilleure photographe qu'autrefois.

Ici, rien n'a changé : rien n'est intéressant mais tout continue comme avant en vertu de la force d'inertie. Je ne cesse de relire ton premier mail, dans l'espoir (car je ne vis que d'espoir) d'y trouver quelque chose entre les lignes. Mais quoi, je me le demande. Tu es quelqu'un de formidable : je ne sais pas si moi, j'aurais jamais pu pardonner, même à un lâche de mon espèce.

Je ne suis plus que l'ombre de moi-même. Je suis cynique, fatigué, désabusé et, tu as raison, peut-être un peu déprimé. Tu étais mon adrénaline, mon carré de chocolat, mon écharpe en laine, ma cave à vin, mon professeur d'anglais et ma meilleure amie.

Je me prends parfois à méditer sur l'humanité et sur sa folie. Quand je suis de bonne humeur, j'arrive même à trouver des explications plausibles à ce que je t'ai fait, mais quand je me sens minable (c'est-à-dire la plupart du temps), je ne peux que me traiter de tous les noms. J'ai renoncé à toi parce que je me sentais fort, parce que je croyais pouvoir vivre sans toi. Pure illusion. Tu étais et tu resteras toujours la seule femme qui puisse me rendre heureux. Je l'ai compris bien trop tard, comme dans les mélos de Hollywood.

Je me débrouille. Je m'entretiens dans l'illusion qu'il doit y avoir un peu de paix pour moi aussi. Mais j'aimerais tant te revoir. Depuis peu, je m'imagine en propriétaire d'une maison à la campagne, en Toscane ou dans le Piémont, entouré de petits enfants blonds, et toi au milieu, assise à ton ordinateur. Pittoresque, pas vrai ? Des hallucinations, comme j'en ai eu autrefois ? Et te reverrai-je un de ces jours ?

p.

9

Le Quartier espagnol n'est pas dépourvu d'une certaine hiérarchie : dans les derniers étages, on jouit d'un surplus de soleil, d'un panorama admirable et parfois d'une petite brise marine. De cette hauteur, l'anarchie des ruelles semble lointaine. Nos cent soixante-dix-huit marches étaient à la fois la preuve de la survie des plus aptes et notre Grande Muraille.

Mais déjà au troisième étage, pour ne pas parler du deuxième – ou pire encore du premier –, on était comme à l'intérieur d'un château de cartes. Les balcons s'empilaient l'un par-dessus l'autre, les draps pendaient en rangées successives, et les immeubles eux-mêmes, comme s'ils n'étaient pas déjà assez rapprochés, étaient enchaînés entre eux par des fils électriques d'où pendaient des lanternes : jusqu'à ce que la mort nous sépare. Aux étages inférieurs, la lumière du soleil se mesurait en centimètres. Un lingot d'or surgissait une fois par jour, comme oublié par un invité, sur la table de la cuisine, mais avant qu'on ait pu le toucher il se déformait en un losange aux bords dentelés de couleur rosâtre, jusqu'à se réduire à la taille d'une pépite qui s'évanouissait aussitôt. Quant à la vie au rez-de-chaussée, elle était tout simplement inconcevable.

Les habitants du quartier avaient souvent recours au panier, *o'panaro* en dialecte. J'aimais le voir descendre en ricochant sur la façade, puis, une fois dans la rue, se charger de pain ou de lait, de clés oubliées ou de billets de banque. Il ressemblait à une araignée glissant sur un fil de soie, accompagnée dans sa descente téméraire par des recommandations hurlées et souvent comprises de travers. Mais pour nous, les étudiants, c'était un système trop plébéien. Le fil qui nous reliait au monde bruyant et désordonné d'en bas était plus fin et incontestablement plus moderne : l'interphone.

— Eh, Pietr', Eddie est là ? demanda un jour une voix rauque.

— Tonino. Pour toi.

Je courus à l'interphone, bourrelée de remords. J'avais été très peu à la maison, mettant en péril ce quotidien désordonné qui fondait mon amitié avec les garçons, les laissant en carafe à la veille des examens. La voix de Tonino était dure, confirmant toutes mes craintes.

— Eddie, il faut que tu viennes tout de suite à la maison. Pas le temps de t'expliquer.

Je dévalai l'escalier à toute allure. Même avec ses courtes jambes, Tonino fonçait dans la léthargie postprandiale du quartier, et j'avais du mal à le suivre. Mon soleil d'argent tintait en rythme, de plus en plus vite, tandis que je priais Tonino de s'expliquer, mais il se borna à répondre :

— On n'a pas réussi à trouver ton appareil photo.

— Pour quoi faire, l'appareil photo ?
— Tu vas voir. C'est un truc hallucinant.
Dès le seuil franchi, je vis par la porte grande ouverte la chambre d'Angelo envahie d'une brume épaisse, comme un rêve dans un film. L'air sentait la poussière de plâtre. Je découvris Angelo debout à côté de la fenêtre, l'air pensif, et curieusement couvert de farine comme un pizzaiolo. Sonia, assise sur le lit, le dos contre le mur, ressemblait à une geisha. Ils étaient tous les deux immobiles comme des acteurs attendant le lever de rideau.
— Mais il s'est passé quoi, ici ?
— Lève les yeux, me lança Luca du fond du couloir.
Au-dessus du lit d'Angelo, le plafond présentait un énorme trou entouré de petites îles. Au-dessous, en plein milieu du tapis en peau de vache à présent méconnaissable, se trouvait un énorme bloc – de plâtre ou de pierre – entouré de gravats. J'eus un tel choc que je ne compris pas tout de suite.
— Sonia et Angelo étaient assis sur le lit en train de regarder leur merde habituelle à la télé, expliqua Tonino, quand le ciel leur est tout simplement tombé sur la tête.
— On aurait pu se faire assommer, ajouta Angelo en suffoquant d'enthousiasme. Il s'en est fallu d'un cheveu. Ce truc m'a griffé la jambe.
— Vous n'avez rien ? dis-je en esquissant un mouvement vers eux.
Tonino m'arrêta net.
— Ne touche à rien, ma belle. Il nous faut d'abord des photos à montrer aux propriétaires, à l'assurance ou à Dieu sait qui. Sinon, personne ne nous croira jamais.

— Je n'ai rien, Eddie, me dit Sonia. Le bloc m'a seulement effleuré le bras. On t'attendait pour prendre les photos.

— L'appareil est dans le tiroir du haut, derrière les dictionnaires, dis-je à Tonino. Mais il a une pellicule en noir et blanc.

— Aucune importance, tout est blanc de toute façon.

C'est en faisant le point avec le Minolta que l'ampleur des dégâts m'apparut. Je photographiai le bloc vagabond, qui s'était ébréché sur l'angle du lit ; Angelo avec du plâtre plein les cheveux ; le couvre-lit couvert de gravats, les santiags de Sonia blanches de poussière. Quelques centimètres de plus, et la pierre lui aurait broyé la jambe. Et si Angelo s'était penché à ce moment pour changer de chaîne… ? Il s'en était fallu d'un cheveu. Alors, pourquoi me sentais-je coupable d'être en sécurité derrière mon appareil, au lieu d'être avec mes amis au milieu de cette chambre familière, couverte de poussière des pieds à la tête ? C'était absurde.

J'avais à peine terminé qu'Angelo fonçait déjà en direction de la cuisine pour un café bien mérité, et que Sonia se hâtait vers la salle de bains.

— Arrêtez, dit Luca. Il faut qu'on sorte de là. Cet appartement est dangereux.

— Les dégâts sont déjà faits, Falcone, protesta Tonino. Le plafond ne risque pas de tomber une seconde fois

— La fissure au-dessus n'arrête pas de s'agrandir. C'est toute la maison qui tombe en ruine.

Là-dessus, il nous envoya au café du coin pendant qu'il allait parler à la propriétaire. Luca était le seul à savoir où se trouvait son *vascio*, puisqu'il avait loué l'appartement à son nom avant notre arrivée à tous.

Il nous rejoignit une demi-heure plus tard, nous expliquant que la propriétaire l'avait suivi jusque chez nous en peignoir et en chaussons, et avait écouté son récit avec un visage de marbre. Puis elle avait sorti de sa poche un coûteux téléphone portable et appelé son neveu. Elle lui avait parlé dans un dialecte furibond que même Luca, dont le père était napolitain, n'avait pas réussi à comprendre. Puis elle avait refermé le téléphone avec un sourire mielleux et lui avait offert les conclusions de son neveu, qui était un fils pour elle et le meilleur ingénieur du quartier, ou le serait dès qu'il aurait passé son diplôme. Le neveu avait recommandé de faire poser une série de poutres métalliques pour retenir le mur de façade, qui en effet se détachait de la maison. Les réparations prendraient environ six mois, en calendrier napolitain. Entre-temps, l'appartement serait inhabitable.

Pendant un moment, le bruit assourdissant du percolateur emplit le silence. Affalé sur sa chaise, Angelo fut le premier à réagir.

— Merde alors, j'adore cette baraque.

— Moi aussi, dis-je en ôtant un fragment de plâtre de ses cheveux.

Mais en disant cela, je sentais comme un irrésistible courant m'attirer loin au large, et une part de moi-même savait déjà qu'il était vain de lutter contre lui.

— Il y a au moins un aspect positif, dit Sonia.

— Et comment ! dit Angelo en bondissant sur sa chaise. L'été arrive et on va tous rentrer à la maison.

Alors, prenons deux ou trois trucs indispensables et allons vagabonder pendant deux mois.

— Oh, j'aimerais te voir, toi le beau blond comme il faut, dans un squat avec des punks à chien, commenta Tonino.

— Et qu'est-ce que tu en sais, bordel ? Moi, j'irai chez Davide, et toi chez n'importe qui capable de te supporter. Allez, les potes, on peut économiser plein de fric sur le loyer, et la maison sera toute propre en octobre, juste à temps pour la reprise des cours.

Cela dit, il s'affala d'un air de triomphe contre le dossier de sa chaise.

Pour la première fois sans doute, Tonino se déclara d'accord avec Angelo. Luca me lança un de ses regards fixes destinés à m'ensorceler, et je sentis qu'il essayait de me dire, dans son infinie sagesse, de les laisser parler.

J'emménageai chez Pietro. Cette décision avait un côté naturel et prévisible que je ne souhaitais pas approfondir. Dans l'ivresse du moment, je ne voulais pas voir les étapes brûlées ni envisager leurs conséquences. Je ne regardais ni l'avenir ni le passé. Une fois quitté ce vieux *palazzo* obscur et branlant que j'avais tant aimé, j'eus l'impression de le voir enfin comme ce qu'il avait toujours été : une simple étape.

Pietro posa son matelas à terre et sortit l'armoire de la pièce pour y faire entrer un second matelas. Je restai sur le seuil, ne sachant comment l'aider à assembler ce puzzle, absorbée par la pensée des garçons, me demandant quand nous nous reverrions désormais.

— Bon, dit Pietro, ça devrait aller comme ça.

Il tira les deux matelas jusqu'au mur mansardé sous la fenêtre, laissant juste assez de place pour ouvrir la porte.

— Tu en es sûr ?

— Certain.

— Je peux participer au loyer.

— Il n'en est pas question.

— C'est seulement pour l'été…

— On verra ça plus tard.

Je le regardai, frappée de sa force physique et de son assurance, comme s'il avait toujours rêvé de partager avec un autre être humain une chambre de la taille d'un placard. Lourdement appuyé sur sa jambe préférée, il me regarda avec un air d'humble satisfaction, sans doute pour avoir résolu ce problème complexe de géométrie. Il me rappela soudain le Pietro du premier soir qui s'était tenu sous le médaillon du plafond, embarrassé et essoufflé, attendant que le ciel lui tombe sur la tête.

Était-ce vraiment deux mois plus tôt ? Je sentis un doute s'insinuer en moi en pensant à mon empressement à m'installer chez lui alors que je le connaissais à peine, au transport que j'éprouvais chaque fois qu'il me touchait, aux séminaires et aux cours que j'avais sautés si allègrement, à toutes ces pulsions auxquelles, comme étrangère à moi-même, j'avais obéi.

Les matelas formaient à présent un lit à deux places avec une faille au milieu.

— Ça me gêne, cet espace, dit-il.

— Ça ira très bien comme ça.

Au réveil, la première chose que je vis fut le long doigt bleu de la mer : de cet angle nouveau, le quartier semblait avoir disparu. Pietro dormait encore quand je me levai.

J'utilisai la salle de bains à l'étage au-dessous, où se trouvaient le chauffe-bain qui servait de punching-ball à Madeleine, ainsi qu'une baignoire qui se remplissait paisiblement d'eau chaude sans aucune intervention extérieure. Je mis le café sur le feu et je sortis sur la petite terrasse. Encore deux marches, et je fus sur le goudron spongieux du toit.

La matinée était splendide. Tout autour, des antennes de télé s'efforçaient de percer un ciel blanc de soleil. Dieu seul savait combien d'immeubles comme le nôtre étaient posés en équilibre sur une carrière, mais qu'importait ? Là-haut, je n'avais aucun plafond sur la tête. Les bruits du matin m'arrivaient assourdis, dans l'air pur montait l'odeur des cigarettes à peine allumées et du goudron fraîchement posé, du pain frais et de la mer encore froide. Je voulais respirer ces odeurs, me remplir les yeux du quartier, me parer des diamants dansant sur le golfe. Sur l'eau calme, les porte-conteneurs semblaient irréels : ils frémissaient comme des mirages, de la même couleur de rouille et de poussière que le volcan derrière eux.

La cafetière émit un gargouillement et je rentrai dans la cuisine. J'y trouvai Madeleine, les cheveux en bataille et vêtue de façon minimale. Elle m'accueillit avec un grand sourire et un baiser. Disparue, la fille grognon qui nous avait aidés avec la douche. À l'évidence, huit heures de sommeil ininterrompu lui faisaient un bien fou. Pietro arriva à son tour, et nous prîmes place tous les trois autour de la table boiteuse pour boire notre café.

Tous mes doutes s'étaient envolés. Je me sentais chez moi, et je l'aimais.

Je pouvais seulement imaginer le choc qu'avaient subi Sonia et les garçons, mais j'allai tout de même chercher la confirmation que Naples n'était pas en train de s'écrouler : un dimanche matin, j'emmenai Pietro faire une excursion au parc de Capodimonte.

Nous aurions aussi bien pu être à Bali. Un haut tunnel d'arbres résonnait de chants d'oiseaux exotiques, l'herbe était fraîche et humide et il y avait partout des palmiers, symboles pour moi de la beauté indestructible de la ville.

— Ah, dit Pietro, je me repose les yeux, ici. Comment se fait-il que je n'y sois jamais venu ?

— Il n'y a pas de honte à découvrir sa propre ville grâce à une étrangère, répondis-je en riant. Je jure que je ne le dirai à personne.

Il sortit un paquet de Marlboro et plissa les yeux en allumant sa cigarette.

— J'adore que tu viennes de si loin. Du coup, tu n'es pas comme tous les autres, là, empêtrés dans leurs vieilles idées.

— De qui tu parles ?

— De la majorité des gens, surtout chez moi.

Nous errâmes dans le parc main dans la main, notant ici et là des signes rassurants de civilisation – des réverbères, des bancs de pierre. De temps à autre, nous croisions des gens tout à faits normaux : un vieux couple assis sur un banc, de jeunes parents avec une poussette, des gens faisant leur jogging. Je les regardais en dissimulant un sourire : je ne voulais pas qu'ils voient sur mon visage ma fierté de marcher à côté de Pietro. C'eût été impoli de les éblouir, par vantardise, de ma joie effrénée de posséder un trésor dont ils étaient privés.

Enfin, au bout d'une allée de gravier s'ouvrit un panorama du golfe qui s'étendait jusqu'au volcan.

— C'est beau, dit Pietro, mais j'aurais bien voulu t'amener ici en voiture, te traiter comme tu le mérites.

Nous étions revenus à notre point de départ : le musée de Capodimonte, le second palais royal de la ville, peint d'un rouge qui évoquait à la fois la couleur passée d'un parasol de plage, le sang frais et le vin versé. À ses pieds s'étendait une immense prairie anglaise d'un vert éblouissant.

J'ôtai mes sandales pour marcher sur ce tapis si doux aux pieds. Je m'allongeai sur le dos et sentis Pietro s'écrouler à mon côté. La fraîcheur de l'herbe me rappela que, l'hiver, je battais des pieds et des mains dans la neige pour former un ange de neige, et je me demandai si ça marchait aussi avec l'herbe. Le ciel au-dessus de nous était limpide, infini. Soudain, un sourd grondement emplit nos oreilles.

— Le tonnerre ? dis-je en plaisantant.

— Je peux te jurer que ce n'est pas mon estomac.

En quelques secondes, le grondement devint un bruit surnaturel qui parut aspirer la totalité du ciel, et, débouchant des palmiers, un gros avion noir fonça sur nous. Il volait si bas que je pus distinguer le train d'atterrissage et les stries argentées sur son ventre noir. D'instinct, je m'aplatis sur l'herbe, comme pour éviter le choc.

— Merde alors, s'exclama Pietro. C'était quoi, ce truc ?

Nous avançâmes plusieurs hypothèses, avant de décider qu'il devait s'agir d'un avion militaire.

— Je n'ai jamais pris l'avion, dit Pietro.

— Même pas une fois ?

— Jamais.

— Tu crois qu'il va en passer un autre ? demandai-je en caressant l'herbe de la main.

— J'espère bien que oui. Attendons un peu.

C'était comme attendre une autre salve de feux d'artifice le jour de la fête nationale. Notre patience fut bientôt récompensée. Je sentis l'air se déchirer, la terre trembler. Je me dis que cette fois le choc avec le toit du musée était inévitable, et je hurlai en silence. Et puis plus rien.

Nous attendîmes que les oiseaux se remettent à chanter.

— Tu pourrais m'emmener, bien caché dans ta valise, suggéra Pietro.

— Et tu voudrais aller où ?

— Que dirais-tu de l'Amérique ?

Ce furent les banlieues de l'Amérique qui me vinrent à l'esprit : je les avais fuies parce qu'il ne s'y passait jamais rien, parce qu'elles n'étaient qu'une mort lente et indolore. Je me tournai vers lui, appuyée sur un coude.

— Tu sais où je voudrais aller, moi ?

— Où ça ?

— En Norvège.

Je lui racontai que quand je préparais ma demande à l'association d'échanges culturels, j'avais indiqué la

Norvège en première option, et l'Italie en troisième. J'avais vu dans une brochure la photo d'une petite maison norvégienne posée dans un paysage de neige avec des fenêtres d'un orange éclatant. C'était un raisonnement d'une gamine de quinze ans. Mais avant de poster ma demande d'inscription, je l'avais montrée à ma meilleure amie, Snežana, fille d'un écrivain dissident bulgare. Elle avait regardé avec dédain mon premier choix, en me disant de troquer la Norvège pour l'Italie. Je n'étais pas convaincue, mais Snežana avait de grands cernes sous les yeux et elle avait vu la mer Noire : je suivis donc son conseil. À l'époque, il m'avait paru de peu de conséquence d'effacer la Norvège au profit de l'Italie.

Pietro s'était tourné vers moi, les cheveux emmêlés, si beau que j'espérais de toutes mes forces qu'il oublie sa raideur habituelle en public pour m'embrasser.

— Alors, allons en Norvège. Tu sais qu'ils ont du pétrole, en mer du Nord ?

— Brrrr….

— L'Islande, peut-être. Au moins ils ont des volcans pour nous réchauffer.

— Alors, allons au Mexique. Ils ont des volcans *et* des plages. On pourrait s'asseoir devant la mer en buvant de gigantesques margaritas.

— Et les îles Fidji ? J'ai toujours voulu y aller, mais je ne sais même pas où elles sont.

— Où que ce soit, je t'y emmènerai, murmura Pietro.

Et, malgré les passants, il se pencha pour m'embrasser au beau milieu de la grande pelouse.

Nous retombâmes sur l'herbe, savourant notre bonheur. Il n'y avait pas un nuage dans le ciel ; seulement une couche de bleu, une couche de vert et nous deux au milieu, pris en sandwich. J'eus l'impression de voir enfin le monde et l'amour dans leur simplicité : au lieu d'être écrasés sur la terre, nous étions délivrés de la gravité, légers comme des plumes.

— Dire que je me suis débarrassé de mon passeport suisse, comme un idiot, soupira Pietro.

Il m'expliqua qu'il avait dû renoncer à la nationalité suisse à dix-huit ans pour éviter le service militaire.

— S'il n'y avait pas mon frère, je n'aurais plus aucun lien avec ce pays.

— Mais je n'ai jamais entendu Gabriele parler de la Suisse.

— Je ne parle pas de lui. Je parle de mon autre frère, Vittorio.

— Vous avez un autre frère ?

— C'est l'aîné, et on n'en parle jamais.

Vittorio était marié à une Suisse et avait deux enfants. Il travaillait dans la même laiterie que ses parents. Il était de l'équipe de nuit et, quand il rentrait à cinq heures du matin, il réveillait leur père avant de prendre sa place dans le lit. Vittorio avait dix-sept ans quand leur mère avait fait ses valises pour les ramener à Monte San Rocco.

— Lui n'a jamais voulu rentrer en Italie. Mes parents étaient furieux, mais il n'y a rien eu à faire. De toute façon, mon père devait rester à Schaffhausen pour envoyer de l'argent à la maison. Ma mère a fini par céder.

Je réfléchis au fait qu'il existait encore un autre homme qui ressemblait à Pietro et l'idée m'effleura qu'il pourrait se reproduire à l'infini, comme dans un jeu de miroirs. Cette idée délirante n'était sans doute que l'effet d'un estomac vide.

— J'ai une faim de loup, *baby*, dit Pietro comme s'il lisait dans mes pensées. Rentrons à la maison.

Andiamo a casa. Quelle phrase magnifique ! J'aurais voulu qu'il me la chuchote à l'oreille toute la journée. *Andiamo a casa. A casa*. Mais il avait déjà sauté sur ses pieds et me tendait mes sandales, comme pour me rappeler que si je ne les enfilais pas en vitesse, je perdrais le peu de poids qui m'ancrait encore à la terre et que je prendrais mon envol.

Pourtant, Luca avait toujours un coup d'avance. De retour dans le Quartier espagnol, nous découvrîmes qu'il avait pris un ferry pour la Grèce.

10

Je ne parvenais pas à me faire aux brusques départs de Luca. Certes, il était allé en Grèce pour revoir Roberta, mais s'il voulait l'inciter à revenir à Naples, pourquoi maintenant et pas six mois plus tôt ? « Un plafond qui te tombe sur la tête peut te faire changer d'avis sur un tas de choses », se borna à dire Angelo. Les garçons ne savaient rien à propos de son départ et ignoraient la date de son retour. J'aurais tant voulu être celle qui savait tout cela, celle qui avait la confiance de Luca. À l'évidence, il n'en était rien.

Ce qui était plus prévisible, c'était qu'on m'enlèverait Pietro. Il y avait beaucoup à faire chez ses parents : des arbres à tailler, du matériel agricole à réparer. Il partait pour peu de temps, pas même une semaine, mais je trouvais quand même cette idée alarmante. Sur le seuil, le jour du départ, il me dit :

— Quand tu me manques, tu sais ce que je fais ? Je t'envoie un message. Alors si tu entends une mouche bourdonner, une fenêtre qui bat, une voiture qui fait hurler ses freins, tu sauras que je suis venu te rappeler que je suis à ton côté, et que je le serai toujours.

Une fois Pietro parti, je pris peu à peu possession de l'appartement. Je descendais l'escalier en pyjama, je passais la serpillière, j'échangeais quelques mots avec Madeleine, j'étudiais au bureau en métal de Pietro posé au milieu du séjour. Mais les pages des livres ne semblaient jamais vouloir se tourner.

Les voisins se battaient comme des chiffonniers. Régulièrement, une femme commençait par invoquer la Madone, la sainte mère de Jésus, avant de monter d'un cran pour condamner à tous les tourments de l'enfer *chitemmuort* et *chitestramuort* – en clair la famille du voisin sur plusieurs générations. Toute réponse montant de la cour ne faisait qu'attiser sa fureur ; elle braillait si fort que j'allais parfois me pencher à la fenêtre : le jour du Jugement, déjà ? Dans les profondeurs de la cour, j'apercevais des voisins penchés à leur balcon qui agitaient le poing dans un brouhaha explosif. Je ne saisissais de ces disputes, menées dans un dialecte frénétique, que quelques mots : *scurnacchiato*, salopard ; *tutte strunzat'*, tous des connards ; *ommo e' merd*, tas de merde ; *janara*, sorcière.

Je m'aperçus que, jusqu'alors, je n'avais jamais souffert de l'absence de quiconque. Le matin, quand les premiers rayons du soleil venaient percer mes rêves, j'ouvrais les yeux et je voyais sa moitié de lit froissé et cruellement vide. Au début, j'essayais de passer le plus de temps possible loin de cette petite chambre ; je prenais le café sur le toit, j'allais à l'université ou à la charcuterie demander cent cinquante grammes (désolée, cent grammes seulement cette fois) de jambon fumé. Mais ce vide me poursuivait, comme la pleine lune la nuit semble parfois nous fixer de son visage impassible, jouissant peut-être de notre angoisse. Je compris bientôt que je le portais en moi, un vide rond comme une lune, un trou, une plaie ouverte dans le ventre, qui pourtant pesait de son poids propre. Je sentais des nausées, j'avais la sensation d'être à la fois repue et dévorée par la faim, de déborder de passion et d'en manquer désespérément. Puis je cessai de lutter. Cette absence était tout ce qui me restait de Pietro et, à défaut de l'avoir, lui, j'acceptais avec bonheur le vide qu'il m'avait laissé. Souffrir de son absence était un privilège égal à celui de l'aimer.

Je finis par m'apaiser. Le matin, je restais au lit sans plus tourner les yeux vers les plis tortueux des draps. Je recherchais Gabriele pour contempler son profil, pour m'immerger dans sa voix. Arpenter la ville aggravait mes symptômes, peut-être à cause de ces masses d'hommes qui marchaient, discutaient, riaient sans qu'aucun lui ressemble. Je sentais des nausées, j'avais la fièvre et j'étais persuadée d'avoir le rouge aux joues. N'importe quel passant pouvait le voir, comme si je marchais environnée de flammes. J'étais visiblement, douloureusement amoureuse.

Mon quartier semblait me plaindre, versant les larmes que j'étouffais par amour-propre. Les vendeurs ambulants vantaient leurs marchandises dans une triste complainte – paniers d'osier, cacahuètes grillées – en arpentant les rues étroites et moites comme des étreintes de condoléances. Les cloches des églises sonnaient sur un mode mineur. Un jour, pour un jouet cassé, une petite fille dans un rez-de-chaussée sanglotait sans pouvoir s'arrêter, et les adultes, au lieu de lui hurler dessus comme le veut la tradition, s'efforcèrent de la consoler. Une autre fois, il m'arriva d'un balcon une odeur d'après-rasage parfumé au pin qui m'émut autant qu'un baiser de Pietro. Je n'avais jamais eu ce genre d'hallucinations ; ce délire fébrile me faisait soupçonner qu'une relation si belle ne pouvait être que le fruit de mon imagination.

Un matin, en allant à ma leçon de bulgare avec Iskra, je venais de déboucher du Quartier espagnol quand j'aperçus un sans-abri sur la via Roma. Washington déborde de vagabonds, dont beaucoup étaient des malades mentaux, mais pas Naples. Les rues du centre sont certes remplies de gitans qui mendiaient avec des airs de tragédiens et de toxicomanes perdus dans leur brume personnelle, mais les gitans avaient des caravanes et les toxicos ne semblaient pas dormir dans la rue. Cet homme-là n'appartenait à aucune de ces catégories.

Il était assis dans un fauteuil roulant devant un café ; les cheveux blancs et le visage hâlé, il n'avait plus de jambes à partir des genoux. À côté de lui, sur un morceau de tissu innommable, était allongé un chien bâtard aux dents pointant dans toutes les directions. Ce fut ce chien peu attrayant qui me fit m'approcher de son maître.

— Il est à vous ?

— Bon chien, dit l'homme.

Il avait un regard franc, les yeux d'un bleu acier, et n'avais-je pas entendu une légère pointe d'accent ? Sa denture était aussi désastreuse que celle de son chien, et il était difficile de lui donner un âge. Il n'avait ni carton ni soucoupe pour demander l'aumône.

Je me penchai pour caresser le pelage graisseux de l'animal.

— Vous voulez un peu d'argent pour le chien ?

— Oui, je vous remercie. Merci beaucoup.

Un accent étranger en effet, sans doute allemand. Je lui donnai quelques pièces avant de reprendre ma route. Le lendemain, je trouvai l'homme devant le même bar à l'heure de pointe matinale. Le vide qui me creusait l'estomac n'avait rien à voir avec la faim, aussi le cappuccino et le croissant à l'abricot que j'allai acheter à l'intérieur ne m'étaient pas destinés.

— Attention, lui dis-je, c'est chaud.

Ses mains noircies effleurèrent les miennes, mais je n'éprouvai ni peur ni dégoût. Il leva les yeux pour me fixer d'un regard douloureux, et j'eus honte soudain de l'avoir offensé, d'avoir eu la présomption de penser qu'il mourait de faim. Pourtant, je ne pus découvrir dans ses yeux que de la compassion pour moi, comme si sa condition solitaire lui pesait peu et que la seule douleur qu'il ressentît était la mienne.

J'en fus désarmée, et je marmonnai une vague excuse en lui glissant un peu de monnaie avant de disparaître. Ce n'était peut-être qu'un excentrique ayant une maison où il pouvait rentrer, un artiste fou ou un vieil oncle venu d'Allemagne rendre visite à sa famille. En tout cas, je sentis qu'après ce geste, j'avais mis en marche quelque chose que je ne pouvais ni ne voulais interrompre.

J'avais du mal à croire que Luca serait revenu de Grèce, traversant l'Adriatique et toute la largeur de l'Italie, avant que Pietro ait le temps de rentrer en bus de l'arrière-pays de Naples. Mais ce fut bien Luca Falcone que je vis devant moi à travers un mince voile de pluie, à demi masqué par l'habituel va-et-vient devant le Palazzo Corigliano. Je n'eus pas besoin de l'appeler : déjà il avançait vers moi en fendant la masse d'étudiants, de scooters et de pigeons avec l'assurance tranquille du globe-trotter, son sac à dos à l'épaule et des perles de pluie dans les cheveux.

Il m'expliqua qu'il était revenu la veille au soir et habitait chez sa tante à Barra, la zone industrielle de la ville. Il me demanda de l'accompagner à notre ancienne adresse et je m'empressai d'accepter. Nos épaules se heurtaient régulièrement tandis que nous suivions l'itinéraire familier, chaque collision dégageant une odeur de linge humide. L'immeuble sentait la cave et l'abandon. Je notai sans surprise que les travaux n'avaient pas encore commencé.

— Peu importe, Heddi. Ni toi ni moi n'allons revenir habiter ici. Mais je crois que tu le sais déjà.

Je le suivis solennellement dans sa chambre. Le lit défait était dans le même état que lors de la chute du plafond. Une tasse traînait encore sur la table de chevet, mais les livres avaient disparu, ainsi que la calligraphie arabe affichée sur le vieux papier peint au motif floral taché de moisissures. Je m'efforçai de chasser les souvenirs de notre bande vautrée sur ce lit, en train de regarder les mêmes vieilles vidéos.

— Tu as bronzé, dis-je.

Sans répondre, Luca sortit de son sac une bouteille d'ouzo qui dégagea une douce odeur d'anis et de cardamome. Il en versa un peu dans la tasse oubliée et me l'offrit pour la forme. Je refusai d'un geste et il l'avala d'une seule gorgée. Je me sentais bizarrement exclue – de son monde, de ses projets, de sa relation intime avec des forces plus grandes que nous.

L'ouzo ne tarda pas à lui délier la langue.

— Je suis allé en Grèce pour Roberta. Pas exactement pour être avec elle, mais pour voir ce qui restait de notre relation. À présent, tout cela est derrière nous.

Il se leva et me planta un gros baiser sur le front suivi d'un léger soupir, ce que je pris comme une invitation à garder pour moi mes commentaires. Il ouvrit la penderie, dont le miroir accrocha un rayon de lumière.

— Mais maintenant, je dois repartir, dit-il. Pour Varèse, cette fois.

Sa mère n'allait pas bien et il était fils unique, m'expliqua-t-il en sortant des chemises qu'il étala sur le lit. Je compris qu'il faisait ses bagages.

— Il faut que tu y ailles, bien sûr, balbutiai-je. Et quand tu reviendras, on se trouvera un nouvel appartement.

— Je ne reviendrai pas à Naples, Heddi.

J'aurais pu le deviner si je n'avais pas eu la tête ailleurs. Le dernier fil qui rattachait Luca à Naples était sa soutenance de thèse ; après quoi, il devrait aller faire son service civil. Soudain, il m'attira à lui et m'enveloppa dans ses bras.

Je me sentis frémir. C'était donc la fin de cette amitié dont j'aurais cru qu'elle n'était pas soumise à l'érosion du temps ? Pourtant, de mon côté, j'avais tout fait ces derniers temps pour hâter cette fin. Je fermai très fort les yeux et j'enfouis la tête dans sa chemise de trappeur et le rythme calme de son cœur.

Nous restâmes ainsi longtemps, tandis que la pluie battait de plus en plus fort. Quand je rouvris les yeux, je saisis notre reflet dans le miroir de la penderie : deux amis qui s'étreignaient. Pourtant, il restait tant de choses que je ne lui avais pas dites !

Pietro m'appelait chaque soir. Dans l'obscurité, les yeux fermés, sa voix m'emmenait dans un univers clos, à part. Peut-être était-ce cela, le *melas* des Grecs, ce noir resplendissant dont parlait Signorelli ? Pietro me racontait ses travaux qu'il expédiait au plus vite, le cochon nourri comme un empereur jusqu'au jour fatidique, les pièces romaines qu'il avait trouvées dans un champ, sa chambre d'enfant où il chuchotait à présent au téléphone pour ne réveiller personne.

— J'aimerais t'amener ici, me dit-il un soir, pour te montrer tout ça.

J'imaginais des scènes magnifiques. Ses parents nous appelaient joyeusement pour le repas depuis la maison au milieu des blés vers laquelle Pietro et moi avancions à travers un champ doré, doux comme le pelage d'un chat ; puis nous étions tous réunis autour d'une vénérable table en bois rongée par le temps et les vers, sous un entrelacs de branches d'olivier, sentant une bonne fatigue dans nos bras bronzés. Je croyais sentir l'odeur des citrons coupés, du pain à peine sorti du four. Je frissonnai de me sentir effleurée par une puissante sensation d'appartenance.

— Tu sais, je n'ai personne à qui montrer mon village.

— Ne me dis pas que tu n'as jamais amené une fille chez toi.

— Il n'y en a pas une seule qui m'en ait donné envie. Et puis, tu sais comment sont les parents ici, dans le Sud : dès qu'ils en voient une, ils commencent à broder le trousseau.

— Tu es sûr que je dois venir, alors ?

— Évidemment. Et ne te prends pas la tête, *baby*. Reste toi-même et ils vont t'adorer aussitôt.

— Mais toi, ça ne te rend pas un peu nerveux ?

— Absolument pas. (Il eut un long et dur soupir, accompagnant peut-être la fin d'une cigarette.) Avec toi, je me sens invulnérable. Comme Superman.

Quand il eut raccroché, je restai un moment étendue sur le divan en vinyle, puis je montai l'escalier pour aller frapper à la porte de Gabriele. Quand il me dit d'entrer, je le trouvai assis à sa table à dessin, enveloppé, comme s'il était insensible à la saison, d'un cardigan et d'une écharpe en laine.

— Tu vas bien ?

— Un simple refroidissement. Ou peut-être la grippe. Ou la vache folle, je ne sais pas trop.

— Si tu veux, j'ai un traitement homéopathique qui pourrait t'aider.

— Tu es un amour, Eddie, mais pour cela, il n'y a qu'un seul traitement, dit-il en montrant par terre ses deux compagnons les plus fidèles : une bouteille de vin et un verre.

J'avançai jusqu'à sa table en m'efforçant de dissimuler ma familiarité avec sa chambre et la curiosité que m'inspiraient les petits trésors qu'elle contenait.

— Qu'est-ce que tu dessines ?

— Rien, un projet pour une structure qui ne verra jamais le jour.

Il me fit signe de venir plus près, jusqu'à ce que je sente la chaleur intense de la lampe qui éclairait l'esquisse. Son doigt glissant sur le papier, il m'indiqua le toit « aérodynamique, en théorie comme un oiseau en vol », puis l'entrée grandiose suivie d'un lacis de couloirs, « comme à l'intérieur des tours de la Sagrada Familia ».

— C'est magnifique, dis-je.

Il éclata d'un rire qui le fit tousser si violemment qu'il rougit jusqu'aux oreilles. J'attendis qu'il ait repris son souffle pour lui demander quel genre de bâtiment il préparait pour sa mère.

— Alors, tu es au courant ? Pietro te l'a dit ?

— Excuse-moi, il n'aurait peut-être pas dû ?

— Au contraire. Tu es sa chérie, il doit tout te dire. Mais ce n'est pas exactement un bâtiment.

— C'est quoi, alors, un meuble ?

— Bah, ce n'est encore qu'une esquisse. Je lui ai répété sur tous les tons que c'était absurde. J'ai essayé de la dissuader par tous les moyens, mais elle est têtue.

Je ne comprenais toujours pas. Gabriele prit une gorgée de son médicament en me scrutant avec une douloureuse ironie, et finit par dire : « C'est sa pierre tombale. »

De : heddi@yahoo.com
À : tectonic@tin.it
Envoyé le : 29 février

Cher Pietro,

Merci pour ton dernier mail. Tu écris tellement bien, et tout ce que tu dis vient du cœur. J'espère que ma réponse sera à la hauteur.

Je suis en Nouvelle-Zélande depuis quatre ans et c'est là que j'ai inauguré le nouveau millénaire (rien à voir avec le soir du 31 dans le Quartier, tu te rappelles ?). Ici, l'émotion était grande, parce que cette petite nation allait être la première à voir surgir le soleil de ce deuxième millénaire. L'endroit le plus proche du changement de date est une péninsule appelée East Cape qui n'est habitée que par quelques Maoris. C'est sur l'une de ses immenses plages que je suis allée avec une amie attendre cette aube historique, si chargée d'attentes. J'ai eu du mal à m'endormir : une fois le soleil couché, le beau sable blanc est devenu glacé, et je n'avais qu'un sac de couchage et pas de tente. Mais les étoiles… ! Elles formaient un toit au-dessus de nos têtes. Le bruit des vagues était assourdissant (et on l'appelle le Pacifique ?!). J'avais peur de ne pas me réveiller à temps, mais j'ai bien été parmi les premiers témoins de ce premier lever de soleil. Rien de spectaculaire, juste une petite lumière naissante d'un rose orangé qui a pointé timidement derrière les nuages à l'horizon. Pourtant, cela m'a donné du courage de voir cette lumière, inconsciente de sa valeur, monter ainsi et faire son travail comme elle le fait chaque jour. L'avenir depuis lors s'est résumé à cela pour moi : un jour nouveau, et à chaque jour suffit sa peine.

À première vue, la Nouvelle-Zélande est une image parfaite du Nouveau Monde : un pays tranquille et moderne avec une brève histoire coloniale. Et c'est ainsi en effet à Auckland, où j'habite une petite maison en bois avec une Allemande qui est médecin, un postier et une fille maorie qui enseigne l'anglais, comme moi. Mais dès qu'on sort de la ville, ce que je fais à la moindre occasion pour aller voir les volcans et marcher sous les fougères primordiales, on comprend que la Nouvelle-Zélande a une histoire, et bien plus ancienne que celle des petits êtres humains.

Il est impossible de saisir avec un appareil photo les paysages à couper le souffle qui m'entourent. Je prends toujours des photos en gros plan : les veines des feuilles, une plume blanche sur le sable noir, tu me connais. Récemment, j'en ai fait une petite expo dans un bar du centre, mais elles ne sont pas numériques et je ne peux pas te les mettre en pièces jointes. Je t'envoie quand même cet instantané de moi pris au bord du lac Taupo.

Je t'écrirai encore, je te le promets. En attendant, porte-toi bien.

h.

11

Pour atteindre Monte San Rocco, nous prîmes un autobus de Naples à Borgo Alto, où nous attendait la voiture d'un oncle garée devant une boulangerie, les clés dissimulées sous le siège du conducteur. Une fois passées les maisons et les quelques boutiques du petit bourg, une immensité ondulée, d'un vert pâle, nous entoura. Pietro m'expliqua qu'il n'y avait que dix minutes jusqu'à Monte San Rocco, mais la route faisait tant de détours qu'on avait l'impression de ne jamais avancer.

— Inquiète ? dit-il en passant en troisième avant de poser ses longs doigts sur ma cuisse. Ne te fais pas de souci. Mes parents sont vieux et totalement inoffensifs. Propose-lui de faire la vaisselle et ma mère te prendra aussitôt en sympathie.

Ah bon ? Il ne suffisait donc plus d'être moi-même ? Je levai la tête pour inspecter le ciel. La pluie semblait certaine avec tous ces nuages noirs qui ne laissaient plus voir qu'un petit point de ciel bleu.

— C'est quoi, l'œil d'un cyclone ?

— N'aie pas peur, *baby*, ce n'est qu'un peu de pluie.

Pietro semblait dans son élément, une main sur le levier de vitesse et un coude posé sur la vitre ouverte.

Bientôt, la terre nue fit place à de rares maisons, puis à un village.

— Bienvenue à Monte San Rocco dans toute sa splendeur rustique !

La voiture peina pour grimper la côte, en haut de laquelle nous trouvâmes une petite place avec une boucherie et un bar. Je regrettai soudain cette route serpentante qui semblait ne jamais finir. Nous tournâmes sur une ruelle ; une petite vieille souleva son rideau, un chien aboya. La voiture émit encore un gémissement pour grimper une allée rocailleuse, au bout de laquelle était plantée une maison en pierre à un étage.

— Nous y voilà.

Un froid humide me saisit en descendant de voiture. On sentait dans l'air une odeur de bois brûlé mêlée à celle de la roche mouillée. Pietro prit nos bagages à l'arrière tandis qu'une poule affolée courait se réfugier dans le poulailler.

Nous trouvâmes ses parents dans la cuisine, son père penché sur la cheminée en train de décharger une brassée de bois. Des brindilles et des feuilles sèches restèrent accrochées à son pull, ce dont il ne parut pas s'apercevoir, pas plus d'ailleurs que de notre arrivée. Sa mère, en revanche, un mouchoir noué derrière la nuque, se leva avec raideur pour nous accueillir, sans ouvrir la bouche.

— Ah, te voilà de retour, mon gars, finit par dire son père. Et tu as amené une amie.

C'est du moins ce qu'il me parut comprendre. Leur dialecte, bien qu'apparenté au napolitain, me laissait perplexe.

— Papa, permets-moi de te présenter Eddie.

Pietro avait quasiment hurlé. Je notai qu'il avait simplifié mon nom.

— Enchanté, dit son père à plein volume, en italien.

Était-il sourd, ou était-il gêné par l'extraordinaire quantité de poils qui lui sortait des oreilles ? Il me prit la main et la serra entre ses pattes rugueuses comme de l'écorce. Il sourit et marmonna quelque chose en dialecte où je saisis les mots « jolie fille », tout en me fixant de ses yeux démesurément agrandis par des verres épais, et bordés de rides profondes.

La mère restait rigide, les mains posées l'une sur l'autre, le visage rougi de trop de vent et de soleil. Elle sortit de son tablier une main qu'elle me tendit. Je la pris et m'approchai pour l'embrasser sur les joues, saisissant au passage l'éclair de boucles d'oreilles dorées, vestiges de la jeunesse ornant un visage marqué par les années.

— Quel plaisir de vous rencontrer, *signora*, dis-je en retenant un peu cette main rude et molle comme un gant de jardinage. Vous habitez un endroit magnifique.

— C'est un plaisir de faire votre connaissance, articula-t-elle dans un italien lent et étudié.

Elle posa les yeux sur moi d'un air soucieux, puis elle remonta ses manches et me tourna le dos pour s'occuper de la cuisine.

— Viens avec moi, je vais te montrer la maison, dit Pietro.

C'était tout ? Après tant d'anxiété, le pire était passé. Je le suivis à travers les pièces déjà assombries par l'imminence de la pluie. Les persiennes ne laissaient filtrer que quelques rais de lumière reflétés par les facettes des verres à whisky exposés dans la salle à manger, meublée à la mode des années 1960, et par un téléviseur éteint. Un couloir encore plus sombre nous conduisit à l'étage. Le palier n'offrait qu'une seule fenêtre, qui donnait sur la campagne, et un téléphone, dont Pietro avait tiré le fil au maximum pour m'appeler à Naples depuis sa chambre, peinte d'un bleu froid. Je vis de vieux posters, une armoire, un petit lit, un bureau surmonté d'une étagère chargée d'échantillons de roches. J'aurais voulu m'attarder dans la chambre d'enfant du garçon que j'aimais, mais déjà il m'entraînait vers la cave.

— Ce n'est pas encore un appartement indépendant, mais c'est prévu. (Pour l'instant, ce n'était qu'un sous-sol avec une dalle de ciment, quelques vieux sacs de farine et un tabouret en bois.) Tu vois ça ? C'est là-dessus que ma mère préfère cuisiner.

Il désignait une sorte de vieux fourneau à charbon, et je me demandai à quoi pouvaient bien lui servir deux cuisinières, mais je me gardai de tout commentaire tandis qu'il me précédait sur le balcon.

— L'air est divin, ici ! m'exclamai-je en aspirant une grande bouffée de terre noire et de bouse de vache.

— Chaque fois que je reviens à Naples, j'ai les yeux qui pleurent le premier jour à cause de la pollution, dit Pietro en posant les coudes sur la rambarde. Tu sais, Heddi, tu as plu à mon père.

— Vraiment ?

J'allongeai la main et il la saisit, l'enfouissant dans la chaleur secrète de sa veste.

— Absolument, je l'ai bien vu. Tu vois cette maison là-bas ?

Je suivis la direction qu'il m'indiquait, par-delà les poulets picorant dans l'allée : on distinguait quelques maisons derrière un bouquet d'arbres.

— Celle en brique, tu veux dire ?

— Celle en brique appartient à ma tante Libertà. Ils n'ont pas encore fini de la reconstruire depuis le tremblement de terre. Non, la grise, derrière, avec le toit de tuiles.

Elles se ressemblaient toutes. Leurs toits orange se découpaient contre les nuages noirs, et je regrettai mon appareil photo. Pietro sortit ses cigarettes en m'expliquant que c'était la maison de son oncle Stefano, avec qui son père s'était disputé quinze ans plus tôt à propos d'une dette impayée. Depuis, il était formellement interdit aux membres de la famille de lui adresser la parole. J'eus du mal à imaginer le père de Pietro, avec ses verres épais qui magnifiaient la bienveillance de son regard, en proie à ce genre de fureur napolitaine.

— Mes parents sont vraiment obsédés par le fric, reprit-il. Tout le reste, pour eux, c'est de la merde. Et tu vois la villa à côté, avec le grand pin devant ? C'est la maison de la fille que ma mère voudrait me voir épouser.

Il eut un petit rire gêné et rougit. Je feignis la désinvolture.

— Une sorte de mariage arrangé ?

— Comme celui de mes parents ? Plutôt mourir. Non, avec cette fille on se connaît depuis l'école primaire. Quand on était petits, Gabriele, elle et moi, on s'amusait à escalader le pin. Une idée idiote, parce qu'on se faisait littéralement lacérer par les aiguilles !

— Ta mère ne pense pas sérieusement que tu vas l'épouser ?

— Va savoir ce qu'elle a dans la tête, celle-là. Si elle veut tant qu'on se marie, c'est parce que sa famille a des terres qui bordent les nôtres.

Où donc se trouvaient toutes ces terres que possédait la famille de Pietro ? Puis je compris qu'habiter au village et avoir des champs contigus à la maison était incompatible.

— En plus, soit dit entre nous, elle est laide comme un pou, conclut-il en enfouissant sa cigarette à moitié fumée dans une plante en pot.

Je n'étais pas mécontente de l'infortune génétique de cette voisine, et, le cœur léger, je lui fis remarquer que ce n'était pas son genre de renoncer à une bonne Marlboro Light. Il m'expliqua que ses parents ne savaient pas qu'il fumait. J'éclatai de rire en pensant au rectangle si visible que dessinait son paquet dans la poche de sa chemise écossaise.

— Disons les choses comme ça, *baby*. Ils font semblant de ne pas savoir que je fume. Alors, par respect pour le fait qu'ils ferment les yeux, je fume dehors.

— Ça me paraît sacrément compliqué.

— Pourquoi, il n'y a rien que tu veuilles dissimuler à ta famille ? Tu es toujours parfaitement honnête ? demanda-t-il sans malice, plutôt avec stupéfaction.

— Eh bien, quand j'étais petite et que mon père cuisinait de la viande, je me brossais les dents avant de rentrer chez ma mère pour qu'elle ne sente pas l'odeur.

— Un Texan et une végétarienne, dit-il. Une union bénie, en somme.

— Et en effet, ça s'est terminé par un divorce.

— Toi et moi, nous ne divorcerons jamais, me dit-il avec un clin d'œil.

Puis il fit un saut à la cuisine pour me prendre un bonnet en laine, en disant qu'il voulait m'emmener dans un endroit qu'il aimait.

Le village s'éloigna à nouveau dans la campagne. Peu à peu, le paysage s'aplanit. Parfois, des rangées d'arbres plantés au cordeau formaient un tunnel qui laissait voir dans ses interstices des vaches placides et des cultures non identifiables. Les nuages immobiles laissèrent même filtrer un peu de soleil qui transforma le tunnel en autant de cerceaux enflammés à travers lesquels nous passâmes sans dommage. Mais le soleil se cacha, la plaine prit fin, et de nouveau les collines rendirent la conduite difficile, forçant Pietro à ôter sa main de ma cuisse. Bientôt, nous fûmes si haut que nous étions entourés de brume.

Pietro se gara sur l'herbe, et nous restâmes assis dans la voiture encore vibrante. On entendait le vent qui forcissait.

— D'ici, on a une vue formidable sur la vallée. Mais aujourd'hui, c'est zéro visibilité. Je suis désolé.

— Ça ne fait rien. J'ai l'impression d'être à l'intérieur des nuages, comme au sommet du monde.

— Eddie, j'adore ta façon de toujours prendre les choses du bon côté. Ça me donne de l'espoir dans la vie et dans l'avenir.

Nous nous embrassâmes avec fougue et une note d'inquiétude, comme si on nous l'avait interdit au cours de ces dernières heures.

Quand nous sortîmes de la voiture, le vent furieux nous ébouriffa les cheveux. «Je savais que ce bonnet ne serait pas un luxe», dit Pietro avant d'opérer une rapide retraite dans la voiture. Le moteur démarra avec un hoquet.

Nous n'étions que de jeunes étudiants qui dépendaient économiquement de leurs parents. Mais en cet instant, parcourant au crépuscule les replis de cette terre dans la voiture de l'oncle Stefano dont nous avions pris possession, nous aurions pu être mariés et cette voiture aurait pu être la nôtre, nous ramenant à la maison après une balade à la campagne. Pietro souriait, les yeux fixés sur la route, comme pour me dissimuler de quel orgueil ils brillaient. Peut-être avait-il lui aussi ce genre de fantasmes.

Ce soir-là, nous dînâmes à la cuisine dans un silence troublé uniquement par les voix provenant de la télévision du salon. C'était un film hollywoodien de série Z, et je m'efforçais de ne pas m'en sentir personnellement responsable. Mais les parents de Pietro semblaient totalement pris par l'intrigue, au point que mes compliments à la cuisinière tombèrent dans le vide. Je décidai d'attendre la coupure publicitaire pour entamer une conversation, mais la mère en profita pour aller couper du pain et tourner les saucisses dans la poêle, et le père pour remettre du bois dans le feu. Vers la fin du repas, la dernière occasion de parler m'échappa quand, pendant une pub pour une lessive particulièrement emphatique, le père lança d'une voix de stentor à l'intention de Pietro une série de phrases en dialecte où je parvins à saisir « terrain » et « demain matin ».

Avec son accent, mes bribes de napolitain m'étaient à peu près inutiles, et je me bornai à écouter ce dialecte d'Irpinie qui ignorait la distinction entre le *l* et le *r*, un peu comme le mandarin. Il était plus haché que le napolitain, et Pietro prenait pour le parler une voix beaucoup plus grave. J'eus soudain une image de lui à son premier jour d'école, un petit garçon qui ne parlait pas un mot d'italien.

Ils se levèrent, laissant la nappe couverte de miettes et les serviettes en papier roulées en boule. Pietro me semblait aussi impatient que moi d'aller se coucher, de se réfugier dans un espace à nous. Mais d'abord, me rappelai-je, je devais aider sa mère à la vaisselle. J'empilai les assiettes et nous jetâmes les serviettes en papier dans le feu, tandis qu'elle se tenait devant l'évier dans un nuage de vapeur. En m'approchant, je constatai qu'elle était plus petite que moi.

— Laissez-moi m'en occuper, *signora*.

— Ce n'est pas la peine, répliqua-t-elle avec une fatigue palpable mais dans un italien bien scandé.

— Vous nous avez préparé un délicieux dîner et vous devez être fatiguée depuis ce matin. Je peux au moins faire la vaisselle.

Mais la mère était raide comme une statue devant son évier, et elle répéta avec une force surprenante :

— Non. Maintenant, allez dormir.

Pietro haussa les épaules et me conduisit sur le divan de la salle à manger. Nous restâmes là, hypnotisés, devant la télé : le film était terminé, remplacé par une émission de variétés inepte. Bon sang, il faisait un froid de chien, là-dedans ! J'avais les mains gelées ; je les glissai entre mes genoux en écoutant les bruits de vaisselle provenant de la cuisine. Il s'écoula une éternité avant que Pietro m'annonce qu'il était l'heure d'aller au lit.

Quand nous fûmes seuls dans la chambre, il me dit que son père l'avait embauché pour le lendemain.

— On doit aller avec le tracteur sur l'une de nos terres éloignées. On partira de très bonne heure.

— Je peux venir avec vous ? (Il secouait déjà la tête et je me hâtai d'ajouter :) Vous ne vous rendrez même pas compte de ma présence, je te le promets. Je me ferai toute petite.

— Désolé, *baby*, c'est trop loin. Il faut une heure pour y arriver, et je te mettrais où ? Écoute, on va faire comme ça : tu vas rester demain matin avec ma mère, ou alors tu t'installes tranquillement avec ton livre. Fais comme chez toi. Et quand je reviens, on passe le reste de la journée ensemble.

Comme si quelqu'un nous surveillait, il m'embrassa sur le front.

L'idée de passer une matinée entière seule avec sa mère ne m'enchantait guère ; d'autre part, cela pourrait être une occasion idéale pour faire connaissance. Je répondis que je ferais un effort. Pietro parut satisfait et sortit pour moi de l'armoire un pyjama en flanelle.

— Mais pour quoi faire ? Je t'ai, toi, pour me réchauffer.

— Non, moi, je vais aller dormir dans la chambre de Gabriele. (Devant mon air déçu, il ajouta :) C'est un peu comme l'histoire de la cigarette. Ils font semblant de ne pas savoir qu'on est ensemble. Pour eux, seuls les couples mariés depuis trente ans peuvent partager un lit sans que ça fasse des histoires. Rappelle-toi qu'ils sont nés à l'époque glaciaire.

— D'accord, dis-je en enfilant le pyjama, je comprends. Mais est-ce que ce n'est pas nier l'évidence ? Enfin, nous dormons dans le même lit à Naples.

— Heddi, mes parents ne savent pas que nous vivons ensemble.

« Vivre ensemble », me dis-je avec un sourire. Ce n'était donc plus un simple hébergement provisoire ? Je ne l'avais jamais autant aimé qu'à cet instant. J'en éprouvai une joie immense, gâchée cependant par la conscience croissante que nous étions dans les ennuis jusqu'au cou.

— Pietro, je t'en prie…

— Écoute, je vais le leur dire, mais pas maintenant. C'est la première fois qu'ils te voient, et ils te jugeraient mal. (Un chien aboya dehors et Pietro me fit un sourire en coin, appuyé sur sa jambe préférée.) Ça va, amour de ma vie ?

Ça allait magnifiquement, avec ce terme d'affection qui m'alla droit au cœur. Il me manquait déjà, je sentais les premiers symptômes de l'absence, et en cet instant il aurait pu exiger de moi n'importe quoi ; j'aurais menti, j'aurais trahi pour lui. Mais tout ce qu'il me demandait, c'était de ne pas aborder la question de notre vie commune.

Je soulevai les couvertures du lit fait au cordeau et je me glissai entre les draps. Pietro lissa de la main les plis du couvre-pied vieillot, mais dégageant une fraîche odeur de lessive qui parut s'épanouir sous ses doigts en une brassée de fleurs jaunes mêlées de vert. Du dehors nous parvint un petit bruit rassurant : la pluie avait commencé à tomber.

12

Au matin, la pluie tambourinait toujours sur le toit, mais ce furent des voix étouffées provenant d'en bas qui me réveillèrent. Je m'habillai à la hâte et descendis à la cuisine. Pietro, vêtu de pied en cap, un bonnet de laine planté sur la tête, tournait son café en faisant tinter sa cuillère. Je l'avais interrompu au milieu d'une phrase.

— Bonjour, me dit-il. Tu as bien dormi ?

Je pris le même ton poli pour lancer un bonjour à la ronde, tout en notant que sa mère avait encore son mouchoir sur la tête, comme si elle le gardait même pour dormir.

— Je me lève tard, dis-je à mi-voix à Pietro.

— Il n'est que huit heures.

— *Iammo, guaglio'*, allons-y, mon garçon, interrompit son père d'un ton sévère – sans doute une illusion créée par le dialecte, car ses yeux n'avaient rien perdu de leur bienveillance.

— On attendait que la pluie se calme un peu, mais on dirait bien qu'il va falloir y aller comme ça, me dit Pietro en finissant son café d'une seule gorgée. Il y a des gâteaux maison. Ne te gêne pas.

— Merci. Je n'ai pas faim.

J'aurais voulu lui donner au moins un baiser d'adieu, mais je ne m'y risquai pas devant ses parents, de même qu'il ne s'était pas permis de m'appeler *baby*.

— Essaie d'avaler quelque chose, insista-t-il.

Puis sa mère murmura une phrase que je compris parfaitement malgré le dialecte : *Edda è troppu sicca*.

Intéressant, pensai-je. Donc, *edda* équivalait à *essa*, le « elle » napolitain, et les deux dialectes avaient en commun le mot *sicca* pour dire « maigre ». Il me fallut un instant pour saisir le véritable sens de la phrase. « Elle est trop maigre, celle-là », avait-elle dit en usant de cette troisième personne plus blessante que le jugement esthétique, comme si j'étais un fantôme, une simple vapeur se dissolvant dans l'air glacé de la cuisine.

Nous les femmes nous plaçâmes côte à côte, comme il se devait, pendant que les hommes enfilaient leurs imperméables à la porte. Je regardai Pietro monter sur le tracteur à côté de son père. Il était d'une beauté douloureuse, mais comme toujours il semblait n'en avoir aucune conscience. Dès son retour, je lui demanderais de m'emmener en balade.

La porte se referma avec un bruit sourd.

— Sale temps, grommela la mère en s'asseyant devant les flammes languides du foyer. Mangez.

La persistance du « vous » me découragea. J'avais la bouche sèche ; je n'avais même pas pris le temps d'aller aux toilettes. J'approchai une chaise du feu et j'entamai un gâteau aux amandes.

— Ils sont délicieux, *signora*.

Elle répondit par un gémissement douloureux, me laissant supposer que leur préparation avait été laborieuse. Je lui demandai ce qu'elle mettait dedans.

— Ce n'est rien, dit-elle en s'adressant à la cheminée. Une vieille recette.

— Voyons si j'arrive à deviner les ingrédients, dis-je avec une bonne humeur feinte, alors que je ne pensais qu'à aller faire pipi. Donc, des amandes, bien sûr. On met des œufs, ou pas ?

Elle parut ne pas avoir entendu la question, et la réponse ne m'intéressait guère. Elle cassa une branche sur sa cuisse et la jeta dans le feu. Des flammèches voraces apparurent aussitôt à l'endroit de la cassure, comme des mouches sur une plaie. Je regardai grandir les flammes jusqu'à ce qu'elles aient fini d'engloutir la branche.

Sentant que le silence menaçait de durer, j'entrepris de parler des gâteaux que faisait ma mère quand j'étais petite, avec de la mélasse (que j'appelai *melassa* à défaut de connaître le mot italien) au lieu de sucre, barrés d'une traînée de confiture. Ma mère les avait donc baptisés *Jelly Roads*, que je traduisis par « petite route de confiture », et en avait vendu en quantité industrielle pour une marque de produits bio.

Je me tus brusquement, avec la sensation de soliloquer par pure nervosité. Mais pourquoi avais-je choisi une histoire aussi compliquée ? Qu'est-ce qui m'avait pris ? Déjà épuisée par cet effort, je me forçai pourtant à aller jusqu'au bout.

— Ils se vendaient comme des petits pains. Mais les macrobiotiques sont prêts à manger tout ce qui…

— C'est aussi bien comme ça, jeta-t-elle soudain sans lien apparent et sans me regarder.

Que pouvais-je bien inventer pour susciter chez elle sinon de l'enthousiasme, du moins un brin d'intérêt ? Je me creusai la cervelle en rongeant ce gâteau quasiment indestructible, et j'eus une illumination.

— En tout cas, Pietro semblait vraiment à l'aise sur ce tracteur. Il le conduit depuis longtemps ?

— Oui.

— Depuis son enfance ?

Elle acquiesça de la tête.

— Il faut un permis ?

— Bien sûr que non.

Je bafouillais de plus en plus vite, à cause sans doute de la pression psychologique que m'infligeait ma vessie gonflée comme un ballon. À un moment, je jetai au hasard que je ne savais pas conduire et, grâce au ciel, elle ne savait pas non plus. Je décidai qu'un échec commun pouvait être un lien entre nous et que ma vessie pouvait attendre. Je repris avec une animation un peu forcée :

— Parfois, je me dis que c'est impossible de manœuvrer ce levier de vitesse en gardant les yeux sur la route. Comment ils font ?

Je scrutai son rude profil, en quête du moindre signe de complicité devant cet aveu de faiblesse.

— Ça ne doit pas être si difficile.

Là-dessus, elle annonça qu'elle allait chercher du bois. Quand elle se leva, je vis cette fois que son tablier était déjà taché de tomates et de terre. J'offris de l'aider, mais elle secoua la tête. J'espérais qu'elle allait bientôt me prier de ne plus l'appeler *signora*. Je ne connaissais même pas son nom.

Je profitai de l'occasion pour foncer aux toilettes. Le carrelage me parut glacial même à travers les chaussettes et je compris pourquoi ils passaient leur vie dans la cuisine : c'était la seule pièce à peu près tiède de la maison. Dans la salle de bains, je contemplai mon reflet dans le vieux miroir piqué pour m'assurer que j'existais encore.

Quand je revins à la cuisine, elle défaisait les coins de son tablier pour décharger les bûches qu'elle y avait transportées. Elle s'assit pour les disposer dans le feu. J'osai en poser une ou deux selon la structure en pyramide que m'avaient enseigné les garçons, et elle me laissa faire. Le feu se raviva, dégageant une agréable chaleur.

— Vous faites quoi du blé que vous cultivez ? hasardai-je au bout d'un moment.

— De la farine. Avant, on faisait le pain aussi.

— Et pourquoi vous ne le faites plus ?

— Trop de travail. Je suis vieille, maintenant.

Je me rappelai le projet de monument funéraire que m'avait montré Gabriele. Non, elle n'était pas malade, m'avait-il dit : c'était seulement une vieille femme fatiguée. Encouragée par cette soudaine loquacité, je l'interrogeai sur la récolte des olives. Mais cette fois elle ne répondit que par monosyllabes, les yeux fixés sur le foyer. Je tentai ma chance avec leurs vignes, sans plus de résultat. Je n'en continuai pas moins à hocher la tête en souriant et en me sentant parfaitement idiote. Je n'essayais pas de trouver un chemin jusqu'à son cœur, mes ambitions n'allaient pas jusque-là : je voulais simplement bavarder un peu, et malgré l'humiliation, je refusais de laisser tomber.

— Pietro m'a dit que vous aviez de magnifiques petits-enfants.

— Ils ne parlent pas notre langue.

— Les enfants apprennent vite.

— Qu'est-ce que j'en sais ?

— Vous devez être heureuse de voir votre fils aîné quand il revient de Suisse.

— Vittorio, dit-elle en montant soudain le volume. Eeeihhhh…

Un gémissement mystérieux et prolongé, suivi d'un geste d'agacement comme si elle chassait un moustique, et puis, plus rien.

Dehors la lumière ne changeait pas, filtrée par des nuages qui déchargeaient de la pluie à torrents. Difficile de dire quelle heure il était. Le temps s'écoulait, visqueux comme la boue du jardin dévasté. Soudain, parmi toutes les angoisses qui pouvaient m'assaillir, je fus saisie d'inquiétude pour les poules : le poulailler était-il inondé, l'une d'elles avait-elle été emportée par le vent déchaîné ? Mais je n'allai pas vérifier à la fenêtre. Je restai obstinément collée à la mère de Pietro, passant d'un sujet à l'autre, digérant chaque réponse rébarbative – quand elle se donnait la peine de répondre. Dans les temps de pause, je fixais moi aussi les flammes : le feu devenait peu à peu un ami, un refuge où trouver au moins quelques instants de répit.

Enfin, il me vint l'idée lumineuse que je pouvais m'éloigner, aller me réfugier avec un livre sous les marguerites vertes et jaunes de mon édredon jusqu'au retour de Pietro. Il me fallut un effort surhumain pour me lever, repousser ma chaise et redresser les genoux.

— Signora, je vais lire un moment.

— Vous allez où ?

— À l'étage.

— Restez assise. Il fait trop froid là-haut.

J'étais prise au piège. Je me demandais bien pourquoi elle tenait tant à m'avoir à son côté si elle ne voulait pas me parler. Ma compagnie lui était-elle un peu agréable ? Je rendis les armes et je me rassis, les yeux sur le feu.

Je m'aperçus alors que dans la cheminée se déroulait une sorte de drame, et que les flammes étaient aussi fascinantes que la télévision. Elles racontaient des histoires étranges. Des flammes orangées au cœur rouge sang s'agitaient, se gonflaient et claquaient comme des draps mis à sécher sous un vent chaud. De petites flammes jaunes et voraces dansaient, susurraient, crachaient ; les braises luisaient d'un éclat menaçant ; de temps à autre, une bûche cédait avec une petite explosion en dégageant un surcroît de chaleur. Je ne bougeais plus d'un centimètre. J'étais là avec la mère, comme en prière, incapable de détacher mes yeux du feu, de crainte de laisser passer une réplique, un coup de théâtre ou le dénouement.

La pluie se fit encore plus drue, effaçant la cabane du tracteur et les maisons adjacentes, et toujours aucun signe de Pietro et du père. Je ne savais pas combien d'heures avaient passé depuis notre adieu groupé. Je fus soudain frappée par une idée horrible. Il y avait eu un accident, l'homme de ma vie était étendu en sang dans un fossé au bord de la route sous une pluie indifférente. Et dire que les derniers mots que je lui avais adressés étaient : « Je n'ai pas faim. »

— Il pleut vraiment très fort, dis-je d'une voix rauque après tout ce silence.

La mère murmura un mot d'assentiment. En levant les yeux, je vis qu'elle aussi semblait préoccupée. Je l'avais peutêtre mal jugée : elle n'avait pas envie de bavarder parce qu'elle se faisait du souci pour son mari et son fils. Je sentis pour la première fois un lien entre nous, une antique affinité que seules deux femmes qui attendent peuvent partager.

— Qu'en pensez-vous, *signora*, vous croyez qu'ils vont bien ?

— Évidemment.

— Mais la tempête…

— Quelle tempête ? cracha-t-elle brusquement. Il pleut et puis c'est tout.

Et après avoir jeté une branche dans le feu, elle annonça qu'il était l'heure de déjeuner.

Nous mangeâmes les restes, et même le pain de la veille. Le feu murmurait comme un troisième invité. Quand je finis par me planter devant l'évier pour faire la vaisselle, elle me repoussa de la hanche sans un mot. Mais cette fois, je manquais de conviction, et je lâchai l'affaire aussitôt.

Quand ils revinrent, dans l'après-midi, j'avais les joues rougies par le feu. Ils entrèrent accompagnés d'une rafale de vent : j'aurais voulu sauter dans les bras de Pietro, même trempé comme il l'était. Nous n'échangeâmes pas un mot, mais je compris à son visage radieux qu'il était lui aussi soulagé de ces retrouvailles.

Il s'assombrit dès qu'il se tourna vers sa mère. Tout en essuyant ses lunettes avec un mouchoir, son père lui fit le récit de leur voyage. Je parvins à saisir quelques mots de leur dur dialecte : «la pluie», «on n'y voyait rien», «le tracteur», «la voiture». Par la fenêtre, je vis derrière celle de l'oncle une petite voiture blanche qu'ils avaient dû récupérer là-bas après avoir laissé le tracteur.

La mère entreprit de préparer le thé pour ses hommes trempés, sans m'en offrir. Il y avait dans cette exclusion une sorte de familiarité, comme si nous étions enfin parvenues à une entente. Une fois passé le malaise initial, il n'y avait plus besoin de faire semblant, de simuler un quelconque intérêt pour la fiancée de son fils, ni de dissimuler où étaient ses véritables priorités.

Avec un coup d'œil dans ma direction, Pietro dit qu'il devait d'abord aller se changer. Je balbutiai quelque chose à propos d'un livre que je voulais aller chercher et je le suivis dans l'escalier. Nous n'étions pas arrivés dans la chambre qu'il m'embrassait déjà passionnément. Dans la semi-obscurité, je sentais son visage glacé contre le mien, sa bouche brûlante comme une lettre d'amour secrète.

— Désolé de rentrer aussi tard, murmura-t-il. C'est à cause de la pluie. Elle nous arrivait droit dessus et je ne voyais même plus la route.

— J'ai eu tellement peur pour toi ! Tu m'avais dit que le trajet ne prenait qu'une heure.

— Une heure en voiture. Trois avec le tracteur. Ce terrain-là se trouve dans les Pouilles. Pendant tout le trajet, je n'ai pensé qu'à toi. (Il m'embrassa à nouveau et me prit la main pour aller jusqu'à la chambre, où il se changea rapidement.) Et ça s'est passé comment avec ma mère ?

— Pas trop mal.

Il ne chercha pas plus loin. Il avait sommeil, dit-il, et absolument besoin d'une petite sieste. C'était la dernière chose que je voulais entendre. Je voulais qu'il m'emmène en promenade malgré la pluie, je voulais aller dans un café ou rester simplement dans la voiture à contempler les trajets toujours changeants de l'eau sur le pare-brise. N'importe quoi pour sortir de cette maison. Mais Pietro avait les cheveux trempés, les mains si engourdies de froid qu'il avait du mal à boutonner son jean, et j'en fus attendrie. J'entrepris de refaire son lit, qu'il avait laissé en désordre le matin.

— Laisse tomber, *baby*, je vais aller m'étendre sur le divan en bas. De toute façon, il fait trop froid ici.

— Sinon, ils s'imagineraient qu'on fait Dieu sait quoi.

— Voilà, tu as tout compris, dit-il avec un sourire moqueur.

Quand il se réveilla, le dîner était déjà sur la table et la pluie tombait toujours. Tandis que nous mangions la *pasta* maison avec la télévision de rigueur, je m'offris le luxe de ne pas prêter attention à la mère. Je m'employai plutôt à imiter Pietro : me taire et me faire si petite qu'il paraisse tout à fait normal que ses parents fassent comme si je n'existais pas.

Encore une nuit, et le lendemain matin nous serions dans le car qui nous ramènerait à Naples. J'étais si enthousiaste à l'idée de partir que j'en oubliai que nous n'avions pas pu chercher des sesterces dans les champs, ni faire un tour au village. Gabriele avait raison : l'air pur ne compensait pas le silence et le froid. J'imaginais son expression ironique à notre retour.

Nous reviendrions sans doute chargés nous aussi de gâteaux aux amandes durs comme du bois, de fromage avancé et de vin. Je comprenais à présent ce qu'était ce petit butin gastronomique : une compensation pour toutes les souffrances endurées.

En même temps, je ne pouvais me départir d'un certain optimisme : dès mon retour en ville – à mes livres, à notre lit, à notre collection naissante de *National Geographic* –, je rechargerais mes batteries. Je trouverais l'énergie nécessaire pour affronter à nouveau sa mère et même faire sa conquête. Pleine de ces bonnes intentions, je ne pus résister à la pulsion irrationnelle d'offrir pour la troisième fois de laver la vaisselle.

De : tectonic@tin.it
À : heddi@yahoo.com
Envoyé le : 2 avril

Chère Heddi,

Tu as choisi un très bel endroit, peuplé de plages et de palmiers, tout droit sorti du National Geographic. *Je t'imagine là-bas comme une abeille sur une fleur. Je suis heureux en un sens d'avoir contribué à ton installation en te fuyant. Mais une fois encore, j'ai du mal à te répondre… Par où commencer ?*

L'été dernier, j'ai eu l'illusion d'une vie normale, à supposer que l'on puisse mener une vie normale dans un patelin perdu comme Monte San Rocco. Tout a commencé un soir de juin. J'ai rencontré par hasard dans un bar une femme que je connaissais. Nous n'avons passé qu'une soirée ensemble, mais cela m'a paru le début de quelque chose... Une illusion sans doute due à l'alcool et à l'euphorie du divertissement obligé. Quelques semaines plus tard, dans mon bar habituel, j'ai rencontré une fille d'ici qui habite Rimini depuis des années. Une fille bizarre, un peu punk, sympathique. J'ai pensé que l'été était bien parti, mais là encore ça n'a abouti à rien.

Pour compléter le tableau, je me suis lancé dans les réparations de ma maison. Je me disais, bon, je vais aménager le rez-de-chaussée pour mes vieux parents, c'est plus commode pour eux... Seconde erreur. J'ai vécu deux mois d'enfer au milieu des maçons et des plâtriers, et tout ça pour rien : les vieux ne veulent rien savoir. L'automne est passé, puis l'hiver : le vide le plus absolu, pas de vacances, pas de flirt, rien.

Une vie de merde, on ne peut pas appeler ça autrement. Le pire, c'est l'habitude. Je crois m'être remis à présent de mes illusions, de mes erreurs, de mes désagréments. Je me vois comme un exilé volontaire qui n'a plus aucune porte de sortie.

D'autre part, de façon cynique et mesquine, je comprends que beaucoup de mes angoisses me viennent de mes parents ; ils ont fait alliance avec ce qu'il y a de plus bête en moi pour me rendre monstrueusement semblable à eux.

D'un côté, je ne pourrai jamais leur vouloir du mal : ils sont vieux et ne vont pas vivre éternellement. Mais de l'autre, j'avoue que ma vie est en réalité suspendue à un enterrement ou deux. Même si tu as du mal à le croire, je pense souvent à toi et j'ai honte. Honte de mon destin peut-être, quand j'imagine combien ma vie aurait pu être différente. J'ai eu ma grande occasion, mais je l'ai eue trop tôt. C'est cette redoutable combinaison de jeunesse, de manque d'expérience et d'innocence… Mais il est aussi trop tôt pour le regret.

Comme toujours, j'ai l'impression de délirer, mais je suis certain que tu liras ces lignes avec attention, parce que tu es comme ça. Et cela me suffit. Je me sens supérieur aux gens d'ici parce que je t'ai rencontrée. Parce que je conserve le souvenir de ton immense amour. Parce que j'ai joui d'un privilège. Tu restes ma pierre de touche en toute chose…

J'espère que ces mots expriment toute l'affection que je te porte. Il me suffit de me dire que tu ne les jetteras pas au panier.

Bien à toi,

p.

13

En général, à mon retour dans les Quartiers espagnols, le choc sensoriel était tel qu'il me fallait un temps de réadaptation. Malgré le ciel bas et les bourrasques, Monte San Rocco avait d'immenses paysages et un air si doux qu'il donnait envie de l'aspirer à pleins poumons. Mais notre quartier, éternellement plongé dans l'ombre par défaut de naissance, vous frappait de myopie et vous contraignait à avancer le nez sur les pavés. Il fallait réapprendre à distinguer les sons dans le brouhaha permanent, se rappeler de n'inspirer qu'à petits coups pour ne pas se laisser envahir par la multiplicité discordante des odeurs. Mais cette fois, je trouvai la chaleur des ruelles accueillante et je m'y carrai comme dans un fauteuil familier.

Nous organisâmes un dîner. Notre vieil immeuble décrépit ayant disparu, le seul toit dont nous disposions désormais était celui de Pietro. Le goudron fondait sur la terrasse, gardant la trace de nos pas comme du sable noir. C'était une belle soirée et l'air chargé de sel faisait scintiller les lumières des navires dans le golfe. Le Vésuve était toujours là, abstraction obscure contre le ciel lumineux de la ville, mais j'évitais de le regarder parce qu'à la nuit tombée, depuis mes seize ans, il me donnait l'impression d'être seule au monde.

Nous vîmes débarquer Angelo et Tonino, bientôt suivis par Davide. Sonia arriva à son tour, accompagnée cette fois d'un grand jeune homme qui lui enlaçait la taille d'une main et tenait dans l'autre une bouteille d'un vin coûteux. Ses cheveux étaient rabattus d'un côté comme s'il sortait d'une promenade en bord de mer, et son élégante veste en velours côtelé, trop étroite comme l'exigeait la dernière mode, était soigneusement assortie à ses cheveux couleur de miel. Il révéla en souriant des dents un peu de travers, un défaut qui ne faisait que souligner son charme.

— Je vous présente Carlo.

— Alors c'est vous, les fameux garçons ?

Sonia était radieuse. Si j'étais mécontente qu'elle ne m'ait pas dit un mot au sujet de Carlo, ce sentiment fut tempéré par le soulagement égoïste de ne pas l'avoir abandonnée en rase campagne, finalement.

Carlo, tenant son verre de vin comme si c'était un cocktail, parut tout de suite à son aise, bien que sa prononciation scandée aux voyelles bien ouvertes le situât d'emblée dans les hauts quartiers de la ville comme de la société.

Ce soir-là, nous avions au menu un plat de mon invention, à base de pommes de terre, qu'on me réclamait souvent. Le vin leva les inhibitions tandis que la nuit décomptait les heures au cadran de l'horloge : une fois encore, malgré l'absence de Luca, nous avions l'impression que le lendemain n'arriverait jamais.

Carlo, qui était inscrit dans une école d'ingénieurs, nous parla de la construction du pont de Brooklyn, dont je n'avais qu'un vague souvenir remontant au collège. Il nous raconta des histoires de chocs contre des ferries et de morts par embolie gazeuse, ainsi que la vie de l'ingénieur en chef, Washington Roebling, qui avait fini paralysé et contraint de superviser la construction du pont depuis la fenêtre d'un appartement donnant sur l'East River. Cette histoire, il avait dû la raconter maintes fois, à en juger par ses pauses étudiées, son accent impeccable et son ton théâtral.

— Incroyable, on se croirait dans un film noir, dit Sonia.

— Oui, ça fait toujours son effet.

— La véritable passion de Roebling, c'étaient les minéraux et les roches, intervint Pietro, non sur le ton déférent qu'il avait pris avec Luca pour parler des volcans, mais dans l'intention de contredire son interlocuteur, voire de l'humilier. En fait, si tu vas à Washington D.C., tu verras que tout un étage du musée d'Histoire naturelle est consacré à sa collection.

Carlo eut un sourire amusé et détourna la tête.

— Ça serait super d'aller un jour à Brooklyn traîner un peu avec les Hells'Angels, intervint Angelo.

— Traîner avec ces gars-là, tu es tombé sur la tête ? répliqua Tonino. Va donc leur dire que tu t'appelles Angel, beau blond, et tu verras qu'ils t'accueilleront à bras ouverts – et surtout les jambes écartées.

— Tu dis des conneries, Tonino.

— En réalité, je crois que leur siège principal est à Manhattan, dit Carlo en rejetant sa mèche blonde en arrière. Pas vrai, Heddi ?

— Je n'en sais rien, dis-je.

J'avais espéré rester en dehors d'une discussion qui révélait mon ignorance au sujet de mon pays d'origine, que les autres semblaient connaître si intimement, en particulier Pietro. J'étais frappée de ses connaissances historiques, et surtout de la fierté qu'il semblait en tirer.

Je sentis une caresse sous la table. Plus tard, au lit, nous resterions éveillés pour échanger nos impressions sur l'amoureux de Sonia. « Sympathique, dirais-je, un peu exhibitionniste, peut-être. » J'étais impatiente d'avoir l'avis de Pietro, qui pouvait parfois se montrer impitoyable. Ensuite, nous ferions l'amour avant de nous endormir entassés dans l'espace entre nos deux matelas que Pietro avait baptisé la « crevasse ».

Je m'aperçus que son verre était vide, de même que la bouteille de vin, et je lui donnai le mien, auquel j'avais à peine touché.

— C'est mieux pour ta santé, approuva-t-il. Tu es ma petite cave à vin personnelle.

— Une cave à vin, répéta Davide. J'aimerais bien en trouver une, moi aussi.

En attendant, il sortit deux joints et en offrit un à Angelo.

Ce fut alors que Gabriele fit son entrée sur le toit, le visage rouge, fulminant contre la gymnastique à laquelle le contraignaient les six étages.

— Regardez-moi ça, dit-il tout essoufflé, un dîner sous les étoiles, comme à la foire aux poivrons farcis de Monte San Rocco.

— Monte San quoi ? fit Carlo.

Je m'assis sur les genoux de Pietro pour faire de la place à Gabriele, qui prit ma chaise sans façon, en s'essuyant le front avec un mouchoir. Il parut alors s'apercevoir de la présence de Carlo, assis en face de lui, et se rappeler ses bonnes manières. Il se pencha en avant pour lui serrer la main, avec une force exagérée qui me fit comprendre qu'il était complètement ivre.

— Enchanté de faire ta connaissance. Bien que je sois né à Schaffhausen, j'ai le malheur de descendre d'une tribu du néolithique installée sur un site du nom de Saccarda Valley.

Pour l'amour de Pietro, je me fis un devoir de défendre le village et d'en louer la beauté, tout en notant du coin de l'œil que Sonia me regardait d'un air perplexe. J'aurais dû lui dire que j'avais rencontré ses parents et que notre union avait pris un tour quasi officiel : le découvrir devant tout le monde devait confirmer qu'il était déjà trop tard pour les confidences, d'un côté comme de l'autre.

Gabriele fixait son frère, les yeux comme deux flèches incandescentes, ce que je mis sur le compte de l'alcool.

— Je t'avais dit de ne pas l'amener chez nous, siffla-t-il.

— Ton frère a raison, dit Davide qui venait de la même région. Pourquoi l'emmener là-bas ? C'est d'un ennui mortel.

— Non, il voulait dire que ma mère est parfois un peu difficile, précisa Pietro.

Il paraissait sincère. Alors, pourquoi m'avait-il dit que sa mère était inoffensive, me privant ainsi de toutes mes défenses ?

— Ah, la *mamma* du Sud, intervint Carlo, comme s'il évoquait les qualités d'un vin de pays. Il n'y a rien à faire.

— Qu'est-ce que tu veux dire ? demandai-je.

Il expliqua, toujours avec la même aisance, que le devoir d'une mère méridionale était de mettre à l'épreuve la fiancée de son fils, ce qu'il compara à un rite de passage. Mais, génétiquement programmée pour être une mère poule, elle finissait par prendre la fiancée sous son aile comme si c'était sa propre fille.

— Des mères poules, dit Sonia avec un rire joyeux, c'est comme ça que tu vois les femmes ?

— Et pour les garçons, alors ? intervint Tonino. C'est encore pire d'avoir affaire au père. Il te crucifie littéralement : vous avez un travail ? Quelles sont vos intentions à l'égard de ma fille ? Carrément de quoi te faire passer l'envie de baiser. Et il te regarde comme s'il te passait aux rayons X pour voir la quantité de billets que tu as dans la poche ou la taille de tes balloches.

— Des balloches, mieux vaut ne pas en avoir du tout, dit Davide.

— Mais tu nous prends pour des idiots, Tonino ? répliqua Angelo. À qui tu veux faire croire qu'une fille t'a déjà emmené chez elle ?

Les autres se mirent à rire et je me calai contre le corps tiède de Pietro. Un rite de passage, voilà ce que c'était. Pas une antipathie de la part de sa mère, qui me connaissait à peine, mais une de ces traditions enracinées dans le temps dont parlaient nos cours d'anthropologie.

— Officiellement fiancés, alors ? Vous ne perdez pas de temps, vous deux, dit Angelo.

Les plaisanteries se mirent à fuser. Ils voulaient à toute force voir une bague de fiançailles ; ils nous recommandèrent de ne pas faire de petit bâtard en dehors du saint sacrement du mariage, et exigèrent une date pour les noces, afin de choisir dès maintenant la veste et la cravate adaptées à la saison.

Je sentais par moments Pietro me donner de petits coups de genou affectueux. Il se prêtait volontiers aux moqueries des garçons et j'en éprouvai un plaisir si intense que je baissai les yeux pour ne pas croiser le regard de mes amis, qui fêtaient notre amour en lançant toutes les vulgarités possibles. Je craignais qu'ils ne voient la joie démesurée, confinant à l'absurde, que me donnait ma nouvelle vie, si éloignée de notre quotidien d'étudiants pauvres que c'en était presque une trahison. J'étais très gravement amoureuse.

— Et pour toi, camarade, un beau costume couleur kaki, suggéra Angelo, à quoi Tonino répondit par un ricanement.

— Je parie que nos parents adorés viendraient tout de noir vêtus, dit Gabriele.

— Gab', va te faire un café, lui susurra Pietro.

— Mais il ne faut pas se mentir, dans les mariages, on s'emmerde un max, asséna Davide. De la musique kitsch et de la bouffe à n'en plus finir…

Un coup de feu lui coupa la parole et, pendant un instant, la seule chose qui bougea dans la pièce fut la fumée des cigarettes et des joints ondulant vers le ciel comme un serpent. Il y eut un autre coup de feu, suivi d'un hurlement.

— C'est une fusillade ! cria Angelo.

Nous bondîmes et courûmes vers le bord du toit. Les ruelles encerclaient notre immeuble comme les douves d'un château. Éclairées par le jaune maladif des réverbères, elles semblaient vides, et pour une fois ennuyeuses. Puis une moto démarra en faisant hurler ses pneus – sans doute les assassins qui prenaient la fuite après la leçon infligée à un présomptueux qui avait osé empiéter sur un territoire voisin. Il y avait une certaine ivresse à se trouver aussi près de la violence tout en étant parfaitement à l'abri là-haut sur notre toit.

— Ils n'ont qu'à s'exterminer entre eux, ces fils de pute, dit Tonino. C'est ça, la sélection naturelle.

L'affaire semblait déjà terminée. Les garçons restèrent un moment à bavarder appuyés contre le rebord, Carlo indiquant à Pietro quelque chose au fond du golfe. Je retournai m'asseoir à côté de Sonia, qui les considérait d'un air mélancolique.

— Carlo est très sympa, et il est à l'aise avec tout le monde.

— Oui, dit-elle avec un soupir. Il est vraiment spécial.

Je me demandai si c'était bien Carlo qu'elle regardait et non la mince silhouette de Pietro qui se détachait contre la clarté de la ville. Mais je n'eus pas le temps de m'y attarder : déjà les projecteurs des hélicoptères de la police fouillaient notre toit et ceux des immeubles voisins, bien qu'avec assez peu de conviction, comme s'ils savaient eux aussi qu'il n'y avait plus rien à voir.

J'étais de plus en plus fascinée et troublée par Madeleine qui, comme ma ville d'adoption, échappait à toute tentative de classification. Il lui arrivait de se joindre à nous en riant et en fumant gaiement, alors que d'autres fois elle claquait la porte en rentrant et filait dans sa chambre sans même nous saluer. Elle discutait volontiers d'architecture ou de politique avec Gabriele, et s'échauffait même par moments ; avec moi, elle n'échangeait que quelques mots en me regardant d'un air tour à tour curieux, hostile ou maternel.

L'été était enfin arrivé, et Madeleine, qui semblait souffrir de la chaleur, s'habillait de façon de plus en plus provocante. Mais parfois, se plaignant d'un froid imaginaire, elle enfilait un gros chandail d'homme et d'une main ébouriffait furieusement ses cheveux comme si elle voulait s'enlaidir – en vain, d'ailleurs : personne n'aurait pu résister à la beauté et au charme de Madeleine. J'appris bientôt à interpréter ses sautes d'humeur en fonction de la présence ou de l'absence du casque intégral de son fiancé, Saverio. Si le matin le casque était posé sur le divan, je savais qu'ils avaient dormi ensemble. S'il n'était pas là, c'est qu'ils s'étaient disputés : elle se lèverait du mauvais pied.

Un matin sans casque, je trouvai Madeleine déjà levée, tirant sur une cigarette comme si sa vie en dépendait, sa tong japonaise battant en rythme sous la table.

— Mais voyez donc qui arrive ? me lança-t-elle d'une voix moqueuse et langoureuse. Miss America avec ses longs cheveux impeccables dès le réveil. Ou faut-il vous appeler miss Napoli ?

Ce jour-là, elle semblait dévorée d'un mécontentement qui dépassait l'absence de Saverio. Je proposai de lui faire un café, ce qu'elle accepta en me promettant en échange de me préparer un de ces jours son célèbre foie aux oignons.

— J'ai hâte de goûter ça.

Quelque chose en Madeleine vous donnait envie de lui mentir, et même de mentir pour elle. Quand je revins de la cuisine avec le café fumant, le battement de tong avait cessé et Madeleine avait la main sur les yeux, comme frappée par une migraine soudaine.

— Ça ne va pas ?

— Mais si, très bien. À merveille, même, dit-elle d'une voix brisée.

Je m'approchai d'elle comme d'un animal blessé. Elle eut un geste pour me chasser, et je vis qu'elle avait les yeux rougis par l'effort de retenir ses larmes. Ce regard sauvage m'effraya comme s'il dissimulait un chaos pour moi intolérable ; j'entrepris de la distraire en bavardant de choses et d'autres, et elle finit par s'apaiser.

Je voulais comprendre Madeleine et même l'aider, mais je n'avais vraiment pas le temps. Je devais étudier. La session d'été venait de commencer et mon premier examen portait sur la sémiotique. C'était mon cours préféré, mais nous n'étions que trois pelés à le suivre avec assiduité : du coup, le jour de l'examen nous n'étions plus que deux, le professeur et moi.

On voyait au premier coup d'œil que Massimo Benedetti était un génie, non à sa tenue réglementaire de gauchiste (Converse, jean et blouson d'aviateur), mais à ses yeux : deux sphères énormes et un peu folles qui ne semblaient retenues que par d'épaisses lunettes à monture noire. En outre, il nous tenait avec un fort accent milanais des discours de ce genre : « Et c'est précisément dans le chiffre 3 que nous trouvons le pouvoir magique de la connaissance humaine, l'audace d'avancer des hypothèses qui bouleversent le monde, et même de concevoir le monde ! » Il parla ainsi pendant tout mon examen, ponctuant son discours de grands coups de poing qui faisaient sauter les stylos sur le bureau et d'éclats de rire sonores.

C'était quand même moi qui passais l'examen : il fallait bien que je dise quelque chose à un moment quelconque. D'ailleurs, je voulais parler, exprimer mes pensées confuses sur la nature de l'homme. Je voulais me sentir géniale comme Benedetti et affirmer ma foi inébranlable dans le savoir universitaire. Mais rien à faire : il continuait à déverser sur moi un déluge de paroles où j'avais peine à ne pas me noyer.

Ce fut quand il sortit le mot « tercéité » que je réussis à en placer une. Je développai sur ce concept élaboré par Charles Sanders Peirce, et bien qu'il lui en coûtât, il ne m'interrompit pas. De la tercéité je passai aisément à la secondéité et à la priméité, en expliquant que Pierce avait élargi le concept de la triade aux pronoms personnels singuliers : lui, tu, je.

— Toujours aussi attirée par la linguistique pure, mademoiselle ? dit-il avec malice.

— Eh bien, les pronoms sont fascinants. Le dialogue est un jeu de pouvoir sans égal.

Benedetti se lança dans un autre discours embrouillé, qu'il stoppa net après avoir jeté un coup d'œil à l'horloge : il habitait loin et avait sûrement un train à prendre. Il me demanda alors si j'avais réfléchi à un sujet de thèse.

— J'imagine que vous penchez pour la sémiotique. Pourquoi ne pas y réfléchir pendant l'été et me dire ça à la rentrée ?

Je me levai et pris la main qu'il me tendait. Il la secoua avec vigueur, avant de se rappeler soudain mon carnet d'examens, qu'il signa d'un grand paraphe rageur.

— Ah, toutes ces formalités ! Mais il faut bien suivre la procédure, même quand on prépare la révolution.

Je n'étais peut-être pas un génie, mais j'étais reçue haut la main. Je rentrai enchantée à la maison, où je trouvai la cerise sur le gâteau : une lettre d'Amérique. Barbara me proposait de nous rencontrer à la fin de l'été dans les Cyclades, mais avant de retenir les billets d'avion, mon père et elle voulaient savoir quelle date me convenait – ou plutôt nous convenait à tous les deux.

14

Aussitôt passé la sémiotique, j'attaquai l'histoire du théâtre. L'importance d'un diplôme m'apparaissait de plus en plus clairement. Ce n'était plus à mes yeux une abstraction vague, un simple bout de papier, mais le parchemin inestimable dont m'avait parlé Luca à la bibliothèque. Là encore, il avait eu raison. Le diplôme était la clé de tous nos rêves et je prenais plaisir à en parcourir les étapes : amasser des signatures sur mon carnet, choisir mon professeur et mon sujet de thèse, la rédiger, la présenter, en bref la fameuse procédure dont parlait Benedetti.

Mais pourquoi la ville semblait-elle faire obstacle à tous mes efforts ? Plus j'avais besoin de calme et plus mon quartier entrait en furie. Cela ne se limitait pas aux insultes obscènes qui montaient de la cour, apparemment pour une question d'eau : pour les habitants du Quartier espagnol, hurler c'est parler, et la promiscuité auditive était constante. Même à l'heure morte du déjeuner, on entendait des fourchettes piquer les assiettes et les acteurs d'un feuilleton révéler à tout le quartier la terrible vérité sur le testament du grand-père, le meurtre du cousin ou un jumeau caché – des plaintes qui se confondaient avec celles de Madeleine chaque fois qu'elle s'enfermait dans sa chambre pour pleurer.

Il y eut une énième grève des éboueurs. Les sacs d'ordures étaient aussitôt éventrés par les rats, déversant sur le trottoir les secrets les plus intimes de nos voisins : serviettes hygiéniques, os de poulet, factures en retard. La puanteur était partout. Les ruelles du quartier étaient congestionnées par les immondices, et les rues du centre-ville par les voitures. Les feux étaient souvent en panne ; de toute façon, les gens n'hésitaient jamais à passer au rouge. C'était comme si Naples me crachait à la figure mes études de sémiologie, comme si elle avait compris bien avant Pearce ou Saussure que toute règle s'appuie sur un arbitraire fondamental et qu'il est donc inutile de la respecter.

Au milieu de tout ce chaos, le sans-abri de la via Roma demeurait digne et taciturne. Un jour que je lui apportais à manger, je vis qu'un attroupement s'était formé autour de lui. M'étant faufilée entre les corps, j'en découvris bientôt le motif : deux chiots de quelques jours se tortillaient sur la couverture étendue par terre. Je ne m'étais pas aperçue que son chien était une femelle, et encore moins qu'elle attendait des petits.

Une fillette en prit un dans ses bras. Il chercha à se libérer en se contorsionnant, exhibant son ventre rond et chauve.

— *E chist' cumm' se chiam'*… et celui-là, comment il s'appelle ?

— Celui-là garçon, répondit l'homme. Et l'autre une fille.

Son large sourire faisait plisser toutes ses rides. Les gens lui donnaient de l'argent, qu'il serrait entre ses doigts sales comme s'il ne savait pas quoi en faire. Je me penchai pour caresser l'autre chiot : il dégageait une odeur aigre-douce de lait et d'urine. Je déposai dans la main de leur heureux propriétaire ce qui me restait de monnaie avant de le laisser à son public en adoration.

Nous avions à peine éteint les lumières ce soir-là que je demandai à Pietro s'il ne voulait pas adopter un chien. Plus qu'un chien, je désirais un autre être vivant sur lequel déverser un peu de notre trop-plein d'amour, pour rendre plus supportable un sentiment dont l'intensité parfois me pesait.

— J'ai déjà un chien, répondit Pietro. À Monte San Rocco.

Apparemment, Gesualdo dormait dans la cabane du tracteur et partait souvent en vadrouille, parfois pendant des jours : c'est pour cela que je l'avais manqué.

— Mais j'aimerais un vrai chien, reconnut-il. Un chien qui dort sur le lit, qu'on emmène en promenade dans les bois. Ou dans la forêt pluviale au Costa Rica.

— Ou sur une plage en Thaïlande, ajoutai-je avec un soupir résigné. Je sais, je sais. Ce serait trop difficile d'avoir un chien à Naples.

— Pas difficile, *baby*, impossible. À Naples, tout est impossible.

Nous risquions de retomber dans l'éternel discours sur la décadence de la ville avec son chapelet d'adjectifs malsonnants. Mais ce soir-là, peut-être à cause des voisins qui continuaient à s'égorger même dans le noir, je n'eus pas envie de prendre une fois encore la défense de Naples. Qu'ils la peignent donc en noir si ça leur chante, me dis-je.

— De toute façon, sous peu il faut que je retourne à Monte San Rocco. Pour près d'un mois.

— La récolte des olives ? demandai-je aussitôt. C'est en été, non ?

Il s'agissait d'autre chose. Pietro m'expliqua que pour passer son examen d'hydrogéologie, il devait réaliser des sondages en sous-sol et que le meilleur endroit pour cela était son village d'origine, où il aurait accès à toutes les terres agricoles.

— Je connais à peu près chaque homme, chaque femme et chaque âne de la région. Et je suis apparenté à la moitié d'entre eux, les ânes exceptés.

J'étais sonnée, mais je m'efforçai de rire, de me montrer raisonnable. L'été me volait tous mes amis. Tonino était déjà parti sans même tenter de passer un examen. En général, je partais moi aussi travailler dans un bar de Washington pour gagner l'argent de mon billet de retour. Mais cette fois, mon père et Barbara avaient déjà leurs billets pour Athènes fin juillet. Il ne nous restait plus qu'à réserver notre ferry, ce qui serait chose faite dès que Pietro aurait affronté la dispute avec ses parents.

Mon angoisse ne se dissipa que quand Pietro se glissa sous les draps en me chuchotant :

— Ce n'est qu'un mois de séparation et ce ne sont que de petites collines. Pour toi, je franchirais des montagnes, à pied s'il le fallait. J'irais pieds nus dans la neige, je mangerais des lièvres et des corbeaux pour survivre…

— Continue, lui murmurai-je.

— Je passerais les mers en m'agrippant à une planche, avec ma chemise comme voile, en mangeant des moules et d'autres horreurs du même genre. (Je me mis à rire.) C'est vrai, je te le jure, même si cela devait prendre des années, pourvu que je sache que tu m'attends de l'autre côté.

Avant son départ, nous parvînmes à faire une excursion ensemble en partant de la maison de Mamma Rita. Elle accueillit Pietro exactement comme je m'y attendais : comme un autre chien errant à nourrir. Elle nous épargna les conseils parentaux – si les turbulences de sa vie amoureuse réservaient des émotions de montagnes russes, elles ne recélaient aucune perle de sagesse –, mais je voyais qu'elle était heureuse de me voir enfin casée avec un bon garçon. Rita m'avait donné de sages conseils dans tous les autres domaines de la vie : elle m'avait appris à repasser une chemise d'homme, à nettoyer un poulpe, à danser une imitation de samba au Kalimera de Sorrente. Elle était habituée à mes fréquentes disparitions, qu'elle tolérait avec la même philosophie que ma propre mère, et ne s'offusqua donc pas de nous voir rester une seule nuit avant de poursuivre vers le sud.

J'emmenai Pietro sur une plage que m'avait fait connaître à l'époque la bande de Castellammare, un joyau que l'on appelait ici la reine Giovanna. Sonia et Carlo nous rejoignirent à la gare de la Circumvesuviana de Sorrente. De là, nous fîmes un bon bout de route à pied, à travers une oliveraie qui plus tard dans la saison servirait de parking, mais qui n'abritait pour l'instant que des oiseaux. Du coin de l'œil, je regardais

Naples au loin : ensevelie sous une nappe de smog marron, elle semblait enrager de nous voir dans un endroit si idyllique.

— Un jour, j'ai mangé une olive sur l'arbre, dis-je, et j'ai dû la cracher tellement c'était amer.

— Tu m'étonnes, tiens, dit Pietro en tirant sur ma queue-de-cheval.

Un sentier en terre battue descendait vers la plage. L'air se chargea de sel. Nous avançâmes en file indienne jusqu'aux ruines de la villa romaine baptisée « les bains de la reine Giovanna ».

— Il n'en reste quasiment rien, remarqua Carlo. J'ai des doutes sur cette histoire de villa.

— Si toi tu ne le sais pas, le futur ingénieur… persifla Pietro.

Il aimait porter des petites piques de ce genre à Carlo, auquel il reprochait son air de M. Je-sais-tout. « Il ne lui manque plus que de prononcer les *r* à la française, à celui-là », disait-il. Et je devais admettre que quand Carlo se moquait des origines de Sonia, comme il le faisait à présent en réduisant le patrimoine culturel de la Sardaigne à un simple tas de pierres, il n'avait pas la légèreté d'Angelo.

— Des *nuraghi* et des chèvres. Vous n'avez rien d'autre ?

— Attention, dit-elle en le frappant avec sa serviette roulée, sinon je ne t'emmène pas cet été.

— De toute façon, c'est le ferry qui va m'emmener, pas toi.

— Ah, c'est malin !

Elle le frappa de nouveau et ils se mirent à se poursuivre en riant. Pietro et moi échangeâmes un regard :

à l'évidence, je n'étais pas la seule à me soumettre au rite de la visite au village. Contrairement à nous, ils semblaient envisager cette visite le cœur léger, mais j'eus l'impression vague que cette ressemblance pourrait conduire, à un moment quelconque, à un affrontement.

Nous parvînmes à une plaque de roche sombre striée de sel qui s'inclinait jusqu'à la mer, trouvâmes un endroit plat pour nous changer ; la pierre, gorgée de soleil depuis le matin, réchauffa rapidement nos serviettes étendues. Carlo fut le premier en maillot de bain ; il effectua un plongeon bruyant, avant de refaire surface en grelottant. « L'eau est glacée », dit-il en envoyant sa mèche en arrière d'un coup de tête. Sonia s'assit au bord de la roche et trempa un orteil prudent.

— On y va nous aussi ?

— Laisse-moi m'en fumer une d'abord, répondit Pietro, histoire de me réchauffer un peu.

Quelque chose dans l'air solennel avec lequel il alluma sa cigarette, les bras autour de ses genoux pâles et les yeux fixés sur la mer d'un air sceptique, me fit penser que c'était une erreur de l'avoir amené là. Mais il me rassura aussitôt en caressant mes pieds bronzés, en m'appelant sa princesse cherokee, et en me répétant que c'était un endroit magnifique. Puis il se tourna à nouveau vers la mer.

— Regarde-les s'amuser, ces deux-là, dis-je. (Sonia était entrée dans l'eau et poussait de grands cris tandis que Carlo le grand requin blanc la poursuivait en battant l'eau dans de grandes gerbes d'écume.) Ils ont l'air heureux.

— Crois-moi, ça ne durera pas.

— Comment tu peux savoir si une relation va durer ou non ?

— Toi et moi, *baby*. C'est là-dessus que je me fonde.

Je sortis mon Minolta et le braquai sur les cristaux de sel, résidus d'une saison tempétueuse, qui formaient des frises sur la roche noire. Je pris une photo de Pietro de profil, cigarette aux lèvres, véritable image du cowboy Marlboro. Devant ce visage dur, je sentis un doute m'effleurer en pensant au ton autoritaire et méprisant sur lequel il avait déclaré « ça ne durera pas ».

— Elle est glacée, mais elle est belle et propre, dit Sonia en nous rejoignant.

Ses longues tresses dégouttant d'eau, elle s'allongea sur sa serviette, bientôt rejointe par Carlo. Je les appelai. Ils tournèrent la tête et je pris un cliché où se lisaient à la fois la surprise et le bonheur d'être surpris. Puis Sonia se rallongea et Carlo entreprit de la chatouiller. Certainement Pietro se trompait sur leur compte.

— Alors, qu'est-ce que vous attendez ? lança Carlo. C'est le froid qui vous fait peur ? S'il n'est pas froid, ce n'est pas le premier bain de l'été.

— Et sans doute le dernier pour moi, avec le pot que j'ai, murmura Pietro en écrasant sa cigarette sur la roche.

Je le regardai, perplexe. Comment ça, *son dernier bain* ?

— Il n'y a pas de plage à Monte San Rocco dit-il d'un air d'excuse, avant de m'embrasser passionnément sans se soucier du couple derrière nous.

— Tu veux dire que tu ne vas pas te baigner en Grèce ?

— Bien sûr que si. Pour moi, c'est une affaire réglée.

Donc, il était certain que ses parents consentiraient. Je sautai de joie : la Grèce justifiait ces longues semaines de séparation, elle remédierait à tout. Les rochers me brûlèrent les pieds tandis que j'entraînais Pietro vers la mer.

— L'eau est fantastique si on n'a pas de problème de cœur ! lança Carlo derrière nous.

J'avais bien un problème de cœur, mais s'il existait une cure, je n'en voulais pas. Je m'assis à mon tour pour tâter l'eau du bout du pied : elle était glacée, en effet, et il me fallut tout mon courage pour m'y jeter.

— On a pied ? me cria Pietro depuis le bord. (Le froid m'avait coupé le souffle et je me contentai de secouer la tête.) Ça ressemble à l'Arctique, conclut-il. Non merci, je reste ici.

Je plongeai sous l'eau et refis surface à côté de lui.

— Elle me paraît moins froide, maintenant.

— N'insiste pas, s'il te plaît, je n'y vais pas.

Il n'ajouta rien jusqu'à ce que je sois remontée près de lui, frigorifiée mais sentant mon sang brûlant courir sous ma peau.

— Écoute, *baby*, dit-il dans un murmure que j'entendis à peine par-dessus les vagues. J'ai vécu toute ma vie enfermé dans les terres. Je suis né dans les montagnes et j'ai grandi dans les collines. Une fois ou deux, Gabriele et moi avons barboté dans une rivière quand on était petits. C'est tout.

— Un tableau enchanteur.

— Tu ne comprends pas. (Il baissa encore la voix et je dus quasiment lire sur ses lèvres.) Je ne sais pas nager, Heddi. Si je plonge dans cette eau, je coule comme une pierre.

Une fois Pietro parti, je fis un rêve. Je me trouvais au sommet de l'île d'Ischia, une cime très haute, une pointe comme dans les dessins animés et aussi inoffensive. Le golfe m'entourait, comme un foulard de soie agité par le vent. Je voyais des barques au large, et plus loin les îles de Capri et de Procida.

Je voulus photographier toute cette beauté et ce fut à travers l'objectif que j'aperçus le volcan. Comment ne l'avais-je pas vu plus tôt ? En abaissant l'appareil photo, je vis que l'horizon était chargé de nuages. Non, ce n'était pas des nuages. Le Vésuve laissait échapper des nuées grisâtres qui peu à peu effaçaient le ciel, comme une gomme salie de plomb macule un chef-d'œuvre.

Je compris alors que j'étais beaucoup trop exposée. Il fallait absolument redescendre, mais mes pieds refusaient de bouger. Je voulus justifier mon inertie : j'étais en sécurité sur une île de l'autre côté du golfe, avec mon appareil photo comme bouclier. Je savais au fond de moi que rester plantée là-haut était la pire chose à faire. Mais ce volcan, dans sa cruauté et son incontestable beauté, était le spectacle que je voulais voir à tout prix, et je ne savais pas lui dire non.

De : heddi@yahoo.com
À : tectonic@tin.it
Envoyé le : 12 avril

Cher Pietro,

J'ai lu et relu chaque mot de ton mail : il me touche et il m'intrigue. Et maintenant, à mon tour de te raconter une histoire…

Tu veux vraiment savoir pourquoi je suis venue en Nouvelle-Zélande ? C'est à cause de toi, à cause de ce coup de téléphone. La réception était mauvaise et ta voix métallique comme celle d'un robot pendant que tu me disais ces mots impensables, cauchemardesques. Je ne me rappelle plus ce que je t'ai dit – est-ce que je t'ai supplié ? Non, je ne veux pas le savoir.

Après, j'ai cru que j'allais mourir. Je voulais mourir : non pas m'ôter la vie, mais seulement disparaître dans le néant pour être débarrassée de ce corps soumis à la souffrance physique. La douleur dans le ventre était insupportable, j'ai eu mes règles deux fois dans le même mois, deux herpès ont explosé sur ma bouche. Mes larmes coulaient sans discontinuer. En fait, elles ont creusé un sillon où faire couler celles qui n'ont pas été versées pendant toutes ces années à cause de ce trop grand bonheur.

Craignant que je meure de faim, mon père un après-midi est venu m'apporter un milk-shake qu'il me faisait quand j'étais petite et qu'il appelait un lait de tigre. J'en ai pris une gorgée pour lui faire plaisir. Je n'ai pas voulu te le dire, mais il ne veut plus jamais entendre parler de toi.

J'avais honte d'être dans cet état, et la compassion de ma famille et de mes vieux amis me faisait souffrir. Alors j'ai fait ce que je fais le mieux depuis toujours : mes valises. J'ai choisi trois lieux où je pouvais fuir – loin de toi mais aussi de moi-même. J'avais placé en tête de liste la Corée et le Japon pour les possibilités de travail qu'ils offrent aux anglophones comme moi. À la troisième place, j'avais inscrit la Nouvelle-Zélande (je ne t'ai peut-être pas dit que le frère de Snežana, Ivan, s'était installé à Auckland peu de temps auparavant). Cette fois je n'ai pas eu besoin de conseils pour renoncer aux deux premiers pays et faire le choix le moins logique.

À part Ivan, je ne connaissais personne ici. C'était bien, parce que je n'étais pas obligée de parler de moi et de ce qui n'était, dans ce vaste monde, qu'une petite tragédie personnelle. Et puis, chaque mot me coûtait un effort : j'avais usé mes dernières forces dans cet interminable vol, pour poser enfin ma misérable valise dans un coin de la maison d'Ivan. De cet instant, je me suis laissé emporter par ce qui m'arrivait sans opposer la moindre résistance. Et c'est ainsi que deux jours plus tard je me suis retrouvée dans une randonnée sur l'île du nord avec trois parfaits inconnus (dont l'un était un ami d'Ivan) qui avaient programmé une expédition complète avec saut à l'élastique, rafting dans des torrents, escalade avec cordes et mousquetons. Parmi eux, je me sentais totalement incapable, mais ils n'étaient pas seulement des amateurs de sports extrêmes : c'étaient aussi des instructeurs habitués à l'impréparation et au manque d'assurance. Ils m'ont fait faire les choses les plus folles, m'apprenant au passage les techniques de survie dans la nature : faire sécher ses vêtements mouillés la nuit au fond de son sac de couchage ou faire cuire sur une petite bouteille de gaz, dans un simple gobelet en aluminium, un repas complet et nourrissant. J'ai découvert que le trekking donne faim, et que le corps veut vivre même si l'âme ne le veut pas. Cela a été le début d'une passion pour le camping et la nature sauvage que j'ai transmise ensuite à mes parents et à mon frère (qui est venu une seconde fois avec sa fiancée, une fille de Trieste). C'est aussi le moment où j'ai commencé à retrouver quelques petits plaisirs de la vie – ou plutôt de minuscules satisfactions. Je serai toujours reconnaissante à ces trois cinglés.

Je ne sais pas pourquoi je te parle ainsi, à cœur ouvert, et à cette heure de la nuit. C'est peut-être parce qu'il me semble te parler comme je le faisais autrefois. Mais je me rends compte que tu es de l'autre côté du monde, et moi dans un autre hémisphère et dans une autre saison.

Est-ce que c'est la nuit chez toi aussi pendant que tu lis ces lignes ? Est-ce que Gabriele est avec toi ? Comme j'aimerais le revoir ! J'ai perdu contact avec presque tout le monde. Le seul dont j'aie eu des nouvelles est Luca, peu après la mort de sa mère. Je pourrais lui écrire à présent ; je ne sais pas pourquoi je ne le fais pas.

h.

15

Ce matin-là, quand le bus s'arrêta à Borgo Alto dans un grand soupir de sa porte à soufflets, Pietro m'attendait les mains dans les poches avec un sourire mal dissimulé. La gorge nouée par l'émotion, nous nous dirigeâmes vers sa voiture main dans la main. Je n'arrivais pas à le quitter des yeux tandis qu'il avançait avec mon sac en bandoulière, mais quand je les détournai enfin, je sentis sur moi son regard furtif.

— Allez, monte, *baby*. Aujourd'hui, je te fais faire le grand tour.

Je me rappelais cette voiture blanche : c'était celle avec laquelle il était revenu le jour du grand déluge. Dès qu'il l'eut mise en marche, j'allongeai la main pour caresser sa nuque déjà moite. Nous suivîmes les méandres de la route jusqu'à déboucher sur une autoroute.

— Je ne me rappelle pas ce trajet.

— Ça ne risque pas, se borna-t-il à dire.

Nous prîmes une sortie qui conduisait à une usine abandonnée, au parking ombragé par de hautes cheminées. Pietro éteignit le moteur. Il n'y avait pas âme qui vive, seulement des mauvaises herbes jaillissant du ciment. Il m'expliqua que l'usine produisait autrefois de l'acier ; elle avait fourni à la région de nombreux emplois, mais n'était plus en activité depuis longtemps.

Nous empruntâmes un sentier bordé d'herbes sèches qui me piquaient les chevilles. Dans un petit bois, Pietro s'arrêta et prit mon visage entre ses mains en coupe, comme pour y boire. Il m'embrassa avec la délicatesse d'un premier baiser ordinaire – celui que nous n'avions jamais eu. Quel bonheur d'être enfin seuls ! Sous ces ombres mouvantes, l'odeur des pins se mêla à celle de son après-rasage, l'entrelacs de branches avec ses boucles sombres.

— Tu es l'air que je respire, murmura-t-il, l'eau que je bois.

Il m'emmena dans une clairière. Les cigales stridulaient sous la chaleur, de temps à autre un oiseau lançait une trille. Après avoir été enfermée des semaines dans les étroites rues de Naples, tout me convenait – la fournaise et cet arpent de terre brûlée au bord d'une usine en ruine.

— Attention aux vipères !

Je stoppai net pour regarder derrière moi, au grand amusement de Pietro.

— Ne t'inquiète pas, je suis là pour te protéger. Je connais ce coin jusqu'au moindre caillou.

Il m'expliqua que c'était là qu'il venait faire ses prélèvements. Il creusait, mesurait, puis s'asseyait avec une cigarette pour inscrire ses relevés.

— C'est cet arbre qui donne la meilleure ombre. Viens.

Sous ce bon arbre, j'oubliai bientôt les vipères pour me laisser bercer par l'enthousiasme de Pietro.

Pendant qu'il parlait des aquifères fracturés des Apennins, j'étudiais son visage bronzé, ses yeux vifs et ses cheveux éclaircis par le soleil, comme sur la photo de son enfance qu'il m'avait donnée. Le voir en si bonne forme m'électrisa.

— Je vois que le travail ne t'a pas trop pesé.

— Bah, peut-être un peu, mais j'aime être seul dans la campagne, loin de nos terres et de mes parents. Ici, je suis Tarzan, ajouta-t-il en se frappant la poitrine. D'ailleurs, j'envisage de faire ma thèse en hydrogéologie.

— Mais ta passion, c'est le pétrole. Tu as changé d'idée ?

— Je peux toujours entrer dans ce secteur par la suite. Qui sait si je ne deviendrai pas le prochain JR, ajouta-t-il avec un rire silencieux. Seulement nous, on n'est pas comme les linguistes : pour la thèse, on doit aller se salir les mains sur le terrain. Une thèse sur le pétrole pourrait m'emmener n'importe où, mais si je choisis l'hydrogéologie, je pourrai faire tous mes relevés dans les alentours.

Je me mis à gratter la terre poussiéreuse avec un caillou. Comment une thèse en hydrogéologie pouvait-elle conduire à une carrière dans le pétrole, comme si l'eau se changeait en essence ? Et comment un patelin perdu de l'Irpinie pouvait-il être un tremplin pour le vaste monde qui nous attendait ? J'avais beau gratter furieusement, je ne trouvais aucune logique là-dedans.

— Le fait est que je n'arrive plus à vivre sans toi, Pietro. Je deviens folle.

— Et moi, à ton avis ?

Il éprouvait le manque, me dit-il, de l'instant où sa mère le réveillait à l'aube en braillant son nom jusqu'au soir où il s'écroulait mort de fatigue sur son lit. Une ou deux fois, m'avoua-t-il avec un peu d'embarras, il avait trouvé un de mes cheveux sur ses vêtements et l'avait conservé entre les pages d'un livre ou dans un paquet de cigarettes vide.

— C'est pour ça que je veux finir ma thèse le plus vite possible. Après, il restera à voir comment se débrouiller avec le service militaire.

Cette nouvelle me fit l'effet d'une gifle. Plus que jamais, le service me parut une invention criminelle visant uniquement à nous faire souffrir. Si deux semaines de séparation se révélaient si douloureuses, qu'en serait-il d'une année entière ? Il fallait à tout prix trouver une issue.

Nous en discutâmes longuement, ce qui coûta au moins deux cigarettes à Pietro. Nous avançâmes les idées les plus farfelues : lui faire faire un passeport et fuir à l'étranger avant qu'on l'appelle sous les drapeaux ; faire semblant d'être gay ; feindre une maladie et même un trouble psychiatrique. Mais nous comprîmes assez vite que les conséquences seraient trop graves pour sa vie professionnelle future, et que cela pourrait même nous attirer des ennuis avec la justice. Nous étions l'un et l'autre incurablement sains de corps et d'esprit – et respectueux des lois.

— Ou alors, je fais le service civil.

— Mais tu évites quoi, comme ça ? objectai-je. Tu ne fais que rallonger ta peine.

— D'accord, concéda Pietro nullement découragé, mais ce serait plus facile pour se voir. Je pourrais demander à être affecté pas trop loin, dans la province de Naples : comme ça, tu viendrais me voir chaque week-end.

Il m'avait sorti cela d'un seul souffle, un raisonnement qui ne faisait pas un pli. Ce n'était donc pas la première fois qu'il l'envisageait, et dans les moindres détails. Ce fut peut-être cette préméditation, cette planification secrète qui me fit le plus mal. Il ajouta sur le même ton que cela nous laisserait du temps pour nous organiser : rédiger des CV, trouver des billets d'avion, prospecter les emplois possibles, et ainsi de suite.

— Comme ça, je te le jure, le jour même où ils me lâchent, c'est *sayonara*, *goodbye* et va te faire foutre !

Je repris mes calculs inutiles en grattant la poussière. J'étais sans force et j'avais la bouche sèche ; il me semblait remâcher la poussière de cette vaste terre sur laquelle nous étions deux points minuscules perdus dans l'immensité. Pietro repoussa mes cheveux derrière les oreilles, il m'embrassa, me murmura *baby*, *baby* et se mit à chantonner *Wild Horses* avec un peu d'embarras.

Il avait raison, rien ne pouvait nous séparer – ni des chevaux sauvages ni le temps. Qu'était-ce qu'un an et demi pour nous ? Je sentis sa main sous ma robe, la vrille d'une vigne sauvage qui s'enroulait lentement autour de ma cuisse.

— Qu'est-ce que tu attends ? dis-je.

— Quoi, ici ?

— Tu vois quelqu'un aux alentours ?

— On ne peut pas… les vipères. (Il me tira par la main.) Viens par ici.

Nous remontâmes dans la voiture et nous fîmes l'amour sur le siège du passager, nos soupirs et les craquements du siège masquant le bourdonnement de l'autoroute. Nous avions un peu peur – peur d'être vus par un malheureux chômeur qui aurait soudain décidé de venir faire un tour dans son ancienne usine, peur d'abîmer la voiture de ses parents. Mais nous ne cessâmes pas pour autant, agrippés l'un à l'autre dans cet espace restreint plein d'angles aigus. En fait, la peur ne fit qu'accroître notre plaisir : nous avions beau être des adultes, nous vivions l'un de nos derniers moments de désespoir adolescent.

Pietro nous conduisit à travers des collines que j'aurais peut-être reconnues si leur palette de couleurs n'avait pas aussi drastiquement changé : les tons de vert avaient cédé la place au jaune terne des champs écrasés de soleil et desséchés par le vent. Il finit par s'arrêter à côté d'un figuier et m'installa sous son ombre. De là, on avait un splendide panorama sur la campagne environnante.

Pietro avait veillé à mettre deux sandwichs dans son sac, sachant bien que nous ne serions pas à l'heure pour le déjeuner. Il ouvrit une bouteille de vin de chez lui. Il avait beau dire que le seul vrai vin était le rouge, il reconnut qu'avec cette chaleur le blanc se laissait boire. Celui-là avait une note légère de fruits avancés et de bois qui se mariait fort bien avec le salami piquant et le pain dur.

— Ce terrain, dit-il, appartient à ma famille.

Je contemplai les champs, cherchant à deviner les limites de leur propriété. Et ce n'était pas fini, précisa-t-il. Il y avait un grand terrain à une demi-heure de voiture, un autre dans les Pouilles, une oliveraie, une vigne, un pâturage près de la maison... Les possessions de sa famille étaient très dispersées, pensai-je, mais à quoi bon me les énumérer ? Je compris quand il ajouta qu'il en avait une à son nom.

— Géologue, cuisinier et maintenant propriétaire terrien, plaisantai-je.

Mais il garda son sérieux : dès qu'il aurait son diplôme, même ces champs devant nous lui appartiendraient. Un jour ou l'autre, toutes les terres de sa famille lui reviendraient.

— Et Gabriele, il compte pour du beurre ?

— Ne te fais pas de souci pour lui : il aura un bon paquet de fric quand il se décidera à passer son diplôme. Mais il ne veut rien savoir du travail de la terre.

Quant à Vittorio, il avait renoncé à tous ses droits en restant en Suisse. Nous restâmes là à regarder le blé, à manger le pain qui en était peut-être issu. Je réfléchissais au concept pour moi nouveau et obscur d'héritage, en cherchant à comprendre cette distribution entre les trois fils. L'un recevrait un paquet d'argent, un autre rien du tout, et le troisième une propriété considérable.

— Mais qu'est-ce que tu vas faire de toute cette terre ?

— Bah, si quelqu'un sait la gérer correctement, elle peut rapporter gros. Mais je n'ai aucune intention de le faire. Même pas en rêve. (Il but et prit une bouchée). Tu sais combien valent ces terrains en tout ? Des centaines de millions de lires, peut-être un milliard.

— Alors tes parents sont riches, si je comprends bien.

— Sur le papier, oui. Mais dans leur tête, ils sont aussi pauvres qu'au jour de leur naissance. Ils s'obstinent à mener la vie misérable d'il y a cinquante ans. Ils ont un potager, ils font eux-mêmes la *pasta*, ils ne jettent jamais leurs vieux vêtements : ils les rapiècent et ils les portent jusqu'à ce qu'on leur voie le cul à travers. (Il avait dit tout cela d'un ton méprisant, mais il reprit avec un petit sourire assuré :) Non, tu sais ce que je vais en faire, de cette terre ?

— Quoi donc ?

— Je vais la vendre.

Je fixai les carrés cultivés qui ondulaient à l'infini comme une couverture jetée sur un géant endormi.

— Et tes parents ne diront rien ?

— Qu'est-ce qu'ils pourraient dire ?

Selon Pietro, ces terrains avaient toujours été destinés à leurs enfants pour qu'ils aient une vie meilleure. Le monde avait changé ; aujourd'hui il y avait bien d'autres façons de gagner sa vie que de travailler la terre.

— Sinon, pourquoi aurait-on fait des études, Gabriele et moi ?

— Pour le plaisir d'étudier, dis-je en lui tendant le reste de mon sandwich.

Il faisait trop chaud pour manger.

— Je sais, ce n'est que de la nourriture paysanne… Un jour, je pourrai t'emmener au restaurant tous les jours. Je commanderai du montepulciano, des steaks d'autruche, du caviar, tout ce que tu veux. Tu n'auras plus besoin de rien.

— Je n'ai pas besoin d'autruche ni de caviar. Juste de toi.

L'argent ne m'avait jamais beaucoup intéressée. J'avais fièrement porté les vieux vêtements de mon frère et conduit avec bonheur notre vieille guimbarde dont le chauffage ne fonctionnait plus. Nous étions allés en Jamaïque et au Mexique, mais toujours sur la corde raide, en dormant non pas à l'hôtel mais sur des matelas par terre chez l'habitant. Et pourtant, en découvrant que mon amant, un garçon de province qui ne possédait que sa chemise et un pic de prospecteur, se révélait un homme riche, je sentis glisser de mes épaules un fardeau dont j'ignorais qu'il me pesait depuis mon enfance : le fardeau de la précarité. Les innombrables appartements en location, les nouvelles écoles, les entreprises qui faisaient faillite et les mariages ratés : Pietro et moi n'aurions pas à payer le prix de toute cette liberté. Oui, devais-je admettre non sans une certaine honte, j'étais heureuse que l'argent entre en jeu, incroyablement heureuse.

— Alors, tu peux te permettre un voyage en Grèce, lui dis-je avec un grand sourire.

Pietro sourit en retour.

— Mon père est d'accord : on aura tes parents comme chaperons, après tout. C'est juste une affaire de temps avant que ma mère se laisse convaincre.

J'étais sur un petit nuage. J'avais la sensation de pouvoir planer au-dessus de ces champs brûlés de soleil jusqu'à l'endroit que me désignait Pietro, une petite structure blanche au loin avec un toit en tuiles. C'était l'église construite par son grand-père et ses voisins avec les pierres du fleuve, montées une à une dans des carrioles au sommet de la colline.

— Viens, on continue, me dit-il en se levant.

Nous retournâmes à Monte San Rocco par la route la moins directe possible, en faisant des zigzags tout l'après-midi à travers les collines. De temps à autre, il s'arrêtait pour me laisser photographier les épis illuminés par le soleil bas. Il m'emmena au petit village où, à l'adolescence, il avait eu de mauvaises fréquentations. Il me montra le champ où des années auparavant Gabriele lui avait lancé une boule de neige durcie ; au moment de l'impact sur sa tempe, elle était devenue un bloc de glace, mais ce fut Gabriele qui se mit à pleurer en voyant le sang de son frère sur la neige. Il me montra un village posé de guingois au sommet d'une colline, un endroit qui portait tellement la poisse qu'on ne pouvait même pas prononcer son nom. Le simple fait de l'entendre provoquait chez les gens du coin une frénésie, avec vision de cornes et sensation de palpations de testicules. Si vous y pénétriez, vos pas résonnaient dans les rues désertes, produisant un bruit si rare qu'il faisait paraître sur le seuil des maisons de très vieilles femmes muettes, comme la pluie fait sortir les vers de terre.

Finalement, Pietro leva une main pour saluer un vieillard, et je reconnus l'endroit : la montée qui menait au centre de Monte San Rocco. Je sentis un nœud dans ma gorge. Je n'étais nullement prête à affronter sa mère ; je n'avais même pas réfléchi à ce que je lui dirais. Tout ce que j'avais fait, c'était lui apporter un cadeau : un foulard en soie crème et marron, délicat comme l'aile d'un papillon, que j'avais acheté sous le coup d'une impulsion dans un magasin de la via Roma. Pietro m'avait conseillé de le lui donner discrètement, pour ne pas l'embarrasser. Mais à présent, il me semblait absurde de lui offrir quelque chose qu'elle ne mettrait jamais.

Pietro, si doué pour lire dans mes pensées, posa une main rassurante sur ma cuisse.

— N'aie pas peur, on ne rentre pas tout de suite. Je veux d'abord t'emmener au café sur la place, ça te va ? (Je hochai la tête énergiquement.) À dire vrai, j'ai hâte d'y aller avec toi dans cette robe, toute belle et toute bronzée, afin de leur montrer une fois pour toutes quelle bande de nullités ils sont. Je veux qu'ils crèvent d'envie, dit-il en se garant.

Il fit un signe de tête à un homme court sur pattes planté à l'entrée du bar, sorte de code secret permettant l'accès à son intérieur caverneux. Je sentis dans mon dos l'homme me jauger avec approbation tandis que Pietro demandait en dialecte deux cafés en serrant les mains du barman. Tout autour, des hommes groupés autour des tables buvaient et fumaient en jouant aux cartes. À part la Vierge Marie, j'étais la seule femme. Des yeux sombres me caressaient à travers le voile de fumée, ouvertement, sans aucune prétention de galanterie ni aucun commentaire. Ces hommes ne me voulaient pas moi, ils voulaient être Pietro. Je compris plus que jamais le gouffre qui le séparait des gens de son village. Au niveau psychologique et intellectuel, Pietro n'appartenait pas à ce monde, mais c'était là qu'il était né.

Il était clair à son expression qu'il avait obtenu l'effet désiré et je partageais sa satisfaction. Il reposa sa tasse sur le comptoir en me disant :

— Il se fait tard, il faut qu'on y aille.

— Déjà ?

— Sinon, ma mère va commencer à se dire qu'on est partis se marier à Las Vegas.

Se marier ? Sa famille ne savait même pas que nous vivions ensemble.

16

Devant la maison de Pietro, j'essayai de conserver la légèreté que m'avait donnée la journée passée avec lui. Mais elle était plus fragile qu'une résolution du Nouvel An et je la sentais s'évanouir à chaque pas que je faisais en direction de la porte. Sur le seuil, il n'en restait plus rien.

— Gabriele ! m'exclamai-je.

Il était là, planté devant cette maison au bout du monde, et je me serais volontiers jetée dans ses bras, de gratitude.

— Salut, Gabriele, dit Pietro d'une voix plate. Où est maman ?

Celle-ci se matérialisa dans le couloir obscur, s'essuyant les mains à son tablier. Je l'embrassai.

— Bonsoir, *signora*.

J'avais appris entre-temps que son nom de baptême était Lidia.

— Le car avait du retard ?

Heureusement, ce fut Pietro qui répondit pour moi.

— On a fait quelques courses, maman.

Je réprimai un sourire en pensant à la course sur le siège avant de la voiture, dont je conservais la sensation sous ma robe.

Quand son père, Ernesto, appela Pietro à l'extérieur, je fouillai dans mon sac pour en extraire le foulard. Lidia le prit d'un air languissant et grommela :

— C'est quoi, ça ? C'est pour la tête ?

Gabriele leva les yeux au ciel. Elle était déprimée, tentai-je de me rappeler. Par la fenêtre, je vis Pietro manœuvrer pour garer le tracteur dans le cabanon. J'aperçus aussi un chien au pelage marron comme la robe de bure d'un ermite. Gesualdo sans doute, le chien qui n'était pas un vrai chien.

En me retournant, je m'aperçus que j'étais seule dans la cuisine. Je me sentis perdue ; je ne savais pas si je devais attendre Pietro ou rejoindre Gabriele, qui avait trouvé refuge dans la pièce la plus sombre de la maison, son profil sévère se découpant sur l'écran de télévision. Il était là, à deux pas de moi, mais je ne bougeai pas.

Le soir au dîner, pourtant, tout fut différent, en dépit du téléviseur resté allumé. Le soleil était une lampe qui ne voulait pas s'éteindre et il faisait presque chaud. Mais surtout, ils avaient une conversation, rien de moins qu'un débat politique entamé par Gabriele.

— Les émigrants italiens se rendent bien compte que le reste du monde nous voit comme ça, disait-il d'une voix forte, le visage rouge, oubliant son plat de *fucili*. On est tous de fichus Ritals et point final. Personne ne se soucie des petites nuances culturelles qui font tant d'histoires à l'intérieur de la péninsule. La

Padanie, la Sicile, la Sardaigne ? Mais enfin, aurait-on oublié que l'Italie a été unifiée en 1871 ?

— Tu parles toujours de culture et d'histoire. Mais dans ce cas, qu'est-ce qu'on s'en fout, répondit Pietro. Il y a un seul et unique facteur : l'argent. C'est une affaire strictement économique. Au nord, ils ne veulent pas sortir le fric si c'est Rome qui se le met dans la poche. Point final.

— Une fois, en Suisse, j'ai rencontré un gars du Frioul, intervint son père sans cesser de mâcher. Pas compris un mot de ce qu'il dégoisait.

— Papa, lui non plus n'a pas dû comprendre un mot de ton dialecte, répondit Gabriele d'une voix forte et en articulant, avant de se retourner vers Pietro. Je ne suis pas nationaliste, tu le sais, mais comment peut-on supporter qu'un sécessionniste sans cervelle comme Bossi devienne le porte-parole du Nord tout entier ?

— Qui veut encore un peu de *pasta* ? dit la mère en se levant de table.

C'était plus une accusation qu'une proposition, mais c'était aussi la brèche dans la discussion que j'attendais pour l'informer, ennuyeuse et polie comme toujours, que ses pâtes étaient excellentes. Gabriele repoussa la proposition de sa mère avec irritation, tandis que Pietro et son père la laissaient remplir leurs assiettes sans même lever les yeux. En voyant la mienne encore pleine de la portion inhumaine qu'elle m'avait infligée, elle fronça le sourcil et se rassit avec un geste d'impatience. Combien de temps cette initiation allait-elle encore durer ?

— Sur le plan étymologique, reprit Gabriele, la Padanie est un terme très récent, et même un pur néologisme.

Je regardai Lidia avec son mouchoir sur la tête, qui avalait ses pâtes sans plaisir, les yeux fixés sur son assiette comme pour repousser toutes ces histoires réservées aux hommes et à la jeunesse. Je la regardai essuyer la sauce sur ses lèvres d'un revers de sa main ridée, et quelque chose dans ce geste suscita en moi une vague de compassion : étions-nous sur le point de lui voler la terre sur laquelle elle s'était éreintée si longtemps ?

Je rapprochai mon verre presque intact de Pietro, qui me gratifia d'un clin d'œil. Je le voyais déjà perdre patience avec son frère, qui montrait son indignation morale en prenant le ton des beaux quartiers, accentué encore par l'alcool. Pietro lui répondait désormais par des soupirs et des phrases brèves dans un mélange d'italien et de dialecte, peut-être par respect pour son père, qui n'avait plus ouvert la bouche et était occupé à se nettoyer les dents avec son doigt.

Pourtant, qu'il était bon d'être dans cette maison avec Gabriele. Nous étions trois jeunes – ce qui nous donnait la majorité sur les vieux –, et il se comportait exactement comme avec nos amis autour de notre table boiteuse de la via De Deo. J'aimais le voir s'échauffer sur une question politique qui ne nous concernait pas directement, j'aimais le voir obliger Pietro à prendre parti, exprimant des idées que je n'avais jamais entendues. Même s'il étouffait ses gros mots, Gabriele comblait le vide de cette maison perdue dans la campagne – et même il nous le crachait au visage. Chaque fois que je croisais son regard, j'y voyais briller comme un petit diamant le secret de notre vie commune à Naples.

Je me sentis encore mieux après le dîner, quand Pietro m'épargna l'humiliation d'une énième offre de laver la vaisselle en me faisant une proposition autrement alléchante : « Tu veux venir avec moi chez mon cousin Francesco ? »

La tante Gina nous installa sur un canapé moelleux dans son salon qui ressemblait à une bonbonnière, bourré de bergers, de moulins et de poules en porcelaine, chaque bibelot sur son petit napperon. Sur la table basse en marqueterie, elle posa un assortiment de galettes au beurre. Dans cet espace si rempli de fanfreluches, Francesco avait l'air d'un intrus avec sa barbe maigre, sa chemise déboutonnée et sa petite bedaine naissante. Il avait une dizaine d'années de plus que nous, et ses yeux entourés de pattes-d'oie avaient un air perpétuellement amusé.

— Prends-en, ils sont bons, me dit-il en me désignant les gâteaux, avant d'ajouter sans même tourner la tête : maman, elle préfère peut-être du chocolat.

Je protestai, mais sa mère avait déjà sauté sur ses pieds et filait dans la cuisinc. Dès qu'elle fut partie, il me dit :

— Il était temps que tu arrives, Eddie. Je n'en pouvais plus d'entendre celui-là bramer d'amour et gémir comme un chien battu. (Devant l'expression de Pietro, il changea de ton.) Moi aussi, je sais ce que c'est qu'une relation à distance. Il y a quelques années, j'ai rencontré une Allemande qui s'appelait Karine…

— Et il s'est passé quoi ?

— Eh bien, à la fin… je n'ai pas…

La tante Gina revint en s'excusant de ne plus avoir de chocolat praliné. La table se couvrit d'une telle quantité de sucreries qu'il restait à peine la place pour le plateau du café. Elle me demanda combien de sucres je prenais.

— Un seul pour elle, ma tante, et un bon nuage de lait, sinon c'est trop amer, répondit Pietro, laissant paraître à quel point nous étions intimes, et invitant peut-être la tante à en tirer des conclusions.

J'observai Francesco qui buvait son café le coude appuyé sur la cheminée. Chacun de ses gestes et le ton sur lequel il s'adressait à sa mère semblait souligner qu'il n'était nullement un intrus, mais plutôt le véritable maître de maison. Ce fut lui en effet, et non pas la tante Gina, qui entreprit de m'interroger sur Washington D.C. Ces questions ne me gênaient pas, rien dans cette atmosphère ne me gênait : les créatures en céramique qui veillaient sur moi, le chocolat qui fondait dans ma bouche, la jambe de Pietro qui se pressait contre la mienne. La tante se pencha en avant pour écouter tous les lieux communs que je pus lui offrir sur la capitale des États-Unis, écarquillant les yeux de temps à autre avec un étonnement authentique ou rapprochant de moi la boîte de chocolats, mais sans jamais me dire que j'avais besoin d'engraisser. Elle finit par complimenter Pietro pour s'être trouvé « une fille aussi belle qu'intelligente », mais ce compliment, au lieu de me faire plaisir, me donna le soupçon qu'il y avait dans l'attitude de Lidia quelque chose de culturellement discordant et de profondément perverti.

Francesco posa sa tasse vide sur la cheminée.

— Venez voir dehors, tous les deux. Je veux vous montrer quelque chose.

Le village avait sombré dans l'obscurité. Les grillons saluaient la nuit, les étoiles perçaient le ciel. La rue dépourvue de trottoirs ressemblait à une muraille : une enfilade de maisons neuves, sans doute construites après le tremblement de terre de 1980. Rares étaient les maisons anciennes restées debout, mais on les remarquait à leur air démoralisé, à leurs lumières éteintes et aux mauvaises herbes qui poussaient dans leurs gouttières. Francesco nous emmena dans l'une d'elles, une sorte de magasin en rez-de-chaussée dont il ouvrit la porte à deux battants d'un geste théâtral.

— Punaise, s'exclama Pietro, tu as fini par l'acheter !

— Une vraie beauté, dit son cousin en entrant dans le garage. Moteur turbo, peinture métallisée, lecteur de CD intégré double face.

— Et quand allais-tu te décider à me le dire ? Tu n'as même pas entamé ta thèse, heureux veinard.

Ils se mirent à discuter mécanique en caressant des doigts le break comme si c'était une machine à remonter le temps. Francesco ouvrit les vitres avec la télécommande pour nous montrer toute la place qu'il y avait à l'arrière, et ce geste fit remonter un souvenir très ancien : mon frère et moi installés au fond de notre break sur un amas de valises. De là, on avait une vue imprenable : l'asphalte blanc de l'autoroute, les grosses voitures qui nous talonnaient, l'Amérique qui cherchait à nous chasser. Dieu sait où nous emmenait notre mère cette fois-là. C'était peut-être le déménagement de Boston à Washington, parce qu'il y avait sur notre droite un coucher de soleil sur New York, un ciel orange de la couleur de ces sucettes bourrées de colorants que nous n'avions pas le droit de manger.

En rentrant chez les parents de Pietro, je découvris ce qui était arrivé à la fiancée allemande du cousin Francesco. Tout était allé de travers, m'expliqua-t-il dans un murmure, depuis qu'il l'avait lâchée à Hambourg pour rentrer s'occuper de son père malade. Et puis, sous un prétexte ou un autre – l'état psychologique de sa mère, ses examens de droit, et enfin la mort de son père –, il n'était jamais reparti. Mais ce n'était pas tout. Francesco gardait un obscur secret dont personne à part Pietro n'avait connaissance : en Allemagne, il avait eu une petite fille. Il allait la voir de temps en temps, en cachette de sa mère et du reste de la famille, quand son travail et les circonstances le lui permettaient. Je promis à Pietro, que le ciel me foudroie, de rester une tombe le surlendemain quand Francesco viendrait me chercher pour me ramener à Borgo Alto.

Le matin de mon départ, j'emballai mes affaires avec un mélange de mélancolie et de soulagement qui refusait de s'amalgamer dans un sentiment que j'aurais pu nommer. Pietro passa la tête, puis alla à son bureau d'enfant tatoué d'encre bleue, devenu un petit musée consacré aux roches. Il y attrapa quelque chose avant de se retourner vers moi.

— Comme on n'a pas eu le temps de chercher des pièces romaines… Tiens, c'est pour toi.

Il ouvrit le poing, révélant une petite sculpture en métal sombre, un torse athlétique auquel manquaient la tête et les bras. Le drapé était noué à la taille et pendait entre des cuisses musculeuses légèrement ployées, évoquant la course : une compétition ou une fuite ? C'était peut-être la représentation d'un dieu, ou une effigie posée autrefois sur un autel pour rappeler un être cher.

— Je ne peux pas, Pietro, c'est trop précieux…

— Je l'ai trouvée dans le champ, dit-il en me la fourrant dans la main, et ce n'est qu'une petite chose antique. Et puis ce qui est à moi est à toi, pas vrai ? À moins que tu aies changé d'avis.

— Sur quoi ?

— Que tu préfères quelqu'un d'autre.

— Mais enfin, Pietro ! Cette statue, je vais la garder avec moi chaque instant où nous serons séparés. Je te le jure.

Je posai la petite figurine sur le lit pour la mettre dans ma poche au moment de partir : par une antique crainte des voleurs, je me méfiais des valises pour transporter un pareil trésor jusqu'au Quartier espagnol.

Francesco arriva en avance, et Pietro saisit au vol cette occasion d'examiner son break à la lumière du jour. Il fallut toutefois reporter le petit tour d'essai, son cousin étant attendu à Borgo Alto où il travaillait vaguement dans l'étude d'un notaire. Je n'avais plus qu'à faire mes adieux. Le père était parti, mais Gabriele était là. Il apparut sur le seuil, un café à la main, et appela – comme si ça pouvait l'intéresser : « Maman ! Eddie s'en va. »

Lidia apparut sur la terrasse. Je m'approchai pour lui prendre la main, encore humide des tâches ménagères, en effleurant de deux baisers ses joues perpétuellement rougies.

— Merci pour tout, *signora.*

— Ce n'est rien, répondit-elle d'un air affligé.

Le moteur ronflait déjà, enfumant les poules. Je montai à côté de Francesco. Pietro passa la tête par la vitre et, avec sa mère à quelques pas de là, me posa un baiser sur la bouche, rapide mais néanmoins extravagant.

— Bon voyage, *baby.* Et il ajouta à voix haute, tandis que nous faisions marche arrière dans l'allée : On se retrouve à la maison !

Tout d'abord, je ne prêtai pas attention à des mots aussi ordinaires. *On se retrouve à la maison.* Puis je compris en voyant le triangle de regards façon laser que nous formions : je tenais à l'œil Lidia, qui avait son masque habituel, et elle de son côté regardait Pietro, qui avait plaqué la main sur sa bouche en me fixant de ses grands yeux muets. La voiture avança, et je le vis s'éloigner et décroître : à l'évidence, il ne l'avait pas fait exprès, ce n'était nullement un acte d'héroïsme. Sa mère l'avait-elle entendu ? Dans ce cas, la vérité toute nue était sortie du puits, elle avait éclaté aux yeux de tous, sauf de Francesco qui ne s'était aperçu de rien, concentré sur son rétroviseur pour éviter d'écraser les poules.

Je vis Lidia se retourner vers la porte, l'échine courbée, en passant les mains sur son tablier comme si elle reprenait à contrecœur ses éternelles tâches domestiques. Peut-être n'avait-elle rien entendu ou n'en avait-elle tiré aucune conclusion. Au bout de l'allée, la voiture tourna sur la route et Pietro disparut de ma vue.

Je me repris à respirer. Le break de Francesco était une énorme machine qui occupait toute la largeur des petites routes locales, mais elle y passait sans aucun bruit, les vitres closes, l'air conditionné à fond, tenant à distance le paysage alentour.

— Elle est vraiment silencieuse, tu as vu ça ? me dit Francesco.

— Je vois ça.

Mais qu'y avait-il de mal à dévoiler la vérité ? Nous n'avions commis aucun délit. Et puis, Pietro aurait bien dû le lui dire un jour ou l'autre. Au moins, c'était fait, et je commençai à éprouver une agréable fraîcheur qui ne devait rien à la climatisation.

— Et avec tout le confort, en plus.

— Elle est parfaite.

Saisie soudain d'une vague inquiétude, je plongeai la main dans ma poche. La statuette était restée sur le lit dans la chambre de Pietro, et je m'en voulus d'être incapable de respecter la plus banale promesse d'amour. Je demandai à Francesco si nous pouvions faire demi-tour, à quoi il consentit en disant « aucun problème, *Fräulein* » apparemment heureux de cette occasion de montrer sa maestria dans l'art du demi-tour sur route étroite.

L'allée était vide de gens comme de poules. Je me hâtai vers la porte restée ouverte et j'entrai : personne dans la cuisine. J'avançai en appelant : « Pietro ? Gabriele ? »

La télévision marchait sans public. J'avançai dans le couloir : toujours personne. J'envisageai un instant de monter à l'étage, de prendre la statuette et de filer comme une voleuse, évitant de nouveaux adieux. Le cœur battant, j'attaquais déjà les premières marches quand je m'arrêtai net en entendant des voix monter de l'entresol.

— Mais enfin, maman, pourquoi en faire tout un drame ? Nous ne sommes plus en 1962.

C'était la voix de Pietro, basse et tendue.

— Bien sûr, tu as raison, répliquait sa mère avec une force que je n'aurais pas soupçonnée. Mais va, va, retourne à Naples avec cette fille. Prends un bateau pour la Grèce ou ailleurs, ça m'est bien égal. Tu es le pire de mes fils.

J'attrapai la figurine romaine et me jetai hors de cette maison comme un papillon aveuglé par la lumière. Personne ne m'avait vue.

De : tectonic@tin.it
À : heddi@yahoo.com
Envoyé le : 16 mai

Chère Heddi,

Une fois encore, je ne sais pas très bien par où commencer. Après avoir relu plusieurs fois ton dernier mail, j'ai pensé à des milliers de choses à te dire.

Je n'essaie pas de nier que je construis des châteaux en Espagne. Je pense à moi. Je pense au moment où je serai trop malade et trop las de tout pour faire quoi que ce soit. Alors je serai libre. Libre de partir sans destination et sans limite de temps. Alors peut-être aurai-je le courage de t'appeler et de venir te voir, même une seule journée, pour te regarder dans les yeux, entendre à nouveau ta voix…

J'aimerais être le garçon que j'étais il y a cinq ans. À présent je suis un adulte (j'essaie du moins de me convaincre que je le suis). Je n'ai pas de problèmes d'argent, même si je ne suis pas Bill Gates, mais il manque tout le reste dans ma vie. Je rêve encore de travailler dans mon domaine. J'ai envoyé mon CV à une compagnie australienne, on ne sait jamais.

De temps en temps, j'essaie de tomber amoureux, mais je m'aperçois très vite que je ne fais que me mentir à moi-même. J'ai lu Coelho mais cela n'a pas changé ma vie, j'ai pris des drogues avec le même résultat. Et puis j'ai décidé de faire contre mauvaise fortune bon cœur. Je cherche à me convaincre que toutes mes actions ont été dictées par ma volonté et mon seul désir. Je ne sais plus ce que je voulais au moment où j'ai agi, mais je sais que je désirais quelque chose. Aujourd'hui je me méfie de tout mouvement instinctif, et même de celui qui me dit de quitter mon travail et de prendre un avion. Est-ce que j'en trouverai le courage ? Et même si je le trouve, seras-tu encore là ?

Je t'embrasse,

p.

17

Étais-je en train de rêver ? Pietro et moi en route tous les deux pour Athènes, Athènes en Grèce et non Athens dans l'Ohio ? Le ferry oscillait, faisant déborder la petite mer intérieure de la piscine d'eau salée. Et tout autour, des Norvégiens, des Espagnols et des Allemands d'une vingtaine d'années, portant des Birkenstock et des bandanas de teintes pastel, qui buvaient et jouaient de la guitare pour se préparer à la longue nuit qui nous attendait. Cette atmosphère, pensais-je, avait dû plaire à Luca quand il avait traversé l'Adriatique. Je voulais nous voir immergés dans cette foule, et en apparence au moins nous y avions réussi. Comme eux, nous avions la peau bronzée et nos sacs à dos pour oreiller, déjà tachés du diesel répandu sur le pont et alourdis d'un en-cas acheté sur le port de Brindisi : un saucisson, deux baguettes et du vin. Et comme eux, nous repoussions le sommeil en buvant à la bouteille et en bavardant en anglais avec nos compagnons de hasard.

Pourtant, même si cette scène n'était pas nouvelle pour moi, je compris que nous restions en réalité étrangers à ce groupe. Pour les autres, la Grèce n'était qu'une étape sur leur itinéraire, un simple nœud sur une longue corde bien assurée qui les mènerait en Turquie, et peut-être jusqu'en Égypte, avant de retourner à la longue lumière du Nord, à la civilisation, à la normalité. Mais Pietro et moi n'étions ni aussi libres ni aussi normaux. Après la Grèce, nous retournerions au grouillement de Naples – pour eux un nœud palpitant du tiers-monde parmi d'autres, mais pour nous simplement *la casa*. Et chaque fois qu'un nouveau compagnon de voyage nous demandait en montrant ses dents blanches «*So, where do you come from?*» j'éprouvais à l'égard de ma ville un mélange peut-être millénaire de fierté et de honte qui me nouait les tripes. Une nausée à laquelle n'étaient pas étrangères sans doute la puissante odeur de diesel et la mer turbulente qui allait en s'assombrissant.

Pourtant, mon enthousiasme débordait encore comme l'eau de la piscine, j'avais envie de monter sur le pont le plus haut et de le crier aux quatre vents. Non seulement Pietro avait eu la permission de partir au beau milieu de la récolte, non seulement j'allais revoir des visages aimés, mais j'allais enfin entendre une définition que je cherchais depuis longtemps. En un rien de temps, mon mathématicien de père et ma belle-mère psychothérapeute nous auraient assez observés pour faire ce que personne n'avait encore réussi à faire : identifier cette chose qui nous consumait mais sans laquelle la vie n'avait plus de sens. Et surtout, ils sauraient lui donner un nom. L'amour, la passion – tout cela était réducteur. Ce véritable nom donnerait enfin sa forme à notre relation, il la rendrait concrète comme le basalte, l'alexandrite, le diamant noir. Sinon, comment savoir si ce n'était pas un rêve, une étoile qui s'éteint dès que le soleil surgit de la mer ionienne ?

Nous arrivâmes les premiers à l'hôtel, mes parents devant encore atterrir et passer la douane. Pietro sortit de la salle de bains les cheveux mouillés, une serviette autour de la taille, le torse nu barré par les rais de lumière filtrant des persiennes. Nous aurions même pu faire l'amour, dans cette chambre qui était tout à nous.

— Et s'ils arrivent maintenant, tu imagines un peu ? Je ne peux pas me permettre d'être le pire des fils et le pire des gendres.

J'étais trop ravie de ce dernier mot pour me laisser troubler par la pensée de Lidia, dont deux mers nous séparaient. Quant aux miens, Pietro n'eut pas le temps de s'en inquiéter puisqu'ils s'annoncèrent en frappant timidement à la porte.

Barbara m'engloutit dans une étreinte tout en anneaux d'oreilles tintant, en boucles ambrées, paillettes et taches de rousseur. Elle éclata d'un rire stupéfait comme si nous étions tombées l'une sur l'autre par hasard à Athènes. Mais n'était-ce pas ainsi l'été précédent en Turquie, et l'été précédent encore en Sardaigne ? Nous collectionnions comme des amulettes sur un bracelet une succession d'étés, depuis le premier, en Jamaïque, quand j'avais quatre ans.

Je n'avais pas assisté à la rencontre entre Pietro et mon père, qui étudiait désormais la pièce, les mains dans les poches. Il me saisit dans une longue étreinte.

Je fis les présentations. Barbara embrassa Pietro comme un vieil ami.

— *Do you guys want to go take a shower*? demandai-je avant de traduire pour Pietro : ils veulent peut-être prendre une douche.

— J'avais compris, me murmura-t-il.

— *First a coffee, please*, s'exclama Barbara d'un air théâtral.

— J'aimerais vous offrir le café, mais d'abord il me faut des drachmes, dit Pietro.

Mais déjà Barbara agitait d'un air invitant sa petite bourse gonflée à craquer, qu'elle entrouvrit pour nous montrer des billets violets et rouges – ainsi qu'un collier au fermoir cassé, des passeports, un volume de poésie d'Odysséas Elýtis et une unique chaussette orange.

Dehors, les enseignes des magasins et les panneaux indicateurs étaient rédigés dans un alphabet que nous avions le bonheur d'ignorer. La chaleur était étouffante. Je sentais combien Pietro était tendu, mais j'étais trop heureuse pour y prêter attention. Nous trouvâmes un bar tapissé de cèdre devant lequel de petites tables boiteuses oscillaient sur les pavés. Tandis que nous buvions un café granuleux et douceâtre, Barbara interrogea Pietro sur ses études et sa famille. Des questions respectueuses, mais où j'entendais la curiosité insatiable qui la caractérisait, tant sur le plan professionnel que personnel.

Je faisais l'interprète entre eux, sans que ce soit réellement nécessaire. Pietro plissait le front d'un air concentré, comme quand il repassait ses textes de géologie, mais il maniait la langue avec une dextérité surprenante. Je ne l'avais jamais entendu parler anglais aussi longtemps et cela m'enchanta.

— *OK if I smoke* ? demanda-t-il à un moment.

Barbara hocha la tête en lui disant que mon père et elle avaient fumé quasiment toute leur vie. « Vingt et cinq années. Camel », dit-elle en italien, cherchant l'assentiment de Pietro pour sa prononciation. Trop gentleman pour la corriger, il alluma sa cigarette avec un petit sourire.

Pendant ce temps, mon père était resté assis devant sa tasse vide, hochant la tête et battant du pied comme s'il dirigeait son morceau préféré de Bach. Il était déjà très bronzé : le sang indien venait de son côté de la famille. Il n'avait quasiment pas ouvert la bouche, pas même pour se prononcer sur le café, mais il avait l'air béat d'un homme qui, au premier jour des vacances, entouré de sa famille réunie, goûte dans l'air quelque chose qui lui rappelle le Texas de sa jeunesse. Je me demandai quelle part avait Pietro dans cet air satisfait.

Ce fut précisément lui qui arracha à mon père ses premières paroles. Il indiqua les pavés sous nos pieds en lui demandant s'il pensait qu'ils étaient d'origine volcanique. Mon père cessa de battre du pied. Barbara, Pietro et moi étions sur des charbons ardents, comme si la réponse à cette question simple devait être un jugement irrévocable. Le front plissé, il répondit d'un air grave : « Du marbre, je dirais. »

Ils se lancèrent dans une discussion géologique bourrée de termes en latin qui se passait de mes services d'interprète, bavardant comme deux collègues. Sans aucun indice de ma part, Pietro venait de trouver la clé du cœur de mon père.

Barbara posa les mains sur son menton avec un soupir d'aise.

— Tu sais, Heddi, on comprend tout de suite que Pietro et toi avez un lien vraiment spécial. Je vois bien que c'est une relation solide et honnête…

— Ah oui ?

Nous y sommes, pensai-je : elle allait me donner le mot capable d'exprimer l'inexprimable. Mais elle n'ajouta rien, et je dus me rendre à l'évidence : si Barbara, qui vivait de mots et dévorait des livres, n'avait pas de nom pour ce que nous vivions, c'était peut-être qu'il n'y en avait aucun.

— Qui veut un autre café turc ? demanda-t-elle.

— *'Na ciofeca*, dit Pietro en napolitain – lui qui ne l'utilisait jamais avec moi. « Quel horrible breuvage ».

Mon père prit la même expression de dégoût. Je le rassurai en lui annonçant que nous lui avions apporté un grand sachet de son café favori, acheté dans un bar derrière la piazza Garibaldi. L'endroit était sordide et peu fréquenté : aucune fenêtre, une ampoule nue pendant du plafond, un comptoir en faux bois, un serveur borgne et muet. Mais ce que faisaient griller les propriétaires, deux frères âgés, n'était pas de simples grains de café : c'étaient des scarabées sacrés que même Gambrinus leur enviait, sans doute grâce au frère cyclope qui surveillait la torréfaction de son œil unique et savait d'instinct quand elle avait atteint la perfection.

Mes parents, ravis, lancèrent un « hourra ! » pour Naples venu à leur secours jusqu'à Athènes. En la voyant ainsi à travers leurs yeux, j'étais prête à tout lui pardonner. Hors de son contexte, même l'affreux dialecte du Quartier espagnol devenait délicieux comme un code secret, un jeu entre amants. Je compris aussi que ce que j'éprouvais pour la ville n'était plus l'amour d'autrefois, mais plutôt une sorte de gratitude pour m'avoir donné Pietro : Naples n'était plus désormais l'héroïne de la pièce, seulement sa toile de fond.

Nous nous dirigeâmes vers l'hôtel comme deux couples en promenade le dimanche, Pietro et moi main dans la main et Barbara et mon père marchant enlacés devant nous. Elle posa la tête sur son épaule comme elle le faisait souvent, et je crus les entendre soupirer de soulagement que le monde soit parvenu à une paix complète.

— Alors ? dis-je à Pietro.

— Bon sang, Heddi, quelle famille tu as, dit-il d'une voix émue. Ton père… Vraiment, je ne trouve pas les mots.

Pendant dix jours, nous allâmes d'une île à l'autre, cailloux arides battus par les vents et pourtant parsemés de maisons, toutes peintes, comme par une obligation légale, en blanc avec des portes bleues. L'étésien, le vent estival des Cyclades, soufflait sans cesse du nord, venu disait-on, des steppes russes. Il soulevait le sable et effilait les vagues, renversait les parasols et les bouteilles d'eau. Il était d'une ténacité presque comique, comme un chien qui colle son museau contre votre cuisse pendant tout un dîner dans l'espoir d'une bouchée. Souvent les ferries étaient annulés, et peut-être aurait-il fallu faire de même pour celui que nous prîmes de Paros à Ios. Pendant tout le trajet, le vent souffla violemment par le travers comme pour contraindre la mer à nous engloutir. Le fauteuil, le sol, tout penchait, et il était impossible de marcher sur le pont sans s'agripper à quelque chose.

Au milieu des rafales, le sommet de Paros abritait une vallée aux papillons, immobiles dans les arbres comme s'ils dormaient. Nous fîmes une excursion dans l'île de Délos, lieu de naissance d'Apollon, inhabitée à l'exception de dinosaures miniatures, de gros lézards agrippés aux mosaïques et aux visages des statues. Nous mangeâmes des tonnes de yaourt, et de temps à autre un Milko, le lait au chocolat favori des Grecs, servi dans les bars de tous les petits villages où nous nous arrêtions pour consulter le guide de Barbara. Je voyais des femmes vêtues de noir traverser les placettes, et Lidia me revenait à l'esprit. Je me demandais si ces petites vieilles d'apparence si fragile nourrissaient elles aussi une rancœur à l'égard de cette vie qui les avait cassées en deux. À Mykonos en revanche, c'étaient des pélicans qui traversaient les places. Mascottes de l'île, ces énormes oiseaux se promenaient dans les ruelles, empereurs claudicants dotés de pattes de Donald et de becs énormes. À leur passage, les habitants les caressaient ou leur lançaient de petits coups de pied censés porter bonheur. J'avais beau être sûre de n'avoir plus besoin de chance pour le reste de ma vie, j'en effleurai un des doigts. Son cou était d'un rose passé, comme une gomme à la fraise qui a perdu sa saveur.

Efharisto, petra. Merci, pélican – la seule phrase que j'aie apprise en grec. Je n'avais d'ailleurs aucun besoin de l'apprendre : outre la fraîcheur, le vent nous apportait l'anglais que parlaient les touristes hollandais et australiens. Pietro collectionnait les mots comme des roches, en configurations toujours nouvelles, surtout avec mon père. Ils scrutaient ensemble chaque pierre comme une énigme à résoudre. Sur les plages désertes, ils inspectaient le sable avec la même rigueur. Une fois ou deux, j'entendis mon père l'appeler par erreur du nom de mon frère.

Ce lien géologique était si fort entre eux que le jour où Pietro me fit relever de ma serviette pour me montrer quelque chose, je me persuadai que c'était une roche. Mais il me conduisit dans l'eau où il s'immergea jusqu'à la taille, avant de s'étendre sur le dos en soulevant les jambes. Il me fallut un instant pour comprendre.

— Mais tu fais la planche, Pietro ! Tu flottes !

Il me lança un sourire confus et revint à la verticale.

— Pas si fort, *baby*. Ils ne doivent jamais apprendre que je ne sais pas nager.

— Eh bien, tu y es presque. Et puis, tu n'as pas vu que mon père non plus ne sait pas nager ? C'est pour ça qu'il ne va jamais dans l'eau.

Cela parut accroître encore l'estime que Pietro avait pour lui.

— Tu crois que je lui plais ? demanda-il en jetant un coup d'œil vers la plage.

— Tu plaisantes ? Bien sûr que oui.

— Comment tu peux le savoir ?

— Mais ça crève les yeux !

— Je l'espère.

Je reconnus à son intonation le même désir d'approbation que j'avais ressenti moi-même à l'égard de sa mère, à cette différence près que Pietro semblait avoir la situation bien en main.

L'eau était un kaléidoscope qui éclatait autour de nous en tonalités de bleu et de vert. Nous nous serrâmes l'un contre l'autre et nous abandonnâmes à la mer, laissant l'eau salée nous porter et s'écouler dans la grotte chaude de nos bouches. C'était la saveur viscérale du sel et d'une mer pure, sans péché et sans secret, la légèreté du corps, l'amour comme une onde qui nous transportait, et, à l'horizon, la conscience d'avoir toute la vie devant soi. De tout cela naissait un bonheur si parfait, si cristallin qu'il pesait presque trop lourd ; je sentais déjà s'insinuer en moi la crainte de le voir finir.

Le froid se fit bientôt sentir et nous revînmes sur la plage. Les pieds chaussés de sable, je m'allongeai sur la serviette à côté de mon père. Il avait le même talent que Pietro pour évaluer les gens, et j'étais certaine qu'il lui plaisait ; pourtant je gardais une pointe de doute.

— Pietro est vraiment un bon garçon, dit-il de lui-même.

— Tu le penses vraiment ?

Il hocha la tête d'un air satisfait.

— Et si on voulait se marier ?

Il posa sa main chaude de soleil sur mon genou mouillé.

— Alors, on invitera tout le monde et on fera un super barbecue.

J'éclatai de rire et lançai un coup d'œil à Pietro assis à côté de Barbara. Je cherchai son regard pour lui dire qu'il n'avait plus rien à craindre, que le soutien moral dont j'avais bénéficié depuis mon enfance pour les choses folles et les choses sages lui était désormais acquis.

De : heddi@yahoo.com
À : tectonic@tin.it
Envoyé le : 27 mai

Mon cher Pietro,

Me voici à nouveau préoccupée pour toi, pour ton état d'esprit. Tu es né pour faire de grandes choses, pour escalader et étudier les montagnes du monde. Et pourtant, tu es encore là, entouré de biens matériels où tu ne trouves pas le bonheur.

Je me suis souvent demandé ce qu'est cette chose fuyante que l'on appelle le bonheur. J'ai médité, fait du yoga, écouté des CD sur le bouddhisme, toutes ces choses qui enseignent que le véritable bonheur se trouve dans l'équilibre. C'est possible, mais je dois reconnaître que les moments les plus heureux de ma vie ne ressemblent pas à cela. Moi aussi, j'ai essayé de tomber amoureuse. Cela a commencé peu de temps après mon arrivée, et ça a duré ce que ça devait durer. C'est Ivan qui me l'a présenté, pensant peut-être qu'une histoire d'amour me rendrait à moi-même, et j'ai laissé faire les choses. Il est vrai qu'il était très beau : un surfeur à moitié samoan, grand et musclé, sur qui tout le monde se retournait, les hommes comme les femmes. Mais sa beauté ne me touchait pas. Il a été très bon pour moi. Il m'a emmenée en mer sur son kayak, dans la neige pour faire du snowboard, et même aux îles Samoa où nous avons fait le tour des plages et de sa grande famille. J'y ai fait des photos magnifiques.

Il menait une vie très saine : yoga et sushis, pas d'alcool ni de cigarettes – exactement le genre d'homme que ma mère aurait choisi pour moi. Mais lui et moi étions comme deux alcooliques en cure : chacun dévoré par le mal-être et incapable de se livrer réellement à un autre.

C'est lui qui m'a appris à conduire. Tu n'es pas fier de moi ? Je suis l'heureuse propriétaire d'un tacot jaune métallisé, avec une boîte de vitesses manuelle. Toi, il t'était si facile de mener la voiture par les collines : tu conduisais d'une seule main et changeais les vitesses sans même les regarder. Mais en réalité, il faut du temps pour apprendre.

J'avais presque oublié la véritable raison de mon message. J'ai une grande nouvelle. Mon frère et sa fiancée vont se marier ! J'ai dû te dire déjà qu'elle est de Trieste, même si elle vit en Amérique depuis son enfance. Il y aura une première fête à Washington, mais la cérémonie aura lieu à Trieste au mois d'août. Je suis témoin au mariage et je ne peux pas laisser passer cette occasion de descendre à Naples. Tu seras là ? J'espère que tu n'auras pas trouvé un travail en Australie, sinon nous serons comme deux avions qui se croisent dans la nuit.

h.

18

À la fin de l'été, avec l'exode des étudiants, y compris Pietro et Gabriele, Naples semblait une ville fantôme. Il restait en réalité des milliers de gens, mais ils ne manifestaient leur présence qu'une fois que le soleil avait roulé comme une balle derrière les hauts quartiers de Naples, quand toute une humanité sortait des vieux *palazzi* fraîchement douchée, bien réveillée et vorace. Pendant les heures du jour, les habitants restaient barricadés à l'abri de la chaleur.

La touffeur de Naples n'est pas seulement de l'air chaud : c'est une chose. Une entité palpable qui exhale du soufre et plonge ses doigts poisseux dans les immondices pour ensuite vous palper la nuque, les seins, l'intérieur des cuisses. Il est impossible de lui échapper. Elle s'enfile dans les rez-de-chaussée comme dans les chambres au septième étage, entre par la fenêtre et se glisse contre vous sous l'origami des draps froissés. Là, elle vous souffle dans le cou et vous lèche les cheveux, ne vous laissant aucun repos.

J'essayais d'étudier, mais je n'avais qu'une envie : aller à la plage. Le golfe de Naples, dont l'eau n'est bonne qu'à nourrir les moules, luisait comme de l'or au pied de l'arc-en-ciel, semblant se moquer des malheureux restés en ville.

Je décidai que je ferais mieux de patienter chez Rita. Mais parfois, quand nous sortions le soir sur la promenade en bord de mer, je regardais le golfe d'un noir de poix avec ses lumières jaunes, et Naples en face qui me foudroyait du regard. Entourée d'un halo orange, elle semblait se consumer lentement dans les braises d'un vieil incendie, et je savais que je n'avais d'autre choix que d'y retourner, pour le meilleur et pour le pire.

Dès qu'il fut rentré à Naples, Pietro passa son examen de sédimentologie et il échoua. C'était moins la faute de nos deux semaines en Grèce que de son travail aux champs et de sa présentation en hydrogéologie. Mais quand sa mère téléphona, elle ne l'entendit pas de cette oreille.

— Allô, dit-il. Tu as mangé ?

— Tu as réussi ton examen ? dit sa mère sans répondre à la question.

— Non.

Elle raccrocha, laissant Pietro muet sur le divan, le récepteur à la main. Nous descendîmes en direction du centre historique sans échanger un mot. Je me creusais la tête pour trouver une mésaventure semblable qu'aurait connue mon père quand il était inscrit en géologie, mais rien ne me vint à l'esprit.

Les ruelles autour de l'université bruissaient déjà de discussions sur Descartes et Derrida. Les étudiants avaient repris possession de la ville, ce qui faisait les affaires tant des librairies d'occasion que de notre trattoria préférée, La Campagnola, où nous avions rendez-vous avec Sonia et les garçons. Le menu du jour y était une surprise gribouillée sur une ardoise, et l'addition une approximation gribouillée sur un bout de papier. C'était un trou à rats empli de joyeux bavardages et de l'odeur de friture des calamars, qui imprégnait les vêtements de la façon la plus démocratique : les vestes en tweed des professeurs, les salopettes des maçons, les chemises rétro des étudiants.

— On va prendre du rouge pour tout le monde, décida Pietro. Même s'il est dégueulasse, ajouta-t-il en anglais.

À présent que nous étions rendus à notre anormale normalité, ce n'était plus le dialecte qui pouvait nous servir de code secret. Il fit signe au patron de nous apporter deux carafes.

— Autant dépenser mes dernières lires, vu qu'elle va sans doute me rayer de l'héritage.

— Ce n'est qu'un examen. Tu peux le repasser à la prochaine session.

— Mais je serai quand même le pire de ses fils.

J'avais réussi à me convaincre que ces mots, *cette fille*, m'avaient offensée plus que lui. Mais ne nous avaient-ils pas aussi libérés, nous dégageant de toute responsabilité et nous permettant de partir en vacances ensemble ? Au fond, n'était-ce pas pour la Grèce, plus que pour l'examen, que sa mère lui avait raccroché au nez ? *Tu es le pire de mes fils* : je n'avais pas pris toute la mesure de cette phrase, assénée en italien comme si c'était lui l'étranger.

— Elle ne parlait pas sérieusement, repris-je. C'était l'énervement du moment. Ou c'est sa façon de te dire que tu choisis mal tes fiancées. Tu sais, cette Américaine trop maigre…

— Mais elle n'a rien compris à ce que tu es, Heddi. Je ne sais pas ce que j'ai fait pour te mériter. Peut-être un acte héroïque dans une vie antérieure.

Le vin et les verres atterrirent sans cérémonie sur la nappe en plastique. Pietro nous servit et but avidement, s'essuyant les lèvres de ses longs doigts qu'il laissa pensivement sur sa bouche.

— Mais j'ai raison, pour ta mère ? risquai-je. Elle ne peut pas me supporter.

— Rien ne t'échappe, *baby*, dit Pietro en allumant une cigarette. Alors, comment penses-tu résoudre cette situation ?

— Moi ?

Me laissait-il entendre que, contrairement à lui, je n'avais pas su conquérir les cœurs ?

— Et qui d'autre ?

— Mais toi, Pietro ! Comment penses-tu la résoudre, *toi* ?

J'étais rouge d'indignation. Il me répondit qu'il faisait déjà tout son possible pour se faire respecter dc ses parents, et qu'il les avait prévenus qu'il ne reviendrait au village qu'une seule fois avant Noël.

— Je fais encore l'esclave pour la récolte des olives, et *basta*. Ils n'ont qu'à semer leur blé tout seuls, moi, j'en ai plein les bottes. Mais toi, *baby*, il faut que tu fasses ta part.

— Mais qu'est-ce que je peux faire de plus ? Lui offrir pour la millième fois de faire la vaisselle ?

— Oublie la vaisselle. (Il jeta sa Marlboro à peine entamée et me prit la main.) Écoute, mes parents ont compris que le temps est compté. Ils savent que je vais bientôt avoir mon diplôme et ils raccourcissent la laisse. J'ai besoin de ton aide pour ne pas les avoir en permanence sur le dos.

— Une seconde, dis-je en dégageant ma main, tu veux que je te sauve de ta propre famille ?

Je souriais, attendant qu'il me contredise, mais rien ne vint. Il continua à me fixer de ses yeux durs, jusqu'à ce qu'Angelo apparaisse à la porte de La Campagnola.

— Punaise, vous avez l'air en pleine forme, vous deux !

Avec son sac péruvien en bandoulière, Angelo slaloma à travers la foule et fondit sur nous avec une étreinte d'ours. Puis il s'affala sur une chaise et se versa du vin, avant de se lancer dans un récit échevelé de son été : les concerts en plein air en Catanie ; son aventure sur l'île de Filicudi avec une Israélienne qui était une vraie bombe ; ses premiers pas dans la chasse sous-marine, malheureusement dans une réserve protégée, avec une amende salée à la clé. Le souvenir de cette pêche parut réveiller son appétit, et il proposa de commander au moins une entrée. Inutile d'attendre Tonino, occupé à mettre ses livres en cartons, annonça-t-il sans donner plus d'explications. Je perdis vraiment le fil quand il se mit à parler des poutres.

— Il faut reconnaître que, pour l'instant, ça a son petit côté Frankenstein, dit-il en se carrant sur sa chaise. Mais quand ils auront recouvert les poutres avec le plancher, on ne verra plus rien. La seule différence, c'est que le sol de la cuisine sera rehaussé de cinquante centimètres, mais avec une pareille hauteur de plafond, tout le monde s'en fiche. Et dès qu'ils auront posé le nouveau carrelage, on pourra retourner y habiter.

Je compris alors de quoi il parlait, mais je n'eus pas le temps de décliner l'invitation : il ajoutait déjà qu'ils allaient demander à Davide d'emménager avec eux dans le vieil appartement. Mon cœur n'avait-il vraiment plus une once de nostalgie pour cette maison que j'avais tant aimée, à part ce petit pincement infantile quand Angelo ne m'avait pas invitée à y revenir ?

Sonia arriva à son tour, ses cheveux flottant derrière elle comme des ailes de corbeau, mais avec un bronzage si éclatant qu'elle en avait perdu son air gothique. Tout en mangeant, elle nous parla des magnifiques plages de Sardaigne où elle était allée avec Carlo. Je n'osai pas lui demander s'il avait eu le droit de dormir avec elle et si on lui avait adressé la parole à table. Quand elle nous interrogea à son tour, notre magnifique aventure à l'étranger, toute en temples antiques et en pélicans apprivoisés, nous permit de masquer le fait qu'en réalité nous avions passé l'essentiel de l'été séparés.

Pietro finit par se lever, sans doute afin d'aller payer pour tout le monde, Angelo se mit à fouiller dans sa besace en quête de Dieu sait quoi, et Sonia en profita pour me demander discrètement comment les choses s'étaient passées avec les parents de Pietro. Je lui exposai la situation sans fard : à elle, je ne pouvais pas mentir.

— Enfin, Eddie, comment sa mère pourrait-elle ne pas t'aimer ? Mais même comme ça, tu es la fille la plus chanceuse du monde.

— Pourquoi ?

— Parce que Pietro est fou de toi, dit-elle en baissant la voix. Ce n'est pas ce que nous voulons tous, être aimés comme ça ?

Sur ce point, je n'étais nullement convaincue. Mon expérience me soufflait que c'était aimer qui était magnifique, et qu'être aimé était secondaire.

Le fait que Pietro et moi avions eu notre première dispute ne me troubla en rien. Certaines vérités avaient été dites, renforçant encore notre lien. Nous faisions l'amour avec un nouvel élan, buvant à une impétueuse source souterraine. Après ce petit accrochage, Lidia s'évapora de nos pensées : nous avions bien autre chose en tête.

La nouvelle année universitaire était un vertige d'activité, entre les examens, les sessions avec Benedetti, mon directeur de thèse, les séminaires et les leçons. Mais le soir, je n'avais plus envie d'errer dans les ruelles la tête dans les nuages, en rêvant aux idées que je venais d'entendre. Au contraire, j'avançais tête basse, réfléchissant à tel biais dans tel raisonnement, traquant les points laissés dans le vague ou les simples présupposés. J'avais même du mal à m'intéresser aux débats entre Tonino, Gabriele et Madeleine sur la différence entre socialisme et communisme, ou sur les avantages et les inconvénients du logement social. Je devais passer mes examens, faire des recherches pour ma thèse, obtenir mon diplôme.

Je courais en tous sens, débordante d'énergie, dans le centre historique où logeaient la majorité des étudiants, souvent à plusieurs dans des chambres louées à des prix exorbitants. C'est là que je me sentais à l'aise, dans un quartier où un fort contingent d'étrangers, outre la présence des *vuccumprà*, les marchands ambulants africains, atténue l'élément napolitain.

En outre, ces parcours embrouillés ont un antidote immédiat : Spaccanapoli, qui coupe l'antique Neapolis d'est en ouest, d'un soleil à l'autre, cette ligne droite et profonde comme une incision tracée de sang-froid par une main experte. Les ruelles étroites et obscures entourant l'université y débouchent tôt ou tard, nous délivrant de la claustrophobie. L'artère s'ouvre comme un panorama, offrant une plongée à perte de vue dans le cœur même de Naples. Cette vision donne le vertige, parce qu'on a beau la scruter à s'user le regard, Spaccanapoli n'a pas de fin. Et si cette fin existe, elle se confond avec les ombres, dissimulée derrière les draps suspendus, les vespas, les multitudes.

Ce fut précisément sur Spaccanapoli que je remarquai un jour une enseigne écrite à la main au-dessus d'un grand portail cadenassé : *La Naples souterraine*. Était-ce un accès aux carrières dont m'avait parlé Gabriele ? Nous pourrions peut-être aller y faire un tour. Je sentais confusément que je verrais s'enflammer à nouveau ma passion pour Naples si je la traitais comme la simple étape qu'elle était.

Or cette tentative de détachement me réussissait mal : partout où j'allais dans la ville, j'étais accompagnée de cette mélancolie que j'avais rencontrée dès le premier jour, une tristesse qui restait insensible aux signes encourageants d'une régénération urbaine de plus en plus visible. Je n'aurais pas dû continuer à en souffrir. J'étais à un tournant de ma vie et heureuse comme jamais : amoureuse, forte, inattaquable. Mais peut-être était-ce une mélancolie sans lien avec le réel, un mal-être émanant depuis toujours de la ville elle-même : une douleur antique qui n'était pas la mienne, mais celle de Naples.

Cette mélancolie habitait l'hôpital des poupées sur Spaccanapoli, une accumulation de baigneurs cassés qui envahissait tout le banc de travail du « docteur » et jusqu'à son siège ; elle était dans ces corps mous, lourdement maquillés, aux cheveux d'étoupe en bataille, aux bras tendus pour une étreinte qu'on ne leur rendait jamais – des lolitas au joli visage fermé comme celui de Madeleine.

La mélancolie habitait chaque ruelle. Elle était l'enfance perdue des gamines léchant leur sucette en minijupe sexy ; elle habitait ces chômeurs discutant de football devant les bars et le sifflement des machines à expresso. Elle accompagnait cette vendeuse ambulante de livres pour enfants qui, assise sur les marches d'une église, ânonnait péniblement aux yeux de tous l'histoire des *Trois petits cochons*. Elle était dans la petite pluie matinale aux gouttes légères et dansantes comme des flocons de neige, dans les pavés gras où la charrette du vendeur de limaces de mer laissait son sillon, dans l'appel même du vendeur – « *Maruzziell' ! Maruzziell' !* Bien belles et bien fraîches ! » –, un chant douloureux comme l'appel du muezzin du haut du minaret.

Mais surtout la mélancolie habitait le volcan, dont on apercevait des fragments en toile de fond depuis certaines ruelles du centre. Le Vésuve ne venait pas à nous : il restait là à patienter, et il pouvait attendre des centaines de milliers d'années. Nos ambitions, nos peurs, notre amour extraordinaire – tout cela n'était rien pour lui. Sa sagesse était aussi profonde que sa chambre magmatique, ou était-ce de la simple indifférence ? Car ce qui m'inquiétait à présent, c'était son indifférence à mon égard, comme si son silence était une attaque personnelle.

Siècle après siècle, rien ne change jamais à Naples. Et je commençais à soupçonner que cette étrange mélancolie qui lui est propre était au fond la conscience que, quoi qu'il arrive, la vie continue.

La vie en effet continuait sans Luca Falcone. L'été, son absence paraissait normale, mais à présent que tous les autres étaient rentrés, je comprenais qu'il avait emporté sa magie en s'en allant. C'était surtout dans le Quartier espagnol que je sentais son absence. Luca avait su l'aborder avec philosophie, comme s'il avait percé tous ses secrets et peut-être ceux de l'humanité tout entière, mais à présent, je ne parvenais plus à ignorer ses aspects déplaisants : les peaux de lapin suspendues devant les boucheries ; les rats dépeçant en plein jour les sacs d'ordures ; l'obscurité sans espoir des ruelles dont les portes s'ouvraient sur la prostitution et le trafic de drogue. Et dans l'une de ces ruelles, l'énorme chien noir gardien des murets et de l'échafaudage, souverain d'un minuscule territoire interrompant le dessin des rues telle une parenthèse métallique. Et puis, partout des vespas pétaradantes, des gens qui braillaient, des alarmes de voiture qui hurlaient, des talons frappant les pavés en un numéro collectif de claquettes. Mais le Quartier espagnol n'avait rien à voir avec une comédie musicale.

Je m'en tenais le plus souvent à mes parcours déjà tracés, mais un jour mes pieds me ramenèrent vers l'ancienne maison. En chemin, je tombai sur Tonino, qui y avait fait un saut pour voir l'état d'avancement des travaux. Je l'attirai à moi et je le serrai dans mes bras, me piquant au poil de sa barbe et m'engloutissant dans son odeur de café et de cigarettes.

Il m'avoua qu'il avait passé une nuit blanche pour préparer son examen.

— Le sanskrit, finalement. J'espère que ça va marcher, même si, pour celui-là, il va me falloir un sacré coup de pot.

— Alors, je vais aller mettre un cierge pour toi.

— C'est ça, va dire à san Gennaro qu'il me faut un petit miracle.

— Bon, on va voir ce qu'on peut faire…

— Et tant que tu y es, demande-lui de me faire grossir la queue comme l'incroyable Hulk.

Que c'était bon de rire bêtement ! Puis Tonino ajouta sur un ton plus sobre :

— Et si je n'ai pas mon examen, je quitte la fac, ce trou à rats, et je me trouve un boulot, comme Luca.

— Comment ça, un boulot ?

— Tu n'es pas au courant, ma petite ? Ce salopard s'est trouvé du travail dans l'armée en tant qu'officier. On peut dire que Falcone a vraiment du génie. Tous les autres se font enculer à faire le soldat pour trois ronds par semaine qui suffisent à peine à payer leurs cigarettes. Mais lui ? Il se fait payer des fortunes pour commander les autres imbéciles.

Une vespa fit un écart ostensible, nous laissant respirer son sillage nauséabond. Comment l'objecteur de conscience Luca Falcone avait-il pu s'enrôler dans l'armée ? Luca avec ses cheveux mal peignés et sa tête dure, Luca le calligraphe, le lecteur de tarots, le lecteur de pensées ?

— C'est lui qui t'a raconté ça ?

— J'ai eu l'info directement à la source, dit-il en riant.

Mais il dut voir combien j'étais troublée, car avant de partir il tira de son portefeuille un bout de papier où était inscrit le numéro de téléphone de Luca à Varèse.

Je restai plantée là à m'intoxiquer de smog, cette vaine série de chiffres à la main. D'abord sa fuite en Grèce, et puis ça : j'avais eu tort de penser qu'un lien spécial m'attachait à Luca, de me croire capable d'interpréter ses regards hypnotiques. Tout compte fait, je ne connaissais pas le vrai Luca Falcone ; peut-être personne ne le connaissait-il. La seule certitude, c'est qu'il était indépendant à l'extrême, trompant les attentes des gens en faisant exactement l'inverse de ce qu'ils croyaient. Quand ses parents étaient partis dans le Nord, Luca était revenu au Sud. Pendant que nous bûchions nos examens, il se consacrait à l'étude des runes. Quand le plafond s'était écroulé, alors que nous cherchions où nous loger à Naples, lui partait pour la Grèce. Et pendant que Pietro et moi étions en Grèce, comme pour courir après son ombre, Luca s'était déjà trouvé un travail. Il brouillait tous les schémas, il savait quand il était temps de tourner la page et il avait le courage de trancher dans le vif et de couper les ponts – avec les lieux, avec les gens, et avec moi.

Moi qui, en attendant, étais toujours là, dans le Quartier espagnol.

19

À force d'exercice, nous devînmes les maîtres du temps. Le temps nous obéissait, se prolongeant ou se raccourcissant selon nos désirs. Le saut que devait faire Pietro à Monte San Rocco se révéla bref en effet, tandis que j'accumulais de précieuses données pendant mes longues après-midi de travail. C'était devenu une manie d'amasser des signatures sur nos carnets, comme une collection de timbres. Et pourtant, il nous restait du temps : pour les dîners avec les amis, y compris ceux de Gabriele et Madeleine ; pour les festivals de cinéma au tarif réduit pour les étudiants ; pour les concerts en plein air organisés par l'association universitaire. Nous étions surtout les maîtres de la nuit, en particulier dans le centre historique. La piazza Bellini, avec ses lumières tendance, ses musiques exotiques et ses conversations osées repoussait la nuit dans un coin, comme un enfant qui n'a pas le droit de rester éveillé avec les adultes. Mais elle était trop snob pour Pietro, qui lui préférait San Domenico Maggiore, où venait de s'ouvrir un bar aux horaires adaptés à ceux qui peuvent décider de se lever à l'aube comme de ne pas se lever du tout.

J'avais tellement de temps à moi que j'en offrais volontiers au SDF de la via Roma. Je lui apportais à manger deux fois par semaine, et il me remerciait toujours avec une grande cordialité. Un jour, je le trouvai à son endroit habituel non pas le matin, mais l'après-midi. En me voyant traverser la rue, il me fit un grand sourire, révélant ses dents gâtées qui avaient depuis longtemps cessé de m'impressionner. Pourtant, il avait quelque chose de changé à cette heure tardive…

— Vous voulez un café, ou quelque chose à manger ?

— Mangé, déjà. Merci, merci.

Je regardai la couverture étendue à son côté. Le chien s'épuçait frénétiquement, ou peut-être avait-il la gale. Son maître avait veillé à le couvrir d'un vieux pull mité, car le froid était à nos portes.

— Et les chiots, m'écriai-je soudain, où sont-ils passés ?

— Partis, partis !

Je voyais qu'il voulait ajouter quelque chose, mais l'italien était un fil barbelé qu'il ne pouvait franchir. Je lui demandai si les petits avaient trouvé de bon maîtres, mais il ne répondit pas, passant une main tremblante sur son front sale.

— Vous avez froid ?

— Ça va, ça va. Le soir, centre d'accueil. À manger. Et aussi la douche.

Parfois, le corps agit de lui-même. Ainsi, comme frappée par une fatigue soudaine, je me retrouvai assise à côté de son fauteuil, sur une accumulation de crasses urbaines. De cette perspective, il était manifeste qu'il n'était plus qu'une moitié d'homme. Ses jambes étaient coupées au-dessus du genou, comme par un coup d'épée, et cette vision m'épouvanta. Et pendant ce temps passait devant nous un défilé indifférent de pantalons, de jupes, de chaussures.

— Monsieur, je peux vous demander ce qui vous est arrivé ?

Il me lança un regard paternel, ou peut-être était-ce ma position qui me donnait cette impression.

— Moi ?

— Oui, qu'est-ce qui vous a amené là ?

Il passa lentement les mains au-dessus de ses jambes, comme un magicien qui s'apprête à faire réapparaître un objet escamoté.

— Moi arrivé en Italie il y a des années. D'Allemagne. Moi prêtre. Tu comprends ? dit-il en pointant un doigt sur sa poitrine comme pour s'accuser de quelque chose.

— Avant, vous étiez prêtre ?

Il ne répondit pas, laissant errer son regard sur les passants. L'histoire s'arrêtait là, et il ne me restait plus qu'à combler les blancs. Je ne connaissais rien à la religion. Quel prêtre peut renoncer à sa vocation ? Qui, et pour quel motif obscur, cesse de croire à cette chose miraculeuse où il pensait rester lové comme un chat au soleil jusqu'à sa mort et même au-delà ?

J'allais me relever quand il posa à nouveau sur moi ses yeux d'un bleu acier.

— Et puis, *catastròf*. Grande *catastròf* !

— Vous avez eu un accident ?

— *Catastròf !* répéta-t-il, dans un cri de désespoir qui m'effraya.

Il n'ajouta rien. N'ayant plus de monnaie à lui donner, je me levai et rentrai à la maison.

Il n'y a pas un arbre dans le Quartier espagnol pour mesurer le changement de saison, ni assez de lumière. On le remarquait plutôt aux comptoirs des vendeurs de fruits, aux melons transformés en citrouilles, aux prunes changées en kakis. On le voyait aussi aux vêtements des femmes des rez-de-chaussée : non plus des sabots de bois et des étoffes légères aux teintes pastel, mais des chaussons et des cardigans déformés couleur de terre. Et puis, cette expression résignée sur ces visages aux traits antiques, depuis toujours habitués à subir. À peine la sieste terminée, le ciel nocturne vous enfermait comme dans une catacombe, et le froid vous entrait dans les os. Cependant, au 33 de la via De Deo, le froid n'avait pas prise sur nous. Outre le poêle à gaz dans le salon, nos draps abritaient une chaleur plus intense que celle d'un brasier, tandis qu'au loin les lumières du port semblaient des incendies se consumant lentement dans la nuit.

Personne ne retourna vivre dans notre ancienne maison, ce qui fossilisa pour toujours mes souvenirs. La période des réparations n'avait cessé de s'allonger et les propriétaires avaient augmenté le loyer, parce que, avec son carrelage tout neuf, l'appartement avait vraiment bel aspect. Du coup, les garçons décidèrent d'aller se loger avec Davide dans le quartier de la Sanità. À l'approche de Noël, ils nous invitèrent,

Pietro et moi, à venir déjeuner un dimanche. J'espérais bien qu'ils avaient conservé la tradition de nos pâtes *alla puttanesca*.

La route était longue, et il faisait une chaleur étonnante pour la saison. La via San Gregorio Armenio était pleine de vendeurs de crèches miniatures, il nous parvenait de partout des odeurs de châtaignes grillées, et une lumière sourde tombait d'énormes flocons de neige suspendus entre les balcons. On voyait même des femmes en manteau de vison qui devait être du lapin teint, parce que si une femme ne peut pas porter sa fourrure à Noël, alors quand ? Et au milieu de toute cette humanité mourant de chaleur glissait, froide et silencieuse, une énorme voiture, sans doute celle d'un mafieux. Elle fendit la foule comme un corbillard, ses vitres teintées masquant ses occupants, et la foule restait muette de stupeur et de déférence à se sentir ainsi effleurée par la mort.

— Une sacrée bagnole, dit Pietro.

— Oui, mais achetée au prix du sang.

— Tu vois, *baby*, aujourd'hui je me contenterais de celle de Francesco. J'ai les pieds en compote à marcher comme ça, comme un pauvre.

Je ne répondis pas. Difficile de dire quelle voiture me dégoûtait le plus, de cet étalon noir gonflé aux stéroïdes ou du break bleu de Francesco, qui à l'extérieur sentait la famille nombreuse, mais à l'intérieur avait l'odeur âpre des choses neuves qui effacent le parfum des rêves. Cette voiture était la compensation d'une vie non vécue, mais je savais que Pietro ne voyait pas les choses ainsi.

Nous faillîmes nous perdre dans la Sanità. Les passants nous regardaient d'un air suspicieux, y compris à la charcuterie où nous nous arrêtâmes pour acheter du pain et du vin. Pietro ne voulut pas s'abaisser à demander notre route, murmurant entre ses dents les indications des garçons. Nous finîmes par trouver le point de repère qu'ils nous avaient donné : le squelette d'une vespa incendiée. Et en effet, nous étions juste à côté de chez eux, au 17, un numéro qui portait malheur depuis la Grèce antique, tracé au vernis rouge sur l'immeuble comme une croix d'infamie.

Il n'y avait pas d'interphone ni de noms. Je ne fus rassurée qu'au cinquième étage, où une porte entrouverte laissait échapper de la musique de rock et une odeur sylvestre de marijuana.

— Bon sang, maugréa Pietro en entrant, ils ont confondu l'interphone avec un ordinateur et ils vous l'ont embarqué ?

Davide coupa la musique et Angelo posa sa guitare électrique pour nous accueillir. Tonino sortit de derrière la gazinière, ses lunettes embuées.

— Il vaut mieux rester anonyme, dans ce genre d'endroit.

— Oui, les alcooliques anonymes, ajouta Davide, et tout le monde se mit à rire.

— Mais l'interphone, ce n'est pas le plus grave, reprit Angelo plus sérieusement. Le vrai problème, c'est le téléphone. Les télécoms ne veulent pas nous donner de ligne.

— Et pourquoi pas ? dis-je. Vous êtes des citoyens modèles.

— Parce que vous savez ce que font nos charmants voisins ? Ils appellent les oncles, les cousins, le grand-père, la belle-mère de leur sœur en Argentine ; ils parlent pendant des heures, et après ils « oublient » de payer la note. Dans ce dédale, qui ira jamais les retrouver ?

— De vraies sangsues, grommela Tonino. On était mieux dans le Quartier.

Nous fîmes un tour rapide de l'appartement avant de nous asseoir autour de la table – l'endroit où s'était déroulé l'essentiel de ma relation avec les garçons. Davide était parfaitement à l'aise dans ce groupe, et le repas fut comme autrefois : Angelo qui volait des olives dans mon assiette ; Tonino qui parlait politique ; la conversation qui dérivait, selon la tradition masculine, sur la digestion et sur le sexe ; le vin renversé sur la nappe, absorbé par de la mie de pain. Je ne les interrogeai pas sur leurs études, ni même sur l'examen de sanskrit de Tonino. Il était clair que, dans cette maison, les études n'étaient pas la priorité, et je n'avais aucune envie de leur faire la leçon.

Après le café, nous retombâmes dans notre vieux silence confortable. Davide se leva paresseusement pour accorder sa guitare électrique. Tonino alluma une cigarette ; Pietro fit de même, tout en mettant mes pieds sur ses genoux et en défaisant mes lacets. Angelo entreprit de rouler un joint, mais avec ses cheveux blonds et son air angélique, toute l'affaire avait un air très innocent. Dehors, c'était une belle journée ensoleillée, mais la ville semblait atone, et nous-mêmes étions sur le point de sombrer dans le coma du dimanche : une immobilité énervante, une horloge grippée qui fait tic-tac sans avancer. Était-ce ainsi dans notre ancienne maison ? Tout ce soleil gâché. Cette fois, j'éprouvais le besoin de sortir, de secouer cette somnolence contagieuse et d'aller marcher.

— Et vous, où est-ce que vous allez passer Noël ? demanda Angelo en allumant son joint.

C'était une question que nous avions réussi à éviter jusqu'alors, mais Pietro répondit aussitôt :

— Eh bien, à Monte San Rocco, évidemment. Noël, c'est pour la famille, non ?

— Voyez-vous ça, répliqua Tonino. La fête la plus traditionnelle de l'année chez les futurs beaux-parents. Bientôt tu vas me dire que vous allez à la messe de minuit. Ce que vous allez vous faire chier !

— Il y a de quoi se foutre en l'air, intervint Davide de l'autre bout de la pièce.

— Mais Heddi est solide, se hâta de dire Pietro. Elle va tenir le coup.

C'était une invitation et un compliment, mais cela me fit un choc.

— Non, pas Noël, lui dis-je à voix basse. Je crois que ça n'est pas le moment.

— Et tu penses le passer où, alors ? dit-il d'un air offensé.

— Ce n'est que deux ou trois jours. Je reste à Naples et, je ne sais pas, j'étudie. Ou alors je vais à Castellammare.

— Mais enfin, *baby*, c'est Noël. Il faut qu'on soit ensemble. Tu verras, on va bien s'amuser.

En regardant autour de moi, je vis que les garçons s'étaient discrètement éloignés – Angelo sur le divan avec son joint, et Tonino à la cuisine en train de se battre bruyamment avec les assiettes. Je me levai pour aller lui donner un coup de main.

— Reste assise, ma petite, tu es une invitée, me dit-il avant de se jeter lui aussi sur le divan avec ses chaussures. Et puis ici, la vaisselle, c'est Angelo qui s'en charge.

L'intéressé émit un petit grognement. Une volute de fumée monta au plafond et s'épanouit en forme de champignon. Je fixais le joint, qu'il tenait délicatement entre ses doigts, comme un stylo.

— Je peux essayer ?

Tout le monde, y compris Davide, se tourna vers moi d'un air stupéfait. Tonino se redressa d'un coup.

— Quoi, dit Angelo, tu veux dire ce truc ?

— Ouais, je n'y ai jamais goûté.

— Ça, on est au courant ! dit Angelo avec un grand sourire stupéfait en me tendant son joint.

Je le pris en essayant de le tenir comme lui, légèrement pressé entre le pouce et l'index et soutenu au bout par le petit doigt. La fumée serpentait devant moi, créant des formes étranges – anguilles de mer, dragons aériens. C'était un moment onirique, un rêve lucide dont je maîtrisais chaque étape.

— Comment je fais ?

— Tu tires un petit peu, dit Angelo sur le ton patient du maître, et tu gardes bien la fumée avant de l'exhaler.

Je jetai un coup d'œil à Pietro, qui me fit un signe d'encouragement. Pourquoi avais-je demandé ce joint ? La curiosité m'en était-elle venue après toutes ces années ? Je n'éprouvais ni curiosité ni peur. Je n'éprouvais rien du tout, mais il était trop tard pour reculer : j'avais déjà la cigarette entre les lèvres, fragile comme une feuille de papier de riz.

J'aspirai. La fumée entra dans ma bouche comme un liquide tiède et inconsistant et je la retins le plus longtemps possible avant de l'exhaler, imitant les garçons dans une parodie de baiser. Mes narines furent assaillies par une odeur de caoutchouc brûlé et de henné mouillé.

— Alors ? demanda Angelo.

— Je ne sais pas. Je ne sens rien.

— Tu n'as pas assez aspiré, dit Tonino en se rallongeant.

Angelo me proposa de recommencer, mais je secouai la tête et lui rendis le joint. Pendant un instant exaltant, la fumée dans la bouche, j'avais vu défiler devant moi tout mon passé avec les garçons, fait de longues fêtes et d'heures vides, de thés brûlants et de blagues idiotes, de théories du complot et de films de série B. Mais la fumée était évanescente et je n'avais réussi à la retenir qu'un court instant. Il était inutile de se faire des illusions : c'était la fin d'une époque.

Pietro, qui découvrait un aspect de moi qu'il n'avait jamais vu, me regardait, fasciné ; il mima en silence : *come ti voglio bene*, ce qui à Naples est la seule véritable façon de dire « je t'aime ».

Quelques jours avant Noël, le téléphone sonna. Pietro décrocha avec son monotone « Tu as mangé ? ». Ce n'était pas une vraie question, mais une forme de salutation, un usage de l'Irpinie, peut-être, ou spécifique à la maison Iannace. Pour moi, en tout cas, c'était le signal de quitter la pièce. Je m'affairai un moment à la cuisine avant de revenir au salon. Pietro avait raccroché mais restait assis sur le divan, l'air contrarié.

— Qu'est-ce qui ne va pas ?

Il fixait le sol comme s'il espérait y trouver une pépite d'or. Puis il finit par dire :

— C'est à propos de Noël.

— Et alors ?

— Elle veut qu'on le passe en famille.

— Ce qui veut dire que je ne suis pas invitée.

— Je suis désolé. Pour moi, c'était une affaire réglée.

Je me laissai tomber sur le divan à côté de lui. Le vinyle cria, mon estomac se révolta. Ce n'était pas seulement la mauvaise nouvelle, mais la sensation vague d'une menace, tandis que je sentais pointer un herpès sur ma lèvre inférieure.

— Et toi, tu lui as dit quoi ?

— Qu'est-ce que je pouvais dire ? Je n'ai pas répondu. Mais, *baby*, cette fête n'est qu'une vaste comédie. De bons vœux par-ci, de bons vœux par-là, des visites à des gens que tu ne vois qu'une fois par an parce que tu n'as strictement rien à leur dire. Et ce n'est même pas de la vraie sympathie : ils t'offrent à boire et à manger, mais gare à toi et à toute ta famille si jamais tu refuses. Tout un tas de saletés graisseuses et de machins ultra-sucrés. À Noël, ils se font de ces bouffes, je ne t'explique pas, on dirait la famine d'après-guerre. Ils bâfrent comme si les loups allaient descendre de la montagne pour leur ôter le pain de la bouche. Crois-moi, j'aimerais cent fois mieux rester ici avec toi.

Je restai un peu interdite devant ce déversement de dégoût à l'égard de son village.

— Si ça te déplaît tellement, n'y va pas.

— Si je n'y vais pas, répliqua-t-il d'un air grave, on est tous les deux dans la merde jusqu'au cou. Ma mère pourrait décider de me renier. Alors, même si elle me fait chier, je me mords la langue pour avoir la paix. Il faut que je réussisse à la faire tenir tranquille encore un petit moment.

Je ne répondis pas, stupéfaite de tout ce venin, y compris à l'égard de sa mère. Voulait-il simplement passer sa colère ou essayait-il de me pousser à intervenir ? À deux jours de Noël, j'avais du mal à trouver la force nécessaire pour me révolter. En outre, je n'avais pas envie d'aller à Monte San Rocco pour Noël. Pourtant, il restait ce fait incontestable que Lidia avait refusé ma présence pendant la période des fêtes alors que ma famille n'était pas là, ce que je ressentais non comme un affront, mais comme un coup au cœur. Ma gorge se serra et je fis de mon mieux pour retenir mes larmes.

Pietro s'excusa encore une fois en repoussant d'un geste hésitant une mèche de mes cheveux. Il avait conclu un accord avec les siens, me dit-il, selon lequel il passait Noël avec eux mais serait rentré à Naples pour le réveillon du 31 décembre.

— Encore ce dernier sacrifice et nous pourrons fêter le début de notre vie en commun.

Pourquoi parlait-il toujours de nous au futur ? Pourtant, moi aussi j'avais ce défaut. Parce que nos projets et nos rêves nous étaient devenus aussi indispensables que l'air avec lequel ils étaient bâtis.

Madeleine fut la dernière à partir. Elle était de bonne humeur, sans doute parce que Saverio l'attendait en bas sur ce cheval piaffant qu'était sa moto. À la porte, elle me présenta ses vœux et me dit d'une petite voix : « Mais quel dommage de te laisser ici toute seule, ma pauvre. Je te garderai un peu de *panettone.* » Je lui mis son écharpe multicolore autour du cou, pressée qu'elle s'en aille. Moi, prise en pitié par Madeleine ? Tout mais pas ça.

De l'instant où la porte se fut refermée, la maison perdit toute vitalité, comme si les électrons de chaque objet qu'elle contenait avaient soudain cessé de tourner. La lampe allumée sur le bureau se reflétait dans les vitres, de la cour m'arrivaient des bouffées d'odeurs et de bruits de fête : fritures, râpages et broyages en tout genre, discussions autour de l'interminable menu du réveillon.

Personne ne m'obligeait à rester là, dans le Quartier. C'était par orgueil que je n'étais pas allée à Castellammare, pour éviter les explications avec Rita qui me croyait chez Pietro. Et puis, qu'était Noël une fois dissipée la magie de l'enfance ? Une simple coutume, colorée et sympathique mais sans valeur intrinsèque, une tradition aussi arbitraire que l'interdiction de commander un cappuccino après l'heure de midi, et aussi facile à briser.

Dans ce cas, pourquoi attendre le matin pour ouvrir mes cadeaux ? Je déballai le colis que m'avaient envoyé Barbara et mon père. Il contenait entre autres douceurs une poche de piments séchés du Nouveau-Mexique et une chemise en soie pour Pietro. Je l'approchai de mon visage pour sentir l'odeur de la maison de Washington. Mais ce n'était pas le moment de céder à la nostalgie de la famille. Pas ce soir.

Je sentis sur ma lèvre la brûlure de l'herpès déjà bien installé. J'ouvris le nouvel antiviral, puisque le citron et les autres cures naturelles n'avaient eu aucun effet, avalant les deux premiers comprimés à l'évier de la cuisine. L'eau de Naples avait toujours un goût de calcaire. Je m'installai au bureau de Pietro et je rapprochai le poêle à gaz pour me réchauffer les mains. Autant étudier. Je feuilletai les fiches sur lesquelles j'avais noté certaines citations utiles pour ma thèse. Je m'arrêtai sur celle où j'avais griffonné : *La troisième personne, historiquement le pronom le plus faible, est actuellement en fort déclin*.

Egli, essa, essi, lui, elle, eux… Tous destinés à évoluer, à se simplifier ou même à tomber en désuétude. Le mandarin parlé ne distingue pas entre *lui* et *elle*. Dans l'anglais parlé, pour éviter la lourde formule *he or she*, la tendance est de recourir au *they*, qui ne spécifie pas le genre et parvient ainsi à la parité, du moins dans le langage.

Pourtant, je trouvai une certaine ingénuité à cette citation qui écarte la troisième personne du singulier : elle en sous-évalue la puissance, si subtile qu'elle reste bien vivante après des millénaires. Lorsqu'un locuteur parle d'un autre présent devant lui en disant *lui* ou *elle*, il dit que cet autre ne lui ressemble pas, qu'il est étranger à sa communauté et à sa famille au point d'en devenir invisible, même quand il l'a sous le nez dans sa propre cuisine.

Je laissai ma pensée dériver où elle voulait aller dès le départ : vers la mère de Pietro. *Edda* : voilà à quoi elle m'avait réduite ! Elle aurait pu me dire en face : « Mais comme tu es maigre, ma pauvre fille ! » Ce pronom, *edda*, n'était même pas une nécessité grammaticale : en l'ajoutant, Lidia soulignait mon caractère d'étrangère et ainsi m'annulait.

J'essayai de le prononcer correctement : *edda, erda, erra*... Mais c'était un de ces sons imprononçables du dialecte. Il ressemblait à un nom de femme, de ces veuves tout en noir et courbées comme on en voyait tant par les ruelles, mais il ne s'accordait ni à mon âge ni à mon envie de vivre. Alors pourquoi m'avisai-je soudain qu'il ressemblait étrangement à mon propre prénom ? La nuit imprégnait la maison, mais la lampe éclairait ce *edda* d'une lumière aveuglante – et tout fut clair soudain. Comment avais-je pu croire que Lidia m'accueillerait à bras ouverts pour un Noël traditionnel en famille, une fête catholique qui plus est ? C'était une scène improbable, sucrée et écœurante, tout droit sortie de Hollywood. D'ailleurs, je sentis une nausée me remonter dans la gorge, peut-être à cause de l'antiviral que j'avais avalé sans lire les contre-indications.

Il était indécent de sa part d'exclure la fiancée de son fils à Noël, notre lien étant devenu officiel. Ce refus était donc aussi celui des attentes sociales, un rejet de cette mise en scène de bonnes manières. Elle était fatiguée de faire semblant et, franchement, je l'étais aussi. Le reconnaître me donna un étrange sentiment de paix.

La nausée revint. Je courus en direction de la salle de bains où j'arrivai juste à temps, puis je bus au robinet avant de m'effondrer en tremblant sur le carrelage. C'était vraiment une scène d'anthologie : toute seule le soir de Noël en train de vomir mes tripes. Pourtant, ce qui nous liait, Pietro et moi, était plus fort que tout, et ensemble nous étions certainement plus forts que cette troisième personne fatiguée et déprimée qui tentait de s'immiscer entre nous. Comme pour m'en donner la confirmation, le téléphone sonna à cet instant. « C'est l'enfer ici sans toi », dit Pietro, plein de culpabilité pour ce qu'il appelait sa faiblesse. Non, lui dis-je, il n'avait pas été faible. Sa bataille était aussi la mienne et nous la mènerions ensemble. En fait, nous avions à nous deux un avantage si marqué qu'il en était presque déloyal.

De : tectonic@tin.it
À : heddi@yahoo.com
Envoyé le : 16 juin

Chère Heddi,

C'est vraiment une magnifique nouvelle. J'ai terriblement hâte de te revoir. Je serai bien à Naples, ne t'inquiète pas. Je viendrai te chercher en voiture si tu veux. Donne-moi tes dates dès que tu les as.

Cela m'a fait un bien fou de recevoir ton mail. Excuse-moi d'avoir mis un peu de temps à te répondre, mais je n'ai pas travaillé ces dernières semaines : j'ai échangé un endroit de merde (l'Adriatique) pour un autre (Monte San Rocco). J'ai mal à un genou, à cause d'un problème du genre de ceux qu'ont les athlètes, mais pour moi c'est plutôt un truc de petit vieux arthritique. Je t'épargne les détails, c'est gênant.

Quoi qu'il en soit, ce genou a continué à me faire mal, ou ce n'était peut-être qu'une excuse pour quitter mon sale boulot de travailleur de la mer et me ménager un moment de réflexion… Je suis toujours en train de me chercher des excuses. J'ai donc décidé d'aller voir le médecin, qui m'a dit qu'il me fallait « une toute petite » opération. Mais dès le début, j'ai compris que quelque chose allait de travers : je n'étais pas entre les mains de médecins, mais de personnages qui se prétendaient tels et devaient sans doute vendre des châtaignes au coin des rues…

En tout cas je suis vivant, malgré ce qui suinte sous le pansement. La chaleur s'est installée, me poussant à faire des siestes à toute heure. Ce n'est pas vraiment la période de réflexion que j'imaginais, mais plutôt une période d'ennui mêlée de tranquillité ou de paix des sens. Aujourd'hui, le grand chef m'a appelé pour me demander quels étaient mes projets. Je lui ai dit que je n'aime pas travailler en mer comme un esclave, que j'ai d'autres ambitions, et il m'a répondu d'un ton geignard qu'il n'avait aucune intention de me faire mourir en mer, qu'il avait d'autres projets pour moi, dont il voulait discuter de vive voix. Je ne me fais aucune illusion. Je connais ce genre de type, s'il m'a appelé c'est qu'il est dans la merde jusqu'au cou et qu'il veut me convaincre de rester. Mais je ne suis pas disposé à me vendre pour de l'argent. Je suis très bien à ne rien faire, du moins pour le moment, et puis, la barbe ! Je suis encore jeune et j'ai trop de choses à voir dans ce monde.

Tu ne crois pas ?

p.

20

La nuit du 31 décembre est une zone franche non soumise aux lois habituelles. Elle n'appartient ni à l'année ancienne ni à la nouvelle. La maison se repeupla de pirates venus de France, de Sardaigne, de Sicile, d'Irpinie ou d'Amérique, qui depuis Noël avaient compté les heures qui les séparaient de ce moment et de ce quartier. Le 33 via De Deo était un port, un havre, une nuit hors du temps et de l'espace. Tout redevenait possible.

Nous allâmes faire les courses au dernier moment, et nous n'étions pas les seuls. Les boutiques qui s'étageaient dans notre rue en pente étaient pleines de gens occupés à amasser des provisions comme avant un raid aérien. Pour aller plus vite, nous répartîmes les forces : Sonia et Carlo chez le poissonnier, Angelo, Davide et sa sœur Silvia à la charcuterie, Madeleine et Gabriele à la boulangerie et Pietro et moi aux fruits et légumes, chez le petit vieux au bout de la rue qui nous glissait toujours une pomme gâtée ou une tomate écrasée et que nous laissions faire parce que nous le prenions pour un pauvre.

— Une belle soirée pour les feux d'artifice, nous dit-il en lançant un coup d'œil au ciel limpide entre les immeubles et en me tendant une scarole plutôt flasque.

La scarole mise à part, j'étais contente. Le soir même sur la piazza del Plebiscito, devant une montagne de sel d'où sortaient des chevaux de bois (c'était de l'art) la soirée devait commencer par un concert gratuit. Pourquoi regarder le feu d'artifice depuis les toits si nous avions enfin une bonne raison de descendre dans les rues ?

— Faites attention, les enfants, ajouta le vieux. Après onze heures, il se passe bien des choses au milieu de la rue.

Il était déjà huit heures passées quand nous attaquâmes la préparation du repas. Nous conservions malgré tout une certaine loyauté aux recettes traditionnelles du réveillon : avant d'aller se divertir, il faut manger. Sans ce nerf de la guerre, comment faire la fête, se disputer et s'aimer ?

Dans toute la cuisine, on découpait, on faisait frire, on mettait la table. J'étais chargée de préparer le *cotechino* aux lentilles (une tâche importante, puisque l'argent de l'année en dépendait) que par économie nous préparions sans le *cotechino*, mais en y ajoutant du romarin pour compenser, selon la recette de Davide et Silvia. La porte-fenêtre donnant sur la terrasse était grande ouverte, et l'on distinguait au loin les vaillantes lumières des maisons accrochées au volcan. Gabriele entra en titubant un peu, un verre de rouge à la main, et s'assit pour me regarder cuisiner.

— J'ai presque envie de nous proposer de rester ici toute la nuit à bavarder. Qu'en penses-tu, Eddie, tu voterais pour moi ?

— Et je manquerais le feu d'artifice ? (Un pétard fit une entrée intempestive, avant d'expirer dans un long sifflement.) Allez, c'est amusant de sortir.

— Très bien, dit-il. Comme tu veux, ma chère belle-sœur.

De n'importe qui d'autre, je l'aurais pris comme une mauvaise plaisanterie, mais Gabriele n'était pas n'importe qui, et ce « chère belle-sœur » m'alla droit au cœur. J'eus soudain la certitude que longtemps après que tous les autres bruits se seraient tus – les pétards, les rires des amis, les grognements de sa mère –, nous serions encore ensemble, lui, Pietro et moi.

— Donne-moi un baiser, dit-il.

Je me penchai et pressai mes lèvres sur sa joue, râpeuse comme celle de Pietro : un vrai baiser les yeux fermés, pour sceller un lien éternel.

— Pas un baiser comme ça.

Je reculai comme si ces mots m'avaient brûlée. Pendant l'instant très court où je réussis à soutenir son regard, je découvris dans ses yeux la même rage que j'avais vue dirigée contre Pietro, une rage mêlée d'un amour presque insupportable. Mais à présent, cette passion orageuse était tournée contre moi, et elle brûlait comme la vapeur qui s'échappait de la casserole de lentilles derrière moi. Je voulais encore croire que c'était seulement l'alcool.

Alcool ou pas, j'avais une part de responsabilité, j'en étais sûre. En me demandant un vrai baiser, me reprochait-il ces courts moments de faiblesse où je l'avais confondu avec son frère ? Voulait-il me démasquer, mettre en doute mon choix amoureux ? À cet instant, j'aurais voulu dire à Gabriele à quel point je l'aimais. Nous nous aimions non pas comme deux amis, mais comme les deux moutons noirs de leur famille – le genre d'affection que se portent deux naufragés sur une plage déserte. Je percevais vaguement que ce n'était pas vraiment un baiser que Gabriele voulait de moi, mais un acte autrement risqué : il voulait que j'aille plus profond, pour découvrir quelque chose que je ne voyais pas encore. *Ne te fais pas d'illusions*, avais-je cru lire dans ses yeux enflammés par la frustration, le vin et le soufre des fusées.

Mais avant que j'aie pu saisir le sens de ce qui venait de se passer, Silvia entra dans la petite cuisine pour nettoyer le poisson et Gabriele se leva et sortit.

Il était vingt-deux heures trente quand nous sortîmes de table. Dehors, le bruit de pop-corn des pétards se mêlait au sifflement des fusées, et de temps à autre une explosion faisait trembler les vitres. Le ciel était bas, d'un jaune artificiel comme les lumières d'un zoo. Pietro alluma une cigarette et proposa de rester là pour jouir du spectacle dans la sécurité de la terrasse. Angelo et Silvia s'y opposèrent avec ferveur, et Pietro fut visiblement agacé de voir Carlo venir à sa rescousse.

— J'ai entendu des histoires pas possibles, dit-il. Des brûlures au troisième degré, des amputations, tout ça.

Il y eut un silence autour de la table. Mais j'avais sans doute rallié Gabriele à ma cause, car il finit par dire :

— Tu sais, Carlo, les journaux exagèrent toujours. Et on ferait mieux d'y aller maintenant si on ne veut pas être trop loin de la scène.

Quand enfin nous refermâmes la porte derrière nous, les poches de nos manteaux alourdies de bouteilles d'alcool, l'escalier était plongé dans l'obscurité. Nos voisins étaient sortis les premiers, ou ils avaient éteint toutes les lumières pour mieux jouir du spectacle. Mais quel spectacle ? Le ciel au-dessus de notre cour était un rectangle de lumière enfumé, comme si un incendie montait vers nous depuis le quartier de la Certosa. Il n'y avait rien à voir, le spectacle était entièrement pour les oreilles : les basses des explosions, les voix aiguës de la panique, le suspens du silence. À Naples, on appelle les feux d'artifice les « coups » : ce ne sont pas des tournesols fulgurants mais des claques assourdissantes qui vous mettent la tête comme un ballon de foot, vous brûlent les yeux et vous font regretter d'être descendus dans la rue.

Gabriele fut le premier à passer le seuil, d'un pas sûr et sobre. Je le suivis et sentis aussitôt des débris de faïence craquer sous mes pieds : une assiette. Chacun se couvrit la bouche de son écharpe ou du col de son manteau, et nous attaquâmes notre navigation en direction de la via Roma. C'était un parcours d'obstacles fait de sacs d'ordures incendiés, d'édredons éventrés, de meubles démantibulés. Des choses mystérieuses comme des plumes vertes collées à des cartes à jouer adhéraient à nos semelles.

C'était le grand nettoyage de la fin d'année. Le Quartier s'épurait avec fureur de ses objets cassés, et tout cela tombait des balcons dans une joyeuse régurgitation collective. On était presque tenté de s'arrêter pour fouiller dans tous ces sales petits secrets, mais un coup de tonnerre soudain secoua la ruelle et tous ses détritus, et nous qui désormais en faisions partie. Nous étions à l'intérieur d'une boule de neige qu'on agitait avec une jouissance mauvaise, et une succession de coups tirés à proximité parut nous avertir d'une menace imminente.

Nous accélérâmes le pas. En relevant les yeux que j'avais gardés fixés sur les pavés, je m'aperçus que notre groupe s'était divisé. Je ne voyais plus Gabriele – ou peut-être était-ce lui, à quelques pas de moi ? Pietro me prit par la main sans un mot : impossible de s'entendre dans ce vacarme.

Je sentis quelque chose dans mes cheveux, que je pris pour de la cendre. Pietro me tira le bras d'un coup sec, il y eut un choc derrière nous : en nous retournant, nous vîmes une machine à laver qui venait d'atterrir dans la rue, vibrant encore de sa brusque chute d'un balcon. Je sentis mes tympans vibrer de ce bruit métallique et les doigts fuselés de Pietro qui serraient les miens, jusqu'à ce que nous soyons à l'abri sous un balcon.

C'était une pluie d'objets, qui tombaient parfois à grande vitesse – de la vaisselle souvent – et parfois avec un calme angélique, comme les feuilles d'un cahier chargées peut-être d'improbables confessions. Nous restâmes sous notre refuge à regarder cette averse malveillante, intermittente comme toute chose à Naples. Nous attendions, mais il était impossible de prévoir le prochain coup de chien. Le dos contre le tuf humide et friable du mur, je cherchais à enlever la poudre à laver de mes cheveux. Pietro me chuchota à l'oreille :

— C'est le vieux principe de jeter l'ancien pour faire place au nouveau, mais cette année ils tiennent vraiment une forme olympique !

Madeleine, Davide, Silvia et Angelo s'étaient abrités sous un balcon sur le trottoir d'en face. Quelques pas plus loin, Gabriele, Sonia et Carlo étaient aplatis contre le même immeuble que nous, et nous décidâmes de les rejoindre. Nous avançâmes en rasant les murs comme des correspondants de guerre, frottant de nos manteaux les affiches déchirées et la porte barricadée d'un rez-de-chaussée évacué. Enfin nous fûmes en sécurité sous le balcon ; Sonia s'y tenait courbée comme si sa taille la rendait particulièrement vulnérable.

— On fait demi-tour, les enfants ! cria Carlo dans la cacophonie.

Maintenant, me dis-je, alors qu'on a déjà fait tout ce chemin ? Mais en me retournant, je constatai que nous n'avions parcouru qu'un seul pâté de maisons, et qu'il nous fallait traverser à découvert une autre rue.

— Maintenant qu'on est là, on continue, non ? dit Sonia.

— Parce que vous voulez traverser ici ? hurla Carlo.

La petite ruelle résonnait, tremblait, traversée de flèches de feu sous lesquelles il nous faudrait passer si nous voulions sortir du Quartier et arriver piazza del Plebiscito. Je commençais à douter.

— On n'a pas le choix, dit Pietro, faisons demi-tour.

Je regardai Gabriele, lui aussi collé contre la façade : il souriait, les yeux brillants. Était-il excité par la stupidité de tout cela ou par un restant d'ivresse ? Il y eut un instant de silence, puis il lança un « On y va ! » péremptoire qui ne souffrait aucune discussion, un appel à un instinct que nous pensions oublié.

Nous courûmes sous le ciel ouvert en nous couvrant la tête de nos mains. Je fonçais sans voir personne devant ni derrière, seulement mes pieds battant les pavés. J'avais lâché la main de Pietro, je ne m'en souciais pas au milieu de ces coups de tonnerre, et je courais comme si ma vie en dépendait.

Nous finîmes par nous retrouver tous sous un autre balcon, hors d'haleine et ravis. Si nous avions survécu à cette épreuve, nous viendrions à bout des trois ou quatre autres qui nous séparaient encore de la relative sécurité de la via Roma. Et de nouveau nous nous lançâmes, chacun pour soi, aveugles et euphoriques, ruelle après ruelle, jusqu'à ce que la vaisselle cassée et les ordures carbonisées cèdent la place aux pétards et aux bouteilles de Heineken, signes d'une fête plus juvénile.

— Je te l'avais bien dit, qu'il fallait descendre plus tôt, dit Carlo en prenant Sonia dans une prise de catch affectueuse. À cause de tous ces ignorants, on a failli se faire tuer.

— Écoute, c'était hyper-excitant, répondit-elle.

— Excitant ? Mais c'était géant ! cria Angelo, tandis que Davide poussait un long hululement.

Sylvia se mit à rire, imitée par les autres, même Carlo. Tous avaient les joues rouges d'excitation, sauf Pietro qui remonta le col de sa veste d'un air maussade, plongea la main dans sa poche et sortit une Marlboro Light avant de se diriger vers la place.

Je fus frappée de son sérieux. Il me parut soudain le seul adulte responsable parmi nous, le seul conscient du danger et de la perte. Il avait de véritables obligations : il était propriétaire terrien, bon sang, et ce n'était pas un jeu pour lui. Je cessai de rire. Les orages et les vipères lui avaient déjà gagné mon respect. Mais je n'avais jamais pensé que Naples elle aussi pourrait nous épouvanter et nous faire du mal. J'étais peut-être trop naïve.

Piazza del Plebiscito, le concert battait son plein, mais personne ne semblait écouter la musique pop venant de la scène : ce n'étaient que des rires, des coups de fil, des bières et des blagues en dialecte. La foule était dense, et en entrant dans cette forêt de manteaux, nous effleurâmes des cheveux pleins de gel et des bijoux. Si c'était cela la revitalisation urbaine, elle avait peut-être un peu trop de succès. Nous nous regroupâmes au pied d'une des statues équestres.

— Charles III de Bourbon, nous informa Gabriele.

— Alors, c'est à lui que tu dois ton nom ? lança Pietro, mais Carlo ne l'entendit pas.

Angelo et Silvia se parlaient tout bas. Madeleine fumait en regardant la foule d'un air sombre : peut-être avait-elle eu une autre dispute avec Saverio. Elle ne prêtait aucune attention à Davide qui la dévorait des yeux, ou peut-être était-elle habituée à être regardée ainsi. Pietro tira de sa poche une bouteille de whisky qu'il fit circuler. Carlo étreignait Sonia comme s'il craignait de la perdre dans la foule, ce qui ne semblait nullement lui déplaire.

Le chanteur du groupe annonça qu'il était presque minuit.

— C'est l'heure, cria Carlo. Qui a apporté le Moët & Chandon ?

— Voilààà ! hurla Angelo en sortant une bouteille de mousseux bas de gamme. Trinquons à notre survie !

Gabriele de son côté descendait sa bouteille de vin maison en grommelant quelque chose à propos de vices trop anciens. Les musiciens sur la scène avaient cessé de jouer, et on entendait à nouveau les Quartiers espagnols occupés à s'autodétruire. Sur la place, la foule entama le compte à rebours, jeta des confettis, des pétards et des bouteilles. *Huit, sept, six*… Angelo s'était attaqué à la « foutue cage », on était arrivé à *un*, et dans un rugissement de triomphe auquel se mêla une kyrielle de jurons siciliens, le ciel déjà enfumé éclata de couleurs.

En général, je me sentais un peu déprimée à cette date. Je ne comprenais pas cette ardeur à fêter la disparition d'une année entière de notre vie : ne méritait-elle pas que l'on se souvienne d'elle et qu'on la pleure ? Mais sous cette pluie de petites étoiles, de bons vœux et de mousseux, je me sentais au cœur même de la fête, entourée des gens qui m'étaient les plus chers au monde.

Pietro s'approcha de moi. Je sentis les poils de sa barbe de trois jours me caresser le front, son haleine alcoolisée réchauffer mon visage. Je lui mis les bras autour du cou et nous devînmes une spirale chaude et humide, une île tropicale isolée de cette place.

— C'est le plus beau 31 décembre de toute ma vie, Pietro.

— Ça va être notre année, mon amour. On passe notre diplôme et on s'en va. Nous irons d'un pays à l'autre jusqu'à trouver l'endroit où nous aurons envie de planter nos racines.

— Oui, des racines. C'est avec toi que je veux en avoir.

Je sentis sous mon manteau ses doigts remonter le long de mon dos.

— Je t'ai déçue à Noël. Je ne t'ai pas défendue, je n'ai fait que trahir ta confiance. Je me suis conduit comme un connard. Et en plus, c'est à toi que j'ai demandé de me sauver. Tu crois que tu pourras me pardonner un jour ?

— Moi aussi j'ai été faible, mais maintenant c'est fini. Désormais, nous affronterons tous les obstacles ensemble.

— C'est trop peu dire que je t'aime. Pour moi, tu es de l'oxygène pur. (Je fermai très fort les yeux.) J'ai souffert comme un chien d'être séparé de toi à Noël. Pendant tout ce temps, j'avais l'impression bizarre d'être sous l'eau, et je retenais ma respiration en regardant vers le haut, vers la lumière. Mais je me consolais en pensant que j'allais revenir vers toi, remonter en surface pour respirer. (Il me fixa d'un air résolu.) Heddi, je ne peux plus continuer à me taire et à faire le bon garçon. Ça suffit. Je te promets que désormais je défendrai notre amour, quoi qu'il m'en coûte.

À quoi servent les étoiles quand le ciel est semé d'émeraudes et de rubis ? Pietro et moi échangeâmes le baiser du premier de l'an que seuls connaissent les amants. Fallait-il vraiment refaire tout ce parcours du combattant pour être enfin réunis dans notre lit ?

Je sentis une bouteille se poser sur mon bras.

« Ça suffit les bécots, vous deux, dit Angelo en me passant le mousseux. Le 31, on embrasse tout le monde, vous vous rappelez ?

Je bus et j'échangeai des vœux avec les autres, en gardant Gabriele pour la fin : je ne me sentais pas prête, après le baiser de Pietro. Mais il m'étreignit à sa façon brusque et affectueuse, nullement équivoque. Il semblait remis de son ivresse et avoir tout oublié de notre échange dans la cuisine, au point de me faire douter de ce qui s'était passé.

Nous nous séparâmes. Gabriele était en train d'expliquer à Madeleine les ressemblances entre l'église devant nous et le Panthéon de Rome. J'allai bavarder un peu avec Sonia : ce soir-là, nous n'avions échangé que quelques mots. Elle était là, délivrée de l'étreinte de Carlo, plus longue, plus fière que jamais, telle une danseuse. Pietro, à côté d'elle, riait de son rire silencieux, l'air détendu : il n'était plus un propriétaire terrien, mais un garçon insouciant parmi d'autres. J'aurais voulu être celle qui le faisait rire ainsi, de façon si spontanée, qui lui ôtait le poids de ses soucis et illuminait son visage.

Je m'apprêtais à formuler une bonne résolution pour l'année nouvelle, mais je me ravisai. Nous avions beaucoup de promesses à tenir, sans même parler des examens et de la thèse, et elles nous demanderaient déjà toute notre énergie.

Le mousseux était terminé, le whisky aussi. Sur le chemin du retour, Angelo avait du mal à tenir les yeux ouverts et Madeleine chantonnait en français en titubant comme un marin ivre. De nous tous, Pietro semblait le seul à avoir gardé ses moyens.

Les seules explosions venaient à présent d'une antique voiture qui crachotait ses derniers soupirs, et nous n'eûmes pas besoin de courir aux abris pour rentrer via De Deo. Le quartier semblait avoir été dévasté par une guerre dont l'issue restait incertaine. Nous aurions pu être les seuls survivants, escaladant les masses de détritus dans un silence spectral. Un chien boiteux passa devant nous.

— Le pauvre, dis-je, il a l'air blessé.

— Un chien errant, je parie.

Je remarquai que la Marlboro de Pietro tremblait entre ses doigts, et que les réverbères lui donnaient une étrange pâleur.

À peine passé le seuil de l'immeuble, il se rua dans l'escalier. Je l'entendis tousser et je courus derrière lui. Je le trouvai dans la salle de bains dans la même position que moi la semaine précédente, à genoux sur le carrelage, les mains agrippées à la cuvette des toilettes, les cheveux dans les yeux. De toute la soirée, il n'avait pas montré la moindre trace d'ivresse. Comment avais-je pu ne pas noter la quantité d'alcool qu'il avait ingurgitée ?

Il vomit une fois encore avec un petit gémissement. Touchée de le voir aussi fragile, je m'accroupis à son côté et lui posai une main sur le front.

— Ça va passer, dis-je pour l'apaiser.

Il secoua la tête et balbutia d'une voix sifflante : « Laisse-moi. Je ne veux pas que tu me voies comme ça. Va-t'en, je te dis ! »

Je retirai ma main, brûlante de sa honte. J'eus honte moi aussi d'avoir cherché à l'aider alors qu'il n'avait pas besoin de moi. Je sortis de la salle de bains, mais je restai dans le couloir. J'entendis la chasse d'eau, puis l'eau couler au robinet. Pietro sortit, titubant comme un cow-boy mexicain le jour de la fête nationale. Il s'effondra tout habillé sur notre lit, et il aurait dormi ainsi jusqu'au matin si je ne lui avais pas retiré ses chaussures et son jean.

21

Je m'arrêtai pour rouler le bas de mon pantalon et je vis que mes bottes étaient recouvertes d'une très fine poussière. Pas un arbre : le ciel était d'un bleu pur semé de quelques nuages et l'on sentait dans l'air sec l'odeur du volcan. C'était l'été peut-être ; mais le soleil avait beau être aveuglant, je ne sentais pas sa chaleur.

Il me semblait avoir marché des heures sans me rapprocher du sommet. Je devais faire partie d'une expédition géologique puisque je portais un pic de prospecteur, mais j'ignorais ce que je cherchais. Je savais seulement que je devais monter jusqu'à ce cratère creusé par des géants ou par les dieux, et plonger le regard dans ses profondeurs. J'étais résolue à l'atteindre, même si je devais y passer la nuit. Comme si j'allais à la rencontre de mon bien-aimé, je ne sentais ni les heures qui passaient ni la difficulté de l'escalade. Alors pourquoi cet immense désir était-il teinté d'une peur indicible ?

Un pas après l'autre, les détails me revenaient. Je n'avais pas toujours été seule : j'avais entamé ma course avec une équipe d'anthropologues et de linguistes. Ce n'était devenu une mission géologique que lorsque les autres avaient décidé de redescendre, ayant appris que le Vésuve s'apprêtait à entrer en éruption pour la première fois depuis la Seconde Guerre mondiale – éruption que tout le monde redoutait et désirait secrètement depuis toujours. Mais moi, je poursuivais vers le sommet : que pouvait-il m'arriver par une si belle journée ?

Soudain, le ciel s'obscurcit et le vent forcit, arrachant le pic de ma main. Le ciel bleu n'était plus qu'un mensonge et le soleil aussi. Je fis demi-tour. Des cailloux roulèrent sous mes pieds comme s'ils cherchaient eux aussi à s'enfuir, mais il était clair que c'était en vain. Je sentais déjà le souffle de la cendre dans mon dos, mais j'avais trop peur pour me retourner et regarder en face cette nuée tonnante qui gonflait et s'apprêtait à m'engloutir. Elle n'avait rien d'agressif, pourtant : je n'étais qu'un dommage collatéral, une minuscule tragédie.

La nuée me donna une poussée qui me souleva du sol. Je fermai les yeux et tombai dans le vide, longtemps, dans une obscurité complète. J'eus le temps de crier. Je n'avais pas peur de mourir : je redoutais seulement la douleur au moment de l'impact, et c'était contre elle que je me raidissais en plongeant dans l'abîme.

La douleur me réveilla d'un coup. J'avais le dos arqué et les muscles contractés ; cela ne m'était pas arrivé depuis mon enfance. Pietro dormait à côté de moi, la chemise froissée. Je me détendis et me redressai sur les coudes pour regarder par la fenêtre. Il avait dû pleuvoir dans la nuit, car la pierre des immeubles qui descendaient vers le port s'était assombrie. Le ciel était chargé de nuages qui pouvaient crever d'un instant à l'autre. Et, contre le ciel, le volcan dormait, recouvert de neige.

Le Vésuve enneigé : un spectacle rare ces dernières années à Naples. C'était peut-être de sa couronne d'un blanc éblouissant qu'émanait cette lumière hivernale diffuse. Unique dieu et unique soleil, il ressemblait à une reproduction du mont Fuji, mais il était beaucoup plus majestueux et plus redoutable. Plus je le fixais, et plus je comprenais que son sommeil était feint.

Je frissonnai et retournai me blottir contre Pietro sous les couvertures. Il dormait comme une souche, et un coup d'œil au réveil me fit comprendre qu'il serait criminel de le tirer du sommeil à pareille heure un 1er janvier. Je me levai et descendis.

Madeleine semblait m'attendre, assise comme en apnée devant le chaos de la table, vêtue d'un pyjama succinct, sa sandale japonaise scandant le rythme d'une chanson qu'elle était seule à entendre. Dans la semi-obscurité, son visage était une vieille photographie troublée par la fumée d'une cigarette qui se consumait devant elle.

— C'est le moment que je déteste, dit-elle.

— Quel moment ?

— Le lendemain matin, dit-elle en pêchant sa cigarette dans le cendrier.

Je lui demandai ce qu'elle faisait debout de si bonne heure. Une fois encore, les voisins l'avaient réveillée. Je n'avais rien entendu, et elle n'avait pas vu la neige sur le Vésuve.

— De la neige, bonne mère ! Naples, ce n'est pas censé être le soleil, la mer et les pizzas ?

Puis elle éclata d'un rire forcé et alluma la radio.

La cuisine était un chaos d'assiettes sales et d'écailles de poisson sur des feuilles de journal graisseuses, et je me bornai pour l'instant à en extraire la machine à café. Le rituel de sa préparation m'apaisait. En écoutant distraitement une chanson de Luca Carboni, je restai longtemps à observer les flammes bleues et sifflantes. Je sentais la présence de Madeleine, sa mauvaise humeur matinale et son envie de me parler.

— C'était de la folie hier soir, me lança-t-elle finalement depuis le salon.

— Tu trouves ? dis-je en ouvrant le frigo pour constater qu'il n'y avait plus de lait.

— Nous nous sommes conduits comme des imbéciles. C'était la guerre, en bas.

Je vins ajouter nos deux tasses fumantes au désordre de la table sous le regard fulminant de Madeleine, comme si c'était moi qui avais eu l'idée de nous jeter dans ce piège. Pourtant, je sentais qu'elle parlait d'autre chose. J'eus la sensation qu'elle cherchait à instaurer entre nous un petit jeu dont j'ignorais les règles.

— Tu sais, ce n'était rien d'autre qu'une de ces bêtises à ne pas raconter aux parents. Au final, il ne s'est rien passé.

— Parce qu'on a eu de la chance, comme à la roulette. Mais ça aurait pu tourner à la catastrophe.

Je voulais qu'elle change de sujet, je ne voulais pas penser au prêtre sans maison et à la mystérieuse catastrophe qui l'avait coupé en deux. Pourtant les paroles de Madeleine faisaient se contracter mon estomac vide : était-ce vraiment une simple question de chance ?

— Bah, dis-je, une fois passé le grand nettoyage, le quartier redeviendra comme avant.

— Même avant, il était dégoûtant. Un fichu labyrinthe.

— Comment ça, un labyrinthe ? Il a une disposition prévisible, mathématique, répondis-je, non pour la contredire mais pour changer de sujet. C'est ce qu'on appelle un plan en grille, je crois ?

— Plan en grille, ou hippodamien, ou milésien, ou en damier : rues qui se croisent à angle droit selon le dessin typique des villes romaines et de certaines zones urbaines du XVIIIe siècle, récita-t-elle d'un ton monocorde. Mention très bien à l'examen, précisa-t-elle en reposant sa tasse avec bruit. Alors toi, Eddie, tu ne t'es jamais perdue dans les Quartiers espagnols ?

— Non.

Elle sortit du paquet une autre cigarette. En acceptant ce demi-mensonge, elle parut m'accorder la victoire. Je finis mon café en comprenant que son petit jeu était une sorte de défi à mon orgueil.

Madeleine fumait, la maison dormait, la radio emplissait le silence, tandis que je me remémorais le mythe du labyrinthe de Knossos. Le roi Minos exigeait des Athéniens un tribut annuel de quatorze jeunes gens, sept garçons et sept filles, que l'on enfermait dans un labyrinthe si complexe que même son propre architecte, Dédale, s'y était perdu. Au cœur de ce labyrinthe vivait le Minotaure, mi-homme mi-taureau : il dévorait un à un les jeunes gens qui lui étaient livrés. Le monstre fut finalement tué par Thésée, fils du roi d'Athènes, dont s'était éprise la fille de Minos, Ariane. Elle lui avait donné une pelote de fil pour qu'il retrouve son chemin jusqu'à la sortie. Mais Thésée n'avait pas ramené la jeune fille avec lui à Athènes : il l'avait abandonnée au cours du voyage de retour sur une île déserte, levant l'ancre alors qu'elle dormait encore.

Madeleine s'était peut-être abandonnée à des pensées semblables, car elle finit par dire :

— Mieux vaut un labyrinthe qu'un damier.

— Tu plaisantes ?

— Je suis sérieuse. Dans un damier, toutes les rues sont semblables. Alors tu crois être sur la bonne voie et tout à coup, tu t'aperçois que tu t'es perdue.

Elle se remit à marquer nerveusement du pied la mesure de la chanson que passait la radio, sa rage dévoilant sa beauté primordiale, contre laquelle je ne pouvais pas lutter.

— Dis-moi, Eddie, pourquoi tu restes ici, dans cette ville de merde ?

— C'est une longue histoire.

— Pour étudier de stupides édifices ? Pour rencontrer un garçon et ensuite retourner chez toi ?

Je compris qu'elle parlait en réalité d'elle-même.

— On peut toujours revenir à Naples.

— Ah ça, et comment ! dit-elle avec une grimace moqueuse, menaçant ensuite de réveiller toute la maison en entonnant *Torna a Surriento*. Mais la chanson était sans doute trop chargée d'émotion, car je vis ses lèvres trembler et ses yeux se remplir de larmes.

— Ce devait être une simple parenthèse avant de retourner à ma vie, dit-elle en secouant la tête. Et à mon fiancé français.

J'avais vécu trop de temps à Naples pour me scandaliser d'une infidélité. Mais pour moi, c'était le problème d'une autre génération, et le fait qu'une jeune intellectuelle, étrangère de surcroît, pouvait avoir ce genre de problème brouillait encore l'image que j'avais de Madeleine.

— Je dois partir bientôt, dit-elle tout à trac. Mais je ne sais même plus qui je suis. Je ne sais même plus parler français.

Malgré mon trouble, je parvins à bafouiller quelques mots de réconfort.

— Mais ce n'est pas la fin du monde, Madeleine…

— Tu ne comprends pas, Eddie : je me suis perdue !

Elle semblait en colère contre moi, mais les larmes se mirent à couler et elle ne chercha même pas à les essuyer. Elle sanglotait à présent, et je restais plantée là devant elle, incapable de compatir, paralysée.

— Une seconde, dit-elle soudain en montant le volume de la radio. Tu te rappelles cette chanson ?

Elle sauta sur ses pieds et se mit à onduler des hanches au rythme de la samba. C'était *Joe le taxi*, quelle se mit à chanter en imitant la voix d'une Vanessa Paradis à jamais figée dans ses quatorze ans, les bras levés et tournant sur elle-même dans une sorte de danse du ventre. J'étais charmée de l'entendre chanter dans sa langue maternelle qui la rendait encore plus sensuelle, quand elle allongea la main vers moi et me tira à elle.

— Allez, danse avec moi !

Je m'exécutai à contrecœur, alourdie par le manque de sommeil. Je ne pouvais pas la laisser danser toute seule, pas le premier jour de l'année, avec les joues encore humides de larmes. Quand la chanson se termina, elle me fit la grâce d'un sourire et me jeta les bras autour du cou en disant :

— Un de ces jours, il faut que tu viennes me voir. Rien que toi et moi à Marseille !

J'en fus flattée un instant, mais je compris très vite combien ce fantasme était vain. Nous n'étions semblables qu'en apparence – le même âge, l'éloignement de notre pays natal, notre goût pour les études. Mais je n'avais ni sa beauté magnétique ni sa volubilité, et je ne pourrais jamais aimer un autre homme de toute ma vie. Je me bornai à la serrer très fort contre moi en lui conseillant d'aller se mettre quelque chose sur le dos avant d'attraper un rhume.

Joe le taxi n'avait eu aucun effet sur Pietro, qui dormait encore en position fœtale, à moitié habillé. Je me glissai sous les couvertures pour me coller contre lui. Cette fois il s'éveilla et prit dans ses mains mes pieds gelés. Je lui dis qu'il y avait de la neige sur le volcan et je lui racontai mon rêve. Les sensations en restaient si vives que j'en vins à penser dans ma somnolence que peut-être l'éruption du Vésuve avait été la réalité, et cet échange chimérique avec Madeleine un simple rêve.

— Tu crois aux rêves prémonitoires ? chuchotai-je.

— Écoute, *baby*, au moment où cette grosse brute explosera, nous aurons déjà quitté tout ce cirque depuis un bon moment. Ce n'était qu'un rêve, arrête de te prendre la tête.

— Alors, dis-je, tranquillisée, jouons au jeu des nombres.

C'était une plaisanterie, bien sûr : nous n'aurions jamais voulu qu'on nous surprenne avec un exemplaire de *La Smorfia*, le livre napolitain traditionnel qui associe les rêves avec les chiffres à jouer à la loterie.

— Allons-y. À la peur, 90.

— Au désastre, 17.

— On va être riches, dit-il en me baisant le bout des doigts. On est à l'abri pour un moment, puisque le sang de San Gennaro a de nouveau coulé. C'est un miracle !

— Et qu'arrivera-t-il si une année il ne coule pas ?

— Un grand malheur, à entendre ces troglodytes. Quand le sang de San Gennaro ne s'est pas liquéfié et qu'ensuite il se produit une catastrophe, ils font le lien *a posteriori*.

— Quel genre de catastrophe ?

— Genre le tremblement de terre en Irpinie.

Je pressai mon visage contre son dos. Saisie d'une intolérable adoration, je fermai les yeux pour inhaler son odeur de sous-bois et de sueur. J'eus alors une sorte d'expérience extracorporelle : je nous vis tous les deux recroquevillés sur un matelas jeté à terre. Ce n'était pas une chambre mais un placard, ce n'était pas une vraie maison mais un étage illégal, le plus haut parmi une infinité d'autres, comme une tour de Babel voulant atteindre les nuages. De cette hauteur, notre quartier dévoilait son incontestable nature de labyrinthe, avec ses rues identiques et ses impasses, ses sens interdits et ses contradictions, dans la joyeuse violence de la nuit précédente qui ne tarderait pas à refaire surface. Tout cela, le volcan impassible le contemplait de son trône. La terre entourant le golfe semblait une bouche énorme prête à dévorer les îles, et plus haut encore je vis le bassin méditerranéen et l'Eurasie, puis le globe tout entier en apparence immobile, mais en réalité tournant à donner le vertige.

Pour Pietro et moi, aujourd'hui était le 1er janvier, mais ailleurs dans le monde, à Sydney, à Pékin ou à Hong Kong, c'était déjà demain. Dieu savait ce que nous réservait ce deuxième jour de l'année. Des choses grandioses sans doute, mais je m'aperçus alors que je dilapidais ces jours depuis des années, des centaines et des milliers de lendemains perdus, d'occasions manquées. Je fus frappée par une sensation d'immobilité insupportable, un sentiment de perte irrémédiable. À Naples, nous étions toujours un pas en arrière, piégés dans un hier fait de magie ancienne. Qu'est-ce que je fichais encore là ?

Je compris que c'était précisément mon orgueil qui m'empêcherait toujours de gagner cette partie d'échecs avec Madeleine. Elle me renvoyait à la figure cette décision, prise après cette première année d'échanges culturels, de rester à Naples, *cette ville de merde*, qui vous perd en vous donnant des émotions trop fortes. Pour elle, Naples était un tour de roulette malchanceux, un dé mal jeté. Elle m'obligeait à défendre mon choix, à justifier mon adolescence et ma jeunesse, le tiers de ma vie passé ici, et n'avoir aucune réponse à lui donner me rendait amère. De ces hauteurs, je voyais Naples comme le reste du monde la voyait : non pas dangereuse, excessive et belle à faire perdre la tête, mais simplement arrêtée dans le passé. Disparue. Oubliée.

J'ouvris les yeux d'un coup. Pietro me demanda si j'étais réveillée et si ça m'allait de faire un autre voyage à Monte San Rocco. Le froid était arrivé, sous peu on allait tuer le cochon.

De : heddi@yahoo.com
À : tectonic@tin.it
Envoyé le : 21 juin

Cher Pietro,

Je suis désolée de cette histoire de genou (même si j'ai apprécié les descriptions colorées de tes personnages). J'espère que tu seras remis au mois d'août, physiquement mais aussi psychologiquement. Je ne sais pas quoi attendre de notre rencontre, je ne veux pas fonder trop d'espoirs sur elle : c'est peut-être aussi bien que je n'aie pas le temps d'y penser…

Je pars pour les États-Unis le 22 juillet et j'ai un vol pour Milan le 6 août. J'ai déjà contacté Luca : nous nous retrouverons sur le lac Majeur où il a acheté une cabane qu'il est en train de retaper. Après le mariage à Trieste le 10, je dois retrouver une amie néo-zélandaise qui a déménagé à Londres depuis peu. Nous irons ensemble à Venise, nous ferons une brève étape à Rome et une autre à Capri, ce qui nous amènera à Naples le 18 août. Voyons-nous le 20, si cela te convient. Tu peux venir me prendre à la maison de Rita dans la matinée ? Comme ça, nous aurons toute la journée ensemble. Je te redonne l'adresse au cas où tu l'aurais oubliée : 47 traversa Fondo D'Orto, tout au bout de Castel Amar, près de Pompéi.

J'espère que ce rendez-vous ne te posera pas de problèmes au travail : j'aimerais tellement que nous puissions nous rencontrer ! Tu veux bien dire aussi à Gabriele que j'arrive, où qu'il soit ? Tu peux lui donner mon adresse mail. J'aimerais beaucoup le revoir si c'est possible.

Excuse cette brièveté, j'ai beaucoup de choses à faire en ce moment, il est tard et j'ai encore des copies à corriger…

Je t'embrasse,

h.

22

Nous arrivâmes après la bataille : le cochon avait déjà été abattu. Comme nous sortions les bagages de la voiture de Francesco, l'animal nous apparut, tranché dans toute sa longueur et suspendu par une patte sur la terrasse. Une coupe pour l'école vétérinaire, une abstraction de cochon. Pourtant, j'eus honte pour ce pauvre animal que je ne rencontrais que mort et dans une position si peu digne, ses pattes écartées exhibant toute son intimité.

Le soleil laissait filtrer à travers les arbres réduits à l'état de squelette une lumière incolore et pourtant joyeuse. Debout autour d'une table de travail, vêtus d'épais chandails aux manches retroussées, les anciens découpaient. Ils avaient des mains énormes avec des cals et des ongles cassés, des mains comme celle des géants dans les contes. Ils parlaient et riaient, et la vapeur de leur haleine mêlée à celle de la chair encore chaude montait dans l'air froid. C'était le tableau de la vie paysanne telle que je l'imaginais, l'endroit que Monte San Rocco devait être et qu'il pouvait être encore, une scène pittoresque comme une peinture ancienne…

Ayant avisé Pietro, ils l'appelèrent avec de grands sourires qui plissaient leur joues comme des pommes d'api. En passant devant eux, Pietro multipliait les petits signes de tête respectueux : il les connaissait tous, peut-être même leur était-il apparenté. Puis ils reprirent leur ouvrage, abaissant les grands couteaux de boucher et jetant en tas des filaments de graisse comme des chaussettes sur une pile de linge.

À l'intérieur, la maison sentait le feu de bois. L'humidité qui suintait des murs me fit frissonner – mais surtout l'audace d'entrer sans y être invitée dans la cuisine de Lidia. Personne ne vint à notre rencontre : pour une fois, la pièce était vide. La cheminée n'était plus que cendres, et il y avait deux tasses abandonnées dans l'évier. Ses parents étaient sans doute trop occupés au découpage pour avoir remarqué notre arrivée.

— C'est formidable, dis-je, tous ces gens qui travaillent ensemble comme une seule grande famille.

— Tu vois, dit Pietro en détachant un morceau du fromage posé sur la table, ils vont rester ici jusqu'au soir pour faire les saucisses, le *capocollo* et tout le reste. Il faut que tout soit fait dans la journée, sinon la viande risque de se perdre.

Je m'assis et posai les pieds sur la pierre de cette cheminée dont j'avais eu l'occasion de faire l'intime connaissance. Je poussai un soupir de gratitude : les bouchers volontaires resteraient jusqu'au coucher du soleil, emplissant le silence et facilitant le discours que nous devions tenir à Lidia. En outre, une multitude de témoins répandrait dans tout le village le bruit que nous étions un couple ; sa mère ne pourrait plus le nier, vaincue par toute cette vie qui bourdonnait autour d'elle.

Pietro s'installa à côté de moi et ôta sa veste.

— J'espère que ça ne t'a pas fait un trop grand choc de voir le cochon comme ça.

— Je ne sais même pas comment il s'appelait.

— Il n'avait pas de nom. C'était seulement «*o puorc*», le cochon.

Il prit encore un peu de fromage et me le fourra dans la bouche. J'avais faim, et j'appréciai autant la saveur qui allait en s'amplifiant que ce geste d'amoureux. Nous avions eu de la chance d'arriver après l'abattage, me dit Pietro, non pas tant à cause du sang qu'à cause du bruit : avant même qu'on ait sorti les haches et les bâtons, le cochon comprend qu'il va être tué ; il commence à pleurer comme un enfant, et il n'arrête plus jusqu'à la fin. Beaucoup de gens du village tuent le cochon le même jour, et on entend couiner à travers tout le pays depuis l'aube.

— Quand tu es réveillé par ce bruit, il ne te sort plus jamais de la tête, conclut-il, visiblement amusé par l'effet de son récit sur moi, et en portant un autre morceau de fromage à mes lèvres.

Comment un cochon peut-il savoir qu'il va mourir ? C'était pour moi un mystère. Peut-être tous les cochons, depuis la nuit des temps, ont-ils eu cette mémoire atavique ?

— *Buon giorno*, dit une petite voix derrière nous.

Nous nous raidîmes. La mère de Pietro se fendit d'un sourire en me tendant une main molle. J'avais imaginé qu'elle m'accueillerait avec une hostilité ouverte. Après l'histoire de Noël, à quoi bon continuer à feindre ? Mais elle était là, rigide, la main tendue, comme toujours. Je m'avançai en espérant que ma présence en chair et en os à Monte San Rocco la prendrait de court et que mon baiser marquerait son écorce d'un X, comme on fait aux châtaignes avant de les éplucher.

Son sourire forcé s'évanouit dès qu'elle se retourna vers Pietro.

— Mon garçon, va chercher du bois, il fait froid ici pour elle, dit-elle en dialecte, ajoutant que le repas serait prêt dans une heure.

Pietro alla fouiller dans le tas de bois près de la porte et je l'aidai à disposer les bûches dans le foyer. Occupés en silence à cette tâche domestique, nous échangions de temps à autre un regard complice. Le feu prit ; j'appréciai cette chaleur qui me caressait le visage. Je me rassis et Pietro resta debout derrière ma chaise – un chêne contre lequel m'adosser.

Il me proposa d'aller regarder les anciens préparer la viande. Son père présidait la longue table imprégnée de sang rosé, riant de toutes ses dents tandis qu'il inspectait à travers ses épaisses lunettes les morceaux de porc répartis en tas selon une logique qui m'échappait. L'air était alourdi de l'odeur de la viande crue et retentissait du bruit des couteaux que les anciens maniaient comme de vrais professionnels, assénant des coups assurés et ôtant leurs doigts juste au moment voulu.

Je suivis Pietro dans son tour de table. Il s'arrêta pour poser à une dame aux cheveux encore très noirs des questions pour moi incompréhensibles sur les os et les abats, avant de faire les présentations. Tout en elle me plut aussitôt, à commencer par son nom : la tante Libertà.

— Salut ma belle, me lança-t-elle. Je t'embrasserais bien, mais je suis toute sale. (Elle avait en effet des traces de sang de porc sur la tempe. Malgré cela, c'était une belle femme à la peau très blanche et à la bouche en bouton de rose.) Mais tu me l'amènes à la maison demain, compris, Piètr' ? ajouta-t-elle en me lançant un regard bienveillant.

— On verra si on a le temps, ma tante, éluda Pietro en reprenant son tour de table. On verra.

J'entrevis Lidia dans le rez-de-chaussée qui donnait sur la ruelle. Elle mélangeait quelque chose dans une énorme marmite posée sur les braises d'un foyer allumé sur le ciment. Je m'étonnai de la voir cuisiner ainsi quand elle avait un vieux fourneau à côté d'elle, et une cuisinière à gaz à l'étage au-dessus. Plus que cuisiner, elle semblait vouloir se punir. Entourée de bocaux de condiments, de sacs de pommes de terre, de bûches et de cendres, elle exécutait ce travail qu'elle avait sans doute fait toute sa vie avec une expression funèbre.

Je me sentais pleine d'audace après les gentillesses de la tante Libertà, et je m'approchai de quelques pas.

— Qu'est-ce que vous préparez, *signora* ?

— Un plat qu'on fait toujours quand on tue le cochon, répondit-elle sans lever les yeux de sa marmite en légère ébullition.

— Et on met quoi dedans ?

C'était chez moi un vice difficile à extirper, ce désir de la mettre de mon côté, de lui montrer combien j'étais courageuse et prête à apprendre, en un mot que je méritais son fils.

— Ce n'est rien, de la viande, des pommes de terre, des poivrons. On fait ça avec une partie du porc qui ne plaît pas beaucoup aux gens d'aujourd'hui.

— Quelle partie ?

— Je ne sais pas, dit-elle, en voulant dire sans doute qu'elle ne savait pas le nom en italien. Nous, on la mange parce qu'on ne laisse rien perdre. Ce n'est pas cette belle viande que vous trouvez dans les boucheries de Naples.

— En tout cas, ça sent très bon.

— Bah, ça n'est rien de bien spécial.

Comme pour me congédier, elle posa sa cuillère en bois et s'essuya les mains dans les plis de son tablier. J'entendis en m'éloignant des bûches s'effondrer sous le poids de la marmite.

Les vieux pénétrèrent à la file dans la salle à manger. Le père de Pietro présidait en bout de table ; les hommes s'installèrent d'un côté, leur béret sur la tête, et les femmes de l'autre avec leur foulard. Ils étaient affamés et se hâtèrent de faire un sort au ragoût de Lidia. Les boucles d'oreilles des femmes bougeaient au rythme de la mastication de cette viande mystérieuse. Les hommes mangeaient avec bruit, ne se faisant pas prier pour reprendre une portion tout en discutant de machines agricoles et d'argent. Ce brouhaha jovial faisait tinter les verres en cristal dans la commode vitrée, et la soif leur fit descendre comme de rien quatre ou cinq bouteilles de vin.

La mère de Pietro était assise en face de moi, veillant à distribuer le pain et le vin à tout le monde, tout en gardant un œil vigilant sur mon assiette. Un regard acide auquel la fête ôtait de sa puissance, m'évoquant plutôt la surveillance fatiguée d'un croupier à la fin d'une trop longue partie de poker. J'avais l'impression d'être en famille : la tante Libertà me lançait parfois un sourire, le père riait à gorge déployée, je sentais la main de Pietro sur ma jambe. Comme je l'avais prévu, la sombre humeur de la maîtresse de maison était noyée dans l'allégresse générale.

Un homme aux cheveux blancs posa à Pietro une question que je ne compris pas. Il répondit en parlant de sa thèse et je l'entendis dire qu'il serait bientôt diplômé. Cette phrase magique arriva à l'oreille des autres, qui commentèrent bruyamment : un jeune du pays qui allait devenir docteur ! Quelqu'un s'informa des études de Gabriele ; Pietro le renseigna succinctement avec un soupir paternel.

— Et cette jolie demoiselle ? demanda une robuste dame en me désignant d'un coup de menton.

— Elle étudie les langues, et elle sera sûrement la première à avoir son diplôme, répliqua Pietro en me jetant un coup d'œil, avant d'ajouter en italien : « Elle est d'une intelligence exceptionnelle. »

Le vieux aux cheveux blancs lui demanda quand nous retournions en ville, et Pietro répondit en dialecte « après-demain ». Une dame voulut savoir combien d'heures de voiture il fallait jusqu'à Naples, et il parut déconfit d'apprendre que nous prenions le car.

— Mais vous iriez plus vite en voiture, insista la dame, qui visiblement ne comprenait pas qu'il n'ait pas de voiture. Mais ce n'est pas grave, Pietro, dit-elle quand elle l'eut enfin admis, passe ton diplôme et tu l'auras.

Sans raison apparente, les anciens se mirent à rire. Je me rappelai le regard stupéfait et envieux de Pietro en voyant que Francesco avait un break flambant neuf avant même d'avoir passé sa thèse. Offrir une voiture à son fils pour son diplôme était donc une tradition villageoise moderne ?

L'un des hommes demanda quel type de voiture il avait en vue.

— Une Ferrari ! lança de l'autre bout de la table un homme qui ne laissait passer aucune occasion de plaisanter.

— Non.

Les rires s'arrêtèrent tout net, et même le vin dans les verres s'immobilisa.

— Non, répéta Lidia, qui ajouta en italien, comme une menace : c'est clair que Pietro ne veut plus de voiture.

— Mais de quoi tu parles, maman ? Évidemment que j'en veux une !

— Ne t'inquiète pas pour ça, grommela le père.

Il ajouta quelques mots en dialecte, et l'hilarité reprit autour de la table. Le père leva son verre, soit au succès universitaire inattendu de son fils, soit au cochon sacrifié, avant d'en lamper le contenu d'une seule gorgée.

Puis ils se remirent au travail, nous laissant Pietro et moi devant la table semée de pépins de mandarine. Je m'employai à débarrasser, mais je n'étais pas la seule à vouloir m'acquitter de la vaisselle avant le retour de la mère : Pietro aussi semblait avoir compris qu'une pareille occasion ne se présenterait plus. Nous empilâmes les assiettes, remplîmes l'évier, et, encouragée par l'absence de Lidia, je plongeai les mains dans l'eau chaude.

Je lavais, Pietro essuyait. Nous travaillions en silence dans une sorte de transe, nous regardant d'un air stupéfait. Je faisais vraiment la vaisselle dans la maison de Lidia ? J'espérais que cette journée marquerait le début de sa capitulation.

Une fois la dernière assiette essuyée, Pietro jeta un coup d'œil derrière lui et m'embrassa.

— Ça y est, on l'a fait, *baby*.

La mère entra à ce moment précis, portant une énorme marmite. Pietro s'avança aussitôt.

— Donne-moi ça, maman.

Elle ne réagit pas et ne se laissa pas aider. Comme elle déposait sur le banc la marmite au fond noirci de suie, le couvercle glissa, libérant de la vapeur : elle était remplie d'eau bouillante. Sans un regard pour les assiettes propres à côté de l'évier, elle dit en italien sans émotion apparente :

— Visiblement, celle-là ne sert plus à rien.

— On pourrait s'en servir pour nettoyer la table, proposa Pietro.

La mère grommela quelque chose en dialecte, agita une main et sortit d'un pas pesant.

Pietro haussa les épaules : « Laisse tomber. »

Elle était donc allée faire chauffer l'eau sur les braises de son foyer, et nous l'avions devancée grâce à un simple chauffe-eau. La modernité venait de l'emporter sur les anciens usages.

Pietro m'emmena sur la terrasse, assez longue pour nous permettre d'observer la joyeuse activité des bouchers tout en restant à distance du cadavre du cochon. Les collines au loin étaient mouchetées d'une neige ancienne et l'air apportait le doux souvenir d'un foyer idéal qui n'avait jamais existé.

Pietro alluma une cigarette avec un profond soupir de soulagement.

— Ce soir, il y aura encore du porc au menu, dit-il en me caressant la main. Tu vas tenir le coup, mon amour ?

— Ça me va parfaitement. Et toi, tu y arrives ?

— Moi ? J'ai l'habitude. Tu sais, aujourd'hui on n'a plus le droit de tuer le cochon à domicile sans contrôle sanitaire. Si les autorités s'en aperçoivent, ce sont des ennuis sans fin. Mais les gens continuent à le faire.

Je balayai du regard les tuiles des toits, cherchant la maison de l'oncle que l'on ne pouvait même plus saluer et celle de la fille que sa mère voulait lui faire épouser, mais elles se ressemblaient toutes.

— C'est quoi, cette histoire de voiture ? repris-je. Cette dame a bien dit que tes parents t'en offriraient une après ton diplôme, ou j'ai mal compris ?

— Ah oui, cette voiture-là.

Il me confirma que c'était une chose entendue depuis le jour où il s'était inscrit à l'université.

— Mais ça ne serait pas mieux si on mettait de côté de l'argent pour en acheter une d'occasion ?

— Peut-être, mais c'est maintenant que j'en ai besoin. Sinon, comment je viendrais te retrouver quand je ferai mon service civil ?

Le sujet était sensible ; comme pour s'excuser, Pietro sortit de sa poche de veste une châtaigne rôtie qu'il me fourra dans la main. Je pelai mécaniquement l'écorce luisante comme de l'acajou.

— Quand allons-nous parler à ta mère, Pietro ?

— De quoi ?

— De nos projets. De l'avenir.

Il fallait que ce soit aujourd'hui, dans ce bourdonnement réconfortant de fourmilière, juchés sur ce minuscule triomphe de la vaisselle.

— Il vaut mieux parler avec les faits, dit-il en me caressant les cheveux. Tu vois, être ensemble ici devant la moitié du village, ce n'est pas rien. Et ça va aplanir tout le reste.

Il avait incontestablement raison. Je mordis dans la châtaigne. Comment une chose aussi belle pouvait-elle laisser un arrière-goût aussi amer ?

— Et maintenant, *baby*, laisse-moi faire une petite sieste, conclut-il en rentrant dans la maison. Je t'en supplie, je tombe de sommeil.

Une fois Pietro effondré sur le divan du salon, je m'installai devant le feu mourant en fouillant parfois les braises avec les pincettes pour raviver de petites flammes. Dans le silence, je distinguais le tac-tac d'un couteau à l'intérieur de la maison : sans doute Lidia dans sa cuisine du bas.

J'eus soudain envie d'aller lui parler. Pourquoi attendre Pietro ? Sa mère lui avait pardonné son mensonge sur notre vie commune et avait passé l'éponge sur nos vacances en Grèce. Elle n'avait plus de comptes à régler avec lui, mais avec moi. C'était le moment idéal pour en discuter ouvertement.

Je sautai sur mes pieds et dévalai l'escalier sans plus y réfléchir et sans la moindre idée de ce que j'allais dire à Lidia. J'aperçus bientôt ses épais bas en laine dans ses chaussures noires, et à côté du tabouret où elle était assise, une caisse de viande de porc. Trop tard pour faire demi-tour.

— Rebonjour, *signora*, dis-je pleine d'assurance, ne frissonnant cette fois qu'à cause du froid.

Elle me salua sans lever les yeux de son découpage.

— Qu'est-ce que vous préparez ?

— La *soppressata*.

Je me rappelai le soir où Pietro en avait apporté la première fois, et je m'aperçus qu'au cours de cette soirée qui avait changé ma vie, j'avais mangé quelque chose qui sortait des mains de Lidia, ce qui nous donnait une sorte d'intimité physique, un lien impossible à défaire.

— Elle est excellente, dis-je en m'asseyant sur un sac de farine posé contre le mur.

— Cette farine vient de notre grain.

Je sentis le reproche voilé et lançai un coup d'œil aux amis dehors dans l'allée – ce monde heureux et lointain. La cuisine était ornée de saucissons frais qui répandaient une odeur de viande crue, et je sentais déjà ma résolution faiblir. Qu'avais-je espéré en m'aventurant sur son territoire ? Je m'apprêtai à me lever.

— Le grain qui vient de notre terre, poursuivit Lidia. Une terre qui reviendra un jour à Pietro.

La voyant d'humeur loquace, je repris ma posture insolente sur son sac de farine en lançant une question dont je connaissais déjà la réponse

— Et Gabriele et Vittorio, alors ?

— Vittorio ? Eeeiiihhh...

Cette lamentation aiguë comme le rire d'un corbeau semblait être la seule réaction que lui inspirait son fils aîné. Puis, comme frappée d'un mal de dents soudain, elle émit un autre gémissement où il était question de Gabriele.

— Dieu seul sait quand ce garçon finira ses études. Il n'arrête pas de demander de l'argent, toujours plus d'argent. Et dire que c'était lui qui était bon à l'école !

— En effet, *signora*, il est très bon. J'ai vu ses dessins.

— Ses dessins ? Après toutes ces années, c'est tout ce qu'il a, des dessins...

— Il faut du temps pour passer son diplôme.

— Et qu'est-ce que j'en sais ? dit-elle en jetant des dés de graisse dans une poêle. On m'a retirée de l'école au bout de quatre ans.

Je pensai que pour une femme qui n'avait même pas fini l'école primaire, elle parlait un italien plutôt éloquent, tout en m'émerveillant du fait que, sans lâcher des yeux sa viande de porc, elle ait partagé avec moi un fragment de son enfance. Pietro aurait-il eu raison depuis le début et la vaisselle était-elle vraiment la clé de son cœur ?

— Je devais travailler la terre de mon père, reprit-elle d'un ton dolent, gagner mon pain quotidien. C'était une époque de vaches maigres, pas la vie de luxe que vous avez, vous les jeunes d'aujourd'hui.

— Et où se trouvent les terres de votre famille ?

— Qu'est-ce que ça peut faire ? Je me suis mariée et je n'y ai jamais remis les pieds, dit-elle avec une grimace. J'étais vieille, j'avais presque trente ans. Je n'avais pas le choix. Ce n'était pas comme aujourd'hui, tous ces gens qui vivent ensemble et tout ça. (Je retins mon souffle, persuadée que son discours me visait directement.) Mon mari n'avait pas de terres, nous avions un enfant en bas âge et rien à notre nom. Alors on est partis à l'étranger, comme ouvriers, à travailler six jours par semaine pendant quinze ans.

— Ça a dû être dur.

Elle se leva sans répondre et alla fouiller dans un coin de la pièce entre les sacs de jute. Je la regardai extraire quelque chose d'un petit sac ou d'un pot, son foulard tombant sur son front. Je m'efforçai de l'imaginer jeune, le visage lisse, les traits réguliers. Mais je ne réussis qu'à la voir telle qu'elle était à présent, vieille et fragile.

— Je peux vous aider ?

Ma question tomba dans le vide. Elle revint à son tabouret et tira de sa poche de tablier des poignées de gros sel et de poivre en grains dont elle saupoudra la viande avant de la malaxer. Le mélange prit la même couleur rose pâle que ses mains.

— On envoyait de l'argent à la maison pour acheter des terrains, reprit-elle. On a travaillé toute notre vie pour ces terres et pour cette maison.

Cette fois, j'eus la sagesse de ne faire aucun commentaire, me contentant de me souvenir des différents récits de Pietro. Deux ans après leur retour de

Suisse, par un froid dimanche de novembre 1980, pendant la retransmission d'un match Juventus-Inter, la terre avait tremblé. Un violent mouvement d'extension de la faille. Pour les paysans qui y assistèrent, la terre s'était transformée en mer. Une minute trente : une éternité pendant laquelle la terre engloutit les maisons, les églises, les hôpitaux, des villages entiers. Trois mille morts, neuf mille blessés, trois cent mille sans-abri. La province d'Avellino était la plus touchée, et la capitale du tremblement de terre, Sant'Angelo dei Lombardi, n'était qu'à quelques kilomètres de Monte San Rocco. Le séisme épargna leur maison, de construction récente, mais beaucoup d'autres dans le village furent détruites.

— Tous ces sacrifices pour eux, les enfants, dit-elle en hochant la tête. Mais ils s'en fichent bien, de tout ça.

— Pourtant, Pietro vient souvent vous donner un coup de main.

Elle haussa les sourcils d'un air de dérision.

— Oui, quand ça lui chante. Mais quand on sera partis, que la volonté du Seigneur soit faite, il n'y aura plus personne pour s'en occuper. Personne.

Je m'agitai sur mon sac de farine, sur le cœur de cette terre. La mère avait-elle compris que Pietro voulait vendre les terres une par une ? Comme pour prévenir une attaque éventuelle aux principes moraux de mon homme, je répondis d'une voix humble :

— Pietro fait de son mieux.

— Eeeiihhh... répondit-elle avec ce hennissement que je croyais réservé au seul Vittorio. S'il faisait de son mieux, il épouserait cette brave fille. (J'eus peur soudain, même si la brave fille était un vrai pou en sus d'être un bon parti.) Pour l'instant, il ne veut rien savoir, murmura-t-elle pour elle-même en dialecte, mais ça lui passera.

Je baissai les yeux sur le sol en ciment. *Ça lui passera*. C'était moi, le *ça* qui devait passer, comme une mauvaise fièvre. Elle l'avait dit sans malice, sur le même ton découragé qu'elle avait eu pour parler de sa propre vie. Pourtant, cela sonnait comme une prophétie, presque une malédiction.

Le moment était venu de trouver une belle réplique péremptoire qui lui fasse comprendre que rien ni personne ne pourrait m'obliger à quitter Pietro, énoncée d'une voix ferme, dans un italien limpide avec un rien d'accent napolitain. Mais je restai muette. Je balbutiai une excuse et me jetai dans l'escalier sans un regard en arrière.

Le feu était mort. Je m'écroulai sur le divan à côté de Pietro qui dormait comme un bienheureux. Je posai délicatement une main sur sa poitrine, non pour le réveiller mais pour me rappeler la chance que j'avais. Ma main montait et descendait, suivant sa respiration comme la voiture avait suivi les collines autour du village. Je sentis la somnolence me gagner en pensant combien il serait bon de se laisser aller au sommeil et de tout accepter.

Je découvris que j'étais épuisée de l'effort d'entrer dans les bonnes grâces de Lidia et déjà fatiguée de la noble entreprise que nous nous étions fixée au 31 décembre. Il était clair que sa mère ne se laisserait pas conquérir, qu'elle se mettrait en travers de tous nos projets futurs. Elle m'avait parlé de vaches maigres et de mariages arrangés non pour se confier, mais pour me démontrer à quel point son antipathie à mon égard était justifiée. Nous nous étions bercés d'illusions. Il n'y avait aucun combat chevaleresque à livrer parce que nous étions battus dès le départ. Il ne restait qu'une seule chose à faire : abandonner le champ de bataille.

Je fus soudain frappée d'une idée renversante de simplicité : je pouvais m'en aller, rentrer à Naples. Dieu sait pourquoi je n'y avais pas pensé plus tôt – par un restant d'espoir ou par pur masochisme ? Je pouvais partir le soir même, dans l'obscurité. Cette seule pensée m'emplit d'une sensation de liberté colossale et peut-être définitive, comme si partir à l'instant de Monte San Rocco signifiait ne jamais y revenir. Pietro s'agita et je murmurai son nom.

— Salut, *baby*, dit-il en s'étirant.

— Bien dormi ?

— Du sommeil du juste.

Il allongeait déjà la main vers son paquet de cigarettes et je me hâtai de dire :

— Pietro, je sais que nous devons rester encore deux jours, mais je pense que je vais partir plus tôt.

— Quand ça ?

— Ce soir ou demain matin.

— OK, répondit-il sans s'émouvoir ni même sembler surpris. Il y a un car qui part de Borgo Alto demain à midi.

Je fus déconcertée. Il n'envisageait même pas de repartir avec moi ? Mais il me regarda d'un air nostalgique.

— Écoute, Heddi, si l'un de nous peut se sauver, je veux que ce soit toi.

Dans l'après-midi, la carcasse avait disparu, sans laisser d'autres traces que les abats sur la table en bois imprégnée de sang. La plupart des participants étaient rentrés chez eux, et ceux qui restaient étaient occupés à racler sur des os les derniers fragments de viande. Le soleil lui aussi semblait suspendu à un fil, et le froid hivernal tombait déjà sur l'allée. Je me couvris la bouche de mon écharpe, où je couvais la brûlante surprise du départ. Pietro m'appela, son bonnet de laine noire sur la tête.

— Tu veux toujours faire un tour de tracteur ?

— Certainement.

Il ouvrit en grand le portail métallique du hangar. Gesualdo n'était pas là, parti à l'aventure ou caché dans un coin pour déguster à son aise un os de porc. Pietro fit démarrer le tracteur avec un fracas qui sonna comme une manifestation de révolte : il se servait d'un engin agricole de façon improductive et il s'en fichait. Il me tendit la main pour me faire monter.

Les bouchers d'occasion nous saluèrent joyeusement tandis que nous descendions l'allée. Juchée sur le siège de métal, je me sentis glisser vers Pietro, qui riait de mes efforts pour garder l'équilibre.

— Je vais tomber ! hurlai-je, mais ma voix se perdit dans le bruit du moteur.

— Tu ne vas pas tomber, me dit Pietro du même ton assuré dont il m'avait promis autrefois que nous n'étions pas dans l'œil d'un cyclone.

Le soleil était presque couché et l'air sentait la neige tandis que nous passions devant les fenêtres et les portes. Un vieil homme nous salua d'un geste, et j'agitai la main ainsi qu'on le fait pour un inconnu qu'on ne reverra jamais. Je regardai Pietro qui saluait lui aussi, vaguement amusé mais l'air lassé, comme s'il entendait la même blague pour la millième fois.

23

Je pensais vraiment ne jamais revoir Luca Falcone. Aussi, quand je le trouvai devant moi un soir lors d'un concert gratuit sur la piazza San Domenico, je crus à un mirage. Tout vibrait autour de moi au rythme du reggae – les dreadlocks, les sacs en chanvre et les bouteilles de Peroni – et je restais plantée là comme une statue. C'était Tonino qui avait préparé cette surprise en nous tirant de force, Angelo et moi, vers un endroit où l'on voyait très mal la scène.

— Heddi, murmura Luca avec son sourire en coin.

J'étais si absorbée par son visage que je ne remarquai pas d'abord qu'il avait les bras grands ouverts. Je m'y jetai enfin comme dans un pli du temps : ce crissement de cuir fatigué que je connaissais depuis toujours, cette odeur familière de lavande et de tabac. Pourtant, quand il me lâcha, je fus stupéfaite de son changement : Angelo passait la main dans sa coupe en brosse, sa queue-de-cheval avait disparu, et avec elle son air de vieux sage. Avais-je jamais réalisé que Luca n'avait que vingt-six ans ? Sa jeunesse me stupéfia.

Les yeux brillant d'admiration, les garçons voulurent savoir combien de temps il allait rester. Quelques jours seulement, nous apprit-il avec un accent qui avait perdu toute trace du grommellement napolitain.

— Allez, dit Angelo, raconte-nous un peu la vie à la caserne. Il faut que tu cires tes godasses avant l'appel ?

— Un lit superposé et un poster de Monica Bellucci au mur, je parie, dit Tonino. Toute nue, évidemment.

Luca eut un sourire. Il ne vivait pas à la caserne, mais rentrait dîner avec ses parents. L'essentiel de son travail consistait à faire de la paperasse. Il avait même pris un peu de poids, reconnut-il. C'était un poste à responsabilités réservé à des gens éduqués, et qui payait bien.

Je n'écoutais qu'à moitié, m'efforçant de fixer pour toujours ses gestes, ses intonations : Dieu seul savait quand je reverrais Luca. Nous n'étions pas assez proches pour espérer une autre visite de sa part, et pourtant il avait conspiré avec Tonino pour me faire cette petite surprise.

Une fille blonde embrassa Tonino et Angelo et leur tendit des bières. J'en profitai pour demander à Luca comment se portait sa mère.

— Elle a un cancer, répondit-il.

Je marmonnai quelques mots qui ressemblaient à des condoléances. Luca les accepta dignement tout en fouillant dans sa veste pour y trouver son tabac et son papier à rouler. Une bouteille de bière explosa quelque part sur la place. Je fis semblant d'écouter la musique un moment, mais j'avais trop conscience de la présence de Luca à mon côté. Je craignais en ajoutant un mot de briser le charme.

Ce fut lui finalement qui se rapprocha, pressant son épaule contre la mienne.

— Il faut que je te dise quelque chose. Je vais peut-être partir en mission.

— Quel genre de mission ?

— Je ne sais pas exactement. Ils ne donnent aucun détail avant qu'on l'ait acceptée. Même le pays de destination est top secret.

— C'est loin de l'Italie, alors, dis-je, résignée à vivre perpétuellement dans son ombre.

Ce fut seulement quand il prononça au milieu du bruit frénétique des congas le mot fatal de Moyen-Orient que je protestai.

— Mais enfin, Luca, tu ne vas pas aller te battre… ?

— Mais je n'y vais pas en tant que soldat. Ce qui les intéresse, c'est ma connaissance de la langue.

La cigarette se balançait entre ses lèvres, papyrus qu'il n'avait pas encore allumé ; peut-être n'en avait-il même pas l'intention. Il pouvait décider de la remettre dans sa poche et disparaître simplement dans la nuit : personne ne pouvait prédire les mouvements de Luca Falcone. Il avait trouvé un usage de son savoir universitaire si abscons, mais loin de l'université ; il s'en allait dans une zone de guerre en tant qu'intellectuel. Et, au milieu de ces dreadlocks et de ces piercings, au sein de sa propre tribu, il se tenait là avec ses cheveux en brosse, impeccable, respectable, prenant la voie étroite qui était la seule véritable rébellion. Il ne m'avait jamais autant fascinée.

— Ça paie très bien, et je n'ai aucune dépense.

— Alors tu as pris ta décision, dis-je d'un air détaché.

— Je n'ai encore rien arrêté, dit-il en se décidant à allumer son papyrus. J'aimerais savoir ce que tu en penses.

— Moi ? (Je me sentis fondre, comme le jour où il m'avait demandé son aide pour des paroles de chanson.) Eh bien, balbutiai-je, je pense que tu devrais suivre ton idée.

Je savais bien que mon avis ne comptait pas, mais je n'avais pas d'autre réponse, dût ma vie en dépendre.

Luca allongea la main pour m'ébouriffer les cheveux comme un grand frère, et je vis qu'elle était calleuse malgré le travail de bureau. Il me fixait avec ce sourire magnétique qui m'impressionnait tant, mais cette fois je trouvai le courage de le fixer à mon tour. C'était difficile, car Luca Falcone ne baissait jamais les yeux le premier. Mais plus je le regardais, moins il m'intimidait. Je comprenais à présent qu'il ne cherchait pas à m'inculquer quoi que ce fût : il me regardait comme la lune vous regarde, avec ce sourire énigmatique qui vous donne un sentiment d'éternité et vous murmure que vous connaissez déjà toutes les réponses.

— Eh, quelqu'un veut un peu de cette pisse d'âne ? lança Tonino en fourrant une bière dans la main de Luca. Elle est tiède, mais je n'ai pas pu la refuser : je n'allais pas offenser une dame, tout de même !

Leur amie était partie, nous étions à nouveau tous les quatre, comme autrefois. Seule manquait Sonia. Luca but une gorgée de bière et me tendit la bouteille, que j'acceptai. Même l'alcool n'aurait pu effacer ma bonne humeur ni brouiller la clarté de mon esprit.

— Pas mauvais, ce groupe, dit Angelo.

Tonino réajusta ses lunettes en direction de la scène, leur laissant un instant le bénéfice du doute.

— Mais tu es sourd, beau blond ? Une diarrhée a plus de rythme que ces types-là.

Après mon examen de littérature italienne, il ne restait plus qu'un espace à remplir dans mon carnet bleu, celui de la littérature russe. Mais cela devrait attendre que ma professeure se remette de son amnésie : on racontait que, choquée par l'infidélité de son mari, qui se trouvait être mon professeur de langue russe, elle avait perdu la mémoire des trente dernières années de sa vie. Elle les retrouvait peu à peu, dans l'ordre chronologique : le russe, qu'elle avait appris très jeune, lui était revenu, mais elle était encore loin de se rappeler le nom de ses étudiants, et en attendant, elle restait chez elle. De toute façon, j'avais perdu ma passion pour cette langue qui ne me serait d'aucun usage et que j'avais tant de mal à prononcer. Le choix du russe datait d'une brève phase dostoïevskienne de mon adolescence.

Le sirocco revint. Il soufflait avec détermination à travers les rues comme une tempête tropicale ; il ouvrait les vestes et fouillait sous les jupes ; il luttait avec les pêcheurs qui poussaient leurs barques vers la mer, et avec les parasols de la terrasse du Gambrinus ; il m'arrachait mon bonnet pour jouer avec sur les pavés, comme un chat avec un moineau ; il soufflait de la craie dans mes cheveux. Il me caressait la nuque et me chuchotait à l'oreille : *Tu te souviens de moi ? Tu te rappelles quand nous étions en Grèce et que nous avons renversé des ferries, et comme on baisait bien une fois rentrés à l'hôtel ?* Le sirocco embellissait la vérité pour ne pas reconnaître qu'il n'avait rien à voir avec la Grèce, qu'il venait du Sahara, de cette Afrique où, selon certains, Naples devait retourner. « Les Marocains », nous appelaient-ils dans le Nord.

Le vent tourbillonnait, le temps volait, le seul qui ne changeait pas était Pietro. Tout en lui me rassurait. Ses lunettes reflétant l'écran de l'ordinateur, sa main posée pensivement sur sa bouche quand il lisait le *National Geographic.* Sa façon courtoise de déposer les sacs d'épicerie comme s'il avait peur d'abîmer les fruits. Son léger bégaiement quand il parlait de physique ou qu'il était nerveux ; le tatouage un peu effacé qu'il s'était gravé sur l'avant-bras ; les boutons de sa chemise, le petit creux osseux de sa poitrine ; ses grandes mains et le sel sur sa peau.

Nous faisions l'amour comme si on était à la veille d'une guerre : le matin, le soir, parfois au milieu de la nuit si nous étions réveillés par une caresse accidentelle ou par la lune formant une couche neigeuse sur la couverture. Nous nous donnions ces petits noms propres aux couples, mais j'aimais par-dessus tout l'appeler Pietro. Prononcer son nom était comme un sourire lumineux terminé par un baiser – de ceux, pourtant, qui ne sont pas rendus et restent tristement en suspens.

Avec l'arrivée du sirocco, Sonia et Carlo rompirent et Madeleine rentra à Marseille. Dans les jours précédant son départ, j'évitai de la regarder dans les yeux, craignant d'y trouver des larmes ou une invitation à jouer l'un de nos petits jeux. Mais le jour fatidique arriva sans incident, ses derniers moments dans l'appartement annoncés abruptement par Saverio qui appuya trois fois sur l'interphone.

À la porte, Gabriele la prit dans ses bras en disant :

— Non, Madeleine, je t'en prie, tu vas me faire pleurer aussi. On se reverra. Je viendrai te voir à Marseille, je te le promets. Ce sera une bonne occasion de pratiquer mon français, mon petit chou.

— Tu me manqueras aussi, dit-elle en se tournant ensuite vers Pietro qui l'étreignit avec l'affection suspicieuse qu'il lui vouait, avant de lui offrir sans conviction de l'accompagner en bas.

Sur le seuil, Madeleine parut vaciller sous le poids de sa valise. Je l'attirai à moi : elle était si petite, si fragile que je craignais de l'écraser. Il y eut une cacophonie d'au revoir et elle ne fut plus là, engloutie par l'escalier.

— Quel dommage qu'elle s'en aille, dit Pietro. Sa façon de flanquer des gifles au chauffe-eau va me manquer.

— C'est une catastrophe, tu veux dire, répondit Gabriele. Je déteste quand les gens sortent de ma vie comme ça.

Dès que nous fûmes remontés dans sa chambre, je me tournai vers Pietro.

— Quand on s'en ira, il faudra qu'on l'emmène avec nous.

— Qui donc ?

— Gabriele.

— Tu veux rire. Tu nous vois toi, moi et Gabriele en train de courir le monde ? Tu parles d'un trio ! Ou as-tu été chercher une idée pareille ?

Le téléphone sonna ; Pietro décrocha, leva les yeux au ciel et s'effondra sur le canapé.

— Tu as mangé ? (J'allais déjà vers la cuisine, par discrétion, quand je l'entendis dire :) pour Pâques ? Bien sûr que j'y serai.

Dehors, les jours du sirocco étaient comptés – comme les nôtres. Quitter la ville n'était plus un choix, mais une obligation. Parmi les innombrables raisons de traîner Naples dans la boue – au nord comme au sud, et entre les Napolitains eux-mêmes –, la première était ce défaut géographique majeur de n'être située qu'à cent deux kilomètres de Monte San Rocco.

De : tectonic@tin.it
À : heddi@yahoo.com
Envoyé le : 15 juillet

Chère Heddi,

Excuse ce silence, mais tu me connais… Aujourd'hui, je suis allé dans la campagne couper des rameaux pour soutenir les vignes. J'ai planté quelques arbres, dont l'un porte ton nom.

Je ne cesse de penser à toi, et j'en ai honte. J'ai l'impression de souffrir d'une sorte de double, ou même de triple personnalité… Quand je pense à toi, je me vois comme quelqu'un d'autre. J'aime penser à celui que j'étais autrefois, qui n'est peut-être qu'un produit de mon imagination. Je me dis parfois que quand je te reverrai je serai celui-là – et de ton côté, tu n'as guère changé, si j'en juge par la photo que tu m'as envoyée. Je ne t'oublie pas et je n'oublierai jamais ni ce que tu m'as enseigné, ni la façon dont je t'ai sacrifiée. Et tu n'es même pas capable de me haïr.

Je suis une merde, mais je suis terriblement humain. Je t'ai blessée, je t'ai menti… Y compris au moment de ce fatidique coup de téléphone. Mais quelle autre femme ? Au fond, ce n'était qu'une excuse pour te quitter. Je suis un lâche. Je n'ai jamais été et je ne serai jamais capable, à la croisée des chemins, de prendre la voie juste. J'ai cru plus d'une fois que le secret était de ne pas choisir, sous le prétexte que nous sommes entre les mains du destin. Mais le destin est l'excuse des faibles… Je sais, je divague, mais j'essaie de t'expliquer ce que je ressens. Et je veux me montrer optimiste : selon l'horoscope, cette année tout ira bien ! Alors, pourquoi ne pas y croire au moins un peu ?

Tu pars dans quelques jours et je te souhaite bon voyage. Nous nous verrons le matin du 20 août chez Rita. Attends-moi…

p.

24

J'allai à Pâques chez Rita à Castellamare, un saut rapide parce que je voulais continuer à travailler sur ma thèse. Quand Pietro et Gabriele revinrent, chargés de sondages hydrologiques et de nourritures paysannes, je leur proposai d'aller visiter ensemble la Naples souterraine, mais Pietro déclina en disant qu'il s'intéressait uniquement aux cavités naturelles.

— Il doit y avoir des grilles partout, ajouta-t-il.

De toute façon, il me semblait plus juste que ce soit Gabriele qui m'accompagne dans les entrailles de la ville. Une fois parvenus sur la via Roma, il glissa son bras sous le mien et ne le lâcha plus pendant tout le parcours. Gabriele était ainsi : il extériorisait son affection par des gestes d'une autre époque, au contraire de son frère, toujours plus jaloux de notre intimité.

Chemin faisant, Gabriele me dit combien j'avais eu de la chance de ne pas passer les fêtes avec eux.

— Pâques à Monte n'est rien d'autre qu'un marathon de bouffe dont on a du mal à se sortir vivant.

J'adorais sa façon de raccourcir le nom du village, qui sonnait ainsi presque comme celui d'une ville balnéaire en Californie.

Nous trouvâmes l'enseigne rédigée à la main. L'heure du déjeuner approchait et la porte grande ouverte exhalait un souffle tiède à l'odeur de terre qui faisait s'envoler les affiches dans la minuscule entrée. Un jeune gardien barbu leva les yeux de son livre et nous dit de nous dépêcher si nous voulions nous joindre à la dernière visite de la journée, qui venait de commencer. Il ajouta, parfait exemple de l'art napolitain de contourner les règles, que nous pourrions payer la prochaine fois, en nous indiquant un escalier qui s'enfonçait dans les profondeurs.

— On y va, Eddie ?

— Une visite guidée ? Je ne sais pas…

J'aurais préféré aller à l'aventure, comme toujours, mais Gabriele s'enfonçait déjà dans la descente obscure.

— Attendez, prenez ça, dit le gardien en nous tendant deux chandelles allumées, longues et blanches comme des cierges.

Nous descendîmes, éclairant d'une main les marches creusées dans la pierre, nous tenant de l'autre au mur humide et granuleux. Je gardais l'œil sur Gabriele, son ombre déformée se projetant devant moi sur la paroi qui s'effritait sous mes doigts.

— Du tuf ?

— Exactement.

Au bout de l'escalier, nous suivîmes le bruit des voix. Une femme dont les intonations rappelaient celles de Carlo était en train de dire :

— Puis, pendant la Seconde Guerre mondiale, elles ont servi d'abri antiaérien. Rapprochez-vous. Vous voyez cela ?

Nous débouchâmes sur une petite pièce creusée dans la roche où une dizaine de chandelles éclairaient une paroi gravée rappelant celles du néolithique.

— Regarde un peu ça, me murmura Gabriele en approchant sa chandelle d'un dessin gravé dans le tuf : un bombardier survolant un nuage de destruction, signé « Enzo » et daté du 6 août 1943.

— Pendant les raids aériens qui duraient des jours et des semaines, poursuivit la guide, les civils réfugiés dans les grottes occupaient leur temps à des prières et exprimaient leur terreur par des œuvres d'art.

— Des graffitis, en clair, dit une voix à l'accent toscan. Naples en a une longue tradition.

— Appelez-les comme vous voulez, répliqua sèchement la guide, mais rappelez-vous que Naples a été la ville italienne la plus bombardée.

— Un peu de respect, ajouta un homme.

— Les gens se mariaient ici, reprit la guide. Les enfants y jouaient, des bébés y naissaient.

Selon les registres, une certaine Carmela Montagna avait donné le jour à une fille qui était morte en quelques jours d'une pneumonie. « Une vie tronquée, sans une seule caresse du soleil. »

Ces paroles me rappelèrent le minuscule cercueil du cimetière delle Fontanelle. Une goutte d'eau tomba sur ma joue, que j'essuyai d'un revers de main.

— À la fin de la guerre, reprit la guide, la ville était engloutie sous les décombres ; mais il fallait continuer, et le Napolitain se relève toujours. Le seul moyen de nettoyer la ville, c'était de jeter les gravats des maisons effondrées dans les carrières souterraines, jusqu'à les combler. Ils essayaient peut-être d'ensevelir aussi les souvenirs de ce qu'ils avaient souffert là. En tout cas, depuis les années 1960, personne n'a plus parlé de ces grottes.

— Alors, pourquoi celle-ci n'a-t-elle pas été comblée ? demanda une jeune fille.

— Vous devez comprendre qu'il y avait plus de quatre cents de ces refuges dispersés dans la ville. En fait, presque tous les immeubles avaient accès à une cave. Et puis, une seule génération n'aurait jamais suffi à ensevelir tout le travail de maçonnerie et d'ingénierie entamé par les Grecs. Par ici, je vous prie.

Nous suivîmes les autres dans une cave entièrement occupée par une grande vasque. Une ampoule pendait au-dessus, donnant à l'eau un vert chimique et translucide. Des gouttes tombaient, *plic-ploc*, comme les notes d'un piano mal accordé.

— Voici une citerne du type de celles que creusaient les Grecs quatre cent soixante-dix ans avant Jésus-Christ, expliqua la guide. Les premières servaient à recueillir l'eau de pluie, avant la construction de l'aqueduc et d'un système complexe d'adduction d'eau à l'époque romaine.

Elle décrivit le rapport intime qui s'était créé entre le système souterrain et la ville en surface. Dans un passé pas si lointain, les immeubles de Naples avaient pour la plupart un puits dans la cour, directement alimenté par ce genre de citernes.

— C'est de là qu'est née la croyance populaire dans le moinillon qui se glisse dans les maisons en sortant des puits.

— Pardon, mais c'est quoi un moinillon ? demanda la fille.

— Selon un mythe très ancien, c'est un petit esprit vêtu d'un manteau de bure qui se glisse la nuit dans les maisons pour faire des bêtises : il casse les assiettes, saute sur les lits, sonne à la porte, cache des objets. Aujourd'hui encore, quand ils emménagent dans une nouvelle maison, les Napolitains laissent toujours quelques piécettes pour s'attirer les bonnes grâces du petit moine.

Elle avait prononcé ces derniers mots sur un ton résolument menaçant.

— Le puits était aussi un moyen d'accès aux matériaux de construction, reprit-elle. En effet, Naples a été bâtie grâce à l'extraction du tuf, un bloc à la fois, à mains nues.

— Comme tu me l'as raconté, chuchotai-je à Gabriele.

— Depuis l'Antiquité, Naples n'a pas eu besoin d'aller chercher ailleurs ses matériaux de construction ni sa philosophie de la vie. On pourrait dire qu'elle s'est bâtie elle-même et ne doit donc rien à personne. Cette autonomie, intrinsèque à ses origines, a créé un lien indéfectible entre le Napolitain et la terre qu'il a sous les pieds.

Sans laisser le temps à quiconque de poser une autre question, elle baissa la tête et fonça vers la sortie. D'un pas déférent, nous avançâmes nous aussi dans un étroit corridor qui ne tarda pas à s'élargir. Notre guide leva sa chandelle en nous enjoignant de l'imiter.

— Voici le premier endroit que nous avons réussi à ouvrir dans cette zone de la cité souterraine. Il était rempli de détritus et de gravats. Il nous a fallu des mois pour le vider.

— Comment, c'est vous qui l'avez fait ? demanda quelqu'un.

— Tous ensemble, avec l'association. Il fallait bien que quelqu'un s'y mette. Si on avait attendu la municipalité, on y serait encore, ajouta-t-elle d'un ton sec.

— Et les marches descendaient jusque-là ?

— Quelles marches ? On est descendus avec des cordes et des pioches, oui !

À en juger par le silence qui accueillit cette déclaration, la guide venait d'acquérir une autorité autre que poétique. Nous la suivîmes jusqu'à l'antique marché grec en essayant de ne pas glisser sur les pavés arrondis. Elle s'arrêta enfin devant un étroit boyau et conclut sur un ton pénétré :

— Il nous reste beaucoup à faire pour assainir et rendre accessible au public la ville souterraine, d'une valeur archéologique inestimable. Merci de votre contribution. La sortie est de ce côté. Mais je dois vous demander : est-ce que quelqu'un ici souffre de claustrophobie ?

— Je suis hypocondriaque, me souffla Gabriele. C'est presque la même chose.

« Ne vous perdez pas de vue » furent les dernières paroles de notre guide, puis elle disparut dans les ténèbres. La visite était terminée.

Nous fûmes les derniers à pénétrer dans un boyau si étroit qu'il nous contraignait à marcher en file indienne. La flamme de ma chandelle faisait à Gabriele une ombre fantastique, tandis que le tuf jaune se refermait autour de nous. Les parois, lisses au toucher, disparaissaient en hauteur dans une obscurité que je ne parvenais pas à percer. J'espérais que Pietro se trompait sur la présence de grilles.

À un certain point, les parois se resserrèrent tellement qu'il nous fallut marcher en crabe, nous râpant contre la roche qui nous enserrait d'une prise aussi forte que le sirocco au-dehors. Soudain, comme un brusque reflux de marée, je sentis ma tension baisser avec la violence d'une ivresse dont on ne prend conscience qu'au moment de se lever. Je me sentis chuter, les parois rocheuses semblèrent prendre vie; coincée entre elles, j'étais une petite chose inconsistante, un simple ver de terre. Était-ce un séisme? Gabriele aussi s'était arrêté.

— Ah merde, quel imbécile !

— Tu t'es fait mal ?

— Ce n'est rien, dit-il en regardant ses phalanges d'où coulait du sang mêlé à des grains de tuf. Continuons, si on ne veut pas perdre les autres.

— Mais tu saignes. Il faut nettoyer ça d'abord.

Il protesta pour la forme. L'étroitesse du couloir nous gênait, et je dus manœuvrer avec ma chandelle pour arriver à sortir de ma poche un mouchoir en papier. La plaie était large et je m'efforçai de la tamponner sans la frotter, à cause des grains de sable. Puis j'enveloppai ses doigts d'un mouchoir propre.

— Donne-moi ça, dit-il avec gêne en désignant le mouchoir imbibé de sang.

— Mais enfin, Gabriele, ton sang ou celui de Pietro, ça ne fait pas beaucoup de différence.

Il tourna la tête vers moi, la joue appuyée contre la paroi.

— Je comprends pourquoi mon frère est si amoureux de toi.

Nous nous regardâmes dans les yeux. La lumière de la flamme accentuait chez Gabriele les traits aquilins de Pietro. Épaule contre épaule, comme pour soutenir ensemble le poids de la roche, nous respirions au même rythme dans cette odeur de terre brute. Je croyais avoir oublié sa demande d'un véritable baiser, mais il s'en souvenait en fait aussi bien que moi. J'eus la vive intuition qu'il allait porter sa main ensanglantée à ma nuque et presser sa bouche contre la mienne. Je sentis la peur m'envahir, mais il se borna à soupirer en détournant les yeux.

— Mon frère a toujours eu de la chance dans la vie.

— Et pas toi ?

— Je ne sais pas, Eddie. J'ai beaucoup d'amis, beaucoup de livres et tout le vin que je peux désirer. En déménageant à Naples, j'ai fini par trouver ma vraie place. Je devrais être heureux, mais il me manque une chose fondamentale.

— Laquelle ?

— Quelqu'un qui m'aime.

Cette confession me fit mal et je bafouillai :

— Ici au moins, tu as l'embarras du choix. Naples est pleine de filles belles et intelligentes.

— Et de garçons…

Je le fixai, un peu désorientée.

— Cela, je ne l'ai jamais dit à personne. Les hommes que j'ai aimés, de loin jusqu'à présent, je voulais un peu être avec eux et un peu être comme eux : beau, sophistiqué… Je ne sais même pas s'il y a une différence, ce n'est pas clair pour moi. J'ai aussi aimé des femmes, éperdument, et j'ai toujours fini seul.

— Je suis vraiment désolée.

— Tu comprends pourquoi un endroit comme Monte San Rocco ne peut pas me convenir, dit-il avec un rire amer. Et c'est grâce à Pietro que j'ai pu m'échapper de cet horrible endroit. Je lui en serai toujours reconnaissant.

Lui, devoir de la reconnaissance à Pietro ? N'était-ce pas Gabriele qui avait insisté auprès des parents pour qu'ils laissent son petit frère étudier ?

— Comment, il ne t'a jamais raconté l'histoire ?

— Non, mentis-je. Raconte-moi.

Gabriele avait compris que la seule façon de se sauver de l'étroitesse mentale du village était d'obtenir un diplôme. Pietro, en revanche, n'avait aucune envie de poursuivre ses études après son baccalauréat, mais Gabriele n'acceptait pas l'idée de le laisser moisir à Monte San Rocco. Il avait donc annoncé aux parents, enchantés de ne plus avoir dans les pieds le fils du milieu, qu'il ne partirait pas sans son petit frère. Sachant à quel point Gabriele y tenait, Pietro avait fini par céder et s'était inscrit lui aussi à l'université.

— Il s'est sacrifié pour moi, pour que je réalise mon rêve, conclut Gabriele.

C'était la même histoire, mais comme dans un miroir déformant. Je compris que sans l'obstination de son frère aîné, Pietro serait devenu l'un des joueurs de cartes de ce bar enfumé, ou au mieux la copie conforme de son cousin Francesco.

J'avais du mal à y croire. Ce récit était-il alimenté par une rancœur contre Pietro, jusque-là le fils préféré, qui s'apprêtait à terminer sa thèse sans même s'en soucier alors qu'ils avaient commencé la même année ? Mais je n'en voyais pas trace sur le visage de Gabriele – seulement un amour immense et douloureux.

— Je suis content de ne pas l'avoir laissé en arrière. Tu as vu les résultats magnifiques qu'il a obtenus. Allons-y, reprit-il en me rendant ma chandelle, avant qu'ils nous enferment là-dessous.

— On est partis.

En vérité, j'avais hâte de laisser derrière moi toutes ces histoires chuchotées dans l'obscurité des grottes, et d'oublier le frisson d'excitation de ce baiser qui n'avait pas été échangé et ne le serait jamais.

Je ne savais pas trop si j'avais désiré ce baiser pour la ressemblance de Gabriele avec Pietro ou pour les qualités qui le rendaient si différent de lui : son indépendance, son intégrité, ce feu intérieur où il préférait se consumer plutôt que de se rendre.

J'entendis ce soir-là au journal télévisé du voisin qu'il y avait eu un tremblement de terre en Campanie. Quand j'en parlai à Pietro, il minimisa : une petite secousse dont l'épicentre était proche de Benevento et qui n'avait fait qu'une seule victime. « Un petit vieux qui a eu une crise cardiaque », dit-il en soufflant sa fumée par le hublot de notre petite chambre.

— Un séisme, on le sent davantage quand on est sous terre ?

— Non. Son effet en sous-sol correspond à la moitié, voire au tiers de celui qui est ressenti en surface.

Les ondes sismiques, m'expliqua-t-il, sont comme des fréquences radio qui s'amplifient en passant à travers les différentes strates du sous-sol. C'est pourquoi l'essentiel des dommages a lieu en surface.

Ce n'était donc pas une secousse que j'avais ressentie dans la Naples souterraine, et j'en fus curieusement déçue – déçue de ne pas connaître de tremblement de terre, de même que je ne connaîtrais jamais les bombardements que par le récit des autres. Pietro dut remarquer mon air préoccupé, car il s'empressa de dire :

— Ne t'inquiète pas, *baby*. La prochaine fois qu'il y aura un tremblement de terre à Naples, nous n'y serons plus. Nous l'apprendrons peut-être au fond de l'Outback, au milieu des kangourous. Mais si jamais il y avait un séisme, reprit-il en tirant avidement sur sa cigarette, tu sais ce que tu dois faire, pas vrai ? (Je secouai la tête.) Abrite-toi sous le chambranle d'une porte. Si c'est un mur porteur, c'est la partie la plus solide d'une maison. Tu aurais dû voir les maisons détruites à Monte San Rocco en 1980. C'était souvent la seule chose restée debout.

Comme d'habitude, il avait réussi à me rasséréner.

— Tu sais tellement de choses ! Tu es vraiment un scientifique-né, dis-je.

Je voulais qu'il me reparle de sa passion pour la géologie, qu'il démente le récit de Gabriele. Mais rien ne vint.

— Je ne suis pas celui que tu crois, dit-il en éteignant sa cigarette pour me prendre dans ses bras. Sans toi, je suis une lune sans soleil. Je ne brille pas d'une lumière propre.

Puis il m'embrassa dans le cou et je compris comment la soirée allait finir. Pendant que nous échangions des baisers, j'aperçus par la fenêtre le volcan parsemé des lumières de toutes les maisons illégales qui défiaient quotidiennement le sort. Tôt ou tard, le Vésuve perdrait patience, tout le monde le savait. Ceux qui habitaient là vivaient-ils dans la crainte d'un désastre ou dans l'attente d'un spectacle ? Ce que nous craignons le plus est paradoxalement ce que nous désirons le plus, comme si la partie la plus primitive de notre cerveau cherchait à anticiper le malheur en disant : « Allons-y une bonne fois et qu'on n'en parle plus. »

De : heddi@yahoo.com
À : tectonic@tin.it
Envoyé le : 27 août

Cher Pietro,

Je suis bien rentrée en Nouvelle-Zélande. Tu vois que finalement, il n'y avait pas à s'inquiéter pour le vol ! Je me suis installée tranquillement pour lire mon roman, réfléchir, rêvasser...

Je vois bien à présent que je n'étais en rien préparée à notre rencontre. Ma tentative de défense par le zen a lamentablement échoué. Mais comment rester impassible au son de ta voix qui m'appelait depuis la rue ? En me penchant, je me sentais tomber non pas du deuxième étage mais d'une hauteur immense. Et puis, quand j'ai vu l'anneau à ton doigt, j'ai pensé que c'était moi qui t'avais trahi en te renvoyant ton soleil voici des années, que c'était moi l'infidèle ayant perdu toute confiance dans notre destin. Je ne devrais peut-être pas te dire cela. Cette journée passée avec toi a été comme une semaine, un mois, toute une vie. Combien d'aveux inattendus, de sensations anciennes et nouvelles... Je t'envoie la photo que nous avons prise sur la plage de Puolo, bien qu'elle soit un peu surexposée. J'ai oublié de te dire que, par la mer, elle est très proche de celle de Regina Giovanna. Tu te rappelles qu'on y était allés avec Sonia et Carlo ?

Comme tu le sais, le lendemain j'ai vu Gabriele à Naples. Je me demande à présent si vous avez fait exprès de ne pas vous croiser – toi qui partais dans ta bagnole rutilante, et lui qui arrivait tout ébouriffé par le train. Tu me manquais déjà, et je me suis mise aussitôt à lui parler de toi. Il a dû penser que j'étais folle, mais il n'a rien dit. Je lui ai parlé de toi dans les petites rues du centre, de toi à La Campagnola. Nous avons mangé comme des rois, j'ai beaucoup bu et j'ai laissé libre cours à cette énergie qui m'incendiait la tête. Gabriele ne m'a pas dit grand-chose sur lui : je me fais des idées, ou il est encore plus déprimé qu'avant ? Peut-être ne le sais-tu pas toi-même...

Naples n'a pas beaucoup changé. On dit qu'elle est toujours la même et que c'est nous qui changeons. Mais qu'y a-t-il de mal à ne pas changer, à être toujours cohérent avec soi-même – même si, dans le cas de Naples, la cohérence est synonyme d'imprévisibilité et de folie ? Pour rester cohérent, il faut se connaître à fond et savoir se reconnaître dans le miroir...

En tout cas, notre immeuble non plus n'a pas changé, du moins de l'extérieur. Gabriele a préféré m'attendre au bar du coin : il m'a dit qu'il ne voulait plus jamais refaire ce chemin, qu'il n'y arrivait pas. Alors j'ai parcouru la via De Deo toute seule : c'est curieux, je ne me rappelais pas que sa pente était aussi raide. Tu sais que le vendeur de fruits un peu escroc est encore là ? Et que le numéro 33 est toujours mon chiffre porte-bonheur ? C'est peut-être mieux que j'aie trouvé la porte close. Je ne voulais pas trop d'émotions, je voulais être forte pour Gabriele.

Ce soir-là, nous avons dormi sur le Corso Umberto, chez un de ses amis qui était parti en vacances. Il faisait une chaleur infernale : nous avons éteint toutes les lumières et ouvert la porte-fenêtre pour laisser entrer le peu de fraîcheur. Nous sommes restés dans le noir en regardant un vieux film à la télé, pendant que Gabriele buvait son whisky. La scène était si familière que tous les souvenirs douloureux me sont revenus d'un coup... Je comprends à présent pourquoi tu disais que les yeux te brûlaient chaque fois que tu rentrais à Naples, sauf que pour moi, ce n'était pas à cause du smog.

Je dois te laisser. Je pense toujours à toi, mais les images qui me reviennent à l'esprit ne sont plus celles du passé, ce sont celles d'aujourd'hui. Tu vois que tu n'es pas un fantôme, mais bien un homme de chair et d'os...

Je t'embrasse,

h.

25

Le printemps passa comme un rêve entre un premier jet de ma thèse et les rendez-vous avec les amis. Un soir que je sortais avec Angelo et Tonino, ayant laissé Pietro étudier à la maison, nous longions la via Costantinopoli en direction de la piazza Bellini quand un scooter s'approcha de nous, bien trop près étant donné que la rue était vide à cette heure. Il ralentit, se mit à tourner autour de moi en me frôlant avec une virtuosité de danseur classique, puis son conducteur allongea la main et me l'enfila entre les jambes. Là-dessus, il accéléra et disparut, laissant sur place les deux garçons qui l'agonisaient d'injures. Au retour, je me gardai de raconter cet épisode à Pietro. Cela n'aurait fait qu'alimenter sa fureur antinapolitaine, déjà bien nourrie de pollution et de rues pleines de nids-de-poule, de chômage et de corruption. De mon côté, je commençais à soupçonner que même la renaissance urbaine, à laquelle nous avions fini par croire, était un présent que l'on pouvait nous reprendre d'un jour à l'autre.

C'est dans ce climat de suspicion qu'arriva le jour de ma soutenance de thèse. Comme si c'était une matinée quelconque, je passai d'abord apporter à manger à mon sans-abri, qui me salua joyeusement de la main quand je le laissai, un geste qu'il n'avait jamais fait et que j'interprétai comme un signe propitiatoire.

En réalité, j'étais paniquée et je cherchais des signes un peu partout. De crainte qu'il me transmette son anxiété, j'avais demandé à Pietro de ne pas m'accompagner à l'église déconsacrée située en face du Palazzo Giusso. Mamma Rita de son côté n'avait rien voulu entendre, et ses cheveux blonds platine tranchaient sur la foule de parents endimanchés. J'allai m'asseoir à côté d'elle ; j'aurais mille fois préféré être chez elle en train de cuisiner et de bavarder, surtout quand elle me désigna dans la foule le photographe qu'elle avait embauché pour immortaliser ce grand moment.

— Ne me regarde pas comme ça, ma chérie. Tu crois quoi, que ces photos sont pour toi ? Pas du tout, elles sont pour ton père et Barbara. (Là-dessus, elle avisa mon chignon en bataille.) Mais enfin, tu n'aurais pas pu te brosser les cheveux, au moins ? Tu ressembles à un chat mouillé, comme le jour de ton arrivée à la gare de Castellammare, tu te rappelles ?

— Comment pourrais-je oublier ? dis-je en attendant la suite de l'histoire, que j'adorais entendre et qu'elle ne se lassait pas de répéter.

— Il pleuvait, et tu avais les cheveux collés sur la tête, tout comme maintenant. Il y avait Tanya qui descendait du train avec toi, et sans même t'avoir vue en photo je t'ai reconnue aussitôt. Je me suis dit, je te jure, « voilà mon Eddie ». Tu te rappelles ? Et Santina qui me cassait les pieds en répétant en boucle : « Allez, Rita, pourquoi tu n'emmènes pas Tanya chez toi ? Elle ne sera pas heureuse chez les Giusi. Je vais simplement échanger les dossiers pour l'AFSAI, et le tour sera joué. Une petite Américaine en vaut une autre. » J'ai fini par lui dire : « fiche-moi la paix, Santina, pour la dernière fois ! Dis à l'AFSAI que je ne veux pas de fille nommée Tanya. C'est Eddie qui va venir habiter chez moi, fin de l'histoire. »

Rita se mit à rire comme une gamine, sans se soucier des figures graves autour de nous. Quelques parents se retournèrent pour la dévisager.

— Et tu te rappelles que ma sœur Italia ne se souvenait jamais de ton nom et qu'elle t'appelait Candy Candy, comme la poupée ? Et maintenant, regarde-toi ! Tu vas bientôt être docteure !

L'anxiété se réveilla aussitôt, et ne fit qu'empirer quand une procession de professeurs s'avança pour s'installer derrière une longue table chargée de thèses et de microphones. Un silence solennel tomba sur le public quand la première candidate fut invitée à venir s'asseoir devant eux. Je me concentrai sur elle pour oublier que mon cœur battait la chamade dans ma poitrine, regardant le photographe bondir comme un ninja autour d'elle en multipliant les flashs.

Je revins sur terre quand Signorelli, le prof qui m'avait tenue collée à mon siège au cinéma Astra, posa une question à la pauvre fille. Je fus soulagée de voir que Benedetti, mon directeur de thèse, semblait s'amuser de ces formalités. Au bout de la table se trouvait mon professeur de russe, le mari infidèle de ma professeure amnésique ; il avait l'air lugubre, les yeux baissés, les joues pendantes. Était-il taraudé par l'ennui ou par le regret ?

Encore quelques flashs, des applaudissements, et l'étudiante devint docteure. Déjà on appelait mon nom. Rita me donna quelques tapes encourageantes sur la cuisse. Je me levai et marchai vers la scène comme dans un rêve. J'eus le temps de remonter mon pantalon, de jeter un regard à la foule des parents, à la statue de saint Marc domptant le lion et même au photographe qui insérait un nouveau rouleau de pellicule dans son appareil.

Je m'installai enfin sur la chaise ; il y eut un bruit de toux dans l'assistance, et on me fourra dans la main le gros microphone encore humide de la sueur de la candidate précédente.

— Bonjour, articulai-je péniblement.

Quand Benedetti souleva ma thèse, avec sa couverture bleue gravée de lettres d'or, en la couvrant de louanges excessives, je revins définitivement sur terre. Je croyais n'avoir aucun souvenir de ce que j'avais écrit, mais je parlai quand même de pronoms et de politiquement correct. Je jonglai avec des termes scintillants, je gesticulai et je fis même rire Benedetti, qui tapa sur la table en faisant sauter tous les stylos. Je ne me troublai que quand mon professeur de russe me posa une question dans cette langue. Je bafouillai une réponse, le prof hocha la tête avec approbation et je me retrouvai debout, entourée de flashs. Benedetti me serra la main à la broyer, en lançant de sa voix sonore par-dessus les applaudissements : « Reçue *cum laude* ! Excellent travail, docteure ! »

Mon dernier déguisement venait de tomber.

Une ultime candidate et la session du matin fut terminée. Nous sortîmes en procession de l'église, aussitôt engloutis dans l'air stagnant de ce début d'été. Rita me serra contre elle, riant et tremblant d'émotion, et je me laissai aller contre sa vaste poitrine tandis qu'elle me couvrait de baisers.

— Écoute-moi, ma chérie, ce samedi tout le monde t'attend à Castellammare pour fêter ton succès. Apporte une tenue sexy parce que, après, je t'emmène danser au Kalimera.

Nous fûmes interrompues par Benedetti qui, fidèle à ses principes, portait un jean même en ce jour sacré. Il me lança un sourire en coin et me dit qu'il connaissait une petite maison d'édition qui pourrait être intéressée par ma thèse, avant d'ajouter :

— Je connais du monde à l'université de Bari. Vous auriez de bonnes chances d'y obtenir un poste l'année prochaine.

Là-dessus, il me gratifia d'une claque dans le dos qui me coupa le souffle.

J'en fus flattée – mais c'était non. La dernière chose que je voulais était de devenir un clone de Benedetti dans un endroit encore plus au sud que Naples.

Nous fêtâmes mon diplôme toute la nuit. Je vis débarquer des gens que je ne voyais plus depuis longtemps et d'autres – des amis sans doute de Tonino ou de Gabriele – que je n'avais jamais vus et qui semblaient même ignorer la raison de la fête. Je bus un peu, je me montrai joyeuse et expansive. Mais bientôt lassée de la musique à plein volume et de la fumée qui imprégnait mes vêtements et mes cheveux, je partis en quête de Pietro, qui semblait avoir disparu. Après avoir fait le tour du salon et de la cuisine, je me faufilai entre les invités jusqu'à la terrasse. Il était là, dans un coin sombre du toit, en grande conversation avec Sonia.

Adossé au parapet, les jambes légèrement écartées, il fumait un joint et l'écoutait avec attention, hochant la tête et souriant. Sonia avait l'air agité, gesticulant et riant nerveusement. En les voyant ainsi avec la ville en feu derrière eux, partageant le secret de la marijuana, je sentis brûler en moi une petite flamme bleue et glacée.

— Ah, salut, Heddi, lança Sonia aussitôt qu'elle me vit.

Pietro se tourna vers moi avec un petit rire embarrassé. Sonia se hâta de dire qu'il était tard et qu'elle devait rentrer.

— Ça ne va pas ? me demanda Pietro.

— Non, rien… J'ai peut-être un peu trop bu.

— Tu pourrais te permettre de prendre une bonne cuite.

Je pris cela comme une critique – j'étais incapable de me laisser aller et il le savait. Mais ce n'était pas ce qu'il voulait dire.

— Tu n'as pas de cours demain matin, ajouta-t-il avec un mélange d'admiration et d'envie. Ni demain ni plus jamais. Tu es libre, tu peux faire ce qu'il te plaît.

Ce fut seulement alors que je m'avisai de cette chose extraordinaire : au bout de vingt ans d'instruction ininterrompue, je m'étais affranchie. Désormais, seul Pietro me retenait encore à Naples.

Une chaleur humide s'élevait du quartier dès l'aube, comme une sueur qui s'évapore aux premiers rayons du soleil. La touffeur était revenue, cette chaleur mauvaise emprisonnée dans les pavés qui s'introduisait dans les rez-de-chaussée avant de monter à l'assaut des étages. Vers huit heures, elle escaladait déjà les murs de notre cour, s'arrêtant à chaque balcon. Elle prenait son temps, se séchant au linge suspendu et léchant les tresses d'ail avant de s'inviter à l'intérieur pour le café. Alors seulement elle s'attaquait aux derniers étages, porteuse d'un panier rempli de toutes les odeurs et de tous les bruits du réveil de l'immeuble : les premières toux des fumeurs, les premières douches, les premières disputes.

La touffeur nous rendait nerveux. Les habitants du 33 via De Deo se hurlaient dessus jusqu'à des heures de plus en plus indues. On distinguait dans ce tapage une voix féminine accusatrice – toujours ce problème d'eau – et une voix masculine qui clamait sa parfaite innocence. Mais l'homme, n'ayant pas réussi à apaiser l'alarme à incendie de la femme, passait aussitôt aux pires obscénités. Seule la largeur de la cour les empêchait d'en venir aux mains. À ce moment, j'étais parfaitement réveillée. Je n'avais plus de cours, mais la chaleur venait me chercher de bon matin, me regardant me débattre dans mes draps et se moquant de ma liberté.

Un matin, je parvins à arracher Pietro de son ordinateur pour prendre le petit déjeuner dehors. Comme il n'aimait pas le Gambrinus, trop snob à son goût, je lui proposai mon petit bar de la via Roma. « Il y a quelqu'un là-bas que j'aimerais te faire rencontrer. »

Mais cette fois, je ne trouvai pas le fauteuil du prêtre. Quand nous ressortîmes du bar après avoir bu nos cafés, je regardai à nouveau l'espace vide sur le trottoir : peut-être était-il resté ce jour-là au centre d'accueil ?

— Alors, c'était qui ce type que tu voulais me présenter ?

— Ah, peut-être une autre fois.

— Je devrais être jaloux ?

Pour faire quelques pas, nous passâmes derrière l'immeuble du Banco di Napoli et débouchâmes piazza del Municipio, dominée par le Castel Nuovo. Le bleu du ciel promettait une journée torride, et sur la place les chiens errants haletaient déjà à l'ombre des pins. Il n'y avait pas un souffle d'air.

— Une pause cigarette, par pitié, dit Pietro en s'effondrant sur un banc. On cuit littéralement aujourd'hui. J'ai hâte de me tirer de cette ville, quitte à faire le service civil.

— Tu as demandé les environs de Naples, alors attends de voir.

Il ne dit rien et, par pure habitude, mit sa main en coupe pour allumer sa cigarette.

— Pietro, tu as bien déposé ta demande ?

Les lèvres serrées sur sa Marlboro, il marmonna quelque chose qui n'était ni oui ni non, mais qui m'inquiéta.

— Ils ne l'auraient jamais acceptée, de toute façon. Ça ne marche pas comme ça en Italie. Ici, on envoie tous les fils de paysans au nord et tous les fils d'ouvriers au sud. En théorie, les bouseux du Sud et les mangeurs de polenta du Nord apprennent à ne pas s'entretuer, et au bout de cent trente ans nous aurons enfin réalisé l'unité italienne. Ici, c'est l'Italie ou la mort !

— Et ça te convient ?

— Mon cul, que ça me convient ! Je te dis que c'est leur stratégie et que nous ne sommes que des pions dans ce jeu.

— Et tu n'as pas envie de rester près de moi ?

— Mais ça n'a rien à voir avec toi ! (Il jeta sa cigarette à moitié fumée et me regarda dans les yeux.) Je ne suis pas un fils à papa comme Carlo, ni un pistonné de merde, et donc je peux oublier le poste à Naples ou autour. Mais même si je voulais essayer, ce serait comme me tirer une balle dans le pied.

— Pourquoi ?

— Parce que rester ici, ça veut dire encore un an et demi avec mes parents sur le dos. Pour eux, ça ne fait aucune différence que je sois à Naples pour étudier la géologie ou jouer à la loterie avec les paraplégiques. Ce qui les intéresse, c'est que je rentre chaque week-end à Monte San Rocco pour m'échiner sur leurs terres.

— Tu pourrais leur dire non, de temps en temps.

— Facile à dire ! Je ne peux pas leur dire non quand ils sont à un jet de pierre, qu'est-ce que tu crois ? J'ai besoin d'une distance physique entre eux et moi, une distance géographique monumentale ! C'est trop demander, bon sang ?

J'étais troublée de le voir aussi irrité, comme s'il en avait après moi. Je passai mon bras nu sous le sien, créant ainsi un film de sueur entre nous.

— D'accord, parlons topographie alors.

Cela consistait à énumérer nos rêves de voyage autour du monde, devenu une mappemonde entre nos mains. Sa mauvaise humeur s'atténua et il ferma les yeux.

— Peu importe où on est, *baby*, l'important, c'est qu'on y soit ensemble. Avec toi, j'habiterais dans une valise, dans le coffre d'une voiture, dans la cale d'un navire, dans un tipi au fond du désert…

— … Dans un igloo dans l'Arctique…

Il fallait vraiment que Monte San Rocco soit inhospitalier pour trouver plus agréable d'habiter dans une voiture ou de dormir sur un sol gelé. Indifférent aux passants, il m'embrassa. De la ruelle voisine nous parvint le crachotement d'une vespa, conduite par un jeune qui mima un baiser baveux en allongeant les lèvres avant de hurler : « Demande-lui de te tailler une pipe, tant que tu y es ! »

— Bon sang, je ne peux plus supporter ça, maugréa Pietro en recourant à une nouvelle cigarette.

Ce n'était pas seulement de la mauvaise humeur, mais une exaspération profonde qui m'épouvantait. J'ignorais ce qui le minait, mais je devais l'aider à se reprendre. Je changeai de tactique, parlant des étapes nécessaires pour réaliser nos projets, m'enthousiasmant à mesure : pendant qu'il ferait son service civil, je trouverais un petit boulot et je commencerais à économiser pour les billets d'avion. Lui de son côté rédigerait son CV et prospecterait les possibilités dans le domaine du pétrole. Quant à ma carrière, je n'y avais jamais pensé sérieusement, mon diplôme étant aussi magnifique et inconsistant que le parchemin que l'on m'avait remis. J'attendrais un signe du destin pour savoir quel chemin emprunter, pour apprendre quel nouveau petit point m'avait été assigné sur la carte ;

puis, comme un caméléon, je m'adapterais à ce nouveau paysage. Cela, je savais le faire.

Mais je ne savais pas quand mon destin s'était lié aussi fermement à celui de Pietro. J'étais là, sur un banc, à énumérer les étapes de notre grande aventure, mais je n'étais sûre de rien. Sans savoir comment, j'étais devenue au cours du temps une rêveuse de plus dans une ville qui était leur royaume.

— Et puis, nous serons libres, conclus-je de façon un peu dramatique.

— Libres…

Un mot enivrant, qui parut pourtant n'avoir aucun effet sur Pietro.

— Comment, ça ne te fait pas plaisir ?

— C'est seulement que je me sens si fatigué, *baby*. Je suis prisonnier de ma famille, et par moments, je me sens prisonnier aussi de l'université.

— Pietro, tu m'aimes encore ?

— Comment peux-tu en douter ?

Il rentra à la maison pour continuer à taper sa thèse, et je m'arrêtai sur un petit marché pour lui acheter un anneau d'argent (argent mexicain, selon le vendeur), le plus massif que je puisse trouver. Ensuite seulement il me vint l'idée de le lui offrir pour son diplôme. Je me demandais seulement si j'avais pris la bonne taille, car Pietro avait des mains d'aristocrate, comme disait Sonia.

De : tectonic@tin.it
À : heddi@yahoo.com
Envoyé le : 7 septembre

Ma très chère Heddi,

J'attendais ton mail avec un peu d'anxiété, mais je savais que tu m'écrirais. Chaque fois que je te lis, je sens raccourcir la distance qui nous sépare. C'était merveilleux de te revoir. Tu n'as pas changé d'un pouce. Ce moment formera un chapitre entier du livre que j'écrirai quand je serai vieux.

Je vais tenter d'être honnête. J'attendais de grandes nouveautés, au moins sur le plan sentimental… J'allais faire amende honorable comme un chien battu, remâcher combien j'avais été stupide de te quitter… En somme, je voulais ma juste dose de souffrance. Mais je suis rentré avec une sensation encore plus forte, celle de devoir faire quelque chose : en somme de tout quitter pour te rejoindre en Nouvelle-Zélande.

Mais bien sûr, il y a un monde entre dire et faire, surtout avec moi. Je passe un temps fou à imaginer la scène, les endroits, ta maison, tes amis mais j'ai bien conscience de confondre ce que j'éprouve pour toi et le désir de vivre une autre vie que celle qui m'est échue. Ce que j'éprouve pour toi ? Une affection sans limites ; une grande partie de moi t'appartient, elle a été modelée par toi, de ma façon de m'habiller à ma façon de penser, et jusqu'à l'envie de courir le monde… J'ai envie de venir te retrouver là-bas, ne serait-ce que pour savoir s'il est encore possible de sauver quelque chose de nous.

Mais de quelque façon que je considère la situation, je ne vois aucun moyen d'en sortir. C'est un mélange épouvantable entre mon caractère, le boulet de mes possessions, l'éducation que j'ai reçue, la paresse et la peur. J'ai l'impression de devoir renoncer à quelque chose dans tous les cas, et renoncer, c'est perdre… Je me sens confus et apeuré, mais je ne veux pas me tromper encore. Je ne veux pas que tu m'attendes. Je veux te surprendre…

Je te serre contre mon cœur,

p.

26

Puis ce fut au tour de Pietro de soutenir sa thèse. Ce jour-là, Lidia, Ernesto et Gabriele se présentèrent au département de Sciences biologiques. Au milieu du tapage urbain qui semblait vouloir forcer la porte de notre petit cloître, je voyais les deux vieux complètement dépassés, comme des émigrés fraîchement débarqués. La mère en particulier, privée de son foulard et de son dialecte, semblait perdue, et je ressentis cette compassion insidieuse qui me revenait toujours quand je me croyais la plus forte.

Ensuite, je les réunis sous une arcade pour un portrait de famille. Une photo, puis deux, puis trois. D'un cliché à l'autre, ils ne changèrent pas de position, comme s'ils posaient pour un daguerréotype. Tous les quatre les bras croisés, ils refusaient de se rapprocher en dépit de mes exhortations, comme des aimants de pôle opposé se repoussant naturellement. J'espérais pourtant qu'une fois encadré, le souvenir de ce jour serait un présent digne d'un regard, à la différence de ce foulard absurdement féminin. Je n'aspirais plus à me faire accepter par ses parents, mais ce cadeau me semblait une dernière démonstration de bonne foi avant de leur enlever leur fils. J'attendis leur départ pour offrir à Pietro l'anneau d'argent, qu'il glissa à l'annulaire de sa main droite.

— Il est magnifique, *baby*. Je ne l'enlèverai jamais.

C'était le moment idéal pour porter un symbole de son engagement, parce qu'il fut bientôt appelé à faire son service civil dans la province de Rome, et j'allai travailler au noir dans le bar de la piazza San Domenico. C'était le genre de travail frénétique et servile auquel j'étais habituée à Washington, mais après les concerts gratuits c'était à moi qu'il revenait de nettoyer les toilettes, qui ressemblaient à une scène de crime. J'avais conscience de l'ironie de la situation : mon diplôme d'intello m'avait amenée à me salir les mains de la façon la plus humiliante, et celui de Pietro l'avait conduit à travailler, même gratuitement, dans une bibliothèque.

Le car se traîna sur les hauteurs des Castelli Romani, qui m'apparurent comme une série de cartes postales. Autour de moi, les passagers bavardaient avec cette cadence paresseuse que les Romains peuvent se permettre après tant de siècles d'entreprises périlleuses. À part ce fond sonore, ce voyage me rappelait celui qui menait à Borgo Alto : une infinité de collines, et au milieu une route qui divaguait, perdait le fil, et semblait ne jamais arriver nulle part.

À l'arrivée, Pietro m'attendait les mains enfoncées dans les poches, avec un sourire qu'il avait du mal à dissimuler. Il ne lâchait pas la bataille intime de la réserve en public, et j'en fus émue. Il m'embrassa et prit mon sac.

— Bienvenue à Monte Porzio Catone, mille deux cent vingt-sept habitants.

— Seulement ?

— Eh bien, plus un. Et aujourd'hui, plus deux. Monte Porzio Catone, mille deux cent vingt-neuf habitants.

Il semblait prendre plaisir à répéter le nom du village, avec cet accent romain qu'il s'était visiblement entraîné à prendre. Il avait l'air beaucoup plus en forme, et je compris au prix de quelle fatigue il avait terminé sa thèse en si peu de temps.

— Tu as une mine superbe. Le bon air te fait du bien.

— Le bon air est un droit inscrit dans la Constitution.

La rue qui menait à sa maison était une voie piétonne flambant neuve. C'était comme entrer dans un dépliant touristique : des bicyclettes rangées devant de petits immeubles de deux ou trois étages, des géraniums qui dégoulinaient des balcons, personne pour s'y pencher, personne pour s'y disputer, le tout baigné d'un soleil imprécis qui pouvait être du matin ou de l'après-midi. Un vrai décor de cinéma. C'était l'heure de la sieste, et le seul bruit était celui de nos pas sur les pavés, petits coussins arrondis sous mes sandales. Il me vint l'idée folle d'emménager dans ce village somnolent rien que pour être avec lui.

— N'oublie pas que si on te le demande, tu es simplement passée prendre le café. Si mon supérieur apprend que j'ai eu une invitée pour la nuit, je suis dans la merde.

Nous nous arrêtâmes devant une petite maison neuve, sa « villa d'été », comme il l'appela. À côté se trouvait un terrain de football semé de drapeaux, de tables et de chaises pliantes, et au-delà le mur d'enceinte du village. Nous avions traversé le bourg en quelques minutes.

— Ce week-end, il y a un concours de beauté canin, dit Pietro. *Cani e Castelli*, le plus grand événement du calendrier estival de Monte Porzio.

— Eh bien, allons-y !

— Bien sûr, si ça t'amuse.

Son appartement, situé en rez-de-chaussée, ressemblait à une chambre de motel. Du carrelage au sol, une plaque électrique, une petite salle de bains et un lit à une place. Pietro ouvrit l'unique fenêtre, laissant entrer une odeur d'herbe fraîchement coupée.

— Alors, qu'est-ce que tu en dis ?

— C'est bien mieux que je ne l'imaginais. Très confortable.

— Je sais. J'ai eu du pot, dit-il d'un air satisfait. Je suis toujours tout seul et il n'y a rien à faire le soir, mais ça ne va pas durer. Dans deux ou trois semaines, un pauvre type de Calabre va me rejoindre, ça mettra un peu d'animation.

— L'unité italienne, hein ? dis-je d'un ton léger.

Je lui donnai le dernier numéro de *National Geographic* et lui proposai une petite balade. Sur le terrain de foot, des chiens de toutes tailles couraient entre les jambes de leurs maîtres, se roulaient dans l'herbe et poursuivaient des balles de tennis. Ils nous firent fête. Pietro semblait à son aise, ébouriffant le pelage de l'un, se laissant mordiller la main par un autre.

Il me conduisit au mur d'enceinte qui marquait la limite de la vieille ville. Nous nous penchâmes, les coudes sur la pierre, pour contempler la vallée que l'on distinguait à peine dans la brume estivale.

— D'ici, j'ai l'impression d'être… comment déjà ? « Maître de mon destin, capitaine de mon âme… »

Nous suivîmes le sentier qui longeait le mur. Les cigales étaient bruyantes dans la chaleur poudreuse. Je proposai une balade dans le cœur du village, mais Pietro la réservait pour la soirée.

— Je veux t'emmener dîner ce soir. Il y a un restaurant qui n'a pas l'air mal. J'ai envie d'y aller depuis mon arrivée, mais je n'ai plus le blé pour mener la grande vie comme avant.

— Moi, j'ai de l'argent, proposai-je, mais ce n'était pas la chose à dire à Pietro, qui voulait toujours faire l'homme.

— Garde ton fric, répondit-il d'un air sombre en regardant ses chaussures. De toute façon, j'attendais une occasion spéciale pour y aller. J'ai invité mon ami Giuliano et sa copine de Rome.

Ce même Giuliano qui s'était inscrit à la Sapienza en même temps que lui et qui l'avait sauvé de Dieu sait quelle folie.

Ils s'étaient aventurés dans la capitale, ils y habitaient ensemble, aussi je m'attendais à voir deux étudiants encore plus alternatifs que nous. Mais Giuliano était déjà un homme fait : grand, les épaules carrées, des lunettes comme de petits téléviseurs reflétant le néon du restaurant, et un petit ventre naissant. Il travaillait à temps partiel alors qu'il n'avait pas encore son diplôme. Il discourait sur les roches mafiques et felsiques, et Pietro le contemplait avec une admiration visible.

Sa fiancée Rosaria, elle aussi de la province d'Avellino, était très brune, avec des hanches généreuses et une voix chaude et sérieuse. De l'autre côté de la nappe à carreaux, je la voyais lever les yeux au ciel de temps à autre d'un air exaspéré. Elle finit par annoncer :

— Écoutez, les garçons, nous aussi on adore les roches – enfin, si on veut –, mais maintenant ça suffit. Si vous nous reversiez un peu de vin ? (Je laissai Giuliano remplir mon verre, mais seulement pour faire la cave à vin.) Voilà, ça va mieux. Maintenant, parlons d'une question qui nous intéresse tous. Le mariage, par exemple. (Pietro rougit et se couvrit la bouche de la main.) Pas le tien, bébé, précisa-t-elle. Le nôtre.

Pietro hocha la tête avec approbation et leur présenta ses vœux. Rosaria les accepta avec un agacement feint, précisant qu'il était temps, au bout de sept ans de fiançailles.

— On va enfin pouvoir dire à nos parents qu'on habite ensemble, dit Giuliano.

— Pas question, pas avant le mariage !

Comme pour célébrer cette magnifique nouvelle, le garçon arriva avec la *coda alla vaccinara* et les artichauts braisés. Nous attaquâmes ce plat de paysans, à en croire Pietro et Giuliano, en parlant de la robe, de l'église et du restaurant. Ils n'avaient « que » dix mois pour se préparer.

Je voyais Giuliano se renfrogner, mais par simple embarras. Comme Pietro, il était humble et sans prétention, et n'aimait pas être le centre de l'attention. Il se tourna vers moi en plaisantant.

— Tu vois, Eddie, comment sont les femmes de chez nous ? Organisées jusqu'à la maniaquerie. Rosaria pourrait gérer une multinationale, tu ne crois pas ?

— Eh, qu'est-ce que tu veux y faire ? dit-elle en levant sa fourchette. Vous connaissez le dicton, *Mogli e buoi dai paesi tuoi* : choisis ta femme et ton bétail dans ton village.

Nous éclatâmes de rire et Pietro proposa un toast.

— Au meilleur couple que j'aie jamais connu !

Giuliano nous dit que nous étions évidemment sur la liste des invités.

— Et ne vous avisez pas d'apporter une enveloppe pleine d'argent. Nous ne l'accepterions jamais de vous. Tout ce qu'on vous demande, c'est de venir manger et danser.

— Comme de vrais malotrus, alors ? répliqua Pietro en riant. C'est un honneur, Giuliano. Je ne raterai ça pour rien au monde.

Les hommes réattaquèrent sur les roches, et j'en profitai pour interroger Rosaria sur son mariage en Irpinie, ce qui parut lui faire grand plaisir. La musique, les bonbonnières, le voyage de noces : tout était prévu dans le moindre détail. Un mariage de ce type ne faisait pas partie de mes fantasmes, mais je ne pus m'empêcher de penser que c'étaient eux les véritables adultes, et non Pietro et moi, malgré nos diplômes et nos grands projets. Ils avaient les pieds sur terre : à côté d'eux nous n'étions que des ombres, des formes prolongées de la jeunesse.

Vers la fin du dîner, je poussai mon verre en direction de Pietro, mais il le repoussa d'un geste irrité.

— Ça va bien comme ça, dit-il.

Nous rentrâmes dans l'appartement ascétique. Par la fenêtre, on voyait le terrain de foot illuminé se peupler de participants à quatre pattes et de leurs accompagnateurs. On entendait des voix, des aboiements, des rires, de la musique. Le ciel était bicolore : la nuit tout en haut, et au-dessous un coucher de soleil couleur de prune.

Dans cet espace spartiate, il n'y avait pas d'autre endroit où s'asseoir que le lit étroit. Je me posai sur le bord, et Pietro s'adossa au mur.

— J'ai été ravie de faire la connaissance de Giuliano et Rosaria, dis-je. Ils sont très sympathiques.

— Et eux, on peut vraiment dire qu'ils s'installent.

— Tu sais qu'en anglais, on parle d'un « nœud », comme si le mariage ne pouvait pas être défait ?

— C'est plutôt un boulet. (Je sentis mon cœur faire un bond.) Ce n'est qu'une façon de dire, *baby*. Ils font un très beau couple.

— Oui, dis-je d'un ton amer, le meilleur que tu connaisses.

— Toi et moi nous sommes comme les spaghettis et la sauce, se hâta de dire Pietro. Ça ne se compare pas. (Il appuya la tête contre le mur, ferma les yeux.) Bon sang, ce que je suis fatigué ! Je sens que je vais m'endormir.

— Et le concours canin ?

Il parut ne pas m'avoir entendue. Comment pouvait-il être fatigué maintenant, après quinze jours de séparation ? Nous avions quarante-huit heures en tout et pour tout, et j'en avais déjà gâché trois dans le voyage. Je l'appelai par son nom, en vain. Une vraie souche. Ou faisait-il semblant de dormir ?

— Pietro, répétai-je en haussant la voix, quelque chose ne va pas ?

— Non, rien.

Il ouvrit les yeux et se pencha vers la table de nuit pour y pêcher un nouveau paquet de Marlboro.

— C'est que tu n'as pas l'air d'être toi-même.

— C'est normal, *baby*. Tu vois un peu ma situation ? dit-il en froissant la cellophane du paquet et en sortant une cigarette. Je suis obligé de vivre dans ce coin perdu, tout seul, à faire un boulot éreintant toute la journée – des caisses pleines de livres qui pèsent un âne mort, et tout ça pour pas un sou. J'ai fait cinq ans d'université pour servir de domestique, et j'ai un an et demi à tirer comme ça ? Si ce n'est pas de l'esclavage, je ne sais pas ce qu'il te faut. J'espère que ce Calabrais sera un type à la coule, parce que la seule façon de résister dans ces conditions, c'est de se cuiter ensemble. Sinon, je te jure que ce sera la grande évasion.

Je fus soulagée de constater qu'il n'envisageait pas de faire de vieux os à Monte Porzio. Pourtant, quelque chose n'allait pas : il semblait ne trouver aucune consolation dans l'avenir, comme si son fatalisme était devenu du défaitisme. Et puis, il était d'une nervosité excessive pour un week-end de loisir. J'avais l'impression que c'était moi qui le gênais, comme si l'endroit, sa solitude et son travail dégradant étaient ma faute. Me reprochait-il une décision que nous avions prise ensemble pour lui éviter le service militaire ?

La nuit s'infiltrait lentement dans la pièce. Je pouvais à peine distinguer son visage, qui fut illuminé par la soudaine lueur du briquet. Inutile de chercher à s'aveugler : il avait réellement changé. Mais de quand datait ce changement ? Je me souvins de sa mauvaise humeur sur la piazza del Municipio, consciente que la chaleur n'y était pour rien : seulement du sel sur une blessure indicible. Et avant cela, il y avait eu le Nouvel An, quand il était malade : *va-t'en,* m'avait-il crié. *Je ne veux pas que tu me voies comme ça.*

— Tu es en colère contre moi ?

— Mais de quoi tu parles ? murmura-t-il, sa cigarette pendant au coin de la bouche comme un cow-boy.

— Je te pose une question et tu cries. Voilà de quoi je parle. Je t'ai fait quoi ? Mais dis-le-moi, putain !

Je posai ma main sur ma bouche en comprenant que c'était notre première dispute et que je venais de dire quelque chose d'irrévocable.

— Tu as froid ? Par cette chaleur ?

— Non, dis-je en croisant les bras. Je veux simplement savoir pourquoi tu es en colère contre moi.

— Encore une fois, *baby*, je ne le suis pas. Pourquoi le serais-je ?

Dehors, une chanson d'amour sortit à plein volume des haut-parleurs ; les chiens se mirent à aboyer et les humains à rire dans un tapage assourdissant. J'avais froid, mon esprit était embrumé par l'émotion, mais je sentais que dans cette petite pièce confinée, je venais de me lancer dans un voyage périlleux, sans carte et sans repères.

— Je ne sais pas, dis-je quand le son des haut-parleurs diminua.

— Alors tu vois que nous n'avons aucune raison de nous disputer ? Allons nous coucher.

Il se leva et se mit à déboutonner sa chemise en ajoutant : *Adda passa' 'a nuttata*, une version napolitaine de « la nuit porte conseil ».

Je me détournai pour ne pas voir sa poitrine nue, argentée de sueur dans la lumière du couchant. Je ne voulais pas le désirer, je voulais mettre de l'ordre dans mes pensées. Cette colère datait-elle d'aujourd'hui, du soir du réveillon, ou encore de Noël, quand il avait dû aller sans moi à Monte San Rocco ? Non, c'était avant. C'était une rage brûlante, qui avait levé sa tête mauvaise pendant l'été… Soudain, je compris ce qui l'avait déclenchée : *tu es le pire de mes fils*. Cette déclaration haineuse, deux semaines avant notre voyage en Grèce, qui l'avait depuis consumé en silence.

En le regardant dégrafer sa ceinture, j'éprouvai un soudain élan de tendresse. J'étais prête à lui enlever son jean et à embrasser chaque parcelle de sa peau, ou à lui infliger les mots les plus outrageants, les pensées les plus scandaleuses. Je sentais la fièvre qui précède l'affrontement, la rouge fièvre d'un torero. Je cessai aussitôt de trembler et je dis d'une voix posée :

— Non, Pietro. Tu as bien un combat à mener, mais pas contre moi. Cela fait un an que ça dure, mais tu ne veux pas faire de vagues.

— C'est exactement ça. Je veux qu'on me fiche la paix. Pourquoi crois-tu que je fais mon service civil au lieu d'apprendre à charger un semi-automatique ?

— Tu devrais pourtant faire quelques vagues de temps en temps. Te battre, voler dans les plumes de quelqu'un.

— Tu veux que je m'énerve, c'est ça ? Et contre qui, hein ? Contre Gabriele, pour m'avoir fait sentir depuis notre enfance que je n'étais qu'une petite merde accrochée à sa semelle ? Ou dois-je me battre avec Luca ? Parce que quand je pense combien vous êtes proches tous les deux, ça me fait bouillir le sang !

J'en fus désarmée. Je ne pensais pas que Pietro avait en lui une once de jalousie, et pourtant c'était un véritable cri du cœur. Mais s'il était jaloux, cela voulait donc dire qu'il était plus amoureux ou plus en colère contre moi que je ne le croyais ?

— Alors, avec qui dois-je me fâcher ? reprit-il. Qui ?

— Ta mère, Pietro, tu ne le comprends pas ? C'est contre elle que tu devrais être furieux !

Il jeta sa cigarette comme si elle lui avait brûlé les lèvres.

— C'est toi qui ne comprends pas la situation, Eddie.

— Qu'est-ce qu'il y a à comprendre ? Elle fait tout ce qu'elle peut pour nous pousser à rompre.

La nuit était tombée et Pietro allongea le bras pour allumer la lampe de chevet.

— Tu plaisantes ? Ma mère est haute comme trois pommes, elle est vieille et ignorante. Quel mal pourrait-elle nous faire ?

Je ne pouvais plus supporter d'entendre ce vieux refrain.

— Et pourtant, tu la laisses te mener par le bout du nez.

— OK, je te l'accorde, je fais à peu près ce qu'elle me demande. Mais crois-le ou non, je le fais pour moi. Chaque fois que je m'incline, c'est à mon avantage. Sinon, je n'aurai jamais de voiture, conclut-il en arpentant la chambre minuscule et en tirant avidement sur sa cigarette.

— Ah, nous y voilà, répliquai-je d'un ton ironique. Une bagnole flambant neuve, comme celle de Francesco.

— Oui, *baby*, c'est bien ce que je veux. Tu ne vois pas à quel point c'est difficile de vivre ici sans voiture ? C'est comme être en exil. Regarde Giuliano : même avec son vieux tas de ferraille, il peut sortir de Rome quand ça lui chante pour aller prendre du bon temps ailleurs.

En l'entendant associer de façon si superficielle l'idée d'une soirée dehors avec le symbole concret de ses rêves avortés, je bondis.

Je lui crachai que Francesco avait renoncé à tout, y compris à sa fille, pour ne pas déplaire à sa mère, et que cette voiture n'était pas en réalité une voiture mais un piège. Il répliqua que je me faisais un film, que ses parents étaient des paysans incapables de tendre le moindre piège et qu'ils finiraient bien par lui donner une voiture tôt ou tard. Je perdis patience.

— Mais laisse tomber, cette histoire de voiture est une plaisanterie. Ce qui compte, ce sont tous ces champs de blé… Voilà le véritable hameçon.

— Tu ne comprends pas, dit-il les dents serrées. Je joue mes cartes. Ce n'est pas le moment de faire l'imbécile.

Il se passa une main dans les cheveux ; l'anneau mexicain jeta une lumière dans l'obscurité. Il fumait d'un air tendu, et je découvris que j'avais envie d'attiser sa colère.

— Et ce sera quand, le bon moment, Pietro ? Tu as ton diplôme, alors où sont ces terrains qu'ils t'ont promis ? Est-ce qu'ils ont même abordé la question l'autre jour ?

— Putain, c'est pire qu'un bain turc, là-dedans, dit-il en tournant dans la pièce comme un animal en cage. J'ai sué sang et eau sur cette terre, beaucoup trop pour tout jeter au vent maintenant. J'ai fait un tas de sacrifices. Est-ce que je me suis jamais plaint ?

Comme je le voulais, il avait haussé la voix. Alors, avec une malice que j'ignorais posséder, j'en remis une couche.

— Tu ne vois pas que tu as mordu à l'hameçon et qu'ils te tiennent à la gorge ? Ils pensent que tu veux tellement cette terre que tu es prêt à tout pour l'avoir : laisser tomber ta copine, épouser un pou, n'importe quoi !

Il écrasa sa cigarette dans le cendrier jusqu'à la réduire en miettes.

— Je ne suis pas une putain de marionnette !

J'avais réussi : il voyait rouge. Dehors, un chien lança un long aboiement. J'étais en proie à une ivresse de vérité : le vin était répandu sur le carrelage blanc, alors pourquoi ne pas vider toute la bouteille ? Je bondis en me répétant de ne pas le faire, mais les mots étaient déjà sortis.

— Mais tu ne vois pas qu'ils t'exploitent ? Qu'est-ce qu'ils s'en fichent, surtout ta mère, de ta carrière, de ta réalisation personnelle, de l'amour et du bonheur ? Par rapport à la faim de l'après-guerre, tout cela c'est du luxe, des excès ! Dans le monde de Lidia Iannace, les seules valeurs sont la fatigue, l'épargne et les sacrifices jusqu'à la tombe ! Elle te donnera son appui, et peut-être même son amour, quand tu auras abandonné ta propre vie !

Pietro écarquilla les yeux, visiblement bouleversé de ce que j'avais osé dire. Je n'y croyais pas moi-même, mais cette fois je n'avais pas l'intention d'abdiquer. Je le fixai dans les yeux et ce fut lui qui détourna le regard. Puis il s'adossa au mur, parut s'affaisser ; ses genoux cédèrent et il glissa sur le carrelage. Recroquevillé à terre, il enfouit son visage dans ses mains.

— Non, tu te trompes ! dit-il d'une voix rauque.

Soudain ma rancœur passa, et je vins m'accroupir à côté de lui. Je l'aimais, je le désirais plus que jamais. Je voulais le caresser, l'apaiser, mais je m'en abstins. Mon amour pour lui n'était plus une drogue, c'était le principe de tout, le dieu en lequel je n'avais jamais cru.

— Tu dois comprendre, dis-je doucement, qu'être avec moi signifie risquer d'être rayé de l'héritage.

Vittorio n'avait-il pas été déshérité pour s'être installé loin de Monte San Rocco et avoir épousé une étrangère ? Pietro se taisait, se bornant à secouer la tête en se massant les tempes.

— Et de toute façon, chuchotai-je, à quoi bon toutes ces terres si c'est uniquement pour les vendre ? Nous avons des diplômes, nous gagnerons notre argent nous-mêmes. Nous serons pauvres mais heureux.

Il découvrit son visage rougi, mais sans trace de larmes, et détourna la tête. Les chiens se mirent à hurler, comme la nuit à Monte San Rocco. Nous les écoutâmes un moment en silence, puis Pietro recommença à se pétrir les tempes.

— Mais, finalement, c'est ton choix. C'est quoi, le plus important pour toi : l'argent de ta famille ou ta liberté ?

Pietro ne répondit pas, se griffant le front comme s'il essayait de s'écorcher vivant.

Il n'y avait plus une lueur sur l'horizon ; les premières étoiles apparurent. Nous étions allongés sur l'herbe humide, loin des gens et des projecteurs illuminant le terrain de football. On entendait des rires, de la musique et des applaudissements destinés aux chiens alignés sur la ligne de départ, encore retenus par leurs maîtres. Le concours de beauté était aussi une course. Il y eut un faux départ, suivi de rires et de tentatives maladroites pour remettre les chiens en ligne. Le présentateur reprit son compte à rebours et les concurrents s'élancèrent enfin.

J'aurais aimé me tourner vers Pietro, mais je ne savais pas quoi lui dire dans cette espèce de no man's land où nous étions, au-delà des mots et des sentiments. La course se poursuivait ; les huit premiers chiens furent replacés sur la ligne de départ. Une fois encore leurs griffes lacérèrent le champ, leurs oreilles volant comiquement au vent. Je faillis éclater de rire.

Au troisième tour, ils n'étaient plus que quatre. J'en avisai un minuscule, la peau sur les os, d'un gris spectral : un lévrier miniature. Je devinai à son collier orné qu'il s'agissait d'une femelle. Elle tremblait comme une feuille, et comme une feuille elle serait sans doute balayée. Pauvre petite. Je voulus me détourner pour ne pas assister à sa défaite, mais je la perdis aussitôt de vue. Puis je compris en entendant les applaudissements qu'elle était dans le duo de tête.

Pour le dernier tour, les maîtres retenaient leur chien, les bras passés autour de leur poitrine saillante. La petite chienne piétinait sur place, impatiente d'attraper la proie artificielle qu'on agitait devant eux. Le signal du départ fut donné. Elle fonça comme une torpille sur la proie que l'on agitait de droite et de gauche. Son adversaire la manqua, mais elle réussit à l'attraper... Et elle glissa. Ses pattes postérieures squelettiques parurent se détacher de son buste dans une pose invraisemblable, faisant voler des brins d'herbe et des mottes de terre. Mais en un clin d'œil elle s'était remise sur ses pattes pour reprendre la course qui ressemblait plus que jamais à une fuite désespérée.

Elle gagna. Tout fut terminé en un instant, entre les applaudissements et les aboiements frénétiques. Pietro et moi rentrâmes à la maison et nous fîmes l'amour sans un mot, sans cesser de nous défier du regard.

De : heddi@yahoo.com
À : tectonic@tin.it
Envoyé le : 13 septembre

Mon cher Pietro,

J'ai lu ton mail ce matin au travail. Je n'aurais pas dû, parce que cela m'a mise dans une magnifique agitation alors que j'avais un cours quelques minutes plus tard, sur le conditionnel qui plus est. Puis, dans l'après-midi, au cours d'une réunion, j'ai appris qu'ils vont devoir licencier certains enseignants parce que le nombre d'étudiants a encore baissé. Le plus surprenant, c'est que j'ai eu envie de lever la main, d'être la première à m'en aller.

La Nouvelle-Zélande m'a aidée à retrouver le plaisir d'être seule et de me fier à mes capacités. Mais ceux qui passent ici ne laissent aucune trace de leur parcours – ils sont comme des pas qui s'effacent sur le sable. Il arrive toujours de nouveaux migrants, alors que ceux qui sont nés ici s'en vont tôt ou tard à la découverte du monde, y compris mes amis. J'ai toujours accepté ces départs de bonne grâce et accueilli à bras ouverts ceux qui arrivaient pour prendre un nouveau poste. Cette terre de passage sera-t-elle finalement celle où je pourrai reposer mes pieds vagabonds ? Mais que faire alors de mon cœur napolitain ?

Laisse-moi te dire que j'ai peur moi aussi des pensées que nous nous avouons, des fantasmes qui nous viennent… Je ne te cacherai pas que je nous imagine sur les volcans le sac à l'épaule, ou en train de dîner avec mes amis qui parlent avec cet étrange accent qu'au début tu aurais du mal à comprendre. Je te vois trouver finalement un travail de géologue, je nous vois passer en Italie pendant les deux mois d'été, les autres répétant « comme ils sont heureux », parce que nous aurions trouvé le moyen de faire à nouveau tourner la terre comme une mappemonde entre nos mains et de supprimer l'hiver et le mauvais temps.

Tu peux imaginer combien cela me coûte d'écrire ces mots. Je sais que je risque de commettre les mêmes erreurs moi aussi. Mais nous n'avons qu'une vie... ou peut-être pas. J'espère que tu auras envie de parier là-dessus et de venir me trouver au bout de la terre, même pour de courtes vacances. Après, nous verrons.

Je te serre dans mes bras,

h.

27

Je me sentais légère. Légers mes pieds qui semblaient voler sur le sentier, légère la brume qui m'entourait comme un drap très fin. Pour une fois, je n'avais pas mon appareil photo, et donc le souvenir de cette excursion serait léger, lui aussi, puisqu'il n'en resterait aucune trace. J'avais laissé mon sac derrière moi, j'ignorais où j'étais et où menait ce sentier. Je n'avais en main que de fines feuilles de papier froissé, marquées comme des électrocardiogrammes de pics frénétiques que je ne savais pas interpréter.

Soudain, je me rappelai : c'était le professeur de l'observatoire qui me les avait données. *Les signes avant-coureurs*, avait-il dit. Et là-haut, je vis l'observatoire, peint d'un rouge mi-chair mi-poisson, comme le musée de Capodimonte, bâti sur un point assez élevé pour être à l'abri des coulées de lave et encore debout après tant de siècles. *Surtout, n'allez pas au cratère*, m'avait recommandé le professeur.

Mais j'y étais déjà, ou presque. Je le sentais à l'inclinaison du terrain qui s'effritait sous mes pieds, à la brume épaisse qui m'enveloppait, à toute une atmosphère de cauchemar.

Le vent se mit à souffler, m'arrachant les papiers de la main. Ils voletèrent un instant comme des mouettes avant la tempête et disparurent. Cette fois, j'étais vraiment seule. Le vent éclaircit la brume, révélant le cratère dentelé et désertique dans sa terrible grandeur. Sous le soleil aveuglant, je distinguais chaque arête des roches arrêtées à mi-pente. Sous elles, des fragments de roches pulvérisées, des débris, une lande désolée. Le cratère que j'avais tant désiré atteindre n'était ni une chose ni un lieu : c'était le néant lui-même, un vide lunaire sans aucun espoir de rédemption dont je n'aurais pas cru capable notre planète, et je compris qu'il existe quelque chose d'infiniment pire qu'une éruption.

Je fis demi-tour ; mais, comme pour se jouer encore de moi, le volcan se mit à s'agiter, à danser, jusqu'à me faire trébucher. J'atterris le visage dans la poussière rouge, fermant les yeux pour chasser la réalité, la montagne qui oscillait sous moi jusqu'à me donner la nausée. C'était donc cela, un tremblement de terre ? Je voulus me remettre sur mes pieds, mais mes jambes étaient paralysées. Je priai douloureusement le ciel de me donner une raison de me relever, de croire, de m'accorder une foi. Mais le ciel resta muet. J'étais seule et je ne pouvais compter que sur moi-même.

Le soleil dans les yeux me réveilla. Nous avions négligé d'abaisser la persienne et les rayons du matin nous arrivaient tout droit du terrain de football. Nous étions à l'étroit dans ce petit lit ; j'avais gardé les jambes tendues pour faire de la place à Pietro, qui dormait encore. Je me retournai, tâtant distraitement mon soleil d'argent et espérant me rendormir.

Mais bientôt la dispute de la veille me revint à l'esprit : Pietro en train d'arpenter la chambre, la dureté dont j'avais fait preuve, et la question finale à laquelle je n'avais pas eu de réponse : l'argent de ta famille ou ta liberté ? À la lumière du jour, tout cela m'accabla.

— Tu me passerais les cigarettes ? dit la voix de Pietro. Là, sur la table de nuit.

— Bien sûr.

Il s'adossa au mur et prit le paquet en fermant les yeux, comme assailli lui aussi par la réalité. Je m'attendais presque à ce qu'il m'annonce son intention de parler à sa mère le jour même, mais il dit :

— J'ai mal au dos.

— Où ça ?

— Au milieu, du côté gauche.

— Une crampe ?

— Non, c'est une douleur sourde.

— Tu as dû mal dormir.

— Sans doute. Ce lit a l'air fait pour l'un des sept nains, dit-il en allumant sa cigarette. Je n'ai pas l'habitude de dormir aussi serré.

Je posai les pieds sur le carrelage sans lui donner un baiser – le meilleur moyen de lui faire payer sa mémoire sélective. Combien de fois avions-nous partagé son lit à une place avant que le plafond s'effondre ? Je me dirigeais vers le coin cuisine quand Pietro me dit qu'il n'y avait pas de café et rien à manger. Je proposai d'aller prendre le petit déjeuner dehors.

— Dans un bar du centre ?

— Non, à l'hôtel à côté.

Une fois habillés, nous attaquâmes la côte jusqu'à l'hôtel dans une parfaite solitude : on était dimanche et le village dormait encore. Au bout de quelques minutes, Pietro s'arrêta avec une grimace.

— Mon dos, dit-il.

— C'est peut-être une contracture. Si tu veux, on rentre à la maison et je te fais un massage.

Il refusa, et je lui dis que la crampe allait sans doute s'apaiser au cours de la journée.

Il hocha la tête, mais je n'étais même pas sûre qu'il m'écoutait. Il fouilla ses poches pour trouver son paquet.

— Laisse-moi reprendre mon souffle un instant.

La côte n'était pas si raide et son apathie, son découragement mettaient ma patience à rude épreuve. C'était peut-être la chaleur. Le bruit des cigales, incessant, nous prévenait que la journée serait torride. Il était tout juste huit heures et déjà cette chape de chaleur humide plombait la vallée que l'on distinguait encore mal.

— L'hôtel est là, dit-il en montrant le haut de la rue.

Il tira sur sa Marlboro comme si c'était un masque à oxygène, puis se remit en marche.

— Allons-y. Je vais y arriver.

Nous n'étions plus qu'à une vingtaine de mètres, mais à l'entendre, on aurait pu croire que c'était la cime de l'Everest.

Notre dialogue se réduisit pendant tout le petit déjeuner à quelques banalités, puis Pietro m'emmena voir la bibliothèque où il devrait travailler encore une éternité.

— La voilà, se borna-t-il à dire.

Elle était fermée, bien sûr, et nous restâmes à l'ombre d'un arbre à la regarder du dehors. Je ne savais pas quoi dire. Si seulement il y avait un peu de vent pour faire bruisser ces feuilles au-dessus de nous – un bruit quelconque pour rompre cette fausse quiétude !

— Quelle chaleur ! soupira Pietro, les yeux sur les pavés.

Nous continuâmes à errer en silence par les petites rues. Il estimait peut-être que c'était son devoir, puisque je lui avais demandé la veille de faire le tour du village. Mais la veille semblait appartenir à un passé lointain, et nous errions sans but dans ce désert aux boutiques closes. Pietro s'arrêtait à tout instant pour reprendre son souffle. Il était d'une pâleur spectrale et il fumait à la chaîne. Était-ce là l'effet qu'avait sur lui mon arrivée ?

— Voilà la place.

— Très jolie.

Plus qu'une place, c'était la rencontre fortuite entre une statue, un banc et une cabine téléphonique. Pietro écrasa son mégot à terre.

— Alors, ça te plaît ?

— Quoi donc ?

— Monte Porzio Catone.

— Pourquoi, ça te plaît à toi ?

Il ne répondit pas, se contentant de prendre sa énième cigarette. Je ne supportais plus ni les Marlboro Light, qui n'étaient pas *light* du tout, ni ce dialogue misérable – un stratagème après l'autre pour éviter le cœur du problème. *L'argent ou la liberté ?*

J'avais envie de hurler, mais comment répéter une question à laquelle il n'y avait qu'une seule réponse imaginable ?

— Tu crois vraiment que tu devrais fumer autant ?

— Et pourquoi pas ?

— Eh bien, tu ne me parais pas en grande forme aujourd'hui.

— C'est la dernière. Tu permets ?

Il fit jaillir la flamme d'un geste expert et le nœud de la question m'apparut dans une clarté aveuglante. En réalité, il ne s'agissait pas d'un choix abstrait entre l'argent ou la liberté, mais d'un choix bien plus concret et immédiat entre l'argent ou la fiancée. Pietro aussi avait dû le comprendre, c'est pourquoi il évitait mon regard. La réponse, pourtant, n'était-elle pas encore plus facile ? Qui choisirait l'argent plutôt que la personne qu'il jurait d'aimer ? Je sentis mon impatience grandir.

Je regardai d'un œil torve la cigarette qui lui procurait tant de réconfort. Il n'avait quasiment pas dit un mot de la matinée, mais cette fois je le vis faire un mouvement plus éloquent que toute parole : il me tourna le dos et traversa la place tout seul. Je sentis s'agiter les pensées les plus folles : il n'allait pas s'arrêter, il allait poursuivre sans moi jusqu'à l'extrémité du village, sauter le mur d'enceinte et disparaître. Je ne le verrais plus jamais.

J'eus peur. Je courus derrière lui, suivant son sillage de fumée à travers la ruelle tortueuse. Il dut m'entendre arriver, car il s'arrêta. J'interprétai son geste comme un rameau d'olivier, mais au lieu de me tendre la main, il la porta à sa poitrine avec une grimace.

Nous reprîmes notre promenade, au hasard ; il s'arrêta encore à plusieurs reprises. La chaleur stagnait, menaçante, comme un orage qui ne veut pas tomber. Même la douleur au dos de Pietro me semblait bizarre, puisqu'elle semblait s'être déplacée dans sa poitrine. J'étais si amère que je le soupçonnai d'exagérer son mal pour exciter ma compassion et ainsi esquiver la question qui nous poursuivait.

Nous arrivâmes sur la grande place où le car m'avait déposée la veille. Il n'y avait pas une seule voiture. Pietro traversa la rue pour aller s'appuyer au mur qui barrait la route en direction du centre historique et au-delà duquel il n'avait pas le droit d'aller.

— Il y a un peu d'air, ici, me dit-il quand je le rejoignis. J'avais l'impression d'étouffer.

Je compris l'allusion – c'était moi qui l'étouffais – et j'en fus indignée.

— Mais tu me prends pour qui, Pietro ? Je ne suis pas une de ces fiancées casse-pieds et jalouses qui t'empêchent de sortir avec tes amis, qui veulent la bague au doigt, la maison et le mariage uniquement pour faire bonne figure. Je ne suis pas un boulet pour toi.

— Je ne serais pas avec toi si tu étais comme ces filles-là.

— Alors, dis-moi, tu es avec moi ou pas ?

— De quoi tu parles ?

— Je veux savoir quelle décision tu vas prendre.

Il me tourna le dos. Penché sur le parapet, il étudia les collines indistinctes qui dissimulaient Rome au loin. Puis il tira longuement sur sa cigarette avant de demander :

— Quelle décision ?

— Quelle décision, murmurai-je, exaspérée, en me frappant le front de la main.

Il continuait à faire semblant de ne pas comprendre, et je finis par lui dire tout net :

— Moi, ou l'argent.

Son silence suffit à me faire comprendre que j'avais trouvé le défaut de la cuirasse.

— Que veux-tu que je te dise, finit-il par balbutier. Tout me fait mal.

— Si la réponse n'est pas évidente pour toi, alors…

Il se retourna d'un coup.

— Alors quoi ?

— Alors… (Mais pourquoi était-ce à moi de prononcer ce qu'il n'avait pas le courage d'exprimer ? Pourquoi devais-je toujours me salir de ces paroles ?) Alors ça veut dire que tout est déjà clair dans ta tête. Tu as choisi l'argent. Voilà. Tu es content ?

Je l'avais dit sans y croire, pour le sortir de son apathie. Je voulais une discussion, je voulais faire la paix, je voulais faire l'amour. Mais il répondit d'un ton sec :

— Le fait est, Heddi, que je ne peux pas me permettre de couper les ponts avec ma famille et de me retrouver à la rue.

Oh, Seigneur ! Non seulement il connaissait la question, mais aussi la réponse. Il n'avait donc fait que temporiser depuis la veille, attendant le moment le plus favorable pour me détruire. Je reculai d'un pas : tout s'effondrait, et je n'avais plus aux pieds des sandales légères, mais des bottes qui s'emplissaient de boue et de détritus.

— Et la Grèce, voyager, avoir une famille, être heureux, tout cela ne veut plus rien dire pour toi ?

— Ah, la Grèce… dit-il avec un soupir douloureux, comme s'il se rappelait une chose merveilleuse mais lointaine. Une belle parenthèse.

— Ces projets… Nous marier, faire le tour du monde… Tu le voulais vraiment ?

— Je ne sais plus ce que je veux.

Je reculai encore de quelques pas en traînant les pieds. Je connaissais bien cette sensation de cauchemar : le refus d'accepter une horrible réalité, l'absolue impuissance physique à la changer – et même à se réveiller.

— Je dois m'en aller, dis-je d'une voix faible, en allongeant le bras pour ne pas perdre l'équilibre.

Pietro jeta sa cigarette et se mit en alerte, mais sans se redresser complètement.

— Où tu vas ?

— Je ne peux plus rester ici avec toi si tu ne veux plus de moi.

Il ne réagit pas, se bornant à répéter :

— Mais où tu vas ?

Je ne le savais pas moi-même. Je continuai à progresser à reculons au milieu de la rue. Pietro rapetissait. Je saisis du coin de l'œil le faux paysage en miniature des Castelli, le calme spectral de la place où se trouvait l'arrêt de bus. J'allais monter dans le premier qui passait, sans prendre mes affaires, sans même l'argent du ticket. J'allais partir en clandestine et en bohémienne pour ne pas rester une seconde de plus devant un homme qui ne m'aimait pas, qui peut-être me méprisait. J'avais la même sensation de liberté définitive que le jour où j'étais partie plus tôt que prévu de Monte San Rocco. Mais cette fois c'était un gouffre qui s'ouvrait devant moi.

— Mais où tu vas ? reprit comme de très loin la voix de Pietro. Qu'est-ce que tu fais ?

— Je m'en vais... Je pars.

— Mais pour aller où ?

— À Naples, À Rome, je ne sais pas.

— Mon Dieu, dit-il d'une voix aiguë. Mais... Tu es en train de me quitter ?

Je m'arrêtai pour le contempler. Il avait le visage exsangue et les mains levées vers le ciel, comme s'il priait que la pluie tombe. Je sentis mon cœur bondir en regardant l'homme qui voulait vendre notre amour, ce visage étranger que mes lèvres connaissaient pourtant si bien. Il était secoué et effrayé, je voyais dans ses yeux qu'il était désespéré à l'idée de me perdre. Comment pouvais-je le quitter ?

Et donc, même si je savais que la seule façon de sortir de cette situation était de continuer à reculer jusqu'à prendre un bus pour n'importe où, et malgré l'intuition qui me disait, comme dans mon rêve du Vésuve, *si tu retournes en arrière tu mourras*, je revins vers lui. Je revins.

— Je ne peux pas, murmurai-je d'un ton dépité.

Pietro me prit dans ses bras, s'abandonna contre moi et plongea le visage dans mes cheveux. Je sentis la chaleur de son souffle et des larmes qu'il retenait avec peine.

— Ne me quitte pas, je t'en prie, murmura-t-il. Sans toi, je suis seul au monde.

Peut-être étions-nous tous les deux seuls au monde. Durant cet échange, il ne passa pas une voiture, pas un être vivant. Pietro tremblait et moi aussi – de peur d'être passée au bord de l'abîme, d'épouvante devant mon manque de caractère. Quand nous nous séparâmes, il resta courbé, presque plié en deux.

— Tu as mal à ce point ?

— C'est comme un poignard... Ça me traverse de part en part.

— Du dos jusqu'à... ?

— Jusqu'au cœur. Je n'arrive plus à respirer.

La montée jusqu'au centre n'en finissait plus. Pietro s'arrêtait tous les trois pas et n'essayait même plus de fumer. Il nous fallut une éternité pour revenir à la petite place, toujours aussi vide. Pietro s'écroula sur le banc et enfouit son visage dans ses longs doigts maigres.

— On devrait peut-être demander un avis médical, lui dis-je. Il doit bien y avoir une pharmacie dans le coin.

— Oui, mais elle est fermée, dit-il en indiquant une rue de traverse.

— On ne sait jamais.

J'enfilai la ruelle d'un pas normal, mais dès que je fus hors de sa vue je me mis à courir, ne m'arrêtant que devant le volet en fer baissé de la pharmacie. Je sentis la panique s'emparer de moi, mais je revins en disant à Pietro d'un ton désinvolte : « Ça ne fait rien. On va bien trouver un médecin. »

Nous nous dirigeâmes vers la cabine téléphonique. Pietro avait abandonné tout amour-propre : il grimaçait à chaque pas. Tout en feuilletant l'annuaire, je voyais qu'il respirait mal : il se mordait la lèvre de douleur. Il n'y avait qu'un seul médecin dans le village et je priai en insérant ma pièce qu'il ne soit pas en vacances ou occupé à se remettre d'un samedi soir trop arrosé. Mais le téléphone sonna longuement dans le vide et je raccrochai.

— Très bien, dis-je avec un calme apparent, essayons les médecins alentour. Comment s'appelle le village le plus proche ?

Pietro secoua la tête, me rappelant que nous n'avions pas de voiture. « J'appelle Giuliano », dit-il. Il sortit péniblement de son portefeuille le petit carnet où il avait inscrit des numéros importants et inséra la pièce. Quand il eut la communication, il parla en dialecte par monosyllabes, et raccrocha sans même un au revoir.

— Il vient nous prendre, dit-il.

— Très bien. Il va pouvoir nous emmener au prochain village.

— On va à Rome.

— Bonne idée. Là-bas, on trouvera des médecins de garde.

— Non, il m'emmène à l'hôpital.

— L'hôpital ? dis-je en tressaillant.

Pietro dut sentir mon anxiété, parce qu'il ajouta comme pour se justifier :

— Ici, il n'y a pas la mer, mais je sens que je suis en train de me noyer.

28

Nous prîmes l'autoroute, rectiligne et inévitable comme tout chemin qui mène à Rome. Pendant ce temps, Rosaria, à côté de moi, répétait en boucle depuis la banquette arrière :

— Mais tu es sûr, Piè ? Tu ne t'es pas cogné contre quelque chose sans t'en rendre compte ?

— Et comment on fait pour se cogner sans s'en apercevoir ? répliqua Giuliano, collé contre le volant de cette Fiat Uno qui lui donnait l'air d'un géant.

— C'est une côte fracturée, je te parie tout ce que tu veux.

Pietro ne faisait pas même l'effort de répondre : les yeux fermés, il se contentait de griffer sa chemise. De temps à autre, je lui posais la main sur l'épaule et il la serrait faiblement. Je cherchai des signes propices m'assurant que tout finirait bien ; je trouvai une voiture rouge avec le numéro 33 dans sa plaque et une affiche où un enfant souriant levait les deux pouces pour les gâteaux Mulino Bianco.

Enfin nous prîmes une sortie jusqu'à un hôpital d'aspect délabré. Une fois Giuliano garé sous un pin et l'air conditionné éteint, la chaleur de midi nous tomba dessus. Comme à Monte Porzio, l'endroit semblait habité uniquement par les cigales. Les infirmiers se précipitèrent dès que Giuliano ouvrit la portière. Ils aidèrent Pietro à pénétrer dans l'hôpital en nous priant sèchement d'attendre dehors.

— Je te parie tout ce que tu veux que c'est un nerf pincé, disait Rosaria, les mains sur les hanches. Ou peut-être un disque déplacé…

Je la laissai dire, absorbée par le drame qui venait en un instant de bouleverser nos vies. À mon arrivée, Pietro était en parfaite santé. Quel besoin avais-je d'être aussi dure avec lui ? J'avais l'impression de l'avoir brisé.

Au bout d'un moment, il ressortit, soutenu par les infirmiers. Je compris que c'était grave en les voyant l'allonger sur un brancard et préparer l'ambulance. Il avait le regard vide, le corps crispé.

— Heddi, me chuchota-t-il, ils vont devoir m'opérer.

— T'opérer ? Pourquoi ?

— J'ai un pneumo… un pneumothorax.

— Un pneumo quoi ?

— Un de mes poumons… s'est affaissé.

Je lisais dans ses yeux un sentiment d'injustice et une vulnérabilité qui m'était intolérable. Je voulus interroger les infirmiers, mais ils se bornèrent à me dire qu'ils l'emmenaient à l'hôpital Carlo Forlanini. Personne ne pouvait monter avec lui dans l'ambulance.

Je pris sa main, et il la serra si fort que ses phalanges blanchirent. Ce n'était pas encore assez fort : je voulais sentir sa douleur et la prendre pour moi. Je me penchai pour l'embrasser.

— Ne t'inquiète pas, dis-je, ça va aller. Ils vont prendre bien soin de toi.

— Putain, *baby*… j'ai peur.

Il prit péniblement son portefeuille et sa montre, et me les tendit : on lui avait dit de tout enlever avant l'opération.

— Et ton anneau ?

— Non. Je te l'ai dit, je ne l'enlèverai jamais.

Quand je le revis, il était soutenu par plusieurs oreillers, la poitrine nue, à part un carré d'étoffe d'où sortait un long tube.

— Hé, mon pote, dit Giuliano. Tout s'est parfaitement passé. À part qu'ils ont aussi effectué une petite émasculation au passage.

— Tu verras que c'est toi qui tireras à blanc, répliqua Pietro avec un sourire.

Je repris courage. Je ne l'avais pas vu sourire depuis vingt-quatre heures et moins encore plaisanter. Mais Rosaria ajouta :

— Mon Dieu, regarde ta tête, tu as l'air complètement dans les vapes.

— Super, les sédatifs, hein ? dit Giuliano.

— Une vraie tuerie.

Nous nous pressions autour de son lit avec nos corps sains. À la dizaine d'autres malades s'ajoutaient les familles qui campaient avec des plats préparés, des mots croisés et des jeux de cartes. Une odeur de désinfectant planait dans l'air, l'emportant sur la sauce à la viande et les fleurs pourrissantes.

— Moi je te trouve en forme, dis-je en lissant son drap.

— J'ai mal chaque fois que je respire.

— Ça, c'est simplement le cathéter thoracique, intervint l'infirmière en désignant le tube.

Je n'eus pas le temps de lui demander à quoi cela servait, ni combien de temps durerait la convalescence : elle frappait déjà dans ses mains pour annoncer que les visites étaient terminées. Les familles remballèrent les pique-niques, et nous rentrâmes dans le petit appartement de Giuliano et Rosaria, dans la banlieue romaine.

Eux en tout cas savaient gérer le stress. Rosaria sortit un pyjama propre pour Pietro, un t-shirt de Giuliano comme chemise de nuit pour moi, et deux brosses à dents encore emballées – produits de première nécessité en attendant que Giuliano puisse retourner à Monte Porzio Catone, peut-être mardi après le travail, pour y récupérer les affaires de Pietro. Je ne m'étais même pas avisée que nous n'y retournerions plus jamais.

Giuliano ouvrit un plan sur la table et suivit du doigt les artères et les veines de la capitale. Pour arriver au Forlanini, je devais traverser la ville en tram et en bus, longeant l'aqueduc et le Colisée. Une magnifique promenade – qui s'achevait tristement dans un hôpital.

J'appelai l'interurbain pour prévenir Gabriele. Il s'apprêtait à partir pour Monte San Rocco et il était hors de question qu'il vienne à Rome : c'était à moi de m'occuper de Pietro. Ce soir-là, Rosaria nous fit des poulpes. J'étais incapable d'avaler, mais elle insista.

— Il faut que tu les goûtes, Eddie, pour voir comment on les prépare chez nous.

Malgré le trajet tortueux et le labyrinthe du complexe hospitalier, j'arrivai largement en avance sur l'horaire des visites et je trouvai la porte du service fermée. Je sortis dans le parc parsemé de bancs en ciment. Je n'avais rien apporté pour m'occuper et je restai assise à fixer la façade en me demandant où était sa fenêtre. Dans les pins, les cigales, elles aussi dans une attente immobile, annonçaient la saison des amours.

Quand j'entrai enfin, la chambre était vide de parents puisqu'on était lundi. Les malades qui ne dormaient pas tournèrent à peine la tête dans ma direction. Cette fois, Pietro était installé près du balcon ouvert.

— Une chambre avec vue, dis-je sur le ton le plus joyeux possible.

— Tu es là, *baby*, dit-il en ébauchant un sourire.

— Et où voudrais-tu que je sois ?

Je m'assis sur le lit en lui plantant un baiser sur la bouche. Ses lèvres étaient sèches et il émanait de lui une odeur d'antiseptique rappelant les détergents avec lesquels je nettoyais à la fin des soirées les toilettes du bar de la piazza San Domenico.

— Je resterai ici tout le temps nécessaire. Et si ça ne convient pas à mon patron, je démissionne.

— Je déteste ce boulot que tu as pris. Tu devrais plutôt, je ne sais pas, enseigner l'anglais… Tu serais une très bonne prof.

Pendant qu'il parlait, j'avais les yeux fixés sur le cathéter. Il s'en aperçut et s'empressa de m'expliquer qu'il servait simplement à faire sortir de l'air. Dans le pneumothorax, de l'air s'infiltre entre la plèvre et le poumon, ce qui le dégonfle. Ils avaient d'abord inséré une aiguille dans son thorax avant de la remplacer par ce tube.

Une aiguille dans la poitrine : j'en éprouvais quasiment la piqûre et quoi que puisse être la plèvre, je me rendis compte que la veille, à Monte Porzio, il avait marché avec un seul poumon sans quasiment se plaindre.

J'affrontai la laideur du cathéter. Il semblait jaillir directement de son cœur et serpentait jusqu'à un récipient en verre posé sur le sol ou stagnait un liquide jaunâtre. Cela ne ressemblait pas à un appareil médical, mais plutôt à un truc bricolé dans un vieux refuge de montagne.

— Alors, une fois que l'air sera sorti, ils te laisseront partir ?

— *Che ne sacci'*, dit-il en repassant inconsciemment au dialecte. Ils me laisseront partir quand il n'y aura plus d'espace dans la cavité pleurale.

La cavité pleurale ? Jamais entendu parler. Une fois encore, la linguistique me parut une misérable préparation à la vie réelle.

— Ça va marcher, réussis-je à balbutier. Il faut que ça marche.

— Ouais, il fallait que ça tombe sur moi, grogna-t-il. Comme si je n'avais pas assez d'ennuis comme ça, j'ai en plus un pneumothorax spontané hypertendu, sacré bordel !

Son chirurgien lui avait expliqué qu'il avait une petite poche d'air sur le poumon, peut-être depuis des années. Un jour, elle s'était rompue, perçant le poumon.

— Il m'a dit que dans mon cas, il y avait eu un risque d'arrêt cardiaque. Tu te rends compte, Heddi ? ajouta-t-il d'une voix brisée. Si on avait attendu encore un peu, j'aurais pu mourir.

Il éclata en sanglots étouffés. Je pressai ma joue contre la sienne, pour nous consoler tous les deux. Je me sentais minable d'avoir eu des mots aussi tranchants. J'avais exigé de lui un héroïsme dont j'étais moi-même incapable, j'avais tout gâché. Comme à l'époque de leurs études à Rome, c'était Giuliano qui était venu à son secours, pas moi.

Ses yeux rougis semblaient brûler d'humiliation. *Va-t'en ! Je ne veux pas que tu me voies comme ça.* C'étaient les mots que j'attendais, mais il ne dit rien.

— Je suis là pour toi et je ne t'abandonnerai jamais, dis-je. Je t'aime.

Pietro se tourna vers le balcon en séchant ses yeux et son nez.

— Même ce gars-là ? Ce type diminué ?

Je suivis son regard. Dans le parc où j'avais attendu, les bancs étaient tous tournés vers l'hôpital, comme pour décompter les heures et les douleurs : c'était leur unique raison d'être.

L'un de ces bancs ne tarda pas à devenir le mien : je me l'étais approprié entre deux visites. Curieusement, je ne lisais jamais. Je restais, comme une nonne en prière, les yeux fixés sur le balcon de Pietro, cherchant à convoquer la guérison du corps pour Pietro et la force d'âme pour moi-même.

Naples semblait très loin dans l'espace et dans le temps. À cette distance, on peinait à croire qu'il existât au monde un endroit aussi déréglé et exténuant, plein d'une beauté si féroce et de laideurs aussi impardonnables. Autour de moi, le parc était vide. Les autres familles avaient dû rentrer à la maison, puisque c'était ce que Rome était pour elles.

La maison. Je continuais à m'interroger sur ce concept. Était-ce l'endroit où l'on est, le pays où tout le monde parle votre langue ? L'endroit où l'on décide de planter ses racines, ou simplement celui qui vous a été assigné ? Après tant d'années à Naples, je n'avais pas encore compris le véritable sens de ce terme. Autrefois, j'avais aimé cette ville à en mourir, jusqu'à ce qu'autre chose s'empare de mon cœur… Mais à présent, assise seule sur un banc dans un coin anonyme de la banlieue romaine, je comprenais enfin. La maison n'était pas un lieu. Elle ne l'avait jamais été.

À ma visite suivante, je ne trouvai pas Pietro à côté du balcon. J'attendis, assise sur son lit, et je finis par m'inquiéter. Avait-il dû subir d'urgence une autre intervention ? Enfin je le vis revenir d'un pas vacillant, tenant son flacon par la poignée, sa maigreur exagérée par le pyjama extra-large de Giuliano. Pour la première fois, il était allé aux toilettes tout seul – une véritable expédition.

— Eh bien, un petit pas pour l'homme… plaisantai-je.

— Un bébé de trois ans va aux toilettes tout seul, Heddi. Que penserait ton père s'il me voyait comme ça ?

Je l'aidai à se remettre au lit, puis je sortis un exemplaire de *La Repubblica* et un roman que j'avais pris chez Giuliano dans l'intention de lui faire la lecture à voix haute, mais Pietro était trop fatigué.

Il ferma les yeux, et j'en profitai pour le contempler. Dire que l'été précédent, nous avions envisagé de lui inventer une maladie pour échapper au service militaire… Ce bref épisode pourrait au moins lui valoir un congé pour convalescence : un mois ou deux, était-ce trop demander ?

Je le réveillai pour lui exposer mon idée, tout en craignant que, dans sa droiture, il me reproche de l'inciter à commettre une fraude.

— Dès l'instant où je suis tombé malade, répondit-il sans émotion, mon service civil a pris fin. Ils vont me congédier.

De plus, les médecins lui avaient donné une date probable de sortie : le vendredi suivant. Notre vie allait pouvoir recommencer, non pas dans dix-huit mois, mais dans trois jours. Je ne savais pas qui remercier : le destin à qui je n'étais reconnaissante que lorsqu'il se montrait clément, ou mon bien-aimé qui avait sacrifié un poumon pour obtenir cette grâce.

— Formidable !

Pietro ne disait rien, les yeux fixés sur son cathéter.

— Tu n'es pas content ?

— Bien sûr. Un joli coup de théâtre, tu ne trouves pas ? J'aimerais dire deux mots au crétin de metteur en scène qui a décidé de me faire sortir d'une façon aussi mesquine.

Ce n'étaient que trois jours, mais ils se traînaient. Je passais l'essentiel de mon temps non pas avec Pietro mais sur mon banc. Il ne me vint même pas l'idée de faire la touriste entre une visite et l'autre.

Le drainage fonctionnait parfaitement : la cavité pleurale diminuait, le poumon se regonflait. En revanche, Pietro était chaque jour plus abattu. Je lui prodiguais des paroles encourageantes, mais souvent, il ne me répondait même pas : il se frottait la barbe et détournait les yeux. Il y avait dans nos dialogues quelque chose d'inexprimé que je me refusais à explorer, de peur de devoir contempler son propre abîme. J'avais aussi la crainte un peu infantile de le voir à nouveau éclater en sanglots.

J'arrivai un jour avec un t-shirt rapporté de Monte Porzio par Giuliano et lavé (repassé aussi sans doute) par Rosaria en prévision de sa sortie.

— J'ai besoin d'air, me dit-il. Tu m'aides ?

Je soulevai sa bouteille pour l'accompagner à petits pas jusqu'au balcon. Les yeux fixés en bas, Pietro me demanda si j'avais vu « ce type », dans le lit à côté du sien. Je lançai un coup d'œil au garçon endormi. Il était beau, avec ses cheveux ondulés comme ceux de Pietro étalés en éventail sur son oreiller. Il était arrivé la veille au soir, me dit-il, après avoir été opéré du poumon.

— Un pneumothorax lui aussi ?

— Non, une tumeur, dit-il, les yeux fixés sur le parc comme pour en compter les arbres. Mais l'opération ne s'est pas bien passée. Il n'a que vingt ans et il n'a jamais fumé de sa vie. Il a étudié, il n'a pas pris de drogues, rien.

— C'est terrible.

— C'est une injustice, voilà ce que c'est, dit Pietro avec chaleur en se passant une main dans les cheveux.

Sa vie vient de commencer et il n'aura pas la possibilité de la vivre. Dis-moi en quoi un aussi bon garçon a mérité un sort pareil ?

Pour toute réponse, je touchai mon médaillon. Si le sort pouvait se montrer inhumain, ne l'étais-je pas moi aussi, qui n'avais foi en lui que quand cela m'arrangeait ? Je ne pouvais plus échapper à la pensée répugnante que j'esquivais depuis tant de jours : la mort. Combien d'heures, combien de minutes avant que Pietro fasse un infarctus ? Nous l'avions échappé belle, mais la mort aurait toujours le dernier mot. Face à elle, nous n'étions que des cendres du volcan, des poussières d'étoiles.

Un après-midi, le cathéter avait disparu. Pietro était libéré, mais il continuait à se mouvoir avec une précaution extrême. Je pensais que c'était par habitude ou par crainte de faire sauter ses points de suture, mais la véritable explication me cloua sur place.

— Je ne suis pas encore hors de danger.

— Mais de quoi tu parles ? Tu es guéri.

— De la merde, que je suis guéri ! hurla-t-il.

Puis, abaissant la voix, il cracha soudain, dans un flux rageur, les pensées qu'il m'avait dissimulées, alternant les termes médicaux et les imprécations en dialecte. Il me répéta que son pneumothorax ne venait pas d'un traumatisme, comme un accident de voiture, mais d'une saleté de poche d'air, une pathologie rare réservée à ceux qui avaient le mauvais goût d'être des hommes grands, maigres et de moins de quarante ans. Il pouvait avoir d'autres poches d'air, et elles pouvaient elles aussi décider d'éclater un jour ou l'autre, demain peut-être, en impliquant cette fois les deux poumons.

— Qui t'a raconté ça ?

— Le chirurgien.

Cette fois, c'était moi qui fulminais en silence – contre le médecin qui menaçait de saper la confiance que j'essayais d'insuffler à Pietro, contre les statistiques, et même contre le beau garçon qui avait l'audace de mourir d'un cancer sous ses yeux.

— C'est bien ma veine, reprit-il. J'ai tiré la carte « allez directement en prison », reprit-il. Je venais juste de commencer, pas exactement à voyager, mais au moins à avancer un peu, et… bang ! Me voilà à nouveau coincé. Bon sang, je n'ai pas été plus loin que Rome. Tu parles d'un tour du monde !

— Et la Grèce, ça ne compte pas ?

— Mais tu te rends compte, ça aurait pu aussi m'arriver là-bas. Qui m'aurait sauvé dans les Cyclades, le vétérinaire des pélicans ? Et tu imagines si ça m'arrive quand nous sommes au cul du monde, dans un petit village thaïlandais ? Là aussi, le seul chirurgien du coin doit travailler à mi-temps aux abattoirs.

Son angoisse l'avait repris. Je le regardai droit dans les yeux en lui disant que nous allions revoir nos plans. Peu importait où nous irions, pourvu que nous y soyons ensemble. Tous les problèmes – sa mère, l'argent – semblaient lointains, et je commençais à me dire qu'en accusant Lidia, cette petite femme toute courbée, j'étais passée à côté de quelque chose de bien plus grave.

— Et tant que nous n'aurons pas les idées claires, ajoutai-je, tant que tu ne t'es pas remis, nous pouvons rester dans le Quartier.

— Non, j'en ai fini avec Naples.

— Moi aussi.

J'avais répondu sans réfléchir, mais je me sentais à la dérive. Ou irions-nous vivre si le monde était pour le moment hors de notre portée ? Monte San Rocco était hors de question, Naples aussi, alors que nous restait-il ? L'Amérique... ?

— Je ne veux rien d'autre que passer le reste de ma vie avec toi, *baby*. Ce n'est pas que je ne veux pas voyager, c'est que je ne *peux* pas. Le médecin m'a dit d'éviter l'altitude, sinon ça va se reproduire. Comment faire le tour du monde si je ne peux pas monter dans un avion ?

Je décidai qu'avant sa sortie, nous devions absolument parler au chirurgien pour éclaircir ce point. J'en voulais un avec une blouse blanche et un masque sur la figure, qui m'assure que Pietro allait vivre pleinement sa vie. Pietro m'informa que nous allions en effet le rencontrer, et qu'il s'agissait du chirurgien en chef.

Nous rencontrâmes donc le chirurgien et rien ne se passa comme prévu. Ce n'était pas un professeur hautain, mais un père de famille bronzé qui s'exprimait simplement, avec un fort accent romain. Son bureau, s'il était rempli de livres, était aéré et dénudé, à part une photo de sa femme et de ses enfants, soulignant la nature démocratique de l'institution publique. Il nous invita à nous asseoir en demandant à Pietro s'il aimait le greco di tufo.

— Je préfère le rouge, dit Pietro, sans doute gêné d'admettre que ce vin blanc était pour lui d'un prix prohibitif. Mais je vois que vous êtes un connaisseur.

Le médecin loua le *capocollo* d'Avellino avant de s'approcher pour contrôler une dernière fois l'incision. « Bien », dit-il avant de passer aux châtaignes d'Irpinie. À l'évidence, le cas de Pietro n'était pas exceptionnel ni d'un intérêt particulier. Sans doute s'était-il imaginé des choses. Pourtant, même s'il dédramatisait et nous tutoyait, ce médecin me fascinait : c'était l'homme qui avait sauvé la vie de Pietro.

Mais avant qu'il regarde sa montre et nous congédie, je devais lui poser les questions que Pietro ne lui poserait pas. Il feuilletait les documents de sortie, le stylo à la main, prêt à signer.

— Donc, c'est terminé, dis-je. Il n'a pas besoin de retourner à l'hôpital pour un autre contrôle ?

— Pas du tout. Il suffit de faire un saut chez le médecin de famille pour changer le pansement ; les fils de suture se résorberont d'eux-mêmes. En fait, ajouta-t-il en souriant, je ne veux plus jamais revoir ce jeune homme.

— Donc, il ne risque pas un autre pneumothorax…

— Eh bien, dans la vie tout peut arriver. Mais n'y pensez pas : vous êtes jeunes, allez à la plage, mangez, buvez. Il s'est fait une belle frayeur, mais maintenant, vous voyez qu'il est frais comme un gardon. Il peut reprendre ses activités normales, et même faire du surf s'il en a envie. La seule chose qui pourrait réduire le risque d'un second épisode, ce serait d'arrêter de fumer.

Pietro sursauta – et moi aussi : comment avais-je pu oublier la symbiose entre Pietro et ses Marlboro Light ? Pendant toute une semaine, il avait dû combattre non seulement la douleur et la peur, mais aussi le manque. Je comprenais à présent ses sautes d'humeur, sa colère, son état dépressif.

— Et à part ça, il peut vraiment tout faire… même prendre l'avion ?

— Certainement.

— Mais l'altitude ? intervint Pietro.

Le médecin croisa les doigts et confirma que le risque d'une rechute augmentait avec l'altitude, à cause de la raréfaction de l'oxygène.

— Alors ne te mets pas en tête d'escalader l'Everest ou des bêtises de ce genre.

Là-dessus, il nous serra la main avec force en nous disant de profiter de l'été et de goûter le greco. En somme, tout s'était bien passé, mais Pietro avait l'air morose.

— C'est un peu dur, le coup des cigarettes, dis-je.

— Ce n'est pas ça. C'est cette histoire de l'Everest qui me ronge.

— Mais tu ne voulais pas vraiment l'escalader ?

— Qui sait ? répondit-il, les yeux fixés sur ses chaussures. Qui sait ce que j'aurais pu faire de ma vie.

J'eus l'impression de ne pas le reconnaître. Qui était cet homme qui avait peur de voyager dans une cabine pressurisée avec l'air conditionné et des crackers, mais qui voulait conquérir le toit du monde ? Cet homme qui donnait plus de poids aux jugements du père de sa fiancée qu'à ceux de sa fiancée elle-même ? Qui était cet homme que j'aimais ?

De : tectonic@tin.it
À : heddi@yahoo.com
Envoyé le : 25 octobre

Chère Heddi,

Merci pour ton très beau mail. J'avais bien besoin d'un peu de réconfort. La nuit dernière, un renard a tué tous les lapins et quelques poules. Un spectacle terrible. Mon père a pleuré comme un enfant, et moi aussi.

Cette fois, je vais essayer de m'expliquer. Tu m'as dit bien souvent que j'écris bien, j'espère ne pas te décevoir. Ma santé n'est pas bonne. Tu te rappelles mon problème au genou ? Au lieu de s'améliorer, il a empiré. La douleur revient environ toutes les trois semaines – un vrai cauchemar. Quand c'est comme ça, je ne peux ni marcher ni m'asseoir, seulement rester allongé sur le divan. Heddi, je suis dans la merde, et j'ai la nette sensation que ce n'est pas la première fois. C'est peut-être mon habitat naturel et j'y barbote comme un canard dans sa mare. Peut-être même que j'aime ça. Je ne sais pas.

J'ai réservé un billet pour Auckland le 19 février, via *Hong Kong, 1 250 euros, un prix acceptable quand on considère les heures de vol (près de vingt-six). Je veux prendre cet avion. Pour toi, pour toutes les choses que tu m'as apprises, pour tes histoires, ta famille, la chaleur de ton corps. Pour tout ce que tu sais et que je n'ai pas encore appris. Je ne me pardonne pas ce que je t'ai fait ; seul un masochiste pourrait refaire les mêmes erreurs.*

Dernièrement, une fille m'a tiré les cartes. Je t'ai vue dans la dame de deniers et moi dans le valet de coupes, séparés par le sept de bâtons. Est-ce que cela a un sens ? La voyante n'a pas su me le dire… J'ai peu de certitudes dans la vie, comme tu le sais, mais je sais que tu seras toujours la seule femme avec qui j'aurais aimé avoir des enfants. Je suis stupide et cruel de te faire part de ces pensées... Il ne faut pas m'en vouloir, je ne suis qu'un stupide rêveur.

Je me réfugie dans le travail, du moins quand je me sens bien. J'ai terminé la réfection de l'appartement du rez-de-chaussée, même si mes parents s'obstinent à s'en servir comme débarras. Les deux autres étages sont en théorie pour moi. Mais à quoi bon tout cet espace ? Je suis très seul malgré tout mon entourage. Il me manque une partie de moi. Je nous vois tous les deux passer chaque année quelques mois ici, dans cet endroit de malheur où on ne te donne que ce que tu réussis à grappiller, mais où sont mes inextirpables racines... Et puis Noël avec une véritable famille, comme la tienne, dans un endroit fantastique – les États-Unis par exemple –, et faire des voyages.

Je sais, je mérite seulement que tu me craches à la figure, mais je t'ai véritablement aimée. Et même si je souhaite profondément que tu trouves l'homme qu'il te faut, moi, Pietro Iannace, issu d'une lignée maudite, je rêverai toujours d'être pour toi ce que tu es pour moi... Dans quelque temps peut-être, je serai prêt à me passer la corde au cou avec la première venue, mais personne ne pourra jamais prendre la place que tu as eue dans mon existence...

Si je parviens à t'ouvrir mon cœur à cette heure de la nuit, c'est peut-être parce que j'ai peur. Il m'arrive de penser à la mort, à la douleur et à l'abandon de tout, même de ma voiture bien-aimée. Je sais que je m'accroche à des riens. J'ai eu mon moment, j'ai cru pouvoir posséder le monde, le plier à ma volonté… Et maintenant, je clopine à travers la maison comme un petit vieux. Quel tableau, quel roman !…

Je te quitte. Je dois me lever tôt demain matin pour préparer la farine pour les poulets, avant d'aller à l'hôpital en quête d'un boucher disposé à me charcuter et à m'expliquer comment il entend me guérir. Je t'embrasse très fort, comme jamais.

p.

29

J'avançais comme dans un rêve éveillé. Le Quartier espagnol, alors que je n'avais été absente qu'une semaine, ne ressemblait en rien à mes souvenirs. La via De Deo en particulier, plus étroite que jamais, était obscurcie par une quantité inhabituelle de linge étendu sur les balcons. Les immeubles avaient-ils toujours été aussi vertigineux ? En baissant les yeux, je trouvai les pavés changés eux aussi, plus usés et plus noirs, un peu huileux. La touffeur pesait, et il y avait une étrange absence de bruits, comme si ceux qui le pouvaient avaient pris la fuite.

— Où sont-ils tous ? demandai-je à Pietro en entrant dans la cour.

— Tu sais comment c'est ici aux alentours du 15 août. La moitié de Naples est en vacances, et les autres se consolent en gueuletonnant.

En effet, c'était l'heure du déjeuner et nos voisins faisaient partie des malheureux qui n'avaient pas les moyens d'aller à la mer. Contraints par la chaleur à garder les portes ouvertes, ils s'étaient lancés dans un concours d'effluves gastronomiques : au deuxième, la meilleure friture de poulpes, au troisième le provolone le plus fumé avec la roquette la plus piquante, au cinquième la *parmigiana* d'aubergines la plus grasse. La dégustation était un acte religieux : on n'entendait plus que le crépitement de l'huile, le geignement d'un enfant, un robinet qui coulait ou une réplique du feuilleton de midi. Tous ces bruits amortis me donnaient une impression de rêve.

— Je le sens déjà, dit Pietro.

— Quoi donc ?

— Le smog. J'ai les yeux qui piquent.

Il posa doucement son sac sur les tomettes du salon. Je regardai autour de moi, et la solide réalité – nos livres et nos CD, l'ordinateur, une tasse abandonnée – me procura un sentiment de réconfort mélancolique. Ça sentait le renfermé et je me hâtai d'ouvrir les fenêtres et le balcon.

— Viens me montrer tes yeux à la lumière. En effet, ils sont un peu rouges. Mais je pronostique une guérison complète.

— Merci, docteur.

Sans un mot, Pietro me conduisit par la main dans notre chambre, où, sans même prendre le temps d'ouvrir les persiennes, nous fîmes l'amour tout en délicatesse : les diamants de lumière, le quartier silencieux, les baisers à fleur de lèvre. Je me gardai bien de toucher sa cicatrice, épouvantée par l'idée de lui faire encore du mal.

Quand je me réveillai, les cheveux poisseux de sueur, Pietro n'était plus là. Je descendis, encore en slip – nous étions seuls à la maison –, et je le trouvai assis sur le divan, le récepteur contre l'oreille, battant du pied nerveusement : peut-être mourait-il d'envie de fumer. « Ça va, ça va », disait-il sur le ton impatienté qu'il avait en parlant à son frère.

— Gabriele te passe le bonjour, dit-il en raccrochant.

— Comment va-t-il ?

— Angoissé, comme toujours.

Je m'assis à son côté.

— Tu sais que moi aussi j'ai mal aux yeux ? Je ne sais pas si c'est le smog ou d'avoir trop dormi.

— Tout ce smog, ce n'est pas bon. Le toubib a dit pas de cigarettes, mais une journée à respirer ce truc, c'est comme fumer la moitié d'un paquet.

— Vraiment ?

— Et cet escalier ! Après une semaine de lit, il me tue littéralement.

Cela semblait les prémices d'autre chose. En effet, il conclut :

— Je vais peut-être aller passer un moment à Monte San Rocco.

C'était donc de cela qu'il discutait au téléphone avec Gabriele. Peut-être avait-il déjà tout organisé.

— Si c'est pour ça, je peux descendre faire les courses. Je ferai la cuisine. Tu peux te reposer, tu peux lire. Tu n'auras pas à lever le petit doigt.

— *Baby*, tu es la meilleure infirmière du monde, mais ce n'est pas toi le problème. C'est cet immeuble, ce quartier, cette ville, cet asile de fous ! Je ne la supporte plus. Si je dois y rester un jour de plus, je vais devenir dingue.

Je compris que son intolérance à Naples n'était que la pointe de l'iceberg de cette crise qui était loin d'être résolue.

— OK, comme tu veux, dis-je aussitôt.

— Tu peux venir me retrouver.

J'émis un petit rire sec, sachant fort bien que pour le revoir j'aurais affronté n'importe quoi, avalé n'importe quelle couleuvre.

— Demain matin, Francesco vient me prendre avec sa voiture juste en bas. J'en profiterai pour transporter quelques affaires. Des livres, et d'autres objets lourds. Il y a bien quelques cartons par ici…

— OK, répétai-je, ajoutant mécaniquement : je vais t'aider.

J'avais pris un ton léger, mais j'étais perdue. Pietro faisait ses bagages et il était clair qu'il ne reviendrait jamais habiter cet appartement. Il partait en réalité parce que je n'avais pas su lui proposer un meilleur remède que Monte San Rocco. Mais je n'avais pas de solution, pas de projets (pas même pour moi, qui n'allais pas tarder à me retrouver à la rue), je n'avais rien d'autre à lui offrir que mon misérable amour.

Pietro devait être en proie à la même sensation, parce qu'il me dit soudain cette phrase incompréhensible :

— Sans toi, Heddi, je suis comme une feuille balayée par le vent.

Quand Francesco arriva au 33 via De Deo, il se forma autour de son break une petite foule de curieux et de désœuvrés. Certes, on était dimanche, mais dans le quartier c'était tous les jours qu'on s'occupait des affaires des autres. Des enfants aux ongles sales demandaient : « *E tu cumm' te chiam'* » – et toi, comment tu t'appelles ? Des hommes en canotier et des grands-mères en robe de chambre se penchaient aux balcons pour se joindre au chœur : « Mais c'est qui ? » Certains, offensés par cette présence étrangère, nous lançaient des regards torves : la patronne du rez-de-chaussée devant lequel Francesco s'était garé ; le conducteur qui avait pilé avec sa vespa en murmurant des injures et en feignant de manquer de place pour passer.

Pendant que nous la chargions, ils étudiaient la voiture rutilante et quelques-uns osaient même la toucher. Ils regardaient avec la même absence de pudeur Francesco l'avocat : ses chaussures bien cirées, sa grosse montre, sa chemise amidonnée qui lui collait au dos et sa barbe passée de mode qui le vieillissait. Dans cette scène torride de dégradation urbaine, il était le type même du provincial débonnaire prêt à se faire avoir d'une façon ou d'une autre.

— Allez, on y va, dit Pietro d'un air anxieux en tendant à Francesco le dernier sac ; mais cette nervosité lui passa dès qu'il eut mis le pied dans la voiture.

Je lui jetai un baiser par la vitre baissée et je saluai Francesco de la main en leur disant, probablement en vain : « N'allez pas trop vite. » La voiture monta au pas la via De Deo, dont la pente était si forte qu'elle s'achevait par une volée de marches.

— Vous ne pouvez pas passer par là ! leur criai-je.

Tous les regards convergèrent vers moi : mon ignorance du dialecte risquait de faire de moi une cible, comme Francesco. Qu'il m'ait entendue ou non, il exécuta un demi-tour compliqué et redescendit en direction de la via Roma. Quelques gamins coururent derrière la voiture comme s'ils poursuivaient une sucette géante ; avec plus de retenue, mais avec la même faim dévorante, je la suivis moi aussi, jusqu'à ce qu'un tournant les engloutisse.

Je n'avais plus de raison de descendre dans la rue : ni cours, ni travail, ni heures de visites à l'hôpital. Je restais suspendue dans une sorte d'attente, par pure habitude. Pourtant, mes pieds avaient un rapport qui leur était propre avec les rues de Naples : même les yeux bandés, ils m'auraient portée vers un but que j'ignorais moi-même.

C'est ainsi que je me retrouvai à quelques pas de l'endroit où se tenait toujours mon sans-abri. Lui apporter un cappuccino et un cornet à la confiture, c'est pour cela que j'étais là. Je m'assiérais peut-être à nouveau à côté de son fauteuil, sans que cette fois ses jambes fantôme me fassent la moindre impression. Et si j'attendais assez longtemps, peut-être finirait-il par me raconter son histoire, et me dirait-il pourquoi, après « la catastrophe », il était resté à Naples.

Mais le prêtre n'était pas là. À l'endroit où il se tenait d'ordinaire, il ne restait qu'un vide maculé et inquiétant, comme un dessin au crayon effacé en hâte. J'entrai malgré tout dans le bar pour commander un cappuccino et je m'adressai à la caissière.

— Excusez-moi, vous voyez cet homme qui est souvent dehors avec son chien ? Je crois qu'il est allemand.

— Si je le vois ? Et comment ! On sent sa puanteur jusqu'à la piazza del Plebiscito !

Le jeune garçon de café se joignit au rire des clients.

— Mais c'est quelqu'un de bien, dis-je à cette dame qui portait à chaque doigt, sauf au pouce, un anneau d'or serti de pierres.

Que savait-elle de la vie dans la rue ?

— Je sais. On voit bien que c'est un cœur d'or, même si on ne comprend rien à ce qu'il raconte.

— Et vous l'avez vu récemment ?

— Ah, je n'ai pas fait attention, mam'selle. Je suis toujours à m'échiner à l'intérieur, même le dimanche, même au mois d'août…

Je la remercierai et posai deux cents lires sur le comptoir. Ici, bien sûr, ce n'était pas comme à Washington. Un sans-abri n'aurait jamais pu demander l'aumône devant un bar toute la matinée sans l'autorisation des propriétaires. Pour s'installer sur le trottoir à Naples il fallait avoir son réseau, et cela valait aussi pour un étranger invalide. C'était peut-être l'anarchie, mais elle avait ses règles… et son humanité propre. Je m'en voulus d'avoir pensé du mal de la caissière, qui l'avait sans doute aidé sans rien demander en retour.

Le garçon posa un cappuccino devant moi.

— En tout cas, on ne voit plus ce vieux-là dans le quartier depuis un moment. J'ai dans l'idée qu'il est parti pour de bon. C'était qui, un de tes compatriotes ?

L'arrivée de nouveaux clients me dispensa de répondre. Le café me fit battre le cœur à un rythme plus frénétique à chaque nouvelle gorgée. Quand avais-je vu le prêtre pour la dernière fois ? Peut-être le jour de mon diplôme, où il m'avait saluée de la main, ce geste insolite pour lui, comme un adieu…

Je voulais croire qu'il avait trouvé une place au centre d'accueil ou que des nonnes lui avaient offert l'hospitalité. Ou, mieux encore, que quelqu'un, surgi de son passé, avait fini par le retrouver après l'avoir cherché longtemps. Je voulais croire qu'il s'était échappé de Naples sur un tapis volant.

Mais mon optimisme sonnait faux. Le happy end n'était garanti qu'à Hollywood. Dans le monde véritable, si un jeune homme non fumeur pouvait mourir d'un cancer du poumon à vingt ans, j'imaginais ce qu'il pouvait advenir d'un homme âgé, handicapé et mal nourri. Je ne pouvais pas non plus exclure que dans sa solitude il ait décidé d'en finir, malgré le stigmate religieux. À présent, qui se souviendrait de lui ? Il n'avait même pas de nom.

Dans un éclair, je revis la fosse commune de l'église Delle Fontanelle et je sentis mon estomac se nouer. Qu'avais-je fait pour aider ce brave homme, à part lui donner un peu de monnaie et lui apporter à manger quand cela me convenait ? Je ne m'étais pas mieux comportée que les autres qui ne s'étaient intéressés à lui que pour ses petits chiens, alors que je savais (et j'étais sans doute la seule à le savoir) qui il était vraiment. Mais à présent, il était trop tard.

Il est parti. Je me sentis abandonnée, peut-être de façon méritée. Luca avait été le premier à quitter Naples, puis Madeleine, et à présent Pietro était parti avec ses livres, son pic de prospection, ses chemises boutonnées, tous les objets qui portaient son incomparable odeur. La chaleur tapait, le bar était bondé ; la machine à expresso grondait et sifflait. Il fallait que je sorte de là, et vite.

La moitié de la population était peut-être en vacances, mais l'autre moitié, restée prisonnière, suffisait à m'empêcher de trouver une issue. La via Roma était pleine de piétons marchant dans les deux sens qui m'inondaient d'odeurs de parfum bon marché et de pâtisserie. La foule m'entraînait, je n'arrivais pas à regagner la rive, et bientôt la panique me prit. La foule parut le comprendre, me projetant finalement dans une petite rue du Quartier tapissée d'avis de décès. Je me réfugiai sous un balcon et j'éclatai en sanglots.

Mais à Naples, même dans la ruelle la plus obscure, on n'est jamais seul. J'avais à peine versé quelques larmes quand je sentis arriver dans mon dos un petit groupe de filles. Elles étaient lourdement maquillées avec des décolletés plongeants, prêtes à arpenter le trottoir, mais ce furent elles qui me regardèrent de travers. L'air dégagé, je m'essuyai le visage et je m'en retournai via De Deo.

De : heddi@yahoo.com
À : tectonic@tin.it
Envoyé le : 8 novembre

Cher Pietro,

J'adore lire tes pensées, entendre ta voix, même de si loin. Je suis seulement désolée pour ta santé : ne pourrais-tu pas aller consulter un spécialiste, as-tu envisagé la médecine alternative ?

Tu sais que je suis officiellement au chômage ? J'ai donné ma démission il y a deux semaines. Je peux tenir deux ou trois mois avec l'argent que j'ai mis de côté, et je n'ai pas beaucoup de besoins. Je suis contente d'avoir repris ma liberté, surtout maintenant que l'été est à nos portes. À tout moment, je peux sauter dans ma voiture pour aller dans mon coin préféré, le bout de forêt pluviale qui se trouve juste aux limites de la ville. Il est plein d'oiseaux aux chants très beaux et très étranges, qui semblent sangloter ou éternuer ou rire, et les arbres sont si rapprochés que tu ne te mouilles pas, même quand il pleut. J'aimerais t'y emmener… mais d'abord, il faut que tu guérisses !

Tu m'as demandé un jour si j'avais un tatouage. Je n'en ai pas, mais ce n'est pas par crainte de la douleur. Les tatouages sont éternels : en quel symbole, en quel concept pourrais-je croire pour toujours ? Je ne sais pas. J'ai fait la connaissance d'une fille maorie qui venait d'un petit village dans un endroit perdu au bord du lac Waikaremoana. Elle nous a dit, si nous allions dans ce coin, de demander son oncle, qui pour un prix raisonnable nous louerait ses chevaux pour explorer la forêt vierge. Elle nous a raconté que, quand elle avait une douzaine d'années, sa grand-mère l'avait appelée un jour en lui disant simplement : « Viens avec moi. » Elle ne savait pas où elle allait, jusqu'à ce qu'un homme l'oblige à s'étendre sur un matelas et se mette à lui tatouer dans le dos son arbre généalogique tout entier, pour qu'elle ne puisse jamais l'oublier. Il avait fallu plusieurs séances pour tatouer le tronc et toutes ses branches. Et à chaque séance elle pleurait, mais sa grand-mère la maintenait fermement sur le lit. Elle ne nous a pas montré son tatouage, mais elle nous a expliqué qu'il lui couvrait presque tout le dos, avec un peu de peau vierge pour pouvoir le compléter. Mais elle n'avait aucune intention de le faire et elle a émigré en Australie.

J'écris à tort et à travers, je le sais, mais c'est comme si nos lettres me rappelaient le langage que toi et moi avons toujours utilisé, et que je ne veux plus oublier…

À toi,

h.

30

Je cherchai des moyens de m'occuper. J'ouvris un compte Internet et j'échangeai des mails avec Snežana. Je commençai aussi à mettre des livres en caisse pour les expédier chez mon père, tout en cherchant à ignorer le pandémonium qui éclatait dans la cour deux ou trois fois par jour. Le soir, installée sur le divan qui devenait peu à peu mon lit, le combiné pressé sur l'oreille, je téléphonais à Pietro et nous parlions jusque tard dans la nuit.

Il n'y avait pas de trêve pour lui à Monte San Rocco. Son père n'arrêtait pas de lui brailler des ordres : aller chercher du bois, déplacer des sacs de farine ou des caisses de vin. À table, il n'était question que d'argent, avec la télé en fond sonore. La présence de Gabriele ne changeait rien : perpétuellement grognon, il n'avait même pas envie de discuter politique. Il quittait la table pour se réfugier avec son verre dans le salon pour lire ou zapper devant la télé.

— Je te jure, c'est à croire que ce sont eux les malades, me dit Pietro un soir, après une pause où je crus l'entendre inhaler profondément.

— Comment ça se passe sans cigarettes ?

— C'est dur, *baby*, vraiment dur. C'est peut-être pour ça que je ne supporte plus d'avoir Gabriele dans les pattes. Il fume comme un pompier !

— À la maison, devant tes parents ?

— Oui, à la maison…

Mais le pire, c'était d'être loin de moi. Et il me suggéra, comme si alléger ma solitude pouvait alléger la sienne, de voir les garçons ou Sonia.

Sonia était en Sardaigne et j'étais sans nouvelles de Tonino, Angelo et Davide : les télécoms ne leur avaient pas encore attribué de ligne fixe et n'en avaient sans doute aucune intention. Peut-être aussi ne voulais-je pas d'autre compagnie que celle de Pietro. À cette heure tardive, les fenêtres grandes ouvertes laissaient passer le ronronnement monotone des vespas et la lumière des réverbères. Naples réussissait à tenir à distance, outre les autorités, la nuit elle-même ; ce soir-là, elle luisait d'un jaune phosphorescent, nimbant ses ruelles d'un halo mauvais qui durerait jusqu'à l'aube.

— *Baby* ?

— Je suis là.

— J'ai une belle histoire à te raconter.

— Je t'écoute.

Détournant le regard de la ville, je plongeai plus profondément dans le vinyle crépitant et collant. Je voulais plus qu'une belle histoire, je voulais une fable.

Il m'expliqua qu'il avait trouvé un chiot sous un arbre au milieu de la campagne. Il n'avait que la peau sur les os, il semblait ne pas avoir mangé depuis qu'il avait été sevré et il était couvert de puces grosses comme des cafards. Pietro l'avait emmené à la maison et lavé dans un seau avant de lui donner du lait et un restant de pâtes.

Je fus réveillée d'un coup.

— Tu es sûr qu'il est abandonné ? Il a pu s'échapper de chez lui.

— Certain. Les gens d'ici, tu sais ce qu'ils font des animaux dont ils ne veulent pas ? Ils les fourrent dans un sac et ils vont les jeter dans un coin perdu… ou à la rivière.

Mais celui-là était en pleine forme, m'assura-t-il. Pour le moment, il dormait dans la cabane du tracteur avec Gesualdo ; le lendemain, il l'emmènerait chez le vétérinaire.

— Commence à réfléchir au nom que tu veux lui donner, parce que ce sera notre chien.

Un chien à nous, un vrai chien, ce troisième terme qui me semblait si nécessaire à notre relation. Le changement d'air avait vraiment guéri Pietro, qui recommençait à embrasser la vie comme avant. Désormais, nous étions les heureux maîtres d'un petit chien au poil marron et blanc et au museau rose. Peu importait que nous n'ayons pas encore d'endroit à nous : nous étions jeunes et fous amoureux.

Pietro avait raison : Sonia était bien rentrée à Naples. Elle vint frapper un après-midi par une chaleur à faire fondre le bitume du toit. Nous allâmes nous asseoir dehors, sous ce soleil meurtrier. Je passai sous silence les détails les plus pénibles de son séjour à l'hôpital et notre dispute, pour ne pas abîmer l'image qu'elle avait de Pietro, et ne pas devoir lui révéler qu'aimer un homme, c'est aimer jusqu'à ses faiblesses.

— Ça a dû être un véritable cauchemar, finit-elle par dire en écarquillant ses grands yeux couleur châtaigne. Et quand pourra-t-il revenir à Naples ?

Une question piège, à laquelle je fus incapable de répondre.

— Alors, il faudra lui dire au revoir pour moi.

— Pourquoi, tu repars ?

— Oh, Eddie, heureusement que je t'ai trouvée aujourd'hui, j'avais tellement hâte de te l'apprendre ! s'exclama-t-elle en agitant ses mains osseuses. Je pars pour un an au Portugal avec une bourse Erasmus, tu peux croire ça ?

Elle semblait ne pas y croire elle-même, les yeux fixés sur le volcan au loin qu'elle semblait ne pas voir – et en effet il disparaissait presque complètement derrière le voile de chaleur. Un Erasmus : je m'en réjouissais sincèrement pour elle, et si je me sentais un peu agitée, ce devait être à cause de cet antivol de voiture qui bramait en bas et ne voulait pas s'arrêter.

Elle avait reçu sa lettre d'admission depuis un moment, mais avait hésité à accepter.

— Je ne suis pas une voyageuse intrépide comme toi. J'ai besoin d'examiner les choses sous tous leurs angles avant de me décider. Tu sais que j'ai même demandé son avis à Pietro ? Je lui ai cassé les pieds pendant ta fête de diplôme ! Toi, je savais déjà ce que tu m'aurais dit…

Et Pietro, que lui avait-il conseillé ? Rester ou partir ? J'étais incapable de deviner la réponse, mais je dus m'avouer que cette nuit-là, en les voyant comme des conspirateurs sur le toit, j'avais éprouvé un accès de la plus vulgaire jalousie.

Un souvenir très ancien me revint de ma première année à l'AFSAI : Inga, une fille danoise du même âge que moi, elle aussi accueillie par une famille de Stabia. Ce fut elle qui me fit remarquer, un jour qu'elle se maquillait dans la chambre de Rita, que nous pouvions passer pour des sœurs. Je contemplai notre reflet. En effet, la ressemblance était extraordinaire : le nez délicat, les pommettes saillantes, les lèvres tombantes et la mâchoire carrée, les mêmes yeux clairs et les sourcils en accent circonflexe – à cela près qu'elle était beaucoup plus belle que moi. En outre, elle avait plus d'assurance, elle était plus extravertie et plus indépendante. Elle ne s'excusait pas comme moi à tout bout de champ. Charismatique et sereine, elle ne ruminait pas chaque chose, sans pour autant céder à de folles impulsions. Inga était la version réussie de moi-même. À la fin de cette année à Castellammare, elle remplit ses valises de toutes les expériences utiles et rentra au Danemark. On n'entendit plus jamais parler d'elle.

Moi, une voyageuse intrépide ? Pure illusion. En pensant aux filles scandinaves du ferry pour Athènes, avec leurs passeports tamponnés de partout, leurs colliers de chien en cuir et leurs longues jambes bronzées, je fus assaillie d'une terrible sensation de territorialité primitive. Ce n'était pas de la jalousie que j'avais éprouvée sur ce toit. La véritable jalousie, c'était cette agressivité dirigée non pas contre une seule femme, mais contre des milliers, des millions de femmes que je ne connaissais pas et qui parlaient des langues que je n'avais pas étudiées. La glaçante réalité, c'était qu'il y avait une planète entière de femmes, toutes plus belles, plus audacieuses et plus solaires que moi, qui pouvaient faire perdre la tête à Pietro, passer leurs mains sur sa poitrine et serrer son sexe et s'emparer des secrets de sa bouche et de son âme. C'était cela le douloureux poison qui courait dans chaque veine de mon corps et me coupait le souffle.

L'antivol s'était tu. Les mauvaises pensées s'évanouirent peu à peu et je me laissai gagner par l'enthousiasme de Sonia, tout occupée de son départ. Une bonne odeur de pain venant d'une boulangerie du voisinage montait jusqu'à nous. L'air était chaud et invitant, presque comestible, et pourtant il me donnait l'envie de m'enfuir vers la mer, dont on distinguait des fragments découpés par les antennes de télévision.

— Je reviendrai en Italie pour Noël, disait Sonia. J'essaierai de faire un saut à Naples, on verra. Je n'ai pas réussi à trouver les garçons pour leur dire au revoir…

Tonino était encore dans les Pouilles, me dit-elle, mais Angelo devait être rentré, parce qu'il s'était pris de passion pour une fille « de la haute » de Mergellina.

— Mais enfin, Sonia, il s'est passé quoi avec Carlo ?

— Je ne sais pas trop, dit-elle avec un soupir. Il était devenu trop possessif. Ou peut-être que je ne l'aimais pas vraiment. En tout cas, dès que je l'ai quitté, il a filé dans le lit de ma colocataire. (Et elle ajouta, elle qui était toujours si maîtresse d'elle-même :) Un coup de baise par dépit !

Sur quoi elle se leva en passant les mains sur son pantalon poussiéreux.

— Tu t'en vas déjà ?

— Oui, il faut que je débarrasse ma chambre et que j'envoie mes affaires à la maison. Mais même sans l'excuse de la bourse d'études, je n'aurais jamais pu revenir dans cet appartement…

Je compris soudain que j'avais un lien unique avec Sonia, et quand elle fut à la porte j'éprouvai une peur folle de la perdre. Seules les promesses (nous irions la voir au Portugal, et ainsi de suite) apaisèrent un peu mon angoisse à l'idée que je ne la reverrais peut-être jamais. J'avais été une amie déplorable et j'aurais tout donné pour avoir une seconde chance, pour tout recommencer et revivre les journées et les nuits passées ensemble à manger et philosopher. Sur le seuil, nous nous étreignîmes ; je la retins dans mes bras plus longtemps qu'il n'est culturellement admis.

Au rendez-vous téléphonique suivant, lui allongé sur son lit dans sa chambre d'enfant, moi étendue sur le divan, Pietro me divertit avec ses histoires à la ferme. Les journées éreintantes, les bêtes dans la pâture, les fêtes de moissons (dont il se dispensait), comme celle du *zenzifero*, dont lui-même ne savait pas ce que c'était censé être.

— Et le petit chien, finis-je par demander, on va l'appeler comment ?

Il y eut une pause à l'autre bout du fil : j'aurais juré entendre l'aspiration d'une cigarette.

— *Baby*, je voulais te dire… Je suis désolé, mais j'ai dû renoncer au petit chien. Ma mère l'a découvert dans la cabane.

— Mais tu devais l'emmener chez le vétérinaire, dis-je en me redressant brutalement, la gorge nouée. Tu le lui as dit ?

C'était comme parler à un mur, d'après Pietro. Et puis, avec un trou dans la poitrine et un trou encore plus grand dans la poche, il n'était pas vraiment en mesure de dicter ses conditions. Mais à la fin, il cessa de se justifier pour me demander pardon d'une voix brisée.

— Je me sens comme une merde, *baby*. Je ne peux plus manger, je n'en dors plus…

— Ça peut peut-être s'arranger… Tu peux encore aller le reprendre. À qui l'as-tu donné ?

— C'est trop tard.

Je sautai sur mes pieds.

— Comment ça, trop tard ? Ça date d'hier !

Je voulais rester calme et pragmatique, mais j'entendais ma voix trembler au souvenir de ce que faisaient les gens du cru aux animaux indésirables.

— Où ça, Pietro ? Ou l'as-tu emmené ?

— Loin d'ici. Je l'ai enfermé dans un grand carton, je l'ai mis dans la voiture et j'ai roulé très longtemps à travers la campagne.

— Et tu as fait quoi ensuite ? (Je me mis à arpenter la pièce, retenue par le fil du téléphone.) Dis-le-moi !

— Putain, je suis vraiment désolé, *baby*. Je n'arrive pas à croire que j'aie fait ça…

Il s'était arrêté près d'un champ de blé. Il avait cherché l'ombre d'un gros arbre et il y avait déposé la boîte en carton, l'une de celles qui avaient servi à transporter ses livres de Naples. Il y avait une ferme non loin : c'était pour cela qu'il avait choisi cet endroit, pensant que le chiot pourrait y arriver par lui-même ou que les fermiers le trouveraient en travaillant aux champs.

— Il s'est trouvé une nouvelle maison, j'en suis sûr… Sans problème. Ce sont les chats qui s'attachent aux lieux. Pour un chien, une maison en vaut une autre.

— Mais c'est encore pire.

— Comment ça ?

— Parce que le chiot a eu le temps de s'attacher à toi.

Il y eut un long silence. Et Pietro fumait, j'en étais persuadée.

— Je le sais, finit-il par dire. Et je me suis détesté. Quand j'ai ouvert le carton, j'ai vu sa petite tête trop mignonne... Sa langue pendante, sa truffe humide, et ses grands yeux. Il était content de me voir, mais un peu désorienté, là au milieu de nulle part. Je ne pouvais pas le regarder, j'avais trop honte. Je suis remonté dans la voiture et je suis parti à toute vitesse avant de changer d'avis.

— Tu te rappelles où c'était ? On pourrait aller le rechercher. Tu te rappelles l'endroit exact ?

Pietro eut un soupir de fatigue : autant chercher une aiguille dans une botte de foin, le mieux était de l'oublier. Je décidai alors qu'il y avait urgence : avant qu'un autre soleil ait tourné au rouge sur l'horizon, je reprendrais pour la quatrième fois le bus pour Monte San Rocco, quoi qu'il puisse m'en coûter.

De : heddi@yahoo.com
À : tectonic@tin.it
Envoyéle : 22 décembre

Cher Pietro,

Je t'écris depuis un camping, sur le vieil ordinateur de l'établissement qui marche quasiment avec des jetons. Je voulais voir si tu m'avais répondu, mais non. Tu es passé sur le billard, finalement ? Je suis sans nouvelles de toi depuis deux mois ; peut-être n'as-tu pas envie de me parler…

J'ai imprimé ton dernier mail et je l'ai conservé, comme les autres. Ils te serviront peut-être un jour pour ce roman que tu veux écrire…

Autrefois à Naples, notre relation me semblait parfaite, voulue par le destin. Il était inconcevable que nous puissions nous quitter. J'avais peur de te perdre, mais à cause d'un accident ou d'une maladie. Quelle idiote j'ai été de ne pas comprendre que le destin (qui en théorie nous gardait unis) et la mort (qui pouvait nous séparer) sont la même malédiction. J'étais sans doute trop absorbée par des questions cosmiques, ou peut-être trop amoureuse.

Je voudrais entendre ta voix jusqu'à l'aube, être entourée par toi comme un cadeau par un ruban. Si ce n'est pas ce que tu veux, dis-le-moi maintenant. Février arrive : le premier semestre va commencer et j'ai un nouveau poste dans une université. Sans parler de ton vol retenu pour février… Je ne suis pas certaine que tu prendras cet avion. En fait, je ne t'attends plus, même si tu m'as demandé de le faire (du moins je le crois). Mais si tu décides finalement de ne pas franchir l'océan pour moi, je l'accepterai et je comprendrai que le destin est écrit non dans l'avenir, mais dans l'histoire.

Affectueusement,

h.

31

— *Buonasera.*

C'était sorti de la petite bouche de Lidia comme un devoir domestique particulièrement désagréable, mais nécessaire de temps à autre. À moi aussi il me pesait de devoir répéter cette farce, moi qui affichais un grand sourire idiot et elle qui disait bonsoir (pour l'amour du ciel, il n'était que deux heures de l'après-midi !) et sortait une main de son tablier pour me la tendre comme un cadeau qu'elle aurait répugné à me faire.

— Quel plaisir de vous revoir, *signora.*

En l'embrassant, je constatai que ses joues étaient rouges en réalité de petits capillaires éclatés, un autre signe de vieillesse. Je me croyais immunisée contre ses tentatives inconscientes de susciter de la pitié chez moi, mais sa triste humanité me serra le cœur. Et puis, le soupçon me vint que j'avais exagéré son rôle dans nos difficultés. Ce fut une sensation fugitive : mon malaise tenait surtout à une vague douleur physique.

— Maman, dit Pietro en posant mon sac par terre, va me chercher les papiers pour l'avocat.

— Tu veux y aller maintenant ? Ils sont fermés à l'heure du déjeuner.

— Va les chercher et je m'occupe du reste.

Quand elle eut quitté la cuisine, il me dit à mi-voix :

— Ne t'inquiète pas, c'est juste une excuse pour sortir d'ici. On va aller faire un tour. Ça te va ?

Ça m'allait parfaitement. Cette fois, nous avions veillé à venir directement depuis l'arrêt du bus, mais je n'avais pas fait tout ce trajet pour affronter Lidia dans sa cuisine. J'attirai Pietro à moi et je l'embrassai. Il me donna un baiser rapide en précisant qu'il devait bien aller chez le notaire pour lui donner certains papiers concernant une pièce de terre. « Celle qui se trouve dans les Pouilles, où mon père et moi avions conduit le tracteur une fois, tu te rappelles ? »

J'espérais déjà qu'il s'agissait d'un transfert de propriété d'Ernesto à Pietro Iannace, mais il ajouta aussitôt :

— Mes parents veulent s'assurer qu'elle est bien à notre nom.

— Elle n'est pas déjà à vous ?

— C'est compliqué, dit-il en se passant une main dans les cheveux. Je t'expliquerai plus tard.

Avant que j'aie pu lui demander où était Gabriele, sa mère était de retour, les papiers à la main.

— Ne traîne pas en route, dit-elle en ajoutant une rafale de dialecte où je ne pus saisir que le pronom *edda*.

— Qu'a dit ta mère à mon sujet ? demandai-je quand nous fûmes dans la voiture.

— Rien, elle fait l'imbécile.

— Allez, tu peux me le dire. J'ai la peau dure.

— Elle dit qu'il faut que tu te couches tôt, sinon tu vas encore te lever tard. Ne fais pas attention, elle est comme ça. Comme on dit ici, elle parle d'abord et elle pense après.

Je n'avais pas cette impression. Mais tandis qu'il faisait reculer la voiture dans l'allée, je décidai que je ferais mieux de garder la bouche close sur le sujet de sa mère – et peut-être aussi sur d'autres.

Nous errâmes sans but dans les collines ; l'été semblait avoir gardé toute cette chaleur en réserve pour la déverser sur nous d'un coup. Je passai le bras dehors pour sentir le vent chaud à travers mes doigts. Le paysage jauni et assoiffé avait une beauté austère.

Pietro s'arrêta. À l'extérieur, les cigales célébraient la chaleur dans leur étrange langage. Je me demandai s'il était vrai qu'elles passent dix-sept ans sous terre, attendant en silence de vivre leur unique et glorieuse saison sous le soleil.

— Seigneur, tu es magnifique, dit Pietro en me tendant une bouteille d'eau. Malgré son goût de plastique chaud, elle me parut délicieuse. Je l'attirai à moi en exigeant de voir sa cicatrice. Il eut un sourire de connivence et déboutonna sa chemise pour me montrer sa poitrine. Combien de temps avions-nous avant le notaire ?

— Ça guérit bien. Mais tu auras une belle marque quand même.

L'incision avait laissé une ligne de peau rose et épaisse qui semblait trop fragile pour la toucher ; je saisis à la place la main qui portait l'anneau d'argent. Je la portai à mes lèvres et la retournai pour embrasser sa paume, un acte instinctif de passion ou de pure soumission. Elle avait le goût du sel, de la poussière et de quelque chose d'autre.

— Tu as recommencé à fumer.

— Juste une fois de temps en temps, dit-il en refermant sa main.

— Mais tu avais réussi à arrêter à l'hôpital. On dit qu'après la première semaine, la dépendance diminue.

— Les médecins disent beaucoup de conneries.

— Il y a peut-être un acupuncteur dans le coin…

Pietro m'assura que non, mais il accepta d'acheter des patchs à la nicotine à la pharmacie de Monte San Rocco. Je sentis mon cœur se serrer à l'idée de revenir si vite au village, un choc électrique qui me fit serrer les poings.

— Ça va ?

— Ouais. On va faire une autre balade ?

— Tu veux aller où ?

— N'importe où. Ou plutôt, emmène-moi à l'endroit où tu as laissé le chiot.

— Je t'en supplie, *baby*, dit-il en posant une main sur mon épaule, laisse tomber. On se fait du mal… tous les deux.

Je m'efforçai de ne pas respirer le long de la route sinueuse bordée de tiges de blé desséchées. Les spasmes dans ma poitrine étaient plus forts et plus rapprochés. Je n'arrivais même pas à allonger la main pour lui caresser la nuque. Était-ce ainsi qu'il s'était réveillé ce matin-là à Monte Porzio Catone ? Comment pouvais-je souffrir de la même chose ? Cela semblait une triste imitation, mais il n'y avait rien de feint dans la douleur qui m'étreignait la poitrine.

— Alors c'est quoi, l'histoire du terrain dans les Pouilles ? demandai-je pour penser à autre chose.

Pietro s'empressa de tout me raconter en détail, les yeux fixés sur la route. Ses parents l'avaient acheté dans les années 1960, quand le gouvernement avait entrepris de promouvoir le développement agricole dans le Sud. C'était encore la famine de l'après-guerre dans cette région, et ils étaient nombreux à avoir profité de cette offre pour sortir de la pauvreté. Lidia et Ernesto avaient donc acheté ce terrain éloigné du village, mais il s'était révélé ensuite que ces terres restaient copropriété de l'État.

— Je suppose que mes parents n'ont pas lu les petits caractères avant de signer.

Avec un *X* ? songeai-je.

— Alors ils vont faire quoi maintenant, rembourser l'État ?

— Tu plaisantes ? Tu as la moindre idée de ce que ça coûterait ?

— Pourquoi, ça représente beaucoup d'hectares ?

— Pas du tout, dit Pietro en riant, ce n'est qu'une petite portion de nos propriétés… À l'origine, l'État n'avait pas l'intention d'exploiter ces terres. Donc, après tout ce temps, il a décidé d'abandonner sa part de propriété. Mais il faut faire la demande, et ce n'est pas simple. Des centaines de formulaires et de documents notariés, il y a de quoi s'arracher les cheveux. Et bien sûr, comme toujours en Italie, la date limite est en plein été, quand la moitié du pays est en vacances.

— J'espère que tes parents seront dans les temps.

— Il le faut, dit-il gravement. Sinon, ce sera la révolution à la maison.

Je restai perplexe en le voyant prendre aussi à cœur une question bureaucratique concernant un coin de terre qui n'était même pas à son nom, y mettant plus d'énergie que je ne lui en avais vu dépenser pendant des mois. À quoi bon puisqu'il envisageait de tout abandonner et finalement de tout vendre ?

— La révolution pour une si petite chose ?

— Ce n'est pas une petite chose, Heddi.

Je contemplai le paysage un moment. À présent, chaque respiration était comme un coup de poignard dans le cœur. Je fis une grimace en m'agrippant la poitrine.

— Qu'est-ce qui ne va pas, *baby* ?

Je cherchai d'abord à minimiser, mais devant son air soucieux, je lui avouai la vérité. Il tourna alors le volant en déclarant d'une voix calme mais décidée qu'il m'emmenait chez leur médecin de famille pour en avoir le cœur net. Je fus frappée par cette inversion des rôles, mais j'avais trop mal pour protester. Nous étions déjà sur la route de Borgo Alto.

C'était un cabinet très propre, où un médecin âgé aux mains soignées m'ausculta, me palpa, me fit lever le bras. Dans un italien assez lent pour convenir à un étranger, il m'interrogea sur la nature de ma douleur, avant de me demander si nous étions ensemble depuis longtemps et si Naples me plaisait. Il parut satisfait de mes réponses. « Très bien », dit-il. C'était un peu humiliant d'être déclarée en parfaite santé en étant assise là en soutien-gorge. Puis il se tourna vers Pietro pour vérifier sa cicatrice. « Très bien », répéta-t-il tandis que je remettais mon t-shirt.

Ensuite, il revint vers moi et me regarda avec gentillesse.

— Pietro a eu un pneumothorax, et vous…

— Et moi pas, visiblement, m'empressai-je de dire.

— Non, mais vous en présentez certains symptômes. Vous ne vous demandez pas pourquoi ?

— Non, dis-je en regardant Pietro qui fronçait les sourcils.

— Je crois que vous souffrez de somatisation. Vous comprenez ce que cela veut dire ? Je parle d'une douleur psychosomatique.

Je fus surprise. C'était une chose que Barbara aurait pu dire, mais pas un vieux médecin dans un coin perdu. Je n'aimais pas ce diagnostic qui remplaçait ma douleur par la simple imagination. Cela m'exposait comme une menteuse devant Pietro, en lui laissant voir que la force que j'avais montrée à l'hôpital n'était qu'une comédie et que j'avais été aussi effrayée que lui.

— Je vais vous faire une ordonnance d'antalgiques, conclut le médecin, parce qu'une douleur reste une douleur, quelle qu'en soit la cause.

— J'ai encore plein de Voltarène à la maison, dit Pietro. Vous m'en avez prescrit assez pour assommer un cheval.

— Ah, cette charmante jeune fille séjourne chez vous ? Très bien, alors. Pietro, salue ton père pour moi, et essaie de te reposer un peu. Théoriquement, tu es toujours en convalescence.

Nous reprîmes la voiture et, après un bref arrêt chez le notaire de Vallata, nous retournâmes tout droit à Monte San Rocco.

Nous étions cinq à la table du dîner, mais cette fois la présence de Gabriele n'allégea en rien l'atmosphère.

Il picora dans son assiette et but beaucoup, sans dire un mot, en poussant de grands soupirs exaspérés à chaque information donnée par la télévision. Plus qu'une absence, son silence était une présence pesante, une sorte de protestation ou de grève de la faim. Et quand après le dîner j'allai le rejoindre sur le divan devant la télé, il m'accueillit d'un simple hochement de tête.

Je n'avais pas offert de laver la vaisselle. Toute seule dans la cuisine, sa mère s'en occupait comme si elle voulait punir les assiettes de quelque chose. Je contemplai de loin ses cheveux gris s'échappant de son foulard, son dos courbé par ces tâches ingrates qu'il faut répéter chaque jour, sa dévotion aveugle à un monde en train de disparaître. Une vieille femme malheureuse et seule même dans sa propre maison. Je compris soudain que ce que j'avais pris pour une manipulation pour susciter ma pitié était en fait involontaire. Lidia était réellement fragile, désarmée et digne de compassion. Ce fut ainsi qu'elle perdit tout son pouvoir sur moi, et sans doute pour toujours.

C'était une victoire sans gloire. Car si sa mère n'avait aucun pouvoir, si elle ne comptait pas, alors pourquoi Pietro s'obstinait-il à rester là ? Je me sentis dolente et inutile. Je n'étais arrivée à rien depuis que j'étais là : ni à récupérer le petit chien, ni à restaurer l'espoir en l'homme que j'aimais, ni à établir un plan d'action pour notre avenir. Gabriele passait distraitement d'une chaîne à l'autre et, Dieu merci, la télévision nous évitait de parler. J'étais convaincue désormais que le langage ne contribue pas à améliorer le monde : les mots ne sont que des souffles tièdes ou des armes. J'allais rentrer en ville les mains vides, avec ma pseudo-douleur. Je n'étais donc capable que de sentir, et jamais d'agir ?

Gabriele sirotait son whisky les yeux dans le vague, le visage éclairé par l'écran, et je fus surprise de sentir sa main se poser sur la mienne dans l'obscurité. Sa peau était douce mais très chaude, comme s'il avait tenu une braise dans son poing. Ce geste me fit un tel plaisir que je ne puis que marmonner :

— On dirait que tu as de la fièvre.

Il se tourna vers moi.

— En effet, c'est une espèce de fièvre, et je ne me permettrai jamais de la transmettre à quelqu'un d'autre. En particulier à la personne que j'aime.

Curieusement, il semblait en colère, et il retira sa main.

— Mais tu es vraiment malade ? lui demandai-je.

— Non, je ne suis pas malade. En réalité, je ne l'ai jamais été. Et Pietro non plus.

Sentant s'insinuer en moi une petite pointe glacée de compréhension, je poussai un profond soupir et il s'adoucit.

— Ce n'est pas nous, Eddie, c'est cet endroit. C'est cette terre qui nous rend malades. Et si tu y restes, elle finira par te rendre malade toi aussi. Va-t'en, pars, pour tout l'amour que je te porte. Pars et ne te retourne pas.

En sortant de chez le médecin, j'avais vu avec soulagement le petit village s'évanouir au loin, laissant place aux collines illuminées de soleil. Pietro me caressait la cuisse ; il semblait plus heureux que je ne l'avais vu depuis longtemps, heureux comme je ne le voyais pas ailleurs. Je regardais défiler des champs et des bosquets, des hameaux, et ici et là une chèvre attachée au bord de la route. Par la vitre ouverte entrait le parfum de la sauge et le chant des cigales. J'aurais voulu que ces descentes et ces montées ne finissent jamais. Et dans la voiture, nos caresses dérobées dans ces moments dérobés étaient bercées elles aussi par ce rythme régulier. La terre se soulevait dans les montées et s'abaissait dans les vallons. J'avais trop mal pour inspirer à pleins poumons, mais la terre, elle, respirait.

De : tectonic@tin.it
À : heddi@yahoo.com
Envoyé le : 14 janvier

Ma très chère Heddi,

Excuse ce très long silence : mon PC a été la cible d'un virus et il me rend fou depuis plus d'un mois. Ces jours-ci, en outre, il souffle une tempête d'origine sibérienne et nous sommes sous un demi-mètre de neige.

Je devrais m'estimer chanceux… Cette fois, l'opération s'est bien passée. On me dit que je pourrai bientôt escalader des montagnes, mais bien sûr pour cela il ne suffit pas d'avoir de bonnes jambes.

Tout ce que tu dis de notre histoire est la pure vérité. Je t'ai aimée – non, je t'ai adorée – non, je t'ai vénérée… Et c'est encore vrai aujourd'hui.

Je ne suis pas sûr de pouvoir encore avoir des rêves et des projets. Je voudrais être heureux, mais je ne le suis pas. Je voudrais être libre, mais je ne le suis pas. Je voudrais être en bonne santé et je voudrais être avec toi, mais je vis en Italie.

Souvent, je pense au moment où je serai seul, définitivement, sans mes parents. Un instant, il me semble entrevoir de nouvelles possibilités pour moi, mais cette pensée me répugne… Que te dire, Heddi ? Je pense très souvent à toi, même si je n'en parle pas… Mais comment me sortir de là ? Je ne vois que des obstacles de toutes parts. Je pense tous les jours à la Nouvelle-Zélande, à toi, à l'été quand ici il fait froid. Mais je n'ai pas encore acheté mon billet d'avion et je ne peux rien te promettre. Je ne peux espérer qu'un lancer de dés favorable en février et que tu sois encore là-bas à m'attendre. Je voudrais même, si j'y arrive, te demander de repartir avec moi… Si seulement nous appartenions au même monde, si nos racines, nos origines étaient un peu moins éloignées… ! Ici, nous sommes des gens sédentaires. Toi, tu as encore un peu du sang de ces Indiens habitués à se déplacer sans fin dans les prairies…

Je pense à toi. Je sais que ça ne t'aide pas, mais je ne peux aider personne.

Un baiser glacé,

p.

De : heddi@yahoo.com
À : tectonic@tin.it
Envoyé le : 17 janvier

Cher Pietro,

Merci encore une fois de m'ouvrir ton cœur. Je comprends que tu es dans une situation compliquée, même si elle n'est pas nouvelle... Je me dis parfois que ce serait plus facile si tu n'avais rien à ton nom, si tu perdais tout. Ainsi, tu pourrais recommencer de zéro.

Je ne t'ai pas raconté ce qui m'est arrivé lors de ce premier voyage avec mes trois drogués de l'adrénaline. Ils m'ont fait descendre une falaise sur la mer avec peu de points d'appui : je devais littéralement m'accrocher à la paroi avec mes ongles. La terreur m'a fait comprendre que ma vie valait peut-être la peine d'être sauvée.

Une fois arrivée en bas du précipice, je me suis assise sur une pierre devant la mer scintillante. En sortant mon Minolta pour prendre une photo, je l'ai fait tomber dans l'eau. Je l'ai repêché, mais trop tard : cette fois, j'avais tout perdu. Il me restait quelques vêtements et un peu d'argent, mais je n'avais plus ni travail, ni amour, ni avenir, et je venais de perdre le moyen de photographier toutes les belles choses du monde. Il me fallait tout recommencer sans pouvoir revenir en arrière. J'ai pleuré la perte de mon appareil photo pendant des mois, même après que mes nouveaux amis se sont généreusement cotisés pour m'en acheter un nouveau. J'ai conservé pendant plus de deux ans ce petit cadavre rouillé dans une boîte à chaussures, sans parvenir à le jeter.

Je sens que je t'impose toujours mes propres choix de vie, et ce n'est pas juste. Mais j'ai tellement envie de te revoir.

h.

32

Les Quartiers espagnols s'étaient ranimés. Les rues en revanche me semblaient encore plus irréelles, comme une scène de théâtre. Les gens étaient revenus en masse, et il y avait dans l'air une électricité qui rappelait l'excitation de la rentrée à la fin de l'été. C'était le début d'une nouvelle saison prometteuse et productive, une sorte de réveil biologique auquel mon organisme réagissait, mais où il m'était impossible de me plonger tout à fait.

Au contraire, le quartier me paraissait encore plus irréel, comme une scène de théâtre. Les commerçants vantaient leurs marchandises en déclamant avec de grands gestes. Les enfants accentuaient à dessein leurs sanglots hystériques ; les ménagères s'éventaient frénétiquement. Se méfiant de plus en plus des interphones, les habitants descendaient le panier ou s'interpellaient en dialecte – des messages cryptiques et souvent rageurs. Je crus reconnaître quelques gangsters qui avaient fait la une des journaux, des types trapus avec des chaînes en or qui avançaient en gonflant la poitrine comme s'ils arpentaient une scène, exécutant une chorégraphie impensable dans un lieu public pour le pur plaisir de s'exhiber. Au moins, ce grand bazar me permettait d'être seule avec mes pensées.

Je pensais souvent à ce moment où, devant les murailles de Monte Porzio, Pietro m'avait dit : « Mon Dieu, mais tu me quittes ? » Les cigales avaient cessé de chanter, mes pieds s'étaient immobilisés. J'avais les cartes en main, je pouvais changer notre destin. Mais j'avais choisi de revenir vers lui, et à présent j'étais seule devant notre portail du 33 de la via De Deo.

J'attaquai l'escalier. Je n'étais qu'au premier étage quand j'entendis des hurlements de femme monter de la cour : l'éternelle dispute à propos de l'eau. Je montai tout doucement, comme si c'était un pit-bull déchaîné qui m'attendait là-haut. Et, au troisième étage, pour la première fois, je me trouvai face à la harpie qui me perçait les tympans.

C'était un petit bout de femme qui braillait en agitant une longue cuillère de bois enduite de sauce tomate. Il me revint le souvenir d'une sérieuse algarade quand j'avais une dizaine d'années : une vieille immigrée rouge de colère qui me hurlait dessus en italien dans notre banlieue terne. Une Napolitaine, à n'en pas douter. La femme armée de sa cuillère n'avait pas d'âge. Le néon, que l'obscurité des cuisines rendait nécessaire même à l'heure de midi, accentuait son expression furibonde. Elle fumait littéralement – même si je découvris assez vite que la vapeur qui l'entourait provenait d'une casserole sur le fourneau derrière elle.

— Bonjour, mademoiselle, dit-elle d'une voix sirupeuse.

Un instant plus tard, elle fronçait déjà ses sourcils noirs et fournis.

— Vous voulez voir ce qu'il a fait, cet abruti ? Venez, ça vaut le coup d'œil !

Impossible de décliner l'invitation : la dame enserrait fermement mon poignet de ses doigts crochus et me tirait à travers sa cuisine. Je vis au passage une gamine sur une chaise haute et sur la gazinière un ragoût mijotant dans une huile recuite et noirâtre. Elle m'entraîna le long du couloir jusqu'à la salle de bains. Là, elle lâcha ma main mais pas sa cuillère, qui menaçait de moucheter de rouge le carrelage d'un blanc éclatant.

— Cette salle de bains est toute neuve, mademoiselle.

— Elle est… très jolie.

Ce n'était pas la réponse qu'elle attendait. Elle entra en furie, ses cris résonnant dans cet espace étroit.

— Jolie, vous trouvez ? Mais regardez donc là-haut ! (Elle leva sa cuillère sanglante vers le plafond. Je vis des taches de moisissure et les cloques de la peinture.) Voyez-moi ça, c'est répugnant, une vraie catastrophe. Elle vient d'être rénovée. Ça nous a coûté un bras et la moitié de l'autre. Et maintenant regardez-moi ce qu'il lui a fait !

— Qui donc ?

— Qui, à votre avis ? Le connard du quatrième, et qui d'autre ? Chaque fois qu'il prend une douche, ça coule dans notre appartement. Mais il s'en fout !

— Il faudrait peut-être remplacer les tuyaux, dis-je timidement.

Mon avis, formulé avec humilité, parut accroître encore sa fureur. Ils les avaient déjà remplacés, me dit-elle, et ne pouvaient plus se permettre de nouvelles réparations.

— Il ne nous reste plus rien, toutes nos économies sont parties. Avec deux petits à nourrir et seulement le salaire de mon mari, qu'est-ce qu'on va devenir ? Mais je vous garantis qu'il va me le payer ! conclut-elle en repartant dans les aigus.

Avec toute la solennité requise, je considérai une dernière fois le plafond abîmé. « Je suis désolée, *signora* », dis-je en réussissant à m'extraire de la salle de bains et à me faufiler dans le couloir. Je m'efforçais de ne pas rire de cet aspect tragi-comique de Naples, qu'il me parut enfin comprendre après tant d'années : la passion déployée pour des problèmes mineurs, le contraste entre le féroce organe vocal de ma voisine et sa taille minuscule.

Sur le seuil de la porte, sans lâcher sa cuillère, elle me fit un vrai sourire, comme si elle me voyait pour la première fois.

— Mais alors c'est toi, l'Américaine ?

J'étais déjà dans l'escalier. J'aurais dû nier, mais je me ravisai.

— Oui, je suis américaine.

Elle me considéra d'un air un peu attendri, un peu méfiant, avant de me tourner le dos pour aller surveiller son ragoût.

Ce soir-là, je racontai à Pietro ma rencontre avec la voisine ; il éclata de rire.

— C'était pour ça ? Tous les jours que Dieu fait, d'un bout de l'année à l'autre, ces deux-là s'entretuaient pour une idiotie de ce genre, quand il aurait suffi d'appeler un plombier !

Je lui manquais beaucoup, me dit-il, mais Naples pas du tout. Il m'informa que Gabriele reviendrait la semaine suivante, et enchaîna aussitôt sur le blé qu'ils avaient vendu un prix avantageux, les travaux agricoles et toutes les acrobaties qu'il avait dû faire pour ses parents. Cette fois, il ne se plaignit pas. Il m'informa que la demande pour le terrain dans les Pouilles avait été présentée dans les temps.

— Ouf, on respire. Maintenant, il n'y a plus qu'à attendre.

Attendre. C'était ce que je faisais une fois de plus depuis notre séparation, et cette fois la distance se faisait sentir. Je percevais physiquement chacun des deux cents kilomètres qui nous séparaient : chaque pas le long de la via Roma et du Rettifilo jusqu'à la gare centrale ; chaque secousse de l'autobus qui traversait le no man's land de la zone industrielle avant de disparaître derrière le volcan, chacun de ses halètements pour grimper les premières collines. Et je sentais s'étirer chaque kilomètre de cette vaste terre veloutée qui nous séparait. Nous nous aimions, sur ce point je n'avais plus de doute. Alors pourquoi n'étions-nous pas ensemble ?

— Pietro, quand ta convalescence va-t-elle finir ?

— Bah ! Pour l'instant je vais plutôt bien, mais on ne peut jamais savoir…

Il y eut une longue pause, pendant laquelle j'entendis crépiter une cigarette.

— Tu fumes dans la maison.

— Oui, mais mes parents ne le savent pas.

— Mais *moi*, je le sais. Et je me fais du souci pour ta santé. Tu devrais vraiment acheter des patchs. Ils en vendent peut-être à Borgo Alto.

— Tu veux bien arrêter ? me dit-il, mais sans colère – plutôt sur le ton d'une prière.

— De quoi faire ?

— De vouloir changer ce qui ne peut pas être changé.

De la cour me parvenaient des bruits de dîner. Comment pouvait-on avaler des trucs aussi gras à une heure pareille ? J'entendais la cigarette de Pietro et le tintement des couverts sur les assiettes, le tabac et la nourriture et l'absence satisfaite de dialogue, je l'entendais lui et la ville qui prenaient leurs distances, qui se détachaient de moi et s'évanouissaient de ma vie. Et ce qui restait dans l'obscurité, c'était moi, une identité encore trouble et poreuse mais dotée d'une voix bien définie, avec son mélange singulier de précision anglo-saxonne et d'insouciance méridionale, qui était en train de dire dans le combiné :

— Je crois que je vais rentrer à Washington.

Pietro cessa de souffler sa fumée, peut-être même de respirer. Il me fit répéter, il dit « ne fais pas ça », il me demanda pourquoi. Je ne le savais pas moi-même, mais je répondis que j'appellerais dès le lendemain United Airlines pour voir s'ils avaient des places. Je me mis ensuite à jacasser avec une bonne humeur hors de propos : je perdrais mon billet si je ne l'utilisais pas rapidement ; je voulais voir ma famille ; je n'avais presque plus d'argent et je devais trouver un boulot, de préférence pas au noir ; je voulais récrire ma thèse pour une éventuelle publication. Tout cela en réalité n'avait pour moi aucune importance, mais plus j'en parlais et plus cette pulsion devenait un projet – et le projet réalité.

— Je comprends que tu veuilles revoir ta famille. Mais il faut vraiment que ce soit maintenant ? Sans toi ici, je perds la tête.

— Tu pourrais repartir avec moi, tu sais.

— Comme ça, les mains dans les poches avec un trou dans le poumon ? Avec un litige en suspens ?

— Que veux-tu que je te dise…

Je ne compris qu'alors ce que j'étais en train de faire : recréer ce moment à Monte Porzio Catone. M'éloigner de lui, partir à reculons, non pour le quitter mais pour le secouer, pour lui faire reconsidérer ses priorités. L'amour et l'argent, la liberté et la responsabilité… la vie et la mort. Mais cette fois, ça ne finirait pas de la même façon.

Des chiens se mirent à hurler dans la nuit, et Pietro dut élever la voix pour me dire ce que je savais déjà : il n'avait pas de passeport ni l'argent pour s'acheter un billet d'avion, et ses parents ne le lui donneraient jamais.

— Je pourrais peut-être braquer une banque, dit-il en riant. Ou attendre des petites vieilles devant le bureau de poste, voler des poules. N'importe quoi pour te rejoindre, amour de ma vie.

J'éteignis la lampe, je m'étendis sur le divan, le combiné contre l'oreille. Dehors, une moto brûla de la gomme, quelqu'un appela un dénommé Gennaro : c'était le Vieux Monde qui, éclairé par un interminable et jaune soleil couchant, se préparait pour la nuit.

Je fis un rêve. La mer, d'un très beau bleu, clapotait sous les rames de ma barque. La journée était splendide, et les rayons du soleil perçaient le fond comme des plumes dorées.

Mais où étais-je ? Je levai les yeux. À en juger par la pente sur ma gauche, un moutonnement d'oliviers qui semblait monter de l'eau, je devais être à proximité de Sorrente. Sur ma droite, des îles – Ischia et Procida, j'en étais sûre, même si elles ressemblaient plus à des rochers désolés qu'à des lieux de villégiature. Et donc là, juste à droite de Procida, j'aurais dû voir Naples – mon éternelle boussole.

Mais Naples n'était pas là. Avec une panique croissante, je scrutai les alentours. En effet, cette terre abrupte n'était pas recouverte d'oliviers mais de broussailles arrêtées par des falaises abruptes, comme des blessures fraîches taillées par une mer qui n'était pas toujours inoffensive. Et ces îles étaient en réalité les Faraglioni de Capri, ces monolithes surgissant des vagues qui font de la mer un labyrinthe.

Je comprenais à présent. Je m'étais aventurée trop loin de la côte avec ma barque : je me trouvais à Punta Campanella, à l'extrémité de la côte d'Amalfi, l'endroit le plus avancé du golfe de Naples, le point de non-retour. Au-delà, c'était la pleine mer.

En effet, l'eau était noire à l'horizon, cette ligne sans commencement ni fin où se rejoignent le ciel et la mer. C'était la couture même du monde et elle me terrifia. Comment avais-je pu dériver aussi loin du rivage ? Étais-je partie pêcher et m'étais-je endormie au rythme assoupissant de l'eau qui clapotait sous ma barque ?

Puis je compris pourquoi je m'étais aventurée aussi loin : le Vésuve, à peine visible derrière la brume qui masquait à demi la baie, était entré en éruption, mais sans émettre un son. Le ciel au-dessus du volcan passait par toutes les nuances de gris, et je le contemplais sans émotion. Je n'osais pas regarder derrière moi le vide vers lequel me conduisait ma barque. Oui, à n'en pas douter, le courant m'emportait vers la mer, mais si lentement qu'il rendait la séparation indolore.

De : tectonic@tin.it
À : heddi@yahoo.com
Envoyé le : 30 janvier

Chère Heddi,

Quand je lis tes mails, je sens l'odeur de ta peau comme si tu étais avec moi dans la pièce. Tu me manques beaucoup. Je ne peux pas penser à la moindre chose sans la relier à toi.

Ma santé s'est améliorée. Je me disais que j'aurais les idées plus claires une fois que j'irais mieux, mais la seule chose que je vois clairement, c'est la complexité de mon problème.

L'aspect le plus superficiel est constitué par mes parents : ils n'aimeraient pas me voir partir de l'autre côté du monde sans billet de retour. Mais le fond de l'affaire, c'est la propriété : mon éducation, ou pour mieux dire mon conditionnement, m'interdit de m'imaginer ne posséder que mes livres ou mes CD. Mes parents m'ont donné une maison dans laquelle je vis, des terres qui constituent une petite rente annuelle. Avec des soins continus et un peu d'organisation, je dois pouvoir survivre à une guerre atomique. La terre est ma racine la plus profonde. Je ne peux pas la planter là et encore moins la vendre. J'ai besoin d'être près d'elle, ou en tout cas un peu moins loin qué la Nouvelle-Zélande. J'en arrive à la conclusion que pour éliminer sans trop de drames la question de la famille, il suffirait de supprimer le cœur du problème – la propriété. Que faire ?

Tu vas me rétorquer que je t'échange contre des propriétés matérielles et tout ça... Ce n'est pas si simple. Je voudrais encore être avec toi et parcourir le monde, voir des lieux nouveaux jusqu'à en trouver un qui me donne l'envie de n'en plus repartir. Mais je ne me sens plus capable de prendre mon destin en main. Je ne peux qu'espérer me sortir de cette situation au plus vite, sans trop de dégâts pour les autres.

À la fin du roman que j'écrirai, les lecteurs ou moi-même comprendrons peut-ête que je suis un lâche, que je n'ai pas défendu mon amour pour toi et donc mon amour-propre, par couardise et par paresse – un joli mélange, tu ne trouves pas ?

J'ai tenté maintes fois d'oublier la partie de ma vie que j'ai partagée avec toi. C'est inutile et douloureux. Tu es comme mon propre sang. Il n'y a rien de ce que je fais ou de ce que je sens que je n'aie pas appris de toi. Je me suis en réalité comporté comme une sorte de parasite avec toi. J'ai aspiré tout ce que je pouvais de ta propre vie.

Nous étions jeunes et innocents. À ma façon, je t'ai aimée énormément, et à ma façon je n'ai jamais cessé de t'aimer. Mais la malédiction, la tare génétique, le milieu, tout cela me pousse à faire ce qu'il ne faut pas. Je me laisse envelopper d'inertie, je me laisse porter par le courant. Ce que j'ai désiré plus que l'air que je respire devient soudain intolérable. C'est peut-être un défaut typiquement humain, mais je sais que tout le monde n'est pas aussi stupide.

À présent, je suis fatigué des journées que j'ai passées à taper sur les touches d'un stupide ordinateur (je préfère peut-être écrire à la main et je ne m'en suis jamais aperçu)… Je suis fatigué de tout.

J'espère que ces quelques lignes pourront t'éclairer, mais je n'en suis pas sûr, sans vouloir sous-évaluer ton intelligence qui me stupéfie toujours. Ce que je désire, c'est te revoir très vite et lire encore dans tes pensées.

Je t'aime,

Pietro.

33

Rita inventa une excuse au travail pour pouvoir m'accompagner le lendemain à l'aéroport. Il me semblait juste que ce soit elle, puisqu'elle avait été la première à m'accueillir à la gare tant d'années auparavant. Je remplis ma valise à la faire éclater, en me disant que les deux livres et le jean qui restaient, Pietro pourrait me les apporter plus tard.

J'avais laissé la statuette romaine à côté du réveil pour dormir près d'elle, espérant ne pas être arrêtée le lendemain à l'aéroport pour vol de patrimoine archéologique. Mais ce n'était pas seulement cette statuette qui était imbibée d'histoire : tous les cadeaux de Pietro l'étaient, à commencer par la cassette qu'il m'avait donnée, tandis que je lui avais toujours offert des choses neuves. Moi-même j'étais neuve, un amalgame de fragments réunis au hasard, comme mon plat à base de pommes de terre réinventé chaque fois avec les ingrédients qui me tombaient sous la main. Je n'étais plus certaine que ce soit un point en ma défaveur.

Une fois dépouillée de nos objets, la petite chambre retrouva ses dimensions : le plafond mansardé, la minuscule ouverture qu'on osait à peine appeler une fenêtre. Le port était baigné de soleil. C'était encore l'après-midi, mais je sentais déjà pointer le crépuscule.

Je traînais ma valise vers la porte quand quelque chose attira mon attention, un fragment de papier qui dépassait de sous le matelas : le numéro de Luca à Varèse, inscrit dans la mauvaise écriture de Tonino. Il avait dû tomber de mon sac depuis un bon moment déjà. Je lissai ses plis et le mis dans mes bagages.

Il ne me restait plus qu'une chose à faire : aller chercher Angelo dans le quartier de la Sanità pour lui dire au revoir. Les éboueurs devaient encore être en grève : la via De Deo débordait d'immondices qui dégageaient des relents de porc avarié et de marc de café. Je vis courir quelques rats. Les commerçants semblaient indifférents à cette frénésie olfactive, mais je résolus de prendre un raccourci pour en sortir au plus vite.

Le soleil, devenu le seul privilège des étages supérieurs, était en train d'abandonner le quartier. Mes pas résonnaient sur les pavés, grands comme les cases d'un énorme échiquier. Dans un *vascio*, une femme qui s'enduisait les pieds de crème me lança un regard inquisiteur. Brusquement j'eus peur, sans raison précise. Rien à voir avec cette femme : plutôt une inquiétude diffuse, la prudence conseillée par les guides touristiques à propos des ruelles du centre : surveillez votre sac, restez sur le qui-vive ou, mieux encore, n'y mettez pas les pieds.

Je tournai dans une autre ruelle. J'avançai sans montrer mon incertitude au petit garçon aux pantoufles sales beaucoup trop grandes pour lui qui me suivait du regard. Je pouvais emprunter l'une des lignes droites qui menaient à via Roma, ou choisir une des rues perpendiculaires qui me ferait déboucher sur la piazza Carità. Après tout, le Quartier espagnol était d'une symétrie mathématique.

Mes pieds choisirent de tourner à droite, et je fus frappée par un jet de lumière qui m'obligea à fermer les yeux. Tout un pâté de maisons avait été abattu, laissant pénétrer le soleil à flots, mais ce n'était pas beau à voir. Peut-être pour éviter de donner des idées aux gamins qui jouaient au foot, on avait posé autour du fantôme d'immeuble un mur déjà marqué de graffitis. Je fus troublée par cet espace mort qui brisait la géométrie du quartier et je me jetai dans une petite rue à gauche.

J'étais déjà loin de la via De Deo, dont je ne percevais même plus la rumeur rassurante. Je n'entendais que l'eau s'écoulant des tuyaux des immeubles et le sang courant dans mes veines. J'étais perdue, et il se faisait tard ; je devais redescendre via Roma. Soudain, je stoppai net : je connaissais cet endroit. Les parpaings graffités qui bloquaient la rue, l'échafaudage qui retenait la pierre friable, les pigeons et le carton sur lequel était affalé le gros chien noir.

Échec et mat.

Les oiseaux, effrayés par mon irruption, s'envolèrent. Je baissai la tête pour les éviter, mais je sentis leurs ailes me frôler le front. Alors je me retrouvai seule face à cette bête au regard sans âme, dont les yeux étaient deux perles noires.

Je restai paralysée, craignant, si je bougeais, que le chien se jette sur moi : il en était capable, à en juger par les cicatrices qui luisaient sur sa peau dans la lumière mourante. Je regardai à droite et à gauche en quête d'une issue : il n'était pas question que je revienne sur mes pas.

Je vis soudain que l'ouverture dans le mur, juste derrière le chien, n'était pas obstruée par une vespa comme la dernière fois : j'avais largement la place d'y passer. Je regardai encore le chien et ses cicatrices qui s'élargissaient à chaque inspiration. J'avançai d'un pas, mais je tapai bruyamment dans une bouteille en plastique. Le chien montra les dents ; je reculai.

Alors quelque chose en moi, peut-être la joueuse compulsive, me poussa en avant vers l'animal qui, malgré la chaleur, ne haletait pas, respirant par les naseaux comme un taureau. Ses narines de cuir s'élargissaient pour renifler l'odeur de l'humain qui avait envahi son territoire, et ses yeux éteints erraient, comme en quête d'un voleur dans la nuit.

Et puis je compris. Le chien percevait mes mouvements, il sentait mon odeur, mais il ne me voyait pas. Il était aveugle.

Cela me redonna espoir et j'avançai à nouveau, retenant mon souffle. Sa grosse tête tournait de droite et de gauche pour me trouver, mais je ne lui en laissai pas le temps : je sautai brusquement par-dessus l'obstacle et filai vers l'ouverture dans le mur. J'entendis derrière moi le chien bondir sur son carton, mais je poursuivis sans regarder derrière moi, enfilant un passage après l'autre. Une fois parvenue de l'autre côté, j'éclatai de rire.

Je finis par rejoindre la via Roma, où l'anarchie du Quartier espagnol n'était plus qu'un rêve lointain.

Mais au lieu de prendre la direction de la Sanità, je retournai via De Deo. Je n'étais pas sûre de trouver Angelo chez lui et encore moins de reconnaître son immeuble croulant. Et puis, je n'en pouvais plus.

Après avoir passé plus d'une heure au téléphone avec Pietro, j'allai me coucher avec un numéro du *National Geographic*, le cœur en paix : bientôt, dans deux ou trois mois au maximum selon Pietro, je pourrais entamer la vie dont je rêvais tellement. Adossée au mur, je feuilletais un article sur la Chine quand je la sentis.

Une poussée du côté du mur, si forte qu'elle déplaça le matelas. Je crus d'abord que cela venait de la chambre de Gabriele, et je faillis l'appeler ; pourtant, j'étais seule à la maison. Une fois encore le mur me poussa, mais je compris cette fois que c'était plutôt le matelas qui se lançait contre le mur. Le mouvement s'accéléra et le mur et le lit se heurtèrent à plusieurs reprises, très vite, comme on claque des dents. Le petit moine ! me dis-je. Il se vengeait de ne pas avoir reçu son dû de pièces de monnaie quand j'étais venue habiter ici. Mais quand je vis les fenêtres trembler et la commode cogner contre la cloison, je compris.

Un tremblement de terre. Je sortis du lit en vitesse et je me précipitai dans l'escalier jusqu'à l'entrée de l'appartement. Je restai sur le seuil dans l'obscurité, me demandant si c'était la fin ou le commencement.

J'attendais. Je me laissai glisser à terre en me passant une main dans les cheveux. Je tremblais, mais j'étais fière d'avoir obéi au conseil que m'avait donné

Pietro : m'abriter sous le chambranle d'une porte, et choisir la plus solide de notre étage illégal.

La maison s'était immobilisée. Était-il possible que les voisins ne soient pas en train d'en discuter en hurlant dans la cour ? Ils dormaient ou étaient trop absorbés par leurs disputes ridicules pour remarquer que la terre bougeait sous leurs pieds. La secousse avait été brève. Sans être vraiment déçue, je compris que j'aurais voulu vivre quelque chose de vraiment grand, une explosion d'énergie qui soit aussi une explosion de vérité.

J'aurais voulu appeler Pietro pour qu'il me réconforte, mais je risquais de réveiller ses parents. Dans la pénombre, j'aperçus le bout de papier portant le numéro de Luca Falcone. Sur une impulsion, je composai les chiffres en hâte. J'entendais sonner, je regardais par la fenêtre et soudain j'aperçus très bas dans le ciel, comme s'il émergeait du Quartier espagnol lui-même, un mince faisceau de lumière : la lune, mère des marées et unique témoin du fait que même le temps géologique n'est pas linéaire mais forme un cercle qui se referme, et que pour chaque adieu il y a toujours un retour.

Mon vieil ami répondit au téléphone ; je reconnus aussitôt sa voix paisible. Mais comme il n'attendait pas mon appel, je lui dis : « C'est moi, Heddi. »

De : heddi@yahoo.com
À : tectonic@tin.it
Envoyé le : 8 février

Très cher Pietro,

Comme tu écris bien. Grâce à l'ensemble de tes mails, j'ai compris une fois pour toutes que tu m'aimes, au sens napolitain de ce terme. Mais je sais aussi que tu ne viendras jamais me retrouver pour m'emmener. Tu n'as pas besoin de me le dire. La vérité, je l'ai sous les yeux depuis si longtemps… Comment ai-je pu ne pas la voir plus tôt ? Tu as essayé de me la dire de toutes les façons possibles, mais l'amour est aveugle et borné…

On dit que les premiers Anglais qui ont débarqué sur ces rives lointaines voulaient acheter des terrains aux tribus maories locales – des terres situées au fin fond d'une jungle dense et humide. En échange, ils offraient de l'argent et des objets, que les Maoris prenaient en leur riant au visage. Quelle absurdité, de penser que vous pouvez acheter la terre ! Dans leur vision du monde, c'est l'homme qui appartient à la terre, et non le contraire. D'ailleurs, les Maoris se donnent le nom de Tangata whenua, *« les gens de la terre ».*

Toi et moi, Pietro, nous nous aimerons toujours, mais tu appartiens à ta terre et mon destin est de rester ici. Ah, le destin… Si je me fais tatouer un jour, ce ne sera pas une image, mais un mot. Et pas le mot « destin » ni même « connaissance », mais le mot maori aroha. Aroha *est un concept d'amour sublime, qui comprend la générosité et la force créatrice de l'esprit, et implique non seulement le cœur mais la tête et les cinq sens… Sans compter le sixième sens qui t'a conduit jusqu'à moi.*

Tu ne viendras pas ici et c'est très bien comme ça. Je ne t'en voudrai pas, parce que tu m'as fait vivre un amour que peu de personnes au monde ont le privilège de connaître, et je t'en serai toujours reconnaissante.

Affectueusement,

Heddi.

21 mars

Cher Pietro,

Comment vas-tu ? Je t'écris à la main, comme tu le préfères et moi aussi sans doute. Cela fait des lustres que je n'ai pas eu de tes nouvelles. Il s'est passé un an depuis que je t'ai annoncé mon mariage (et l'achat de notre maison) ; merci encore pour la sincérité de tes vœux. Je ne sais pas si tu as reçu mes mails du Viêtnam, puis du Cambodge (où nous étions tous en famille). Tu n'as pas répondu. Si je n'entends pas parler de toi de temps en temps, je sens comme un vide à l'intérieur de moi.

Nous nous sommes mariés sur la plage au mois de février. Tu verras sur les photos que je t'envoie que nous avons eu une belle journée estivale – et même quatre journées, puisque c'est le temps qu'a duré la fête. Bains de mer, musique, et des tonnes de nourriture. Mon père s'est occupé du barbecue et Mamma Rita des spaghettis aux fruits de mer. Des dizaines de gens ont débarqué de tous les coins du monde, y compris Ivan et Snežana – et, tu ne le croiras jamais, Luca Falcone ! Quel choc de le voir sortir de la foule avec sa désinvolture habituelle, comme s'il arrivait tout droit de la piazza San Domenico et non pas des confins de la terre. Fidèle au style

Falcone, il n'est resté que deux jours... Mais je veux aussi te parler d'autre chose. Tu te rappelles ce roman que tu voulais écrire quand tu serais vieux ? Eh bien, je l'ai écrit... J'espère que ça ne te gênera pas et que tu auras envie de le lire. Au bout du compte, je me suis souvenue de tout : tu vois que mon amnésie n'était que transitoire.

Donne-moi de tes nouvelles, sinon je vais me faire du souci. J'espère que tu as trouvé ou trouveras bientôt tout ce que tu désires, tout ce que tu mérites, et que tu pourras te rappeler sans regret notre histoire, qui dans le roman comme dans la vie, commence et finit avec toi.

h.

De : tectonic@tin.it
À : heddi@yahoo.com
Envoyé le : 16 avril

Chère Heddi,

Par où commencer ? Par le plus banal. J'ai reçu ta lettre aujourd'hui. Je ne peux pas te dire le coup au cœur que j'ai éprouvé quand je l'ai trouvée en rentrant du travail. Je devais m'y attendre pourtant, parce que j'ai vu aujourd'hui un phénomène très étrange. J'étais occupé à réparer mon camion sur les hauteurs au-dessus de Monte San Rocco, où je passe l'essentiel de mon temps et où il n'y a pas de maisons, seulement d'énormes monstres (des éoliennes). J'étais seul, absorbé dans des pensées parfaitement inutiles, quand j'ai entendu un bruit tout près de moi. J'ai fini par aviser une petite chouette blanche posée sur un poteau en acier. Elle me regardait et elle criait dans son langage. J'ai pensé à l'étrangeté d'une chouette en plein jour, par un après-midi nuageux et humide, et j'ai pensé aux Grecs qui voyaient en elles les messagères de Minerve. J'ai pensé qu'elle avait l'horloge faussée et prenait le jour pour la nuit. Mais en réalité c'était bien une messagère !

J'avais l'impression que je ne tarderais pas à avoir de tes nouvelles... Je les attendais. Je n'ai pas répondu parce que, même à des milliers de kilomètres, je voulais te laisser en paix... Mais je suis content que le mariage se soit bien passé. Je suis très heureux pour toi, sincèrement. Je ne pourrais pas l'être davantage quand je regarde les photos que tu m'as envoyées.

Quant au roman, ne crains rien. Je suis enthousiaste et un peu ému à l'idée de pouvoir lire, avec peut-être un millier de gens que je ne connais pas, ce que nous avons vécu... Je survis ici, dans cette tanière de loups. Je suis passé par-dessus toutes les mafias du coin et j'ai trouvé du travail depuis environ six mois. Je ne suis pas devenu géologue, mais peut-être en ai-je moins envie qu'autrefois.

Je travaille comme électrotechnicien pour une société qui a construit un parc éolien dans la campagne alentour. Quand elles tombent en panne, c'est à moi de les réparer. Je dois souvent les escalader – elles font quatre-vingts mètres de haut – et je passe beaucoup de temps à leur sommet. C'est un peu curieux, mais la première chose que je regarde quand je me lève le matin, ce sont elles, de la fenêtre de l'escalier. Je m'assure qu'elles tournent bien, comme ça, je peux boire mon café en paix. C'est un travail qui me satisfait un jour sur deux, peut-être parce qu'il s'agit d'un travail atypique, dangereux, difficile et moderne. Ce n'est sans doute pas mon point d'arrivée. Plutôt un passage, un défi, peut-être un jeu.

Cette année, j'ai passé un mois au nord de l'Allemagne pour une formation. J'y ai appris beaucoup de choses. Puis un mois au sud de l'Espagne, dans la Mancha de Don Quichotte, où j'ai appris un peu d'espagnol. Mais je dois te remercier une fois encore pour m'avoir ouvert le monde. Je ne serais jamais sorti de Monte San Rocco si je ne t'avais pas connue, si je n'étais pas tombé amoureux de toi... et de l'anglais. Tu ne le croiras pas, mais actuellement je le parle, je l'écris et je le lis correctement.

Gabriele habite Madrid, il enseigne dans une école italienne mais il a du mal à se lier avec les gens du coin – je le lui avais bien dit. Nos parents vieillissent. Malgré leur âge vénérable, ils se portent bien. Ils ronchonnent toujours et conservent toutes leurs habitudes...

J'ai trouvé une fiancée. Il serait plus juste de dire que c'est elle qui m'a trouvé. Cela n'a pas été très difficile : elle habite à cinquante mètres de chez moi. Elle a un diplôme en langues (à l'Orientale elle aussi, un hasard ?). Je crois qu'elle m'aime, en tout cas elle me supporte. Elle est très patiente avec moi et avec mes états d'âme. Elle tolère mes absences... Je crois que je suis amoureux d'elle, mais sans parvenir à l'aimer comme elle le mérite.

Je devrais le lui dire. Mais comme d'habitude, j'attends de sa part une compréhension complète, totale, peut-être impossible. Peut-être ai-je peur aussi de la solitude.

Quel plaisir de regarder la photo de vous deux sur votre véranda. Mais j'ai l'impression que le bougainvillier derrière vous aurait bien besoin d'une bonne taille. Ne le prends pas mal, j'écris tout cela parce que ta lettre a la saveur d'une vie que je désire et que je n'aurai jamais. Je me sens un peu comme un prisonnier, non pas d'un lieu, non pas de gens, mais de mon propre caractère, qui désormais ne changera plus. J'aime savoir que tu existes, même à une immense distance géographique.

Tu as bien fait de partir aussi loin. N'importe où ailleurs, je t'aurais déjà rendu visite. J'avais réellement pris ce billet pour la Nouvelle-Zélande ; j'avais réellement l'intention de te rejoindre. Mais sans doute ai-je bien fait de m'en abstenir. Je n'aurais fait que rompre l'équilibre et la vie que tu t'es construite. J'aurais fait l'amoureux pendant un moment, peut-être jusqu'aux semailles… Et puis je me serais enfui comme un lâche. Je crois finalement que notre amour est vraiment un roman.

Que te dire de plus, Heddi ? Tu as été merveilleuse avec moi. Tu m'as offert toutes les possibilités, plus d'une fois… Mais je me sentais fatigué, dépassé par les événements, effrayé par la perspective d'une existence trop différente de celle pour laquelle j'étais bâti. J'ai toute la vie pour y repenser et avoir des remords. Je l'accepte, en sachant ce que j'ai sacrifié.

Je ne pourrai jamais dépasser ces années, ces gens, ni toi… Comment te faire comprendre qu'une partie de mon âme et de ma vie t'appartient pour toujours, même si nos destins s'en vont dans le monde dans des directions opposées ? Je t'ai dit que j'ai l'intention de me faire tatouer ton nom ? Je pense le faire cet été. Je suis très heureux pour toi, et un peu pour moi. Je ne sais pas pourquoi… C'est comme si j'avais reçu le feu vert pour de nouveaux objectifs (qui n'existent pas encore, malheureusement)…

Je t'aime. Je t'en prie, ne m'oublie jamais,

p.

P.-S. : j'ai une chatte grise qui a eu trois petits : deux noirs avec les pattes blanches et un tigré.

REMERCIEMENTS

Je voudrais avant tout remercier Naples pour les émotions qu'elle m'a fait vivre, et je la prie de me pardonner les erreurs que j'ai pu commettre, ma mémoire étant l'unique carte dont je disposais.

Je n'aurais pas réussi à écrire ce roman sans le soutien de ma famille et de ma *whānau* (mot maori pour désigner l'entourage proche), en particulier mon mari Kevin et nos deux jeunes fils, Elio et Mattias, qui ont dû faire certains sacrifices.

Merci à mes amis, et surtout à mon trio néo-zélandais, pour leur infatigable enthousiasme. Je tiens à remercier en particulier Costantino Pes, Sonia Cerasaro, Ester Monti Reid, Mary MacKinven et Rina Ziccardi ; Elena Bollino, pour m'avoir poussée à faire ce saut dans l'inconnu et avoir trouvé mon titre, ainsi que Donald Bufano, récemment disparu, mon maître de l'école primaire qui m'a encouragée des années plus tard à raconter le Mezzogiorno qu'il aimait tant et qu'il portait dans son sang et dans son âme.

Je n'aurais jamais eu l'audace d'écrire en italien sans les encouragements de Shelley Sweeney, compagne d'aventures, dite « la chamane ». Je tiens à exprimer ma profonde gratitude à mes amis des Editori Giunti, en particulier Antonio Franchini, qui a réussi je ne sais comment à entendre ma voix de si loin.

PAPIER À BASE DE
FIBRES CERTIFIÉES

Le Livre de Poche s'engage pour
l'environnement en réduisant
l'empreinte carbone de ses livres.
Celle de cet exemplaire est de :
450 g éq. CO_2
Rendez-vous sur
www.livredepoche-durable.fr

Composition réalisée par Lumina Datamatics, Inc.

Achevé d'imprimer en mars 2023 en Espagne par
BLACKPRINT
Dépôt légal 1re publication : avril 2023
LIBRAIRIE GÉNÉRALE FRANÇAISE
21, rue du Montparnasse – 75298 Paris Cedex 06